十二

国記

黄昏の岸、暁の天

KB026667

8

옮긴이 추지나

—

대학에서 일본지역학을 전공했다. 출판 편집자로 일하다 지금은 일본 문학 전문 번역가로 활동하고 있다. 옮긴 작품으로는 오노 후유미의 십이국기 시리즈를 비롯해, 『잔예』, 『귀담백경』, 『시귀』, 『흑사의 섬』, 미야베 미유키의 『지하도의 비』, 오카모토 기도의 『한시치 체포록』, 나쓰키 시즈코의 『W의 비극』 등이 있다.

—

TASOGARE NO KISHI AKATSUKI NO SORA by FUYUMI ONO

Copyright ⓒ 2001 FUYUMI ONO
Korean translation copyright ⓒ 2016 Elixir, an imprint of MUNHAKDONGNE Publishing Group.
All rights reserved.
Original Japanese language edition published by KODANSHA Publishing CO., Ltd.
Japanese language edition republished by SHINCHOSHA Publishing Co., Ltd.
Korean translation rights arranged with SHINCHOSHA Publishing Co., Ltd. through Danny Hong Agency.

—

이 책의 한국어판 저작권은 대니홍 에이전시를 통해
新潮社와 독점 계약한 '엘릭시르, (주)문학동네'에 있습니다.
저작권법에 의하여 한국 내에서 보호를 받는 저작물이므로 무단 전재와 무단 복제를 금합니다.

이 도서의 국립중앙도서관 출판예정도서목록(CIP)은
서지정보유통지원시스템 홈페이지(http://seoji.nl.go.kr)와
국가자료종합목록 구축시스템(http://kolis-net.nl.go.kr)에서 이용하실 수 있습니다.
(CIP제어번호 : CIP2016029288)

십이국기

8

새벽의 하늘 황혼의 기슭

小野不由美

오노 후유미 지음, 추지나 옮김

엘릭시르

黄昏の岸、暁の天

차
례

十二國記 8

십이국 전도

十二國全圖

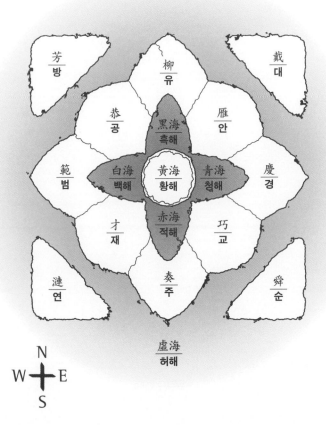

芳 방   柳 유   戴 대

恭 공   黑海 흑해   雁 안

範 범   白海 백해   黃海 황해   青海 청해   慶 경

才 재   赤海 적해   巧 교

連 연   奏 주   舜 순

虛海 허해

N
W   E
S

대국도 · 경국도

戴國圖 · 慶國圖

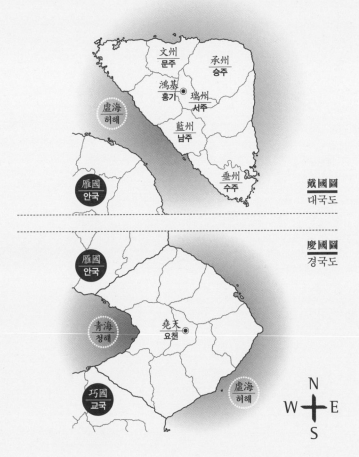

十二國記、黄昏の岸 暁の天、小野不由美

서
장

■

　그날, 세계의 북동쪽에 있는 대국戴國에는 아직 옅은 봄기운이
흐르고 있었다. 산야를 덮은 눈은 녹지 않았고 초목의 싹도 쌓인
눈 밑에 잠들어 있었다.

　운해雲海 위 또한 다르지 않았다. 하계만큼 눈이 쌓이지는 않
았으나 정원에 늘어선 수목 대부분은 여전히 깊은 잠에 빠져 있
었다. 대국 도읍, 홍기鴻基. 백규궁白圭宮 서쪽 일곽.

　백규궁은 만을 감싸 안은 것처럼 말굽 모양으로 펼쳐진다. 백
규궁 북서쪽 만에 면한 일대는 너른 정원이다. 북서쪽 정원은 대
국의 재보宰輔가 사는 인중전仁重殿, 재보가 주후州侯로서 정무를
보는 광덕전廣德殿과 접해 있다.

겨울의 쓸쓸함이 남아 있는 정원에 아름답게 배치된 기암과 건물은 당당한 자태를 드러냈다. 추위 속에서도 푸름을 잃지 않는 나무는 짙은 색이 도드라지고, 마침내 피기 시작한 매화가 희미한 향내를 풍겼다. 그중 한 정자에 어린아이의 모습이 보였다. 하얀 돌기둥에 기대어 고개를 숙인 아이의 등에는 검푸른 머리카락이 드리웠다.

이 아이가 다이키泰麒다. 다이키는 대국의 기린麒麟, 새로운 왕을 선택해 옥좌에 올리고 재보가 되면서 홍기가 있는 서주瑞州의 주후를 맡았으나, 아직 열한 살밖에 되지 않았다. 왕을 선택하는 대임을 완수한 지 반년, 아이는 대국의 중진이지만 이때는 홀로 정원에 있었다.

다이키가 고른 왕은 홍기에 없다. 보름 전에 멀리 문주文州로 길을 떠났다. 불안하고 마음이 놓이지 않는 연유는 다이키의 주인인 태왕泰王 교소가 반란을 진압하기 위해 출정했기 때문이다.

다이키에게 전투는 낯설다. 기린이라는 짐승의 본성이 싸움을 꺼리는 탓도 있으나, 어린 다이키가 전란을 겪어보지 않은 까닭이다. 지식만으로 아는 무참한 곳에 다이키의 주인이 갔다. 게다가 교소가 길을 떠난 직후부터 궁중에는 상서롭지 않은 소문까지 퍼졌다.

왕을 시해할 작정으로 문주에 난을 꾸며 교소를 유인해냈다는 것이다.

　문주는 서주의 북쪽에 위치한다. 두 주 사이에는 험난한 산맥이 우뚝 치솟아 있다. 산허리를 깎아 뻗은 좁은 산길을 넘어가야만 한다. 그 산길 너머, 문주 중앙부로 빠져나가는 비좁은 곳에 역적이 숨어서 교소를 기다리고 있다고 쑥덕거렸다. 그리고 어제, 교소가 복병에게 급습을 당해 불리한 지형 탓에 고전하고 있다고 누가 알려주었다. 다이키는 불안하고 두려워서 가슴이 미어졌다.

　부디 무탈하시기를.

　다이키가 할 수 있는 일이라고는 오로지 기도하는 것밖에 없었다. 가슴을 시커멓게 좀먹는 불안을 털어놓을 상대도 없다. 주위에 있는 어른들은 다이키가 겁먹을세라 좋지 않은 소식은 모조리 숨긴다. 시해할 계략이라는 소문조차 단순한 풍설일 뿐이고 걱정할 필요 없다고 우겼다. 그래서 이날 이른 아침 다른 사람을 통해 슬쩍 귀띔해준 나쁜 소식을 주위 어른들과 이야기할 수 없었다. 해보았자 여느 때처럼 그런 소리는 거짓말이다, 무슨 착오가 있었을 거라는 얘기밖에 듣지 못할 것이다.

　공무 사이를 틈타 주위에 사람이 없어질 때를 가늠해 인기척 없는 곳으로 몰래 이동하지 않으면, 무탈을 기원하는 기도조차 올릴 수 없다. 이렇게나 어린아이 취급밖에 받지 못하는 자신이 다이키는 한심하고 화가 났다.

다이키는 싫다는 사령使令을 설득하여 문주로 보냈다. 하다못해 교소가 무사한지만이라도 알고 싶었다. 만약 고전을 면치 못하고 있다면 돕고 싶었다.

기린은 본디 성질이 어질고 피를 싫어하며 다툼을 꺼린다고 한다. 검으로 몸을 지키지 못하는 까닭에 사령으로 굴복시킨 요마를 자신의 무기로 쓴다. 다이키에게는 그런 사령이 둘뿐이었다. 산시汕子와 고란傲濫, 둘에게 교소 곁에서 도우라고 명령하고 나니 교소를 위해 할 수 있는 일이 더는 없었다. 사령이 좀더 있다면, 다이키가 좀더 자라서 주위 어른들과 협력하여 교소를 지키기 위해 무언가를 할 수 있다면 좋으련만. 마음속에서 같은 생각을 되풀이하지만 현실은 이렇게 정원 한구석에서 그저 기도만 드릴 따름이었다. 한없이 무력한 자신에게 화가 난다.

'부디 무탈하시기를.'

몇 번이나 기도했을 때, 뒤에서 작은 발소리가 들렸다. 돌아보자 그자가 서 있었다. 다이키는 안도했다. 부상傅相도 대복大僕도 아니었다. 다이키에게 교소의 위기를 알려준 이이니, 억지로 아무 근심도 없는 척할 필요가 없다.

"교소 님은 무사한가요? 무슨 연통이라도 있었나요?"

다이키가 달려가며 물었다. 그자는 고개를 가로저었다.

"나, 역시 사령을 보냈어요. 죄송해요."

그는 일전에 소식이 있으면 숨기지 않고 전할 테니, 사령을 교소 곁에 보내는 성마른 행동은 절대로 하지 말라고 했다. 상대방은 약속을 지켰건만 다이키는 약속을 지키지 못했다.

"도저히 아무것도 하지 않고 소식만 기다릴 수는 없었어요."

그자는 고개를 끄덕이더니 허리에 찬 검을 슥 뽑았다.

다이키는 걸음을 멈추었지만 딱히 무섭지는 않았다. 다이키는 그자를 신뢰했다. 그저 의아하게 여길 뿐이었다.

"왜 그래요?"

다이키는 덜컥 불안해졌다. 그제야 여태껏 본 적 없는 무시무시한 기운을 그자에게서 느꼈기 때문이다.

"교소는 죽었다."

그자가 말했다. 무의식중에 겁을 먹고 뒷걸음질치던 다이키의 다리가 얼어붙었다.

"거짓말……."

상대방은 뽑은 검을 쳐들었다. 다이키는 눈을 동그랗게 떴다. 엄청난 상황 앞에 온몸이 굳어 목소리조차 내지 못한 채 우두커니 서 있을 수밖에 없었다.

"불행하게도 사령이 고작 둘뿐이라니."

얼음처럼 하얗게 빛나는 검날을 물 흐르듯이 내리친다.

"교소를 선택한 그대의 잘못이오."

검날이 닿는 것이 먼저였는지 다이키가 피하기 위해 본능적으로 몸을 비틀어 그가 할 수 있는 최선의 수단으로 도망치려 한 것이 먼저였는지 당사자조차 판단하기 어려웠으리라.

어찌되었든 간에 흉악한 검은, 다이키의 뿔을, 짐승으로서 다이키가 가진 뿔을 깊이 도려냈다. 다이키는 저도 모르게 비명을 질렀다. 통증만이 아니라 배신이라는 이름의 충격에 대한 외침, 동시에 둘도 없는 주인을 잃었다는 소식을 들은 괴로움, 생명의 위기에 처한 짐승의 비명이었다. 어마어마한 비명과 그 자리를 도망치려는 본능적인 의지, 다이키는 느닷없이 그 자리에서 녹아내렸다.

"다이키?"

산시는 격렬한 충격에 날카롭게 비명을 질렀다. 산시의 발치에는 하얗게 얼어붙은 산야가 보였다. 문주를 코앞에 두고 위치를 확인하기 위해 작은 봉우리를 오르려던 참이었다.

—무슨 일이 일어났다.

"다이키……!"

이 아픔은 무엇일까. 무시무시한 통증과 여전히 온몸을 훑는 저릿한 감각.

산시는 신음하며, 충격에서 회복하자마자 곧장 몸을 녹여 땅속으로 스며들었다. 그것은 '나'라는 형상을 땅속으로 불러들이는 행위였다.

땅속에는 길이 있다. 산시는 땅속의 길을 알 수 있다. 길에 자신을 옮겨 형태 없는 채로 아무것도 없는 길을 달린다. 아니, 달린다는 말은 적합하지 않을지도 모른다. 심해처럼 어둡고, 모든 것이 몽롱하게 뒤섞인 가운데 몸을 둘러싼 어떤 압력만이 존재한다. 산시는 앞으로 나아가기를 강렬히 바랐다. 아득히 멀리 선명하게 밝은 금빛을 향해서.

지맥地脈을 돌진해, 해수면에 부상하듯이 용혈龍穴(땅의 정기가 모인 곳)에서 단숨에 풍맥을 탄다. 뛰어 오르자마자 지상이 희미해질 정도로 높이 비상해 형상을 잃을 만큼 빠르게 돌진한다. 금빛이 강렬해진다. 눈부신 빛은 더욱 선명해지고 점점 강해지더니 이내 온 시야를 뒤덮었다.

황혼의 금빛. 어둑한 울금빛 어둠에 들어가려는 순간, 산시는 그것으로부터 거세게 거부당했다.

—다이키의 그림자가.

다이키의 기맥이 무시무시한 기세로 뒤틀려 이 세상의 기맥에서 떨어져 나가려 하고 있다.

오스스 소름이 끼쳤다. 아주 오래전, 눈앞에서 은백색 가지에서 떨어져 나간 금빛 열매의 모습과 몹시 닮았다.

—다이키.

또다시 잃고 만다.

그 사실이 불안보다 절망이 되어 산시를 덮쳤다.

산시는 기맥에서 튀어나왔다. 눈앞의 백규궁 기와지붕이 보기에 일렁거릴 정도로 대기가 일그러지고, 그 너머에 음울한 빛깔을 띤 하늘이 보였다.

—다른 세상.

식蝕이다. 하물며 명식鳴蝕이다. 기린의 비명이 부르는 아주 작은 식.

일렁임의 중심에 내던져진 듯 멀어지는 그림자가 보였다. 칠흑 같은 짐승의 그림자. 갈기가 잠시 눈을 찌를 정도로 예리하게 빛났다.

"다이키!"

일렁이는 궁궐, 아지랑이가 핀 정원. 비틀린 정자, 그 옆에 기울고 일그러진 그림자.

—누구지.

그림자를 시선으로 훑으며 산시는 벌써 닫혀가는 '문'을 응시했다. 망설임 없이 뛰어들어서는 모습을 녹여 매달렸다.

팔을, 의식 속에서의 팔을 뻗는다. 손가락이 쫓는다. 조금만 더.

뒤에서 갑자기 기맥이 끊겼다. 둘러싼 기맥의 색과 냄새와 감촉이 바뀌었다. 다른 세상에 온 것이다.

산시는 온 힘을 다해 팔을 뻗어 도망치는 울금빛 그림자에 손톱을 세웠다. 손톱이 걸렸다. 그렇게 느꼈다.

일렁이는 지붕, 아지랑이가 핀 길, 비틀린 나무. 크게 파도친 그것들이 단숨에 형태를 갖춘다. 동시에 산시는 간신히 울금빛 그림자 속으로 미끄러져 들어갔다.

─다이키!

그 모습을 본 사람이 있다면, 눈을 의심할 만한 광경이었을 것이다.

작은 밭 사이에 낡은 건물들이 늘어선 자그마한 마을이었다. 그 가운데를 완만하게 구불거리며 관통한 좁은 아스팔트 길. 사월의 선명한 햇볕이 내리쬐어 아스팔트 표면에 작게 아지랑이가 피어올랐다.

아지랑이가 크게 일렁였다. 말 그대로 불꽃이 느닷없이 기세를 더한 듯이 부풀어 올라 짙게 엉겼다. 어른 키만 하다. 그곳에 어슴푸레한 그림자가 떠오르더니 스르륵 인영을 뱉어냈다. 마치 작은 턱에 걸린 것처럼 비틀거리며 나온 아이의 그림자는 고꾸라지듯 두세 걸음을 내딛고는 우뚝 멈추었다.

아스팔트 위에 선 아이의 등에서 아지랑이가 녹아내렸다. 그리고 한가로운 봄 경치만이 펼쳐졌다.

하늘은 밝은 푸른색, 푸름 속에 새털구름을 수놓았다. 어느 높은 곳에서 종달새가 울었다. 스치는 바람은 약하고 미적지근하다. 밭에 핀 유채꽃을 흔들고 논두렁길 냉이를 흔들며, 아스팔트 표면을 훑고 아이의 어깨 밑으로 길게 자란 머리카락을 가벼이 흩날렸다.

아이는 우두커니 서 있었다. 어쩌면 아무것도 보지 않고 느끼지 않는지도 모른다. 깜빡이지도 않는 눈은 정면을 향한 채, 뒤에서 부는 부드러운 바람에 떠밀리듯이 다리를 움직였다. 한 걸음 내딛자 그다음 걸음도 자연스레 앞으로 나간다. 아이는 기계적으로 다리를 움직이다 이윽고 거침없이 내디뎠다.

조금 걷고는 갑자기 눈을 깜빡였다. 퍼뜩 정신을 차린 듯했다. 걸음을 멈춘다. 아이는 주위를 둘러보며 빠르게 눈을 깜빡거렸다.

작게 정비된 논밭, 드문드문 오래된 건물이 있다. 오래된 건물 사이로 새로 지은 건물도 보인다. 어디에나 있는 시골다운 작은 마을.

아이는 고개를 갸웃했다. 또다시 잠이 덜 깬 얼굴이었다. 아이가 향하는 곳, 좁은 길이 도로와 교차하는 곳에 초상집에 두르는 흰색과 검은색 휘장이 보였다.

그는 허해虛海를 건너고 말았다.

1
장

001

대륙 동부, 경동국慶東國 도읍 요천堯天 상공에 날것의 검은 그림자가 나타난 것은 경국 국력으로 3년, 초여름의 일이었다.

도읍은 나른한 열기 속에 가라앉아 있었다. 요천 북쪽에는 거대한 산이 기둥처럼 치솟아 있다. 산기슭 남쪽으로 치맛자락을 끌듯이 내려가는 비탈에 도읍이 펼쳐졌다. 계단 형태로 이어지는 시가지, 운집해 있는 검푸른 기와지붕, 종횡으로 뻗은 큰길은 햇볕이 내리쬐어 하얗고, 그곳에 끈적거리는 습기를 머금은 더위가 괴어 있다.

어느 건물이건 서늘한 바람을 찾아 창을 열어놓았지만, 안타깝게도 이날은 낮부터 바람이 뚝 그쳤다. 창문이든 문이든 활짝 열어보았자 희부연 반사 빛과 열기를 머금은 공기와 졸음을 부르는 소용한 술렁임만이 흘러 들어왔다.

더위에 지쳤는지 여름 하늘에는 새 그림자도 보이지 않았다. 뙤약볕을 피해 여기저기 나무 그늘로 쫓겨가 있다. 낡은 민가 처마 아래에 드리운 짧고 시커먼 그림자 안에 개 한 마리가 배를 깔고 누웠다. 졸고 있는 개 옆에 놓인 의자에는 한 노인이 잠에 취해 있다. 무방비하게 잠든 노인의 손에서 부채가 떨어지자 개는 코끝만 들고 귀찮다는 듯이 주인을 쳐다보았다. 그때였다.

볕이 그늘졌다. 개가 기대를 품고 올려다보니 여름 하늘이 동쪽에서 흘러온 구름에 침식당하고 있었다. 축축한 바람 냄새가 개의 코끝에 닿고 멀리 천둥소리가 들렸다. 하늘이 완전히 구름으로 뒤덮이고 주위가 어두워지기까지 얼마 걸리지 않았다.

그 무렵 검은 그림자가 홀연히 요천 상공에 나타났다. 납빛 구름에 쫓기듯이 동쪽에서 나타난 그림자는 크게 호를 그리면서 능운산에 가까워졌다. 고을 곳곳에서 비를 기다리며 하늘을 쳐다보던 사람 중 몇 명이 그림자를 목격했다.

날것은 딱할 정도로 기운이 없었다. 본디 하얗던 날것은 깃털이 거꾸로 서고 지저분해졌으며 까맣게 바래 여기저기가 빠지고 찢겼다. 활공조차 온전히 하지 못하는 그림자는 습기를 머금은 하늘에서 필사적으로 바르작거린다. 기력이 다한 듯이 하강하더니 푸덕이며 능운산 쪽으로 다가간다.

그림자를 떨어뜨리려는 듯이 빗방울이 떨어지기 시작했다. 빗방울은 눈 깜짝할 사이에 소나기가 되어 날것을 덮었다. 그림자는 이내 빗발 속에 자취를 감추고 말았다. 그 모습을 별생각 없이 지켜보던 사람들은 날것이 물안개 속으로 사라지기 직전에 능운산 높은 곳에 빨려 들어가는 모습을 본 것만 같았다.

도신杜眞은 거대한 문 앞에 서 있었다. 요천산 중턱, 운해와 가까운 절벽 위에 문이 있다. 사람 키 몇 배는 될 듯한 벽감(벽면을 오목하게 파서 만든 공간) 안쪽에 닫힌 대문, 그 문 앞은 상당히 넓은 바위 턱이었다. 이것이 금문禁門, 요천산에 놓인 금파궁金波宮 최상층, 운해 위에 펼쳐진 연조燕朝로 직결하는 유일한 문이다.

오후에 도신이 문을 지키는 동료와 교대해 문 앞에 도착했을 때, 바위 턱 아래에는 열기에 일렁이는 요천이 펼쳐져 있었다. 이렇게 높은 곳조차 바람 한 점 없고, 찌는 듯한 더위가 가득했다. 이윽고 머리 위에 구름이 끼었다. 구름은 동쪽에서 운해 바닥을 핥듯이 다가왔다. 천둥소리가 들리는가 하더니 금세 주위에 안개가 감돌았다. 두꺼워진 구름이 운해에서 금문까지 드리웠다.

해를 완전히 가리고 안개비 같은 연무에 바위 턱이 갇히기까지 얼마 걸리지 않았다. 도신의 눈앞에 있는 바위 턱 끝이 잿빛으로 덧씌워졌다. 발치에 축축하고 서늘한 기운과 함께 희미하게 땅울림이 흘러들었다.

"내리는 모양이네요."

도신은 무심히 한숨을 돌리며 바로 옆에 있는 가이시凱之에게 말했다.

"그렇군."

가이시 또한 심호흡하고 하얀 치아를 드러냈다.

"이제 조금은 견디기 쉬워지면 좋을 텐데. 이리도 더워서야 갑옷 안이 푹푹 쪄서 못쓰겠어."

그렇게 말하며 웃은 가이시는 도신 이하 금군 병졸 다섯 명을 통솔하는 오장伍長이었다. 장長이라고 해도 일오一伍 다섯 명 중에서 가장 경험이 많고 실력이 있는 사람이 관리직을 맡은 것뿐이다. 가이시도 장의 위치를 내세우는 일은 없었고 엄격하거나 고압적인 구석도 없었다. 애초에 오장이란 그런 존재인지, 아니면 가이시라서 그런 것인지 경험이 얼마 없는 도신은 잘 알지 못했다.

도신은 경국의 새 왕이 즉위한 이듬해 병졸로 군에 들어왔다. 일 년의 훈련을 마치고 좌군左軍에 배속되어 정식으로 군무를 본 지 반년, 도신은 가이시 말고 다른 오장 밑에서 일한 경험이 없

황혼의 기슭 새벽의 하늘

다. 금문을 지키는 것은 일양一兩 스물다섯 명, 일양은 오오五伍
로 편성되어 있다. 다른 오장과 오장을 통솔하는 양사마兩司馬도
다이시처럼 친해지기 쉬운 사람이 많았지만, 소문으로는 다른
부대에서는 그렇지도 않은 듯했다.

"영주瑛州는 덥군. 맥주麥州가 더 살 만했어."

"오장, 맥주 출신이세요?"

도신이 물음에 가이시는 고개를 끄덕였다.

"맥주에서 나고 자랐어. 지금의 주상이 즉위하시기 전에는 맥
주사에 있었지."

"그랬구나."

도신은 감탄했다. 도신에게는 전 맥주사 병졸은 정예병이라는
의식이 있었다.

"그럼 오장은 세이青 장군을……."

아느냐고 물으려던 찰나였다. 절벽 끝에 낮게 드리운 잿빛 막
너머에서 느닷없이 시커먼 그림자가 튀어나왔다.

시커먼 그림자는 도신이 소리칠 새도 없이 짙은 안갯속에서 튀
어나와 금문 옆 암벽에 세차게 부딪혔다. 알아들을 수 없는 짧은
소리를 지르고 버둥거리면서 바위 턱으로 미끄러져 떨어졌다.

"웬 놈이냐."

가이시가 긴장한 목소리로 외쳤다. 노대에 쓰러진 검은 그림

자는 경련하듯이 두세 번 파닥거리더니 애처롭게 울고는 그 자리에 쓰러졌다. 동시에 그림자의 등에서 사람 하나가 굴러떨어졌다.

도신은 창을 겨누는 가이시를 따라 자리를 박차고 나갔다. 금문을 통행할 수 있는 사람은 왕과 재보, 왕이 특별히 허락한 사람들뿐이다. 눈앞에 쓰러진 짐승은 그들 중 어느 누구의 기수騎獸도 아니었다. 왕궁의 가장 깊숙한 곳으로 바로 연결되는 문, 어떤 사정이 있든 타인이 쉬이 기수를 타고 접근해도 되는 곳이 아니다.

기수 곁에 몰려드는 동료들에게는 도신과 마찬가지로 살기를 띤 긴장감이 감돌았다. 도신 또한 명치에 돌덩이라도 있는 것처럼 무거운 마음으로 달려갔다. 금문 옆 막사에 대기하던 병졸도 뛰쳐나와 기수와 기수를 타고 온 사람 주위에 창으로 벽을 만들었다. 그제야 간신히 기수와 사람을 관찰할 여유가 생긴 도신이 눈을 부릅떴다.

커다란 개를 닮은 기수다. 은회색에 가까운 하얀 몸에 검은 머리, 하지만 몸을 덮은 털은 그을린 빛깔로 더럽혀지고 잔털이 선데다 군데군데 검붉은 반점이 있었다. 머리의 검은 털도 여기저기 뽑힌 것처럼 벗겨졌다. 짧은 날개를 덮은 것은 더러워질 대로 더러워진 하얀 깃, 검은 날개깃도 꺾이거나 빠졌다. 기수는 옆으로 쓰러진 채 날개로 힘없이 땅바닥을 때리고 있었지만, 날갯짓이라고 부르기에는 몹시 힘에 부친 움직임이었다. 그 옆에는 날개에 감싸인 사람이 쓰러져 있었다. 가여운 몰골이기는 기수와 별반 차이가 없었다. 상처 입고 더러워진 모습이 힘이 다한 듯보였다.

도신은 당황해서 가이시를 찾았다. 선두에 선 가이시 또한 창을 들이댄 채 놀란 눈빛으로 기수와 사람을 바라보았다. 당혹감을 띤 술렁임이 일었다. 가이시는 주위를 제지하듯이 한 손을 들더니 창을 내리고 사람 곁에 한쪽 무릎을 꿇었다.

"괜찮나."

가이시의 목소리에 쓰러진 사람이 고개를 들었다. 도신은 비로소 그 사람이 여자라는 사실을 깨달았다. 키가 크고 다부진 체격에 갑옷을 입었다. 아니, 갑옷의 잔해라고 불러야 맞다. 더럽기만 한 것이 아니라, 기수의 날개와 마찬가지로 여기저기 찢어지고 떨어졌다.

"내 목소리가 들려? 어떻게 된 거야?"

여자는 신음을 내뱉으면서 몸을 일으키려 했다. 도신은 여자가 한쪽 팔에 중상을 입었음을 깨달았다. 가이시가 머뭇거리며 창을 들었다.

"움직이지 마. 미안하지만 움직이지 말아줘. 여기는 금문이다. 정체를 밝히지 않은 사람이 접근해서는 안 돼."

여자는 눈을 가늘게 뜨며 가이시를 쳐다보고 작게 끄덕였다. 가이시는 창을 들고 있지 않은 손으로 여자가 허리에 찬 검을 뽑았다. 뽑아 든 검을 뒤쪽에 있던 도신에게 건네고서야 겨누었던 창을 다시 내렸다. 여자가 신음하면서 다시 몸을 일으키려 했지만 이번에는 말리지 않았다.

"소란을 피워 미안하군……."

여자는 숨을 헐떡이면서 나직하게 말하고 힘겹게 무릎을 꿇었다.

"나는 대국의 장군 류劉라 하오……."

"대국?"

여자는 눈을 동그랗게 뜨고 되묻는 가이시를 간절하게 쳐다보고는 그 자리에 엎드렸다.

"송구하오만, 불손한 줄 충분히 알고 있으나 경동국 국주 경왕景王을 알현하고 싶소."

002

얼마 안 가 금문 옆에 있는 쪽문에서 혼인閽人이 불려 나왔다.

혼인은 궁중의 제반사를 관리하는 천관天官 중 하나로 문가에서 오가는 사람을 기록하고 신분을 검사하고 손님을 응대한다. 양사마兩司馬와 함께 달려온 혼인은 여자와 기수를 보자마자 내쫓으라며 흥분한 목소리로 외쳤다.

"하오나 이렇게 다친 사람을……."

혼인은 양사마가 중재하려는 것을 가로막고 고압적인 목소리로 외쳤다.

"대국 장군이라고 하나 이 꼴이 장군처럼 보이는가. 무엇보다 타국의 장군이 찾아올 이유가 없지 않나."

"하오나……."

"그만하게."

혼인이 일갈했다. 도신과 병졸들은 금군이 혼인에게 빌려준 것과 다름없다. 소속은 하관夏官에 해당하지만 이 자리 지휘권은 혼인에게 있었다.

"금문을 더럽히지 마."

혼인은 웅크린 여자를 돌아보고 얼굴을 찌푸리며 거칠게 말했다.

"그대도 대국 장국이라면 의복을 정돈하고 신분을 명확히 밝힌 뒤 예절에 따라 국부를 방문하게."

도신은 그 순간 여자의 어깨가 떨리는 것을 보았다. 무참한 몰골에도 번쩍 치켜든 얼굴에는 위엄이 드러났다.

"무례한 줄은 잘 알고 있소. 예의를 다할 여유가 있다면 당연히 그리했소."

여자는 감정을 억누르며 말했으나 혼인은 냉정하게 흘끔 눈길을 주었을 뿐 대답하지 않았다. 여전히 중재하려는 양사마를 저지하고 등을 돌린다. 그 순간, 여자가 팔을 뻗어 도신의 손에서 창을 빼앗았다. 도신이 소리칠 새도 없이 여자는 주위 병졸을 쓰러뜨리고 금문으로 질주했다.

혼인은 물론이고 도신과 가이시, 다른 병졸들도 놀란 나머지 어안이 벙벙해져 움직이는 것이 늦었다. 정신을 차린 병졸이 낯빛이 바뀌어 여자를 뒤쫓았지만 창끝이 여자 등에 이르기 전에 시커먼 날개가 내려와 사이에 끼어들었다. 기수가 배후를 지키는 상황에서 여자는 궐문 안쪽으로 들어가버렸다.

"쫓아라!"

목소리가 뒤얽혔다. 도신은 앞장서서 달려가 궐문 안으로 들어간 기수를 뒤쫓았다. 맨 먼저 머릿속을 메운 것은 자신이 저지른 실수였다. 한 손에 가이시에게 빌린 검을 들고 있었다 해도 멍청하게 여자에게 창을 빼앗기고 말았다. 책임을 추궁당할까. 징벌이 있을까.

손쉽게 여자의 계략에 걸렸다. 도신은 자책하는 마음에 휩싸

황혼의 기슭 새벽의 하늘

였다.

물론 여자는 중상을 입은 척한 것이고, 기수도 숨이 곧 끊어질 것처럼 연기하도록 가르쳤으리라. 대국의 장군이란 소리도 새빨간 거짓말, 그 헛소리를 진짜로 믿은데다 어설픈 연극에 그대로 속아 눈뜨고 허점을 만들었다.

'어설픈 연극?'

금문 안쪽에는 일려一旅(오백 명)가 포진할 수 있을 만큼 넓은 공간이 있다. 여자와 기수는 그 안쪽 계단으로 돌진했다. 소란을 들었는지 광장에 이웃한 막사에서 대기하던 병졸과 관리가 튀어나왔다.

어설픈 정도가 아니다. 여자를 뒤쫓으면서 도신은 생각했다. 연기처럼 보이지 않았다. 여자도 기수도 틀림없는 빈사 상태 같았다. 핏자국은 적토를 바르면 그럴싸하게 보이겠지만 상처는 그럴 수 없다. 특히 여자는 오른팔에 중상을 입은 것 같았다.

도신은 비틀거리면서 계단으로 발자국을 뗀 여자를 응시했다. 지금도 여자의 오른팔은 움직이지 않는다. 도신의 눈앞에서 여자가 넘어졌다. 역시 그녀의 오른팔은 움직이지 않았다. 기수가 달려와서 부축하려는 듯이 고개를 내밀었지만, 기수에게 매달린 것도 창을 쥔 왼팔이었다.

도신은 저도 모르게 주위에서 가이시의 얼굴을 찾았다. 바로 뒤에 달려온 가이시는 도신을 보고 고개를 끄덕였다.

"신경쓰지 말고 쫓아. 붙잡아야 해. 죽이지 마."

"하지만……."

도신은 가이시에게 눈으로 호소했다. 광장 입구 쪽에서 죽이라는 혼인의 새된 목소리가 들렸다.

"죽이지 마. 역적이라 해도 신문해야 할 게 있다."

도신은 수긍하고 다시 여자를 쫓았다. 기수 등에 매달린 여자는 단숨에 꼭대기로 향했다. 앞을 가로막는 거대한 문을 넘어서면 그곳부터는 운해 위다. 왕궁의 가장 깊숙한 곳이며 문 바깥에도 일양의 병졸이 배치되어 있다. 그들은 과연 이 소란을 눈치챘을까.

안 된다, 어설프게 알아채고 상황을 살피려 문을 열면 손놓고 여자를 궁 안으로 들이기 십상이다.

도신이 염려한 순간 궐문이 움직였다. 기수는 여자를 태운 채 궐문을 몸으로 밀어젖히며 문 안쪽으로 들어가버렸다.

주위에서 들려오는 낭패한 목소리, 위쪽에서 솟구치는 경악하는 소리와 질타하는 외침. 그 소리를 들으면서 계단을 뛰어 올라간 도신이 궐문에 이른 그때, 마침 비명 같은 짐승의 울음소리가 들렸다. 도신은 위장을 주먹으로 맞은 것 같은 기분이었다. 금문 안쪽에 있던 병사들이 여자를 죽였을까.

도신은 납을 삼킨 심정으로 궐문을 지났다. 안쪽은 왕궁 내부의 노침路寢, 널찍한 노대 전방에는 높은 격벽을 경계로 왕의 거처인 정침正寢 건물이 우뚝 서 있다. 도신 이하 병졸은 물론이요, 중신인 고관들조차 무단으로 들어설 수 없는 금역으로 이어지는 돌바닥 위에 기수가 쓰러져 있었다. 기수를 붙잡을 때 쓰는 갈고리 몇 개가 몸에 걸려 있었다.

"안 돼! 죽이지 마!"

가이시의 목소리가 들렸다. 기수를 포위한 병졸이 놀라서 돌아보았다. 도신이 포위망 곁으로 달려갔을 때, 여자의 목에 창끝을 막 들이대던 참이었다. 창을 가져다 댄 병사가 즉시 무기를 물리자 여자가 발버둥쳤다. 포위망에서 고함이 들렸다. 금문에서는 혼인의 신경질적인 소리가 들렸다. 앙칼진 목소리로 죽이라고 외쳤다. 죽이라는 목소리와 죽이지 말라는 목소리, 여전히 도망치려 하는 여자와 기수, 붙잡으려고 우왕좌왕하는 병졸. 혼란하기 그지없는 순간에 또랑또랑한 목소리가 들렸다.

"무슨 소란이지."

포위망에 다가오는 모습을 보고 도신은 안도의 한숨을 쉬었다. 한 손에 대도大刀를 든 덩치 큰 남자는 하관 대복이었다. 왕이나 귀인의 신변 경호를 하는 사인射人 소속 중에서도 대복은 평시에 왕을 바로 곁에서 모시며 경호한다. 작위로 말하면 하대부下大夫에 지나지 않지만, 이자는 왕의 신임이 특히 두터웠다. 사적인 장소에서는 늘 왕을 곁에서 모시고, 소신小臣(호위)을 지휘한다. 지금도 대복 주위에는 소신 세 사람이 따르고 있었다.

"침입자다!"

혼인이 소리질렀다. 반대로 가이시는 큰 소리로 내방자라고 말했다. 대복은 눈을 깜빡이면서 그 자리를 둘러보았다.

"침입자야, 손님이야? 어느 쪽이지?"

손님이 아니라고 앙칼지게 내지른 사람은 역시 혼인이었다.

"손님을 가장해 쳐들어온 거야!"

혼인은 사태의 경위를 크게 떠들었다. 대복은 혼인의 말을 막듯이 손을 내저었다.

"본인에게 묻는 편이 빠를 것 같군."

대복은 그렇게 말하더니 곧장 여자에게 다가갔다. 당황하며 길을 여는 병졸 사이를 지나 도신은 여자 곁에 다가가 여자 손에서 떨어진 창을 회수했다. 그때 도신은 확인했다.

거짓말이나 연극이 아니다.

찢기고 더러워진 의복은 피로 인해 기묘한 형태로 굳어 있었다. 상당히 오래되었는지 쇳빛으로 변했다. 거기에 간신히 엉겨 붙어 있는 갑옷의 잔해, 움직이지 않는 오른쪽 위팔은 단단히 끈을 동여맸고, 찢어진 소매 밑으로 보이는 팔은 시커멓게 쪼그라

들었다. 괴사하고 있다.

사람이 아닐 것이다. 선인仙人이 아니면 목숨이 붙어 있을 리가 없다.

"저 사람은 괜찮아."

도신은 여자에게 슬쩍 말했다. 돌바닥에 엎드린 여자는 흐트러진 머리 밑에서 도신을 쳐다보았다.

"주상의 신의가 두터운 사람이니까."

여자가 감사를 표하듯이 고개를 끄덕였다. 여자는 신음하면서 몸을 일으키고 대복을 향해 돌아섰다. 혼인은 여전히 뭐라 소리를 질렀지만 대복은 개의치 않고 돌바닥에 무릎을 꿇었다.

"이봐, 이 꼴은 대체……."

"억지로 침입해 면목이 없소. 저지른 행패는 몇 번이고 사죄드리오만, 결코 해치려는 뜻이 없었음을 알아주시오."

여자의 말에 대복은 고개를 끄덕였다. 여자는 한숨 놓은 듯이 경계를 풀고 깊이 고개를 숙였다.

"나는 대국 서주사瑞州師 장군 류 리사이劉李齋라 하오."

놀란 듯이 입을 떡 벌린 대복을 리사이는 진지한 눈으로 올려다보았다.

"경왕께 꼭 말씀드릴 일이 있어 찾아왔소. 불손한 줄은 잘 알지만 어떻게든 알현하고 싶소."

리사이는 그렇게 말하고 평복했다.

"엎드려 빌겠소. 부디 경왕을……."

대복은 리사이를 응시하며 고개를 끄덕이고서 도신을 바라보았다.

"부축해줘. 어디 근처에서 쉬게 해야……."

당사자인 리사이가 말을 가로막았다.

"쉬고 있을 틈이 없어!"

"체포하려는 것이 아니야. 댁에게는 휴식과 치료가 필요해."

대복이 말하고서 웃었다.

"나는 대복인 고쇼虎嘯라 한다. 댁의 부탁은 내가 틀림없이 접수했으니까 우선 쉬어. 지금 의관을 불러올게."

"그럴 수는 없네."

그러자 혼인이 소리를 질렀다.

"무슨 생각을 하는 게야! 이자는 허락도 없이 금문에 접근해 발칙하게도 병졸을 따돌리고 여기까지 침입했다. 궁성을 더럽히고 주상의 위신에 상처를 입혔어. 얼른 끌고 가서 처분해!"

고쇼는 어이없어하며 혼인을 바라보았다.

"거칠구먼. 그래도 남의 나라 장군에게 그리 무례한 짓을 할 수 있나."

"장군이라고! 이자의 어디가 장군으로 보이나. 거짓말일 게 뻔

36

황혼의 기슭 새벽의 하늘

하잖아!"

"그래도 말이지."

"대복은 뭔가 착각하고 계신 것이 아닌가? 내방자의 신원을 파악하고 처우를 정하는 것은 혼인의 직분이야. 주상께 총애 좀 받는다고 타관의 직무까지 참견하지 말게!"

"신원을 따질 문제인가!"

고쇼의 일갈에 혼인이 움츠러들었다.

"이자를 이대로 내버려두는 걸 주상이 용인하실 것 같아?"

고쇼는 거칠게 말하고 도신을 재촉했다.

"서둘러. 저 짐승도 치료하고 쉴 수 있도록 준비해."

도신은 고개를 끄덕이고 리사이의 어깨에 손을 댔다. 그러나 일으키려는 도신의 손을 리사이는 완곡하게 거절했다.

"안 돼, 일단 쉬어."

리사이는 고개를 젓고 빠르게 멀어지는 고쇼를 쫓으려 했다.

"더는 무리하면 안 돼. 대복이 오지 않았다면, 당신은……."

리사이는 안다고 대답하고 도신을 보았다.

"호의는 이루 다 말할 수 없을 만큼 감사하오만, 경왕께서 왕궁을 더럽히는 것을 크게 노여워하지 않는다면 대복과 함께 데려가줄 수 없을까."

"하지만……."

"부탁하오……. 여기서 주저앉으면 다시는 경왕을 뵐 수 없을 거야……."

매달리는 듯한 말에 도신은 숨을 삼켰다. 리사이의 얼굴은 핏기가 없다. 입술도 푸르스름해졌다. 신음하듯이 숨을 쉬었다. 숨소리 사이로 희미한 피리 소리처럼 가래 끓는 소리가 섞여 있다. 도신이 안은 어깨와 팔도 차가웠다.

이 여자에게는 남은 시간이 얼마 없다.

"대복!"

도신은 소리쳤다. 리사이의 겨드랑이 사이로 몸을 넣어 부축한다.

"함께 데려가주십시오."

"어이……."

"그러지 않으면 이 사람은 눈도 감지 못할 겁니다."

위급하다는 뜻을 알아주었는지, 고쇼는 고개를 끄덕이고 소신한 사람에게 대도를 건네더니 팔을 뻗는다. 간절한 얼굴을 한 여자를 직접 거두었다.

왕의 개인 공간인 정침은 정전正殿인 장락전長樂殿을 중심으로
수많은 건물로 구성되어 있다. 나라와 왕궁에 따라 저마다 개성
은 있지만 기본적인 구조는 다르지 않다. 따라서 리사이는 자신
이 지나는 곳이 정침 어느 구역인지 대충 알 수 있었다. 대국에
서 신하는 본디 들어가지 못하는 정침에 들어갈 수 있는 특별한
허가를 받은 덕분이었다.

리사이는 자신을 고쇼라고 소개한 대복의 부축을 받으며 금문
에서 곧장 정침으로 들어갔다. 구석구석 건물을 빠져나가 커다
란 회랑을 지나, 정면에 화려한 누각이 바라다보이는 건물로 안
내받았다. 리사이는 그곳이 왕의 개인 공간인 장락전의, 정원을
낀 화전花殿에 딸린 건물이라고 짐작했다. 건물 옆 정원은 광대
한데다 분명 중간에 정전과 화전을 나누기 위한 옹벽이 있을 것
이다. 정전에서 화전으로 오기 위해서는 정원을 돌아가야 한다.

그러는 데 도대체 얼마나 시간이 걸릴까. 리사이는 절망적인
심정으로 생각했다.

아무리 융숭한 대접을 받아도 정전 출입까지 윤허받지는 못할
줄 알고 있었다. 여기까지 들어온 것만으로도 파격적인 처우임
은 안다. 그러나 리사이의 다리는 기운을 잃어갔다. 고쇼의 부축

으로 간신히 서 있었지만 당장에라도 쓰러질 것 같았다. 그것을 알아챘는지 고쇼가 권했다.

"좀 앉지그래?"

리사이는 고개를 가로저었다. 여기서 그런 무례까지 저지를 수 없다. 자신의 차림새가 도저히 일국의 왕을 대면할 수 있을 만한 상태가 아님은 잘 안다. 리사이로서는 어찌할 수 없는 일이었지만 금문을 힘으로 돌파한 것도 원칙대로라면 사형에 처할 일이다. 더는 무례하게 굴어서는 안 된다. 그래서는 안 된다는 것을 리사이는 알고 있었다. 최소한의 위엄이라도 갖추지 않으면 이렇게 찾아온 의미를 잃고 만다.

필사적으로 두 발을 딛고 서 있는데 고쇼가 먼저 보낸 소신이 돌아왔다. 소신은 고쇼에게 뭐라고 귀띔했다. 고쇼는 리사이의 몸을 부축하느라 가까이 있었지만 리사이에게는 무슨 말인지 들리지 않았다. 조금 전부터 나직하게 귀가 울렸다. 귀로 들어오는 모든 소리가 윙윙거려서 알아듣기 어려웠다.

경왕은 지금 어디에 있을까. 정전을 나왔을까. 리사이와 만나기 위해 의복을 갈아입고 있을까. 이곳에 도착하기까지 시간이 얼마나 걸릴까.

애타는 심정으로 생각하는데 고쇼가 문 쪽으로 시선을 돌렸다. 활짝 열려 있는 문 너머, 정원에 접한 회랑에 소신과 여관 무리가 보였다. 실내에서 대기하던 소신들이 입구의 길을 비켜 공수하는 모습을 보고 리사이는 작은 기대를 걸었지만, 다가온 이들 속에 귀인의 모습은 보이지 않았고, 귀인을 안내해 온 낌새도 없었다. 맨 앞에 서서 빠르게 실내로 들어온 이는 관리가 평소 입는 조복을 입은 젊은 여자고 그녀 뒤에는 어떤 안내자도 보이지 않는다. 고쇼의 어깨에 매달려 발돋움한 리사이는 사람들 뒤쪽을 살폈다.

이제 눈이 흐릿하다…….

왼팔 하나에 온몸을 의지하고 남자 어깨에 손톱을 세워봐도 무릎이 꺾일 것 같았다. 경왕이 이곳에 오기까지는 몇 걸음이 남았을까. 이제 거리가 아니라 몇 걸음인지가 일각을 다툰다.

여기까지 와서…….

젊은 관리가 리사이의 몸에 손을 댔다. 돌아보자 붉은 머리카락이 눈에 확 들어올 만큼 선명했고, 놀란 듯한 초록색 눈은 머릿속에 선명하게 남았다.

"고쇼, 어째서 쉬게 하지 않았지."

그녀는 그렇게 말하더니 간신히 붙어 있는 리사이의 오른팔 밑을 어깨로 받쳤다.

"내가 경왕 요시陽子다."

명쾌한 목소리에 놀란 리사이는 고개를 돌려 옆에 선 여자아

41
—
1장

이를 바라보았다.

"어떤 사정이 있었는지 반드시 듣겠다. 그러니까 지금은 우선 누워."

팔에서 힘이 빠졌다. 리사이는 털썩 쓰러져 그대로 그곳에 힘겹게 머리를 조아렸다.

"경왕께 긴히 청하고 싶은 일이 있어 찾아뵈었습니다."

"지금은 안 돼."

리사이는 옆에 무릎을 꿇은 경왕을 올려다보았다.

"부디…… 부디 간청합니다. 대국을 구해주십시오……!"

놀란 듯한 푸른 눈빛이 리사이의 얼굴을 응시했다.

"경국 국주인 주상께 이러한 청을 드리는 것이 도리에 어긋나는 행동임은 물론 알고 있습니다. 하오나 저희에게는……."

리사이는 말문이 막혔다.

대륙의 북동쪽, 허해 한가운데에 고립된 대국. 겨울에는 모든 것이 얼어붙는 극한의 땅. 그곳에 남겨진 대국의 백성. 육 년 전, 새 왕이 등극했지만 해가 바뀌고 얼마 되지 않아 대국은 왕을 잃었다.

왕의 비호와 하늘의 가호를 잃고 재난과 요마가 유린하는 감옥이 되었다.

"대국의 백성에게는 스스로를 구할 길이 없습니다. 연안에는 요마가 넘쳐나 나라 밖으로 도망치는 것도 마음대로 하지 못하고. 나라 안에서는 더욱 살아남을 수가 없습니다."

분노와 고통. 리사이의 가슴속에서 오랜 세월 덮어두었던 것이 단숨에 해방되어 숨이 막혔다. 기도에 딱딱하고 차가운 덩어리가 엉겼다.

"태왕께서는 흉적의 모반으로 궁성에서 내쫓기셨습니다. 태보와 함께 어디에서, 어떻게 계신지도 모릅니다. 하오나……."

리사이는 그 자리에 몸을 내던졌다. 바닥에 이마를 붙이고 외쳤다.

"아직 백치白雉는 숨이 끊어지지 않았습니다!"

왕은 죽지 않았다. 대국의 명운은 다하지 않았다.

"부디……."

날숨이 다했다. 리사이는 숨을 들이쉬려 했으나 목은 공연히 울리기만 하고 호흡을 거부했다. 시야에 꺼림칙한 어두운 반점이 나타나더니 부풀어올라 완전히 어둠에 갇히고 말았다. 이제 들리는 소리라고는 예리한 귀울림뿐이었다.

조력을, 이란 말을 내뱉었지만 과연 그 말이 사람 말소리로 나왔는지는 알 수 없었다.

이명耳鳴이 일었다.

귀울림이 아니다, 이것은 바람 소리다. 리사이는 생각했다. 대국의 겨울, 문밖에 휘몰아치는 얼어붙은 바람 소리다. 실제로 몹시 추웠다.

세찬 바람이 소용돌이쳤다. 살을 엘 정도로 예리하고 차가운 바람. 나무도 산도 강도 윙윙 신음하는 바람에 노출되어 하얗게 얼어붙었다. 강 표면은 얼음으로 뒤덮여 눈이 두껍게 쌓였다. 대지 또한 꽁꽁 얼어붙은 눈 아래, 길 곳곳에는 눈이 쌓이고, 세찬 바람이 표면을 휩쓸어 하얗고 차가운 눈송이를 감아올렸다.

대국은 대륙에서 떨어져 망망대해 안에 고립되어 있다. 겨울에는 북해에서 살을 에는 바람이 불어왔다. 마을은 눈 속에 웅크리고, 집집은 문과 창문을 닫는다. 그렇게 몇 겹이나 바깥세상과 단절된 작은 공간 안에 따스한 불빛을 밝힌다. 사람들은 그곳에서 서로 도우며, 바깥세상의 극한에 비하면 너무나도 자그마한 온기를 나눈다.

난로에 밝힌 불길, 둘러싼 사람들의 체온, 화로 위에 얹은 커다란 냄비에서 피어오른 김을 눈길에 언 낯선 방문객에게도 나누어주었다. 대국의 겨울은 혹독하지만 동시에 온기로 가득했

다. 때로는 그것이 고운 빛깔의 꽃 형태를 하기도 한다. 리사이
는 뛰어 들어온 어린아이의 모습을 보며 생각했다.

"리사이, 이거."

그렇게 말하며 내민 것은 붉거나 노란, 따스한 색을 띤 꽃들이
었다. 약한 햇살이 간신히 드는 썰렁한 실내에 밝은 온기를 밝힌
것 같았다. 바깥에서는 사무치는 듯한 바람 소리가 들렸다. 대국
은 이제 막 겨울의 문턱이건만 눈이 벌써 산야를 엷게 뒤덮기 시
작했다.

이 계절에 이토록 화려한 꽃이 필 리가 없다. 리사이는 놀라서
꽃을 내민 손님을 바라보았다. 자신의 얼굴보다도 커다란 꽃다
발을 안은 아이의 미소는 꽃의 빛깔보다도 한층 밝고 따뜻했다.

"축하 선물이에요. 리사이가 주사의 장군이 되었다는 이야기
를 듣고 기뻐서."

그렇게 말하며 다이키가 눈부시게 웃었다. 당시 나이 아직 열
살이었다.

"저에게 주시는 것입니까?"

"그럼요. 그러려고 교소 님, 주상께 부탁해서 얻은 거예요."

어린 재보는 말하고 나서 쑥스러워하며 고개를 떨구었다.

"있지요, 제가 태어난 봉래蓬萊에서는 축하할 때 꽃을 줘요.
이쪽에서는 이런 선물은 그다지 하지 않는다고 들었지만, 저는

꼭 리사이에게 꽃다발을 주고 싶었어요. 이제 막 이사한 집이니까 꽃이 있으면 더욱 훌륭해 보이지 않을까 해서요."

"어쩜."

리사이가 웃었다. 얼마 전에 하사받은 관저의 객청客庁이었다. 신왕 교소가 등극한 지 한 달 남짓, 리사이는 서주사 중군中軍의 장군으로 임명되어 거처를 백규궁에 있는 관저로 옮긴 참이었다. 재보라 하면 왕의 뒤를 잇는 나라의 기둥, 동시에 리사이가 소속한 서주사를 통솔하는 서주 주후이기도 하다. 그런 재보가 직접 관저를 방문해 이렇게 꽃을 내린 것이 과분하고도 기쁘고, 동시에 자랑스러웠다.

하관에게 꽃꽂이를 명해 객청 선반에 두자 그것만으로 실내가 훨씬 밝고 따스해진 느낌이었다. 이제 막 옮겨 익숙지 않고 낯설기만 하던 관저에 자기 자리가 생긴 것만 같았다.

"황공하옵니다. 태보께서 이토록 아껴주시다니 저는 정말로 다복한 사람입니다."

"나야말로 무척 기뻐요. 나는 아직 부족한 점도 많고 정사나 군의 일도 전혀 몰라요. 그러니까 리사이가 주사의 장군이 되어주어서 무척 든든해요."

그렇게 말하고는 커다란 의자에 다소곳이 앉은 재보가 고개를 숙인다.

"으음, 앞으로 잘 부탁합니다."

"아니, 재보께서 고개를 숙이시다니요."

재보 위에 있는 이는 오로지 왕뿐이다. 주사 장군에 지나지 않는 리사이에게 고개를 숙이는 일은 상식적으로 있을 수 없었다.

"이건 고두가 아니라 인사니까 괜찮아요. 사실은 안 되지만 버릇이라 나도 모르게 해버리거든요. 그랬더니 교소 님께서 하는 수 없다고 하셨어요. 으음, 그러니까 리사이도 하는 수 없다고 생각해줘요."

"그러겠습니다."

리사이는 웃음을 참았다. 이 자그마한 재보는 이경異境에서 태어났다. 전설에 따르면 동쪽 바다 끝에 있다는 봉래에서 나고 자랐다. 그래서 특이한 구석이 있었지만 리사이에게는 그것이 대체로 기분 좋게 느껴졌다. 부드럽고 따뜻해서 마음에 든다.

"사실은요, 훨씬 많아요."

다이키는 발그레해져서 웃는 얼굴로 리사이를 바라보았다.

"꽃만 주는 것은 너무하다면서 세이라이正賴가 선물을 잔뜩 준비해주었어요. 하지만 도저히 내가 다 들 수 없어서 못 가져왔어요. 나머지는 잘 배달해준대요."

세이라이는 원래 교소군의 군리軍吏(막료)로 혁명 즈음에 다이키의 부상傅相 겸 서주 영윤令尹에 임명되었다. 붙임성 좋은 호인

인데, 교소 수하의 문관 중에서도 인재 중의 인재라고 유명했다.

"세이라이와 둘이서 뭐가 좋을지 열심히 고민했어요. 교소 님께서 보고寶庫 안의 물건을 마음껏 가져가도 좋다고 해주셔서 오히려 큰일이었어요. 어지러울 정도로 많은 물건이 있었거든요."

"너무 과분합니다."

"교소 님께서 괜찮대요. 교소 님 몫의 선물도 고르라고 하셨어요. 교소 님과 저와 세이라이. 세 사람 몫이니까 듬뿍 있어요. 놀라지 마요."

리사이는 희색을 가득 띤 작은 기린에게 감사의 눈길을 보냈다.

"이 리사이는 정말로 복이 많은 사람입니다. 진심으로 감사드립니다."

리사이는 참으로 행복했다. 왕과 재보가 이토록 아껴주는데다가 리사이의 장래는 전도양양하게 열려 있었다. 조정은 빠르게 정비되었고 백성은 새로운 왕을 환영하고 있다. 백성의 미래 또한 밝아 보였다. 나라와 백성이 행복해진다. 리사이는 진심으로 그리 여겼다.

고작 몇 달 뒤에 모든 것이 무너지리라고는 꿈에도 생각하지 않았다.

귀빈을 맞아 관저의 방에는 따스한 불을 밝혔다. 하지만 문밖에는 매서운 바람이 불고 있었다. 리사이의 주위는 빛으로 가득하여 아무런 그늘도 없었지만 그래도 문밖에서 거칠게 부는 바람이 있음을 잊어서는 안 되었다.

바람은 모든 것을 얼린다. 나라와 산야와 도시와 사람조차.

분명히 그날도 바깥에서는 바람 소리가 들렸다. 오싹한 냉기를 얹고 모든 것을 얼어붙게 할 기회를 엿보고 있었다. 불길한 바람 소리가 귀 안쪽에 스며들어 불온한 귀울림을 연주했다. 벅차오르는 기분에 휩싸여 리사이는 그것을 의식하지 못했지만, 관저 안 곳곳에 냉기가 들러붙어 발끝은 얼고 손끝은 곱았다. 춥고, 사지는 무겁고, 감각은 멀고, 찌를 듯한 냉기만이 생생하다. 지금처럼.

몹시 춥다…….

자신도 나라도 백성도 얼어 죽어 절멸하고 말 것이다.

'춥다…….'

"……정신이 들어요?"

조심스러운 목소리가 들렸다. 들린 것 같았다.

리사이는 얼어붙은 것처럼 무거운 눈꺼풀과 미간에 힘을 주어 간신히 눈을 조금 떴다. 속눈썹에 가로막혀 어두운 시야에 여자아이의 걱정스러운 얼굴이 보였다.

"다행이다……!"

여자아이가 얼굴에 차가운 것을 갖다 대었다. 뼛속까지 추워서 오한이 들었다. 서늘한 자극은 자신의 얼굴에 놓여 있다. 그렇다, 자신은…….

"경왕."

정신이 들었다. 리사이는 반사적으로 중얼거렸지만, 그 목소리는 자신의 귀에도 전혀 말소리로 들리지 않았다. 눈을 부릅뜨고 소녀의 얼굴을 살폈다. 붉은색 머리카락이 보이지 않는다.

"아, 부디 쉬어요. 안 돼요, 아직 일어나면 안 돼요."

그 말을 듣고서야 리사이는 자신이 일어나려 한 사실을 알아챘다.

아직 목숨이 붙어 있다.

차가운 손바닥이 리사이의 손을 덮었다. 차가운 감촉은 리사이의 마음을 안정시켰다. 이렇게 춥고 얼어붙어 있는데도 소녀의 얼음장 같은 손이 기분 좋았다.

"여기는 경국, 요천의 금파궁이에요."

소녀는 커다란 눈으로 리사이를 보며 천천히 차근차근 말했다.

"경국에 도착했어요. 언제든 주상을 뵐 수 있어요. 그러니까 안심하고 눈을 감아요."

"나……는……."

"이제 괜찮으니까 주무세요. 알겠죠?"

소녀는 리사이의 손을 잡고 목 언저리를 만지게 했다. 리사이의 손을 감싸쥐고 목 아래 움푹한 곳에 있는 둥근 것을 쥐게 한다. 소녀의 손보다 한층 차가운 그것이 리사이를 더욱 안심시켰다. 고열 때문에 오한이 나고 괴로웠던 것을 그제야 깨달았다.

"아직 자야 해요. 걱정하지 마세요, 요시는 당신을 버려두지 않아요."

요시, 입안으로 되풀이했지만 아교로 혀를 붙여놓은 것 같았다.

"지금은 없지만 몇 번이나 상태를 보러 왔어요. 당신을 무척 걱정하고 있으니까 지금은 자도 돼요. 이제 괜찮아요."

리사이는 고개를 끄덕이는 대신에 미간의 힘을 풀었다. 자연스레 눈꺼풀이 내려갔다. 바람 소리가 들린다. 차디찬 이 소리는 문밖에서 몰아치는 한풍일까, 아니면 단순한 귀울림일까.

잠들어서는 안 된다고 리사이는 마음속으로 되뇐다.

'경왕을…… 만나야 해…….'

—리사이, 그것만큼은 안 돼요.

바람 소리 틈에 들리는 목소리는 비통한 음색이었다. 떠오르는 그녀의 얼굴은 당장에라도 울음을 터뜨릴 것 같은 표정을 짓고 있었다.

　—그 무슨 비열하고 무서운 짓인가요.

　'그렇군.'

　리사이는 허공을 향해 고개를 끄덕였다.

　'도리에 어긋난 짓이라는 것은 알고 있어……. 가에이花影.'

005

　"지금으로부터 칠 년 전 가을, 대국에 새로운 왕이 등극하셨습니다. 신왕의 이름은 사쿠 교소作驍宗."

　담담한 목소리가 실내에 울렸다.

　적취대積翠臺라 불리는 건물이다. 내전 가장 안쪽에 마련된 서재 한쪽, 아담한 실내에는 아래 세상 정도는 아니지만 역시 여름 특유의 끈적한 더위가 괴어 있었다. 뒤쪽에 면한 창문 너머로는 이끼와 양치식물로 뒤덮인 녹색 바위가 가까이 있고, 바위에 하얗고 가느다란 폭포가, 초록빛 나뭇잎 사이로 비친 빛과 함께 노대 아래에 작게 퍼지는 맑은 연못으로 쏟아졌다. 활짝 열린 창문으로 여름새 소리와 포개어져 물소리, 서늘한 공기가 흘러들었다.

"선왕의 시대에는 금군 좌군장군을 맡아 왕의 신임도 두터웠고, 군사와 영지의 백성에게도 존경받아 타국에도 명성을 널리 떨쳤을 정도였다더군요. 그 때문에 선왕이 붕어한 직후부터 다음 왕은 사쿠 장군이 아닌가 하는 풍문이 있었던 모양입니다."

"걸물이었군……."

요시는 감탄과 선망을 담아 중얼거렸다. "그러한가 봅니다"라고 시원스레 대답한 이는 육관의 장인 총재冢宰 고칸浩瀚이었다.

"선왕을 잃은 뒤에도 조정을 잘 떠받쳐 주위의 기대도 컸습니다. 그 기대를 업고 황기가 오르자마자 황해에 들어가 동악東岳 봉산蓬山에 승산하여 다이키의 선택을 받고 등극했습니다. 흔히 표풍飄風의 왕이라고 하지요."

"표풍의 왕?"

"첫 승산자 중에서 나온 왕을 이르는 말입니다."

왕은 기린이 고른다. 기린을 통해 하늘이 고르고, 천명을 내린다고 한다. 기린은 세계 중앙, 황해에 있는 봉산에서 나고 자란다. 왕을 고를 수 있는 나이에 이르면 온 나라의 사당에 그 뜻을 나타내는 깃발이 걸리고, 깃발을 보고 왕이 되고자 하는 자는 황해에 들어가 봉산으로 향한다. 그곳에서 기린과 대면하여 천의를 묻는 것을 승산이라 한다.

"질풍처럼 등극한 왕이란 뜻이겠습니다만, 동시에 표풍은 아침을 넘기지 못한다고도 합니다. 기세가 강한 것은 금세 기운을 잃는 법이지요. 표풍의 왕은 걸물 아니면 그 반대, 둘 중 하나일 수밖에 없다고도 합니다."

"흐응……."

"물론 태왕은 황기가 오르기까지 우여곡절이 있었으니 엄밀한 의미로 표풍의 왕이라고 할 수 없지요. 듣자 하니 태 태보는 주상과 동향이시라고요."

"그렇지."

요시가 고개를 끄덕였다.

"나랑 마찬가지로 태과胎果야. 그렇다고 들은 적이 있어."

요시는 동해 저편, 봉래에서 태어났다. 단, 봉래란 동쪽 해상 아득히 멀리 있다고 하는 전설로만 전해지는 낙원이니까 요시가 정말로 그곳 출신인 것은 아니다. 요시는 이쪽과 저쪽, 그렇게 부를 수밖에 없다고 생각했다. 어느 쪽에서건 상대편은 몽환의 나라, 실제로 존재하지 않는 세계. 그러나 드물게 양쪽이 뒤섞일 때가 있다.

요시는 드물게 양쪽이 뒤섞인 와중에 저쪽으로 흘러갔다가 이쪽으로 돌아왔다. 그렇다고 되어 있다. 납득은 했지만 실감은 없었다. 요시가 저쪽으로 흘러갔을 때, 그녀는 아직 알 속에 있었던 탓이다. 이쪽 세계에서는 인간이 난과卵果라 불리는 나무의 열매에서 태어난다. 저쪽과 이쪽이 뒤섞일 때 요시가 든 난과가 저쪽으로 흘러갔다고 한다. 요시의 생명은 존재했지만 아직 탄생하지는 않았다. 세상에 나오지 않은 생명은 출산해야 할 여자의 태내에 이르렀다. 그리고 그곳에서 태어났다. 따라서 이를 태과라 부르지만, 당연히 요시에게 난과 속에 있던 기억은 존재하지 않는다. 지극히 평범한 부모의 아이로 태어나 자랐다는 생각밖에 없었다. 하지만 그게 아니었다. 사실은 이쪽에서 태어나야 했다. 바로 네가 왕이라며 강제로 이끌려 돌아온 뒤에도 신화의 세계로 납치당했다는 생각밖에 들지 않았다.

실감은 전혀 들지 않는다. 애초에 '탄생'이란 그런 것인지도 모른다. 지금 여기에 자신이 존재하니까 그게 맞는다고 납득할 수밖에 없다. 그처럼 요시도 납득하는 수밖에 없었다. 저쪽에서 돌아와, 경왕으로 등극해 이 년. 이제는 저쪽이 꿈같다. 일본이라는 기묘한 나라에서 나고 자라는 꿈을 꾸었다.

"다이키는 몇 살이었더라……."

"태왕이 등극한 당시 열 살이었을 겁니다."

요시의 혼잣말에 뒤에 있던 게이키慶麒가 대답했다. 요시를 이쪽으로 끌고 와 옥좌에 올린 경국의 기린.

"태왕 즉위가 칠 년 전……이란 소리는 딱 내 또래란 말이군……."

참으로 기묘한 감각이었다. 요시가 꾼 꿈을 공유하는 사람이 있다. 환상의 나라, 어쩌면 환상의 도시 어딘가. 요시의 어릴 적과 마찬가지로 다이키가 어린아이로 그곳에 존재했다는 불가사의. 꿈속에서 만난 아이가 요시의 현실 속에 나타나 총재와 재보의 입을 통해 사실로 이야기되고 있는 것만 같았다.

이 세계에는 태과가 적어도 두 사람 더 있다. 경국 북쪽에 있는 강대국, 안국雁國의 왕과 재보가 그들이다. 오백 년에 이르는 대왕조를 이룬 연왕延王과 엔키延麒. 두 사람 모두 태과지만, 그들이 이야기하는 고국은 요시에게 꿈속에서 본 꿈이나 마찬가지다. 역사 수업이나 이야기 속에서 환상으로 알던 오래된 '일본'. 같은 꿈이라도 별개의 꿈이다. 요시는 연왕과 엔키의 후원을 받아 등극했다. 등극하기까지 겪은 파란 속에서 줄곧 두 사람에게 신세를 지는 동안 같은 꿈속에서 튀어나온 사람들이라는 기묘한 감각을 느낀 적은 한 번도 없었다.

꿈속의 길목에서 어쩌면 스쳐지났을지도 모르는 사람······.

그 사람이 대국의 기린이고······. 요시는 생각했다. 태왕을 고르고 왕조를 이루고, 리사이, 만신창이의 장군은 그들을 위해 목숨을 걸고 금파궁을 찾아왔다.

"어찌 그러십니까?"

게이키가 눈살을 찌푸리자 요시는 정신을 차렸다.

"아아⋯⋯. 아니, 아무것도 아니야. 기분이 이상해서."

요시는 쓴웃음을 지었다. 고칸 또한 무슨 일이냐는 얼굴로 요시를 바라보았다.

"미안, 고칸. 그래서?"

고칸은 요시를 보면서 "다이키는⋯⋯" 하고 입을 열고는 서면으로 시선을 떨어뜨렸다.

"식으로 봉래에 흘러가버리셨습니다. 태과로 태어나, 나중에 봉산으로 돌아오신 것이 그로부터 십 년이 지난 뒤입니다."

"십 년 후? 십 년 후에 열 살?"

"그러하옵니다만."

고칸이 되물어서 요시는 고개를 가로저었다. 그렇다면 태과가 흘러갔을 때 다다른 뱃속에는 이미 생명이 존재했다는 말이라 내심 놀랐다. 태아 속에 태과가 흘러들어 깃든다. 그렇다면 그때까지 태내에 있던 생명은 어디로 갔을까?

다이키 때문에 튕겨나가버린 것일까. 자신 또한 그렇게 남의 자리를 빼앗아 태어난 것일까. 그렇게 생각하자 지독히 기묘하고 찜찜했다. 그곳에 있던 생명과 태과를 별개로 생각하는 것 자체가 애초에 잘못일까. 이 궁금증만큼은 이 세계 사람들에게 물어도 대답하지 못하리라.

여전히 이상하다는 듯이 요시를 바라보는 고칸에게 요시는 다시 고개를 내저었다.

"됐어. 계속해."

"다이키가 돌아오시자마자 대국에 황기가 걸리고, 승산이 시작되어 곧 태왕이 등극하셨습니다. 그 당시 기록이 경국에도 남아 있습니다. 봉鳳이 대국의 일성을 올고 새 왕이 등극했음을 전했습니다. 기록으로는 그 뒤 태보께서 비공식적으로 경하드리기 위해 대국을 방문하셨다고요."

요시가 놀라서 돌아보자 게이키는 말없이 이 말에 긍정했다.

"대국과 국교가 있었구나……."

"국교라 할 것까지는 없습니다."

게이키가 나직하게 말했다.

"봉산에 태과가 있던 시절 저도 아직 봉산에 있었습니다. 다이키가 흘러간 식이 일어났을 때에도 봉산에 있었습니다. 훗날 다이키가 봉산으로 돌아오시고 저도 봉산에 갈 일이 있었는데, 그때 다이키를 뵈었습니다. 그 인연으로……."

"그래?"

요시는 신기해하며 되물었다. 꿈속의 아이가 눈앞의 기린과 만난 적이 있다.

"그래서 그녀, 리사이는 경국을 찾아온 건가. 다이키와 면식이 있는 게이키를 믿고?"

이 물음에는 게이키도 의아한 표정을 지었다.

"글쎄요. 저는 류 장군을 뵌 적이 없습니다만."

"태왕은?"

"알현했습니다. 범상치 않은 분으로 보였습니다."

고칸도 고개를 살짝 갸우뚱했다.

"태보께서 개인적으로 두 번 방문하신 것 말고는 이렇다 할 교류는 없었던 듯합니다. 이후에는 경국도 다소 파란이 있었기에 태보는 태왕의 즉위식에도 가지 않으셨어요. 신료 사이에서 경하 사절을 보낼지 말지 심의한 흔적도 없습니다. 공식적으로 사절을 보낼 정도의 국교는 없었다는 뜻이겠지요."

긍정하듯이 게이키가 고개를 끄덕였다.

"어찌되었든 새로운 왕이 즉위하셨습니다. 그런데 반년쯤 지나 대국에서 칙사가 왔습니다. 태왕께서 붕어하셨다고요."

요시가 눈을 깜빡거렸다.

"칙사라고? 봉은 어쩌고? 왕이 자리에서 물러나면 봉이 대국의 말성을 알릴 텐데?"

"그러하옵니다. 왕이 즉위하면 백치가 일성을 울고 왕이 자리에서 물러나면 말성을 웁니다. 봉은 이것을 전하여 울게 되어 있습니다만 이때는 울지 않았습니다. 현재에 이르기까지 봉이 대국 말성을 운 적은 없습니다. 다시 말해 어떻게 봐도 태왕께서 돌아가셨다거나 선양하셨다고 생각할 수 없습니다."

요시는 곤 다리 위에 팔꿈치를 얹고 턱을 괴었다.

"비슷한 이야기를 전에 연 태보께 들었어. 다이키는 죽었다고 전해지지만 죽었다고 생각할 수 없다고. 다이키가 죽으면 봉산에 다음 기린이 열려야 하는데, 기린이 든 열매, 태과泰果가 열린 낌새가 없다고 하던가."

"예. 칙사가 가져온 서장은 태왕이 돌아가셨다고만 전할 뿐 태 태보의 이야기는 하지 않았습니다. 하오나, 이때를 경계로 태 태보의 풍문은 뚝 끊겼습니다. 동시에 대국에서 난민이 흘러들어오게 되었지요. 태 태보는 돌아가셨다는 소문도 있지만, 봉이 태보의 승하를 알리지 않는 이상 뜬소문이라고 여겨야겠지요. 훗날 새로운 왕이 즉위했다는 소문이 퍼졌습니다. 새 왕과 관련해서는 칙사는 물론이고 봉의 고지도 없었습니다."

"난민은 뭐라 하지."

"여러 이야기가 있는 모양입니다. 위왕僞王이 올랐다는 사람도 있고, 태 태보가 다음 왕을 고르셨다는 사람도 있습니다. 태왕이 붕어하시고 옥좌가 비었다는 자도 있지만, 가장 많은 이야기는 궁중에서 모반이 일어 태왕을 시해하고, 태 태보도 흉적에게 죽임을 당했다는 겁니다."

자국의 일이라도 왕궁 내부의 이야기는 어지간해서는 바깥으로 새어 나가기 어렵다. 모든 것은 풍문으로 퍼지는 수밖에 없기 때문에 정확한 정보가 백성에게 선해시는 예는 좀처럼 없있다.

요시는 한숨을 쉬었다.

"아무리 생각해도 태왕과 다이키가 죽었다고는 볼 수 없군. 리사이는 태왕이 궁성에서 쫓겨났다고 했어. 아마 그런 거겠지. 다시 말해 위왕이 올랐다는 얘기야. 위왕이 모반을 일으켜 태왕과 다이키는 모두 궁성에서 내쫓겼어."

"그런 듯합니다. 다만 위왕이란 정당한 왕이 없는 공위 시대에 천명을 얻었다고 속여 오르는 것이니, 이 경우 엄밀하게는 위왕이라고 할 수 없습니다."

"아, 그런가. 정당한 왕은 있으니까."

"그런 것이겠군요. 어찌되었든 류 장군은 서주사의 장국이었고, 서주는 대국의 도읍이 있는 주입니다. 류 장군은 왕궁의 중추에 있었으니, 대국의 내정에 대해 가장 정확한 정보를 가진 것은 확실하겠지요. 모은 정보와 어긋나는 점도 없으니 장군이 거짓을 고했다고 보기 어려울 듯합니다."

요시는 고칸을 흘끗 흘겼다.

"그 말은 리사이의 말을 의심했다는 소리인가?"

"확인해보았을 따름입니다."

시원스레 되받아치니, 요시는 한숨을 쉬었다.

"됐어. 리사이는 구해달라고 했지만 구체적으로 뭘 어떻게 하면 좋은지 모르겠군. 단순히 위왕이 옥좌에 올랐다는 것만으로는……."

"그러하군요. 하다못해 태왕과 다이키가 어찌되셨는지 정도는 알아야겠지요."

"리사이에게 묻는 것이 가장 빠르겠는데……. 의관은 뭐라 하던가?"

고칸은 눈살을 살짝 찡그렸다.

"그것이 아직 정확히 말할 수가 없다고……."

"그래……."

"태보께 여쭌 바로는 태왕과 태 태보는 연왕, 연 태보와 인연이 있으시다고요. 그리고 안국에는 대국의 난민이 가장 많이 유입되고 있습니다. 일단 류 장군의 건을 알려서 아는 바가 있다면 가르쳐달라는 뜻의 친서를 안국 하관夏官, 추관秋官에게 보내두었으니 곧 답신이 있을 겁니다."

요시가 고개를 끄덕였을 때, 곁에서 시중을 드는 서기관인 여사女史가 적취대에 들어왔다. 리사이가 눈을 떴다 한다. 요시는 서둘러 화전으로 향했으나, 그때는 다시 눈을 감은 상태였다. 마찬가지로 부름에 달려온 의관은 리사이의 용태가 희망적이라고 고했다.

"보물인 벽쌍주^{璧雙珠}도 있사오니 조만간 호전될 수도 있습니다."

"그런가……."

요시는 고개를 끄덕이고 수척해진 여장군의 얼굴을 내려다보았다.

"이런 몰골이 되면서까지……."

나라를 구하기 위해 만신창이로 찾아온 여인.

어떻게든 손을 쓰고 싶다.

자신이 무엇을 할 수 있을지는 알 수 없다.

그러나 리사이 장군과 대국과 다이키를 구해주고 싶다.

006

리사이는 미간에 힘을 주었다. 다시 잠에 빠질 것 같은 자신을 북돋아 간신히 눈꺼풀을 들어올리자 남자의 옆얼굴이 가까이 있었다.

"뭐라고 잠꼬대를……."

귀를 가까이 대던 남자는 리사이 쪽을 보고 활짝 웃었다.

"아, 깼군."

낯익은 얼굴이었지만 어디서 본 얼굴인지 떠올릴 수가 없었다. 남자 어깨 너머로 소녀가 달려와 얼굴을 들여다보았지만 이자 역시 본 적이 있는 듯한 기분이 들 뿐이다.

누구지. 이런 얼굴이 백규궁에 있었던가.

떠올리려고 했으나 현기증이 났다. 숨이 막힌다. 몸이 지독히 뜨겁고 온몸 구석구석 아팠다.

"괜찮아? 나 알아보겠어?"

정말로 걱정스럽게 물어서 리사이는 떠올렸다.

그래, 이곳은 대국이 아니다. 경국이다. 도착했다.

"고쇼다…… 알겠어?"

리사이는 고개를 끄덕였다. 서서히 시야가 넓고 깨끗해졌다. 천장이 높은 침소 안이라는 사실을 깨달았다. 천장이 높을 뿐 아니라 넓다. 머리맡에는 검은 칠을 한 탁자가 있고, 남자는 그 옆에 앉아 리사이의 얼굴을 들여다보았다.

"고쇼…… 님."

"대단해. 용케 버텼구나."

남자가 눈을 깜빡거린다. 울컥한 듯이 보였다. 고쇼의 등뒤에서서 리사이를 들여다보던 소녀도 소매로 눈가를 훔쳤다.

놀랍다. 목숨이 붙어 있어.

리사이는 양손을 살며시 들었다. 왼손은 그에 반응해 시야 안에 나타났지만 오른손은 나타나지 않았다. 흘끔 보니 잠옷 소매가 이불 위에 부피감이 없이 닐브러져 있었디.

고쇼는 무슨 영문인지 미안한 표정을 지었다.

"결국 오른팔은 살리지 못했어……. 숨이 붙어 있는 것만으로도 거짓말 같은 이야기지. 괴롭겠지만 실망하지 마."

리사이는 고개를 끄덕였다. 오른팔을 잃었다. 요마의 습격으로 중상을 입고 단단히 묶어 지혈하는 사이에 썩어갔다. 당연히 그곳에 팔이 있을 턱이 없다. 이미 요천에 이르렀을 때 건드리면 떨어져버릴 듯한 상태였다. 저절로 떨어진 것일까, 치료 때문에 잘라낸 것일까.

그리 동요하지는 않았다. 오른팔을 잃으면 더는 장군직을 맡지 못하겠지만, 주인을 구하지 못한 장군이 어떻게 신하라 할 수 있을까. 더는 필요하지 않다.

고쇼는 리사이의 목 아래에 손을 넣어 머리를 살짝 들었다. 소녀가 입가에 찻잔을 댔다. 액체가 입안에 조금 흘러들었다. 달콤하고 향기롭기 그지없어 한 번도 경험하지 못한 맛이라고 생각했는데 이내 혀가 익숙해지자 한낱 물일 뿐이라는 사실을 깨달았다.

찻잔을 떼고 남자가 웃었다.

"이제 괜찮군. 정말로 다행이야."

"나는……."

"댁이 왜 그런 무모한 짓을 했는지 잘 알았어. 댁이 말하고 쓰러졌거든. 용케 요시가 있어주었어."

"경왕은……."

"의관이 허락하면 당장에라도 데려와주지."

리사이가 고개를 끄덕이자 고쇼는 손을 떼고 일어났다.

"스즈鈴, 이 사람을 부탁해. 의관을 불러오는 김에 요시에게 귀띔해둘게."

"응. 서둘러줘."

리사이는 머리맡에서 멀어지는 고쇼를 시선을 배웅하고서 침소 천장을 올려다보았다.

"나는…… 얼마나 시간을 허비한 거지……."

"그런 소리하면 못 써요. 푹 자야 했으니까. 일전에 한 번 눈을 뜨고 사흘이 지났어요. 쓰러지고서 벌써 열흘 가까이 되었죠."

"그렇게나……."

눈을 감았을 뿐인데 그렇게나 잤나. 그토록 많은 시간을 허비하고 말았는가.

그 시간이 안타까워서 리사이는 목에 손을 댔다. 손가락에 둥글고 매끄러운 것이 닿았다. 내려다보며 손에 쥐었다. 목에 둥근 구슬이 걸려 있었다.

"사실은 주상밖에 쓸 수 없는 물건이에요. 요시도 참."

말하다 말고 소녀는 키득키득 웃었다.

"주상이 동관을 위협해서 당신을 위해 쓰게 했어요."

"나를…… 위해서?"

"경국 비장의 보물이래요. 정말로 당신은 여러모로 운이 좋았어요. 다른 곳이나 다른 왕궁에서 쓰러졌다면 살지 못했을지도 모르죠."

"그런가……."

리사이는 그 사실을 기뻐해야 할지 판단이 서지 않았다.

—가에이.

눈을 감자 바람 소리만 들렸다. 손끝에 닿은 구슬의 감촉이 차가웠다. 그 추위에 헤어진 친구의 얼굴이 떠올랐다.

—가에이, 다다르고 말았어…….

리사이보다 열 살쯤 연상인 온화한 얼굴을 한 관리. 명석하지만 상냥하고, 겁쟁이로 보일 만큼 신중했다. 대국 남부 수주垂州에서 마지막으로 모습을 보았다. 그곳에서 리사이는 가에이와 헤어져 홀로 경국을 향했다.

—리사이, 그것만은 안 돼요.

가에이는 바람 속에서 몸을 떨면서 리사이에게 호소했다. 목소리는 부드러웠지만 말투는 의연했다. 가에이의 얼굴과 음성에는 단호한 거절이 감돌았다. 리사이는 서글펐다. 하다못해 가에이만은 이해해주었으면 했다.

"그 무슨 비열하고 무서운 짓인가요."

수주의 언덕, 리사이와 가에이는 추격자를 피해 수주후垂州侯를 찾아가고 있었다. 수주 주도州都인 자천紫泉. 자천에 치솟은 능운산을 눈앞에 둔 언덕 위에는 봄이라는 건 이름뿐이고 차디찬 바람이 세차게 불었다. 돌아보니 언덕 기슭에는 작은 마을이 보인다. 마을을 둘러싼 농지는 황무지가 되었고 그곳에 무덤 두세 기가 공양도 받지 못한 채 서글픈 모습으로 방치되어 있었다.

언덕을 오르기 전에 리사이와 가에이가 들른 그 마을에는 이미 사람이 남아 있지 않은 듯했다. 황무지가 된 고향을 버리고 조금이라도 타국에 가까운 곳으로 도망치려는 떠돌이 몇 명만 다 쓰러져가는 집 안에서 추위를 피하고 있었다. 리사이와 가에이는 그곳에서 사람들에게 끓인 물을 얻어 마시고, 소문을 들었다.

경국에 태과인 왕이 올랐다.

"젊은 여왕이래요. 항구 마을에 살던 젊은 친척에게 작년인가 들었는데 말이죠. 태보 또래라던가……."

힘없이 말한 여자는 만신창이였다. 수주는 요마의 소굴이었다. 대국 전체를 뒤덮은 숙청의 바람도 수주만은 피해서 지나갔

69
—
1장

다고들 했다. 실제로 그녀들은 마을을 버리고 한덩어리가 되어 도망쳐 왔지만, 겨우 보름의 여정에서 이만큼밖에 살아남지 못했다고 했다. 그녀의 품속에는 넝마에 싼 아이가 있었는데, 리사이가 처음 보았을 때부터 꿈쩍도 하지 않았다.

"만약에 태보께서 무사하시다면 그쯤 되시지 않았을까 하더라고요."

리사이는 물을 나눠주어 고맙다고 인사하고 마을을 나왔다. 한줄기 희망을 발견했다.

"보령 열몇 살의 여왕……. 태과……."

바깥에 묶어놓은 기수의 고삐를 쥐면서 리사이가 중얼거리자 가에이가 의아해하며 돌아보았다.

"그게 어쨌다는 거지요?"

"가에이, 어떻게 생각해? 경왕은 참으로 고향이 그리우시겠지?"

"리사이?"

"고향인 봉래가 그립고, 고향에 인연이 있는 것이 그리우실 거야. 그리 생각하지 않아?"

리사이의 목소리는 들떠 있었을지도 모른다. 가에이는 무슨 말이 하고 싶은지 모르겠다는 표정이었다.

"태보도 태과셨어. 보령도 비슷해. 경왕이 태보 이야기를 들

70

황혼의 기슭 새벽의 하늘

으시면 꼭 만나고 싶다, 구하고 싶다고 생각하시지 않을까. 조금 전 여자가 경국에는 안국의 뒷배가 있다고 했지 않아."

가에이는 기막혀하는 표정을 지었다.

"설마 경국에 조력을 청하려고요? 안 돼요."

"왜 안 되지?"

"리사이, 왕은 국경을 넘을 수 없어요. 무력으로 국경을 넘는 것은 곧 적면敵面의 죄를 의미합니다. 타국을 위해 병사를 할애하는 일은 있을 수 없어요."

"아까 그대도 들었지? 연왕은 경국을 도왔어. 경왕은 안국의 병사를 빌려 어지러운 나라에 들어갔다고 했어."

"사정이 다르지요. 안국에 경왕이 계셨어요. 연왕이 국경을 넘으신 것이 아니에요. 어디까지나 경왕이 안국의 왕사를 빌려 자국으로 돌아가신 거예요. 하오나 대국에는 주상이 계시지 않아요."

"그렇지만."

"재국才國 준제遵帝의 고사를 모르세요?"

"준제의 고사?"

"재국 준제는 그 옛날 범국範國이 어지러운 것을 가엾이 여겨 범국 백성을 구제하기 위해 왕사를 보내셨습니다. 그 결과가 비명횡사였어요. 하늘은 설령 백성을 구하기 위해서라도 왕사를 끌고 국경을 넘는 것을 허락지 않으셨다고 합니다. 그런데 준제의 전철을 밟는 왕이 계실까요."

리사이는 떨어뜨렸던 고개를 퍼뜩 들었다.

"그래……. 경왕은 태과야. 어쩌면 준제의 고사를 모르실 수도 있어."

"그 무슨 비열하고 무서운 짓인가요."

가에이의 창백하게 여윈 얼굴이 경악과 혐오로 일그러졌다.

"대국을 위해 경국을 침몰시키려 하십니까? 지금 그대는 그리 말한 것이나 진배없어요."

"그래도……."

"안 됩니다. 리사이, 그것만큼은 안 돼요."

리사이가 반박했다.

"그럼 이 나라를 어찌하란 말인가."

리사이는 꽉 쥔 고삐로 언덕 기슭을 가리켰다.

"저 마을을 봤지. 저기에 있던 사람들을 봤지. 이것이 대국의 현상태야. 주상의 행방을 모르고 태보의 행방을 몰라. 대국을 구해줄 분은 이 나라 어디에도 계시지 않아!"

리사이는 몇 년 동안 찾아다녔다. 반역자라 불리고 내쫓기면서 계속 행방을 찾았다. 그러나 다이키는 고사하고 교소의 모습도 발견하지 못했다. 발자취를 더듬을 수조차 없다.

"봄이 왔건만 땅을 일군 농지가 얼마나 있나. 올가을에 수확하지 못하면 백성은 굶어 죽는 길밖에 없어. 빨리 결실을 얻지 못하면 또 겨울이 찾아오겠지. 겨울이 올 때마다 세 마을이 두 마을로, 두 마을이 한 마을로 줄어간다고. 올겨울이 지나고 백성이 얼마나 살아남았지? 대국은 앞으로 몇 번의 겨울을 넘길 수 있을 것 같아?"

"하지만…… 그렇다고 하여 경국에 죄를 부추길 이유가 되지는 않아요."

"대국에는 누군가의 도움이 필요해."

가에이는 거부하듯이 고개를 돌렸다.

"나는 요천으로 가겠어."

리사이의 중얼거림에 가에이는 고통스러운 눈길로 리사이를 돌아보았다.

"부탁이니 그것만은 단념해요."

"수주후에게 보호를 요청해도 내 몸의 안전을 얻을 뿐이지. 그마저도 확실치 않아. 여태까지와 마찬가지로 수주도 병들어 있을지도 모르고, 앞으로 병들어버릴지도 몰라. 또다시 도망쳐야만 하는 결과를 부를 수도 있어."

"리사이."

"이러는 길밖에 없어……."

"그럼 여기서 작별해야겠군요, 리사이."

가슴 앞에 깍지 낀 가에이의 손가락이 떨렸다. 당장 울음을 터뜨릴 것 같은 가에이의 얼굴을 응시하며 리사이는 고개를 끄덕였다.

"하는 수 없지……."

리사이는 왕궁에서 가에이와 만났다. 그곳에서 우정을 쌓았고 함께 쫓겨났다. 몇 년이 지나, 가에이의 출신지인 남주藍州에서 올겨울에 간신히 재회하였다. 남주에서 겨울을 가까스로 나고 또다시 추격자에게 쫓겨, 함께 남쪽에 인접한 수주에 이르렀다.

가에이는 리사이를 지긋이 바라보더니 이윽고 소매로 얼굴을 훔쳤다. 작게 오열이 새어 나왔다.

"수주는 요마의 소굴이에요. 남쪽으로, 연안에 가까워질수록 심해진다고……."

"알아."

가에이는 소매로 얼굴을 덮은 채 고개를 끄덕였다. 다시 고개를 들었을 때에는 다부진 표정을 짓고 있었다. 남주 주재州宰를 거쳐 육관 중 하나인 추관장 대사구大司寇까지 오른 능력 있는 관리의 얼굴이었다. 가에이는 그 얼굴로 인사를 하고 등을 돌렸다.

리사이도 비열한 짓이라고 생각한다.

경왕이 준제의 고사를 모르면 된다. 고향과 인연 있는 것을 그리워하고, 정에 휩쓸려 대국을 구하고자 나서주기를 기대했다. 그렇게 나서면 경국은 침몰한다. 왕사가 국경을 넘는 순간에 경왕은 준제의 전철을 밟을지도 모른다. 그래도 경국의 왕사는 남는다. 일군이라도 리사이의 수중에 남기만 하면 된다.

참담한 짓을 저지르려 하고 있다.

가에이는 끝까지 리사이를 거부하듯이 등을 돌린 채 자천을 향해 언덕을 내려갔다. 돌아보지도, 걸음을 늦추지도 않았다. 가에이를 전송한 리사이는 기수의 고삐를 쥐었다. 불안해하며 리사이와 가에이의 뒷모습을 번갈아보는 히엔飛燕의 얼굴을 들여다보았다.

"대국을 구하고자 발버둥치는 어리석은 사람이 나 혼자 남았구나……."

리사이는 윤기 나는 검은 목덜미의 털을 쓰다듬었다.

"너는 그분을 기억하지?"

히엔의 코끝에 댄 머릿속에 되살아나는 목소리.

리사이, 하고 높은 목소리로 반갑게 부른다. 리사이를 향해 쪼르르 달려와서는 어김없이 히엔을 만져도 되느냐고 물었다.

"작은 손을 기억하지? 너는 참으로 태보를 좋아했어……."

크응 하고 히엔이 작게 울었다.

"나와 함께 대국에서 가장 어리석은 자가 되어주겠지? 히엔,

갈 테냐."

히엔은 칠흑 같은 눈으로 리사이를 바라보고 아무 소리도 내지 않은 채 그저 몸을 숙여 타라고 재촉했다. 리사이는 히엔의 목덜미에 얼굴을 묻고 안장에 뛰어올랐다. 고삐를 쥐고 자천을 보니 한 사람이 불안한 듯 서서 리사이를 쳐다보고 있었다.

'가에이…….'

―대국을 위해 경국을 침몰시키려 하십니까?

리사이는 침소 천장을 바라보며 허망하게 시선을 헤매었다. 천장에 그린 얼굴에는 혐오감과 리사이를 향한 모멸이 짙게 떠올랐다.

'하지만 나는 그 때문에 온 거야.'

여기까지 오는 데 성공했을뿐더러 경왕의 도움으로 살아남기까지 했다.

리사이는 참지 못하고 눈을 감았다.

'그러니 이는 분명 운명이겠지…….'

*

산시는 깊은숨을 토해냈다. 주위에 자욱한 울금빛 어둠. 좁은 듯하면서 끝이 없는 듯도 한 '어딘가'.

늦지 않았어.

이번에는 놓치지 않았다. 잃지 않았다. 몽롱할 정도의 초조감이 지나고 한숨을 내쉬자 안도한 나머지 머리가 멍해졌다.

정신을 차린 것은 울금빛 어둠 어딘가에서 느닷없이 목소리가 들린 탓이었다.

"이것은."

어렴풋이 놀란 어투의 목소리에 산시는 정신이 들었다.

"감옥이다."

"고란."

그 혼란 속에서 따라온 것인가. 감탄하며 감옥이란 말뜻을 되물으려다가 산시도 깨달았다.

익숙한 다이키의 그림자 속이다. 실제로는 어디에 있는지 산시도 모른다. 울금빛 어둠이 드리운 어딘가. 위도 아래도 없이 유한한 듯 무한하기도 하다.

산시와 같은 요마는 짐승이나 인간처럼 잠을 자지 않는다. 그러니 모르겠지만, 알았더라면 꿈속 같다고 생각했을 것이다. 막연히 '어딘가'라고 알고 있다. 실제로 어디고 어떤 장소인지는 모른다. 울금빛 어둠이 드리운 것인지 아니면 연한 노란빛이 비친 것인지조차도 알 수 없었다.

하지만 그 '어딘가'는 좁았다. 명백히 좁다고 느꼈다. 강하고 단단한 것으로 닫혀 있다. 금색 빛이 평소와 비교해 덧없고 약한 탓만은 아니었다.

—틀림없이 감옥이다. 갇혀 있다.

"이것은……."

중얼거렸지만 호흡이 목구멍을 지나는 감촉이 없다. 그저 생각했을 뿐, 중얼거리려고 마음을 먹었을 뿐인지도 모른다.

"이 껍데기는 뭐지."

고란의 목소리에는 당혹감이 배어 있었다. 그 또한 목소리 같은 느낌일 뿐인지도 모른다.

"껍데기……."

다이키라는 것을 직감했다. 다이키라는 존재가 아주 단단한 것에 감싸여 있다.

산시는 시험 삼아 의식을 바깥으로 향해보았다. 평소 같으면 '어딘가'를 빠져나간 산시의 의식은 다이키를 둘러싼 기맥에 접촉할 터인데 끈질긴 저항에 가로막혔다.

"그림자에서 나갈 수가 없어……?"

아니, 불가능하지는 않다. 강하게, 아주 강하게 원하면 가까스로 저항을 돌파할 수 있으리라. 하지만 기력을 꿍장히 소모할 듯한 예감이 들었다. 기력이 예사로 필요하지 않은데다 상당한 고통도 동반할 것이다.

게다가, 하고 산시는 주위를 둘러보려고 했다.

빛이 희박하다. 다이키의 기가 작다. 눈부신 광채는 느껴지지 않고, 어딘가에서 비가 내리듯이 쏟아지는 기맥의 실이 위태로울 정도로 가늘다.

"닫혔어……."

고란의 목소리에 산시는 등줄기가 오싹했다.

기린은 요마의 일종이다. 요마들의, 짐승이나 인간의 범주를 뛰어넘는 힘을 지탱하는 것은 천지에서 얻는 기력이다. 흘러들어오는 그 기력이 가늘다. 사령은 기력을 먹는다. 그런데 그것이 이토록 미덥지 못하다.

흘러드는 입구가 좁은 탓이다. 다이키를 둘러싼 기맥이 약한 것이 아니라 다이키가 기운을 거두어들이지 못한다. 뿔이 없다.

—제 살을 깎아 먹는 거야.

산시와 고란이 다이키의 기력을 먹으면 그만큼 다이키가 상한다. 흘러드는 기력만으로는 산시와 고란의 명맥을 유지하는 데 부족하다.

—적이 있거늘.

다이키를 덮친 적이다. 갑작스러운 다이키의 전변轉變. 그리고 명식. 다이키는 명식을 일으키는 법 따위 모를 것이다. 기린이라면 타고난 능력이지만 다이키는 기린의 힘을 잘 이해하지 못했다. 본능적으로 명식을 일으킬 만한 일이 있었을 것이다. 뿔이 크게 손상된 사건과 관계가 있을 테고, 그런 큰일이 하필이면 산시와 고란이 교소 곁으로 향하던 도중에 일어난 이상, 그 일 역시 덫이 틀림없었다.

누군가 고의로 산시를 다이키 곁에서 떨어뜨려놓았다. 그 틈에 다이키를 습격했다. 기린이 죽으면 왕 또한 절명한다. 모반이다. 산시는 그렇게 중얼거렸다.

─한데 누가?

산시는 식이 일어나는 도중에 한 사람의 인영을 보았지만 누구인지 확인할 수 없었다.

그자가 습격자였을까. 그자가 모반의 주모자였을까. 소문대로 교소를 문주로 꾀어내고 다이키를 부추겨 산시와 고란을 교소 곁으로 보내게 했다. 그렇게 산시가 떠나고 무방비해진 틈을 타 다이키를 덮친 것인가. 적은 다이키를 습격했지만 실패했다. 적어도 시해하지 못했다. 그 사실을 알아채고 다시 다이키를 습격하러 올지도 모른다. 그런데 산시와 고란은 마음대로 움직일 수 없다.

"어쩌지."

울금빛 어둠 속에서 고란의 목소리가 들렸다.

"자고 있어."

수면 상태가 기력을 가장 적게 소모한다. 무방비해지지 않는 짐승의 잠이다. 의식을 해방하여 주위의 자극을 느끼면서 몸을 쉰다.

"절대로 주의를 게을리하지 마. 적이 쫓아올지도 몰라."

소년은 몽롱한 의식으로 장례식을 알리는 휘장에 이끌려 한 집에 다다랐다. 문 주위에서 현관까지 검은 옷을 입은 사람들이 모여 있었다. 국화와 말향 냄새가 자욱하다. 사람들이 소년을 발견했다. 놀란 목소리, 달려오는 어른들, 그 사람들 너머로 역시 검은 옷을 입은 남녀가 나타났다. 쓰러져 우는 여자의 등, 국화로 가장자리를 꾸민 노파의 사진이 보이자 그제야 소년은 제단이 놓인 건물이 무엇인지 이해했다. 자신의 '집'이었다.

─지금까지 어디에 있었어.

─어떻게 된 거야, 무슨 일이 있었니.

─일 년이나 지났는데.

많은 사람이 동시에 지르는 목소리가 파도처럼 밀려왔다. 손톱이 거칠게 박히는 아픔이, 하마터면 익사할 뻔한 그를 해안가로 도로 끌고 왔다. 소년의 앞에 무릎을 꿇고 울며 매달리는 여자의 손톱이 양팔에 파고들었다.

"······엄마?"

소년은 눈을 깜빡였다. 어째서 엄마는 이렇게 울고 있을까. 이상했다.

어째서 이렇게 사람이 많을까. 어째서 다들 소리치는 걸까. 하얗고 검은 막은 뭘까. 어째서 할머니 사진이 저런 곳에 놓여 있을까.

고개를 갸웃거리는 소년의 얼굴을 들여다본 사람은 이웃에 사는 여자였다.

"여태 어디에 있었어."

"여태······?"

되물은 순간 소년의 머릿속을 너무나 많은 것이 스쳤지만, 소년이 어떻다고 인식하기 전에 전부 사라졌다. 그리고 깊고 텅 빈 공간만 남았다. 텅 빈 공간에는 눈이 내렸다. 크고 무거운 눈송이가 떨어지는 마당.

소년은 마당에 우두커니 서 있었다. 할머니에게 혼나 마당으로 쫓겨났다. 그러고는······.

"왜 제가 이런 곳에 있어요?"

소년이 주위 어른들에게 물은 순간, 그의 안에서 무거운 뚜껑이 덮였다. 짐승으로서의 그에게 소속된 모든 것은 잃어버린 뿔과 함께 굳게 봉인되고 말았다.

"이런 곳이라니……."

여자는 소년의 어깨를 흔들었다.

"기억하니? 너는 일 년이나 사라졌었어. 엄마, 아빠, 그리고 다들 죽을 만큼 걱정했어."

"제가요?"

조금 전까지 정원에 있었다고 가리키려던 팔에 어느새 자란 머리카락이 닿았다. 소년은 자신의 머리카락을 신기한 기분으로 집어 들었다.

옆에 있던 노인이 눈을 누르며 눈물을 삼켰다.

"틀림없이 할미가 불러들인 게야. 마지막으로 한번 보고 싶어서."

노인은 그렇게 말하고 주위 사람들을 둘러보았다.

"자, 잠시 가족끼리 있게 해주자고. 출관 전에 제대로 작별 인사를 하게 해줘야지."

"맞아, 맞아."

긍정하는 목소리에 떠밀린 소년은 여전히 울고 있는 엄마와 함께 집안으로 끌려 들어갔다.

이쪽에서 소년의 시간은 이때를 경계로 다시 움직이기 시작했다. 동시에 그 자신도 기억하지 못하는 또 다른 그, 다이키의 긴 상실이 시작되었다.

2
장

001

리사이의 등에 베개를 대었다.

"힘들지는 않으세요?"

리사이는 지금까지 경험으로 이 여어女御(왕의 시중을 드는 여관)가 스즈라는 특이한 이름을 가지고 있다는 사실을 기억했다. 결국 지난번에 눈을 떴을 때도 경왕을 만나지 못했다. 의관의 치료를 받는 사이에 다시 잠들어버린 탓이다.

그 뒤에도 몇 번인가 눈을 떴지만 의관에게 면담은 아직 안 된다고 제지당했다. 마침내 금지령이 풀린 것이 이틀이 더 지난 오늘이었다.

"폐를 끼치는군……."

오랜만에 상반신을 일으켰다. 생각보다 몸이 쇠약해졌는지 베개에 기대도 숨이 가빴다. 침상을 나가는 것은 의관이 허락하지 않았다. 그 때문에 리사이는 침소에서 손님을 맞이해야 했다.

스즈가 얼굴을 닦고 머리를 정돈하고 얇은 겉옷을 걸쳐주었다. 이 여관이 리사이를 돌보는 일을 도맡은 듯했다. 경왕이 등극한 지 얼마 되지 않은 까닭에 궁중의 일손이 부족해서인지도 모르고, 리사이를 믿지 못하여 만에 하나 리사이에게 역심이 있을 때를 대비해 일부러 여관 한 사람만 보냈는지도 모른다.

몸단장을 마쳤을 즈음 세 손님이 들어왔다. 앞장서 침소에 들어와 리사이의 머리맡에 앉은 이는 잊을 길 없는 붉은빛 머리카락을 한 경왕 요시였다.

"몸은 어떠한가?"

"덕분에 목숨을 건진 듯하옵니다. 진심으로 감사드립니다. 이토록 마음을 크게 써주셨건만 이처럼 예의에 어긋나는 모습으로 어전을 더럽히는 무례를 부디 용서하십시오."

"그런 염려는 접어둬. 근심도 많겠지만 몸조리가 먼저야. 회복을 위해 부족하나마 할 수 있는 일은 하지. 필요한 것이 있다면 무엇이든 말해도 된다."

보령은 열예닐곱 살, 아직 서툴러 보이는 젊은 여왕의 말에는 성의가 넘쳤다. 조금 더 미덥지 못한 유약한 인품이리라 상상한 리사이는 무인 같은 경왕의 모습이 뜻밖이었다. 다이키와는 느낌이 다르다. 리사이는 비로소 같은 봉래 출신이라는 것만으로 근거도 없이 다이키 같은 인물을 상상했다는 사실을 깨달았다.

"황공합니다."

"이야기를 들려줄 수 있겠나? 힘들다면 그렇다고 말해줘."

"아니요. 제가 아뢰고 싶은 것이 있어 찾아왔는걸요."

요시는 고개를 끄덕이고 자기 뒤에 있는 두 남자를 바라보았다.

"여성의 침소에 무례를 범해 미안하지만 함께 있는 것을 허락해줘. 이 사람은 이 나라 총재인 고칸이다. 그리고 저쪽이 게이키야."

리사이는 그 말을 듣고 이 또한 다이키를 기준으로 모든 것을 파악하던 자신을 깨닫고 쓴웃음이 나왔다. 금빛 머리카락이라면 당연히 기린이다. 하지만 대국의 기린은 흑기였다. 윤기 나는 강철 같은 머리카락을 지녔다.

"말씀은 많이 들었습니다, 경 태보."

리사이의 말에 게이키는 깜짝 놀라 그녀를 보았다. 리사이가 미소 지었다.

"태보께서…… 다이키께서 자주 말씀하셨습니다. 운 좋게 태보께서 저를 가까이 대해주셨지요. 무척 상냥한 분이고, 많은 친절을 베풀어주셨다고 늘 말씀하셨습니다. 태보는 경 태보를 무척 따르셨던 모양입니다."

리사이가 말하자 게이키는 난처해하며 시선을 피했다. 동시에 경왕이 놀라서 게이키를 돌아보았다.

"왜 그러십니까? 제가 실례되는 말을 한 것입니까?"

"아니."

게이키가 웅얼거리고 요시는 웃음을 터뜨렸다.

"그렇지 않아. 신기한 소리를 들어서 놀랐을 뿐이다. 그래서 그 다이키 말인데, 대국에서 무슨 일이 있었는지 알려주었으면 해."

"예."

리사이가 대답했다.

"무슨 이야기를 먼저 들려드려야 할까요."

대국 선왕의 시호는 교왕驕王이다. 124년 동안 나라를 다스린 왕이었다.

교왕은 화려함을 즐기고, 사치에 빠진 인물이었으나 정치에서는 일선을 지켰다. 향락을 즐기는 이를 궁중으로 불러들이고 아름다운 여인을 후궁에 모아 국고를 물쓰듯 탕진했지만, 그들에게 관위와 정치에 관여할 권한은 절대로 주지 않았다. 침소에서는 암군이요, 조정에서는 명군이라 불린 이유이다.

위정자로서 현명했는지는 제쳐놓고 조정에서 교왕은 어리석지 않았다. 관례와 도의, 질서를 중시하고 급격한 변화나 개혁을 싫어해 온화하고 착실하게 정사를 꾸려갔다. 치세 말기, 국고가 파탄 나고 나라는 가난했지만 다른 나라에 비해 국정의 부패는 최소한으로 막을 수 있었다. 빈틈을 타 야비한 관리가 왕조를 들쑤셨다. 교왕이 승하한 뒤에 이런 현상이 빈번하고 심해졌지만 그래도 대국은 잘 버틴 편이라 할 수 있다. 주후와 관리, 군인 중에 분별 있는 인재가 많이 남아 있었다.

그중 가장 두드러진 인물이 교소였다. 교소는 금군 장군으로 선왕의 두터운 신임을 받던 신하 중 한 사람이었다. 교소는 국정을 구석구석 알았으며, 그를 존경하고 따르는 인재를 여럿 거느리고 있었다. 교소군의 군사와 군리 들은 다른 주까지 명성이 자자했다. 교소는 다이키의 서약을 받고 등극했다. 조정은 빠르게 정비됐고 대국은 새로운 시대를 향해 출발했다.

교소는 옥좌에 오를 준비가 되어 있었다고들 한다.

어떤 면에서 그것은 진실이었다.

교소는 선왕의 천명이 머지않아 다하리라고 일찍부터 예상했다. 새로운 왕이 즉위하든 하지 않든 그 뒤에 파란을 피하지 못할 것을 내다본 그는 크게 기운 대국을 떠받치기 위해 적당한 인재가 필요하다는 사실을 알고 있었다. 교소는 군사를 기르고 군리를 키웠다. 교소의 영지인 사현斫懸은 '작은 대국'이었다. 그곳에 배치된 문관과 무관은 일개 현리에 지나지 않았지만 국정이 무엇인지 알고 있었고, 대국의 국정을 전직 육관보다 자세히 파악했으며, 교왕조 말기부터는 국정 구석구석에서 기울어가는 왕조의 방파제 역할을 했다.

당시 교왕이 천명을 다해가고 있음을 예기한 자는 많았을 것이다. 리사이 역시 교왕의 왕조가 크게 기울어 무너지고 있음을 알고 있었다. 머지않아 완전히 쓰러지리라 확신했지만, 그저 확신하고만 있었을 뿐이다. 왕을 잃은 뒤에 무엇이 필요하고 그를 위해 지금 무엇을 해야 할지 생각해본 적이 없었다. 신기하게도 생각할 필요가 있다는 사실을 염두에 두지 않았다. 하지만 교소는 달랐다. 그 점이 자신과, 자신과 마찬가지인 자들과 교소의 근본적인 차이라고 리사이는 생각한다.

교소가 조정으로 보낸 부하들이 기운 조정을 지탱하고 교왕이 승하한 뒤에는 침몰해가는 국토를 떠받쳐 새로운 왕조의 기둥이 되었다. 교소의 조정은 혁명에서 얼마 지나지 않아 견고한 체제를 갖추었다. 새로운 왕이 등극한 뒤에는 조정이 큰 혼란에 빠지고 육관 제후에 마땅한 인물을 배치하기까지 상당한 시간이 필요하지만, 교소의 경우에는 그렇지 않았다. 보통 드는 시간을 생각해보면 교소의 조정은 하룻밤 만에 정비되었다고 해도 지나치지 않다. 전대미문의 일이다.

그리고 일은 교소가 등극하고 반년쯤 지나 시작되었다. 대국 북쪽의 문주에서 대규모 폭동이 일어났다.

002

"문주에서 내란이라고요?"

리사이가 내전에 들어가자 왕의 신임을 받는 주요 신료들이 이미 모여 있었다. 소집 전갈을 받고 내전으로 달려온 리사이의 첫마디에 하관장 대사마大司馬 하보쿠芭墨가 입을 열었다.

"문주는 원래 문제가 많은 지방이지 않나."

하보쿠는 그렇게 말하고 희끗한 수염을 훑었다.

대국 북부, 서주 북쪽에 있는 문주는 겨울 추위가 혹독한 지방이다. 추위가 혹독하기로는 북동쪽에 펼쳐진 승주도 마찬가지지만, 승주는 경작지가 많고 삼림도 풍부하다. 그에 반해 문주는 험준하여 경작지가 적고 삼림도 풍족하지 않았다. 백성들은 많지 않은 옥천玉泉으로 간신히 생활을 유지했으나, 옥천도 오랜 세월 백성이 그곳에 모여든 탓에 고갈되기 시작했다. 춥고 가난하다. 문주는 그런 토지이며 정치는 구석구석 미치지 못하고 인심도 사납다고 입을 모아 이야기했다. 실제로 문주에서는 여러 차례 내란이 일어났다. 생활고에 시달리던 백성이 견디다 못해 봉기할 때도 많았지만, 그보다는 옥천, 광천鑛泉을 관리하는 질 나쁜 토비土匪, 토착 화적 떼가 이권 다툼이나 개인적인 원한으로 폭동을 일으키다 난으로 발전하는 경우가 많았다.

"주후가 경질되어 통솔력이 약해진 거겠지요. 하기야 이전 주후는 토비의 두목 같은 악당이었으니까요. 잔인하고 거칠기가 토비보다 더했어요. 그렇기에 다스릴 수 있었던 겁니다만."

리사이가 고개를 끄덕였다. 이전 문주후는 냉혹하고 악랄한 인물로, 가난한 문주를 먹잇감으로 삼은 남자였지만 그렇기에 장점도 있었던 듯하다.

"주후가 바뀌면서 통솔력이 약해져 토비가 더 날뛰는 것이겠지요. 난이라기보다 토비가 현의 관리와 말썽을 일으켜 폭동이 된 모양입니다. 기세를 몰아 현성을 점거하고 인근 마을까지 손을 댔다고 하니 방치할 수는 없겠지요."

"우쭐하게 만들 수는 없는 노릇이지. 나라라는 통솔자가 있다는 사실을 단단히 알려줘야 한다고."

굵직한 목소리로 말한 이는 금군 좌군 장군 간초巖趙다. 간초의 거구에서 투지가 넘쳤지만 긴장감은 보이지 않았다. 그건 자리에 있던 모두가 그랬다. 그들은 처음부터 알고 있었다.

새해 들어 대국에서는 대규모 숙청이 있었다. 악랄한 관리를 일소하고, 동시에 그 밑에서 기회를 엿보던 흉적을 꾀어낼 포석을 깔았다. 악명 높은 문주후를 경질하면 문주의 통솔력은 약해지고 언젠가 토비가 움직이리라는 것은 그때 이미 예측했다.

"신중한 태도를 보이면 놈들은 나라를 우습게 보지. 그렇게 둬서는 안 돼. 서둘러 가서 쫓아버리고 왕사의 무서움을 가르쳐줘야지."

"물론 토비는 진압해야 하지만 과연 서둘러야 할까. 시기는 고려해야 하네. 지금 잠시 방치하면 문주 각지의 토비도 기회를 틈타 문제를 일으키겠지. 뒤따라 일으켜준다면 일망타진할 수 있을 테니 나라의 위엄을 깊게 새기는 데에는 그러는 편이 효과적이야. 하나, 기회를 놓치면 들불로 번진다. 진화에 애를 먹으면 나라의 위신은 떨어져."

간초는 어이없어하며 하보쿠를 바라보았다.

"여전히 피도 눈물도 없는 아저씨로군. 화적들이 현성 인근 마을까지 손을 댔잖아. 마을에 사는 사람들도 생각해줘."

"무슨 소린가. 피와 눈물이 있으면 하관이나 군리가 될 리가 없지 않나."

"하기야 그런가."

간초는 커다란 몸을 흔들며 천연덕스럽게 웃었다.

"나라에서 토벌을 한다면 빠른 편이 좋겠지."

에이쇼英章가 지극히 냉정하게 이야기에 끼어들었다. 금군 중군 장군으로 에이쇼도 간초와 마찬가지로 이전에는 교소군의 사수師였다. 교소군에는 쟁쟁한 부하가 여럿 있는데 에이쇼는 그중에서도 가장 젊다.

"나도 어르신과 마찬가지로 피도 눈물도 없는 부류이지만, 출병한다면 빠른 시기를 밀겠어."

에이쇼가 빈정대듯이 말하고는 정말로 피도 눈물도 없을 것 같은 얼굴을 찡그렸다.

"눈이 녹기 시작하면 귀찮아. 발밑이 위태로울 뿐만 아니라 주변 눈이 녹으면 산으로 도망칠 거야. 문주의 산은 옥천 갱도라 구멍이 많아. 그리로 숨어들면 번거로워져."

그 말이 옳다고 동의하는 소리가 들렸다. 리사이도 동감했다. 갱도로 숨어들면 추격이 쉽지 않다. 문주의 토비를 앞으로 통제하기 위해서도 추격전을 오래 끌 수는 없는 노릇이었다. 신속하게 진정시키고 나라의 위신을 보여주면서 토비를 진압한다. 그러지 않으면 왕사가 출정하는 의미가 없다.

의향을 묻듯이 그 자리에 있던 사람들의 시선이 교소에게 쏠렸다.

"에이쇼에게 맡기지. 중군을 이끌고 진압하라."

이론異論을 외치려던 간초와 하보쿠를 교소는 시선으로 저지했다.

"에이쇼의 의견을 채택하는 것은 아니야. 시기의 문제, 위신의 문제, 앞으로 있을 토비 제압 같은 사소한 일은 지금은 관계없어."

"사소한 일이라 하십니까."

노기를 띤 에이쇼의 말을 교소는 깨끗하게 수긍했다.

"고려할 가치가 없지. 여기서 가장 큰 문제로 다루어야 할 점은 토비가 아니라 백성이야. 토비를 토벌하고 제압하는 것보다 백성에게 나라의 비호가 있음을 깨닫게 해주는 편이 무조건 우선이다."

리사이는 깜짝 놀랐고, 다른 이들도 숨을 삼켰다. 그 자리에 있던 모두가 부끄러운 듯 입을 다물었다.

"에이쇼, 중군을 이끌고 문주사를 편입해 토비를 토벌하라. 진압하지 못해도 되나, 현성에서는 전부 내쫓아. 중군은 현성을 개방하고 나서도 한동안 문주에 머물러라. 문주사를 도와 도시의 방비를 굳건히 하라. 무리하게 토비를 쫓을 필요는 없다. 그보다도 나라가 있는 한 더는 토비를 두려워할 필요가 없다고 백성이 깨닫게 하여, 인심을 안정시키는 것을 우선하라."

"명 받잡았습니다."

에이쇼는 얌전히 받아들였다. 에이쇼뿐 아니라 교소 휘하의 자들은 교소의 말을 전폭적으로 신뢰했다. 아무리 조의에서 언성이 높아져도 교소가 결정을 내리면 빠르게 의지가 통일된다. 리사이는 지금까지 경험으로 알 수 있었다.

에이쇼는 최단 시간에 중군을 정비해 문주로 출발했다. 현성을 개방하고 난을 평정했다는 보고가 도착하기까지 한 달, 그리고 마침 그 무렵에 문주 다른 곳에서도 토비가 난을 일으켰다는 보고가 있었다.

모두 세 곳에서 난이 일어났고 다른 곳에서도 작은 충돌이 빈발했다. 돌발적인 폭동의 불똥이 튄 것이 아니라 조직적인 내란 양상을 띠었다. 보름이 더 지나는 동안 사태는 확산되고, 처음에 일어난 현성 점거가 문주 전체에 미치는 내란의 일환이었음이 밝혀졌다. 소겐霜元이 이끄는 서주사 좌군이 파견되고, 금군 우군 절반을 이끌고 교소가 직접 문주로 향했다. 각지에서 산발한 폭동이 서로 연계되어 움직이고, 난의 중심이 문주 중부에 있는 철위轍圍라는 현성 부근으로 이동했기 때문이다.

철위는 교소와 연고가 있는 고을이다.

교소가 이끄는 왕사 육군의 장수 여섯 명 중 절반이 불패를 자랑했으나, 교소 자신은 불패의 장수가 아니었다.

교왕의 총애가 두터운 좌군 장군 교소에게 패배를 안긴 곳이 철위다.

교왕 치세 말기, 철위는 왕의 착취를 견디다 못해 관용 창고를 닫았다. 조세 징수를 거부한 것이다. 문주사가 들이닥쳐 이를 열려 했지만 주변 주민이 철위에 결집해 농성하고 저항을 이어갔다. 마침내 왕사를 출진시켜 사태를 수습하는 데 나선 이가 교소였다.

교소는 철위에 도착하자 좌군 일만 이천오백 명의 병사로 철위를 포위했다. 그러고 나서 함께 철위를 포위한 주사를 모조리 후방으로 물러나게 했다.

동행한 간초, 에이쇼를 비롯한 사수들은 당연히 이에 반대했다. 주사 이군으로 뚫지 못한 철위를 금군 일군으로 어떻게 뚫으려 하는가.

무모하다며 성을 내는 간초를 에이쇼가 코끝으로 비웃었다.

"참으로 겸손하군. 무모할 리가 있나. 주사가 이군으로 감당하지 못했다면 우리에게는 오히려 호적수가 되지 않겠나. 그래도 다소 시간이 걸리는 것은 어쩔 수 없겠군. 돌아가는 길에 눈을 만나는 것만큼은 사양이야."

"맞습니다."

훗날 서주사 좌군 장군, 당시 사수인 소겐이 동의했다.

"배후의 산이 눈으로 막히면 물자와 사람도 제대로 오갈 수 없어요. 문주에 우리를 봄까지 먹여 살릴 만한 비축 물량이 있을 턱도 없지요. 겨울이 오기 전에 개선해야 합니다."

"물자는 사현에서 운반한다. 의창義倉(흉년을 대비해 나라에서 곡물을 저장하는 창고)을 열고 산길이 눈으로 막히기 전에 월동 준비를 하라고 세이라이에게 명했다."

"모욕적인 처사입니다."

에이쇼가 일어났다.

"아무리 애를 먹더라도 봄까지 걸릴 리가 없습니다. 교소 님은 저희를 그토록 허투루 보셨습니까."

"허투루 본 적 없네. 하지만 최악의 상황에는 여기서 겨울을 날 각오를 해둬."

"그렇게 애먹을 거라 예상하신다면 주사를 도로 불러서 멍청이들의 손을 빌리면 되겠죠. 발목만 잡을지도 모르지만 말입니다."

"주사의 손은 빌리지 않는다. 주사는 근처 마을 백성을 피난시킨다. 의창을 연다 해도 인근 백성까지 먹여 살리지는 못한다. 굶주린 백성 옆에서 우리만 배부를 수는 없지. 그렇다고 병사의 식량을 줄일 수는 없어. 목숨과 사기가 걸려 있다."

"얼른 철위를 함락하면 되죠. 사방에서 불을 지르면 사흘이면 끝나요. 주사의 손을 빌리면 보름, 오합지졸이라도 방패 대신으로 쓸 만은 하겠죠."

"에이쇼, 우리는 무엇을 위해 이곳에 왔지?"

"역적을 토벌하기 위해서입니다."

"어찌하여 역적이지?"

교소의 물음에 에이쇼는 대답이 막혔다. 물론 역적임은 틀림없다. 왕의 명령을 거스른 이상 역도라 불리는 것은 피할 수 없다. 그러나……

"예년에 비해 여름철 기온이 높지 않아 냉해를 겪었어. 문주는 앞으로 혹독한 겨울을 맞을 테지만 겨울을 넘길 물자가 적지. 어명대로 관용 창고를 열어 나라에 조세를 바치면 백성은 굶어 죽는 수밖에 없다. 그러니 거부했지. 내 말이 틀린가?"

에이쇼는 고개를 들었다.

"주상께서 역도를 치라 명하셨습니다. 왕이 역적이라 하니 저희에게는 역적입니다. 금군은 그런 존재 아닙니까."

"그렇군."

교소가 살짝 미소 지었다.

"그대는 주상의 개인가. 그럼 묻겠네. 애초에 왕이란 무엇인가?"

에이쇼는 입을 다물었다.

"철위의 백성이 다른 지방 백성을 해친다면 만민을 위해 이를 기꺼이 토벌하겠다. 철위의 백성이 부역을 거부하면 그 여파가 다른 현의 마을에 미치니까 철위를 개방하고 창고도 기꺼이 열어야지. 그 이상의 일이 필요한가?"

막사 안이 침묵에 싸였다.

"칙명으로 철위를 개방하고 창고를 열게 한다. 단, 철위 백성을 한 사람도 다치게 해서는 안 된다."

교소가 선언했다.

"병사는 검을 지녀서는 안 된다. 방패는 허락하지만 방패를 휘둘러 백성을 쳐서는 안 된다."

단단한 나무로 방패를 만들고 안쪽에 강철을 대는 것은 허락했지만, 바깥으로 철을 붙이는 것은 허락하지 않았다. 혈기가 넘쳐서 방패로 내려치려는 자가 있었을 때에 맞서는 백성을 생각하여 바깥쪽에는 두껍게 양털을 붙였다. 솜은 새하얘야 한다. 만약 명령을 어기고 방패로 백성을 다치게 하여 솜에 한 점이라도 피가 묻으면 엄벌에 처하겠노라 선포했다.

붙잡은 자는 설득하고 놓아준다. 풀려나면 철위로 돌아가도 되고 마을로 돌아가도 된다.

"무거운 조세에 신음하는 백성의 마음은 알지만 천하의 명을 가벼이 본다면 나라는 바람직한 모습을 잃는다. 고역을 피해 치수治水를 거부하는 풍조가 만연하면 결국 곤란해지는 건 백성이다. 철위가 세금 징수를 거부하면 그 부담은 다른 현에 미친다. 그 점을 이해시키고 관용 창고를 열게 할 수는 없을까."

어떤 자는 마을로 돌아가고, 어떤 자는 철위로 돌아가 뜻을 전했다. 처음에는 증오와 두려움에 사로잡혔던 백성도 교소군에게 전의가 없음을 받아들이면서 마침내 교소의 뜻을 고려해보게 되었다.

포위한 지 사십 일, 왕사는 현성을 열기 위해 공격했다가 패퇴하기를 되풀이했다. 새하얀 양털에는 여전히 얼룩 한 점 없었다. 철위의 백성은 오로지 개방할 것을 밀어붙이는 왕사의 요구를 물리치고, 이 의사를 홍기에 전해 왕의 뜻을 묻는 일이 이어졌다. 서로 양보하는 수밖에 없었다. 교소의 병사는 이기지 못했지만 결코 지는 일도 없었으므로, 농성하던 백성은 이대로 관용 창고를 닫아두는 것이 불가능함을 깨달아야 했다. 한편 왕도 금군이 결코 이기지 못한다는 사실을 인정해야만 했다.

마침내 사십일 일째에 성문이 열렸다. 전투로서는 승리가 아니다.

교소는 첫눈이 내리는 산길을 넘어 홍기로 돌아가 패배를 전했다. 백성의 만 번의 타격에 한 번의 타격도 주지 못했노라고.

단, 창고는 도의를 아는 백성의 의향으로 개방되었다. 철위의 백성은 천도를 지켰다.

결과적으로 징수를 완수하였으므로 이 패배는 불문에 부쳤다.

훗날 '철위의 방패'라는 말이 대국 북부에 퍼졌다. 또는 '백면白綿(하얀 솜)의 방패'라고도 한다. '철위의 방패 없이는 믿지 못한다'라는 말처럼 진심을 다했다는 증거란 뜻으로 전해진다.

교소와 철위는 신의로 맺어졌다. 철위가 전란 속에 휘말리면 교소가 이를 간과할 리가 없었다. 교소는 소겐과 함께 이만 명 가까운 병사를 이끌고 문주로 향했다. 리사이는 다이키의 어깨를 안고 그들을 전송했다.

"교소 님은 무사히 돌아오실 수 있겠지요?"

불안한 듯 올려다보는 어린 기린을 향해 리사이는 확신을 담아 고개를 끄덕였다.

"태보, 괜찮습니다."

그러나 리사이의 확약은 거짓이 되었다.

지나고 나서 생각해보자 처음부터 철위를 중심으로 난이 전개되도록 빈틈없이 준비되어 있었다. 단순한 토비의 폭동이 아니었다. 토비를 조직하고 계략을 짠 뒤에서 지휘한 손이 있었다. 그 손의 주인은 교소가 철위를 무시하지 못한다는 사실을 훤히

내다보았다.

교소는 두 번 다시 홍기로 돌아오지 못했다.

003

"리사이?"

의아해하는 목소리에 리사이는 정신을 차렸다. 돌아보니 경왕 요시가 걱정하듯이 리사이의 얼굴을 들여다보고 있었다. 리사이는 무엇을 어찌 설명하면 좋을지 말을 고르던 중에 제 기억 속으로 깊게 빠져들어버렸던 모양이다.

"기분이라도 안 좋은가? 그러면……."

"아닙니다."

리사이는 고개를 가로저었다.

"죄송합니다. 이런저런 일들이 떠오르는 바람에……."

이해한다는 듯이 요시는 고개를 끄덕였다.

"대국에 무슨 일이 일어났는지 물으셨지요……. 결론을 말하면 모반이 있었습니다. 지방에서 난을 일으켜 주상을 끌어냈고, 주상은 그곳에서 행방을 알 수 없게 되었습니다."

리사이는 간단히 경위를 설명했다.

"자세한 사정은 저도 모릅니다. 나중에 들은 바로는 주상은 철위 근처까지 가서 진영을 구축하셨다고 합니다. 그리고 기습을 당했습니다. 혼전이 벌어지는 사이에 행방불명됐고, 이후 소식을 알 수 없어졌다고 하더군요."

"그 이상의 일은 전혀 모르나?"

"아마도……. 그도 그럴 것이 당시 일을 소상히 아는 사람과 끝내 만나지 못했습니다. 저 말고 다른 이들도 과연 자세한 내막을 캐물을 수 있었을지. 수색이 이루어졌는지도 알지 못합니다. 어쩌면 수색도 하지 못한 상태인지도 몰라요. ……주상이 사라지셨다는 보고가 있었을 때, 한창 혼란에 빠져 있던 조정은 조직을 꾸려 무슨 일을 할 수 있는 상태가 아니었으니까요."

"왜 그랬지?"

"……식이 있었습니다."

교소가 문주로 떠나고 보름쯤 뒤에 일어난 일이다. 전날 국부에는 문주로 간 소겐에게서 소식이 도착했다. 교소 일행은 무사히 산을 넘어 철위와 가까운 임우琳宇에 도착해 진영을 꾸렸다고 했다.

"무사히 도착하셨나."

그렇게 말하고 안도한 듯이 웃은 사람은 우연히 노문路門(치조

에서 연조로 이어지는 궁성 안의 문)에서 만난 지관장地官長 센카쿠宣
角였다.

노문은 연조 남쪽에 있다. 삼 층 누각이 있고, 사람 키의 열 몇
배는 될 거대한 건물이다. 남북쪽으로 열린 대문 사이에 있는 하
얀 방 중앙에 크고 흰 계단이 아래쪽으로 이어진다. 계단은 운해
밑으로 이어져 있다.

"앞으로도 무사하셔야 할 터인데. 하기야 장군이셨던 주상을
걱정하는 것도 실례인지도 모르겠군요."

"그러네요."

리사이는 센카쿠를 향해 웃으며 함께 노문을 내려가려고 걸음
을 떼었다. 그 순간이었다.

나직하고 희미한 땅울림이 났다. 리사이는 무슨 소리인가 하
고 걸음을 멈추었다. 아무것도 들리지 않았는지 센카쿠가 주위
를 둘러보는 리사이를 이상하다는 듯이 돌아보았다.

"지금 무슨 소리가……."

입을 연 그 순간이었다. 리사이는 산이 흔들렸다고 생각했다.
마치 발치의 대지, 왕궁을 떠받치는 능운산이 소리를 내며 몸을
떤 것 같았다. 휘청휘청 세계가 흔들리고 거대한 노문이 비틀리
는 소리가 났다. 놀라서 눈을 부릅떴으나 시야가 흐려졌다. 시선
을 들 새도 없이 눈앞의 노문 기와가 우르르 쏟아졌다.

실제로 산이 흔들렸다. 만약 왕궁을 상공에서 내려다본 사람이 있다면 운해에 떠 있는 섬 중앙, 만을 이룬 물가에 둥글고 높은 파도가 일어 동심원으로 퍼지는 모습을 보았을 것이다. 해안가와 가까운 궁성 일곽에서 운해 해수면이 높게 치솟았다 급격히 떨어졌다. 한편 해안가에서는 그와 마찬가지로 건물이 흔들리고 비명을 지르며 무너졌다.

왕궁 한쪽을 누군가 거대한 망치로 가격한 것 같았다. 그 일격에 흔들리듯이 바람이 휘감고 돌풍이 되어 사방으로 퍼졌다. 태양이 색을 잃고 구릿빛으로 흐려졌다. 하늘은 한순간에 녹슨 붉은빛을 띠더니 엉기어 땅이 내뿜는 독기처럼 소용돌이치기 시작했다.

이게 무슨 일이지.

리사이는 멍하니 그 자리에 주저앉아 있었다. 흙먼지 너머에 펼쳐진 이 이상한 하늘은 무언가. 대지는 여전히 꿈틀거렸다. 이제 흔들림은 없었지만 땅속 깊은 곳에서 무언가 꿈틀대는 듯한 진동이 바닥을 짚은 양 손바닥에 전해졌다.

"식이다."

비명 같은 목소리가 가까이에서 들렸다. 돌아보니 흙투성이가 되어 노문 돌바닥에 엎어진 센카쿠가 고개를 든 참이었다.

'이것이 식인가' 하는 생각과 '어찌하여'라는 의문이 떠올랐다. 리사이는 식을 처음 경험했다. 들은 적은 있다. 운해 위에서 식은 일어나지 않는다.

센카쿠가 몸을 일으켰다. 그의 발치까지 어지러이 흐트러진 기와 파편이 밀어닥쳤다. 고작 두세 걸음, 그 걸음을 내딛지 않았더라면 지금쯤 두 사람 다 기와 밑에 깔렸을 것이다.

"리사이, 태보는?"

절박한 질문에 리사이는 벌떡 일어났다. 땅울림은 계속되고 있다. 적지 않은 사람이 쓰러진 주위에서는 비명과 신음이 들렸지만 지금은 그들을 신경쓸 겨를이 없었다.

다이키는 어디에 있을까. 오후 정무를 보기에는 아직 이르다. 외전은 나왔을 무렵이지만 정침에 마련된 방으로 돌아올 만한 여유는 없으리라. 지금쯤 인중전에 있지 않을까.

"괜찮아, 태보 곁에는 대복이 있어."

그렇게 말한 리사이의 팔을 센카쿠가 붙들었다. 더러워진 얼굴은 창백했다.

"리사이, 모르십니까? 천상에서는 본디 식이 일어나지 않는 법이에요. 일어났다고 하면 명식, 태보가 일으킨 겁니다."

리사이는 달렸다.

"리사이!"

"센카쿠, 부상자를 부탁합니다."

뒤쪽을 향해 외치고 건물 잔해를 거침없이 빠져나가 노침으로 달렸다. 리사이도 들은 적이 있다. 기린은 작은 식을 일으킬 수 있다. 그것을 명식이라 불렀던가. 그러나 봉래에서 자란 다이키가 과연 명식을 일으키는 방법을 알고 있을까.

리사이는 봉산에서 다이키를 만났다. 교소가 승산했을 때 리사이도 승산했다. 그곳에서 만난 다이키는 전변, 기린의 모습이 되는 것조차 하지 못하고 사령도 없었다. 봉래에서 나고 자란 다이키는 기린이 무엇인지 제대로 이해하지 못했다. 본능이라 부를 힘이 눈뜬 것은 다이키가 궁지에 몰렸을 때였다. 그렇다면 지금도 무슨 일이 있었다는 소리다.

흙먼지 냄새와 쪼개진 나무 냄새. 여물어 부패한 과실 같은 태양, 녹슬어 흐린 하늘, 꿈틀대는 붉은 구름과 불온한 소리로 이어지는 땅울림. 리사이는 도저히 불길한 예감을 떨칠 수 없었다. 뭔가 불길한 일이 일어났다. 그것도 터무니없이 불길한 일이다.

인중전에 가까워질수록 건물의 피해는 심각했다. 주청州廳의 문은 완전히 쓰러졌다. 둘러싼 격벽은 여기저기 무너졌고 벽 너머로 보이는 건물도 크게 기울거나 붕괴했다. 바닥에 깔려 있던 돌이 뜨거나 완전히 뒤집히고, 온갖 곳에 균열이 간 일대에 건물 잔해가 전부 쏟아져내렸다. 인중전이 있는 구역이 보였다. 그곳에 있는 건물 대부분이 지금은 잔해 더미로 바뀌어 있었다.

땅울림은 어느새 그쳤지만 대신에 여기저기서 신음과 비명이 들린다. 여린 햇살이 비쳤다. 올려다보니 하늘의 불길한 붉은 기운이 옅어져 있었다.

이윽고 사람들이 모여들었다. 병졸 대부분이 소집되어 잔해를 모조리 치우고 다이키의 모습을 찾았으나 작은 기린의 모습은 어디에서도 찾아낼 수 없었다. 인중전의 정전 서쪽, 운해에 접한 노대와 정원은 흔적도 없었다. 건물과 수목도 뿌리째 쓰러졌고, 뒤섞인 토사와 건물 잔해가 쌓인데다 높은 파도가 밀어닥쳐 모든 것을 운해로 끌고 갔다. 그 상처 자국만이 남아 있었다. 배를 띄우고 기수가 동원되었다. 그들은 정원을 파내듯이 뒤지며 어린 재보의 모습을 찾았다. 하지만 그날 이후로 다이키를 볼 수 없었다.

수색이 계속되는 한편으로 새 한 마리가 급한 소식을 전하기 위해 문주로 보내졌다. 새가 문주에 도착하기 전에 문주에서 다른 새가 날아왔다. 청조靑鳥(서신을 주고받을 때 쓰는 새)가 가져온 서간에는 교소가 자취를 감추었다고 적혀 있었다.

침소 안에는 침묵이 내렸다. 리사이는 목에 건 구슬을 의지하듯이 꼭 쥐었다.

"그 뒤로 주상의 소식은 모릅니다. 태보의 소식도요."

"리사이, 괴로우면……."

요시가 막으려 했지만 리사이는 눈을 감고 고개를 가로저었다.

"왕궁은 혼란하기 그지없었습니다. 조직적으로 주상과 태보의 행방을 찾지도 못한 채……."

리사이는 신음했다. 요시는 허둥지둥 머리맡에 몸을 숙였다.

"괜찮은가?"

요시의 물음에 리사이는 괜찮다고 대답했으나, 목소리는 가쁜 숨에 끊겨졌다. 다시 바람 소리가 들린다. 귀울림 소리. 바람 속에서 가에이의 목소리가 들린다. 그러면 안 된다는.

"그만해. 일단 오늘은 여기까지 듣기로 하지."

리사이는 멀어지는 기척을 쫓아 목소리가 나는 쪽으로 손을 뻗으려 했다. 그리고 다시 깨달았다. 리사이에게는 오른팔이 없다. 리사이는 이렇게 큰 것을 잃었다. 지금 와서야 고뇌가 밀려왔다.

"……구해주십시오."

구슬을 쥔 손을 놓고 다시 뻗었다. 그 손을 쥔 따뜻한 손이 있었다.

"부탁입니다, 대국을……."

"알겠다."

옆방에 있던 의관이 달려오는 소리가 들렸다. 이쯤 하라는 의관의 목소리를, 리사이는 깊어가는 암흑과 죄책감 속에서 들었다.

004

"어떻게 생각하지?"

화전을 나서며 요시는 등뒤의 두 사람에게 물었다. 한 사람은 무표정하게 입을 다물고, 다른 한 사람은 "어찌 생각하느냐 물으셔도……"라고 대답했다.

"태왕과 태 태보가 행방불명이 된 경과는 알았습니다만."

"그 말이 아니라……."

요시가 쓴웃음을 지었다.

"그녀는 대국을 구해달라고 했어. 어떻게 생각해?"

고칸은 눈살을 살짝 찡그렸다.

"리사이 님이 구체적으로 무엇을 원하시는지에 달렸지요. 애초에 지금 경국이 할 수 있는 일이 무엇인지도 문제이고요."

고칸이 말을 마치자 게이키가 걸음을 멈추고 인사를 했다. 게이키는 주청에서 집무중에 불려왔으니 주청으로 돌아가야 한다.

게이키를 전송하고, 고칸도 총재부로 돌아가기 위해 정침을 퇴출했다.

다들 리사이한테만 매달릴 수 없다. 내전으로 돌아가면서 요시는 생각했다. 이러는 동안에도 경국은 움직이고 있다. 경국 자신의 문제를 안은 채로 말이다.

고칸의 말이 맞다. 돕겠다고 말하기는 쉬우나 실질적으로 요시가 무엇을 할 수 있는가. 등극한 지 이제 겨우 이 년이 지난 참이다. 익숙하지 않은데다 이쪽 사정에 어두운 태과 왕, 문서를 제대로 읽지도 못해서 정무 대부분은 고칸과 게이키의 도움을 받고 있다. 그들이 정무를 나누어 짊어져준 만큼 빈 시간에 태사太師에게 가르침을 청해 공부를 했다. 타국에 베풀 만한 여유는 요시는 물론이거니와 국고와 조정에도 없었다.

생각에 잠긴 채 내전 서쪽으로 향하는데, 마침 갑옷을 입은 인물이 회랑을 걸어왔다.

"아, 간타이."

간타이는 요시를 발견하고 걸음을 멈추고는 가볍게 공수했다. 이자가 경국의 금군 장군이다.

"마침 잘됐어."

요시의 말에 간타이는 몸을 살짝 뺐다.

"상대는 못 해드립니다. 조금 전까지 소신을 훈련시키고 온 참이에요. 여기서 주상의 스트레스인지 뭔지의 발산 상대가 되면 몸이 못 버팁니다."

요시가 살짝 웃었다.

"그러려는 게 아니야. 지쳤으면 잠시 쉬었다 가지 않겠나?"

"예에."

대답하는 간타이를 내전 안쪽 서재로 끌고 간다. 공무 중간에 쉴 수 있는 이곳이 요시가 낮에 생활하는 거처였다.

"오합지졸 왕조로군……."

요시가 차를 끓이면서 중얼거리자 간타이는 어리둥절한 표정을 지었다. 요시는 쓴웃음을 지었다. 대국을 구하고 자시고 오히려 경국이 도움을 받아야 하는 처지다. 정작 왕은 정무보다 먼저 읽고 쓰기를 배워야 하는 상황이고, 소신 절반은 원래 시정에 살던 협객이라 규율도 본격적인 전투술도 하나부터 열까지 가르쳐야 한다. 가르칠 사람도 부족해 금군 좌군 장군이 직접 하는 형편이다.

"소신의 훈련까지 시켜야 하다니 간타이도 고생이 많군."

"아뇨. 저는 괜찮습니다. 장군은 전쟁이 없으면 한가한 법이니까."

요시가 웃었다. 사실이 아님은 알고 있다. 처음에 이 세계에 와서 군의 규모가 커서 놀랐는데 내실을 알고 납득했다. 이쪽에는 경찰이 존재하지 않는다. 순찰과 범죄자 단속도 추관의 지휘 하에 군이 한다. 그뿐인가, 공적인 토목 사업도 군의 관할이다. 백성을 징용할 필요가 없는 사업은 관의 지휘 아래 징역을 사는 죄인과 군이 공사를 진행한다. 왕궁이나 도시의 경비, 귀인의 경호까지, 전쟁이 있거나 없거나 군은 바쁘다.

"사소하지만 상을 내리지."

요시가 말하며 다기를 내밀자 간타이는 웃으며 찻잔을 받아들었다.

"어주는 아닌 듯하지만 황공하옵니다."

한바탕 웃고 나서 요시는 간타이에게 물었다.

"간타이는 태왕을 아나? 유명한 분이셨다던데."

간타이가 "아" 하며 고개를 끄덕였다.

"당연히 면식은 없지만 소문을 들어서 압니다. 예전 사쿠 장군이시죠."

"리사이는 알아? 원래 승주사의 장군이었다고 했어."

"아뇨, 거기까지는 모릅니다. 그러고 보니 그분이 타고 온 기수는 기운을 차린 모양입니다."

"그래, 다행이다."

"그래요, 저는 류 장군을 모르지만 기수를 보면 뛰어난 분일 것 같습니다. 주인에게 충성심이 두텁고, 무척 잘 훈련되어 있어요. 어지간히 잘 보살피고 엄격하게 주인으로 인식시키지 않으면 저렇게 길들이기는 어렵죠."

"그렇구나……."

"하지만 이름을 들은 적은 없습니다. 다른 나라 장군 이름은 잘 전해지지 않으니까요. 사쿠 장군은 특별했죠. 제 생각은 그렇습니다."

"특별하다라. 대단하군."

"하하" 하고 간타이는 알았다는 표정을 지었다.

"지금 사쿠 장군과 주상을 비교하셨군요."

"비교해도 소용없어. 저쪽은 걸물이었던 모양이니까."

"정말로 걸출한 인물이었다면 대국이 엉망이 될 리가 없을 텐데요."

"말이 심하잖아. 태왕이 어지럽힌 게 아니야. 아무래도 무슨 변사가 있어서 소식이 끊긴 것 같은데 그것을 본인 잘못으로 칠 수는 없잖아."

간타이는 진지하게 고개를 갸웃했다.

"어떤 변사 말입니까?"

"모반이 있었던 것 같아. 위왕이 오르고 태왕과 태 태보는 행방을 감추었어. 거기까지밖에 몰라. 리사이가 아직 정상이 아니라서."

"그렇습니까."

간타이는 나직하게 대답하고 생각에 잠겼다. 요시도 생각에 빠졌다. 자세한 내막은 모르지만 리사이가 대국을 구하기 위해 필사적이며, 경국을 믿고 의지하고 있는 것은 안다. 하지만 경국은 오합지졸 조정이다. 무엇을 해줄 여력이 없다.

"결국 평가는 남이 내리는 것 아닙니까."

간타이의 중얼거림에 요시가 그를 돌아보았다.

"……응?"

"결과를 보고 남이 판단하는 것이죠. 설령 우연일지라도 전쟁에서 전승하면 상승常勝의 장군이라 불립니다. 상승의 장군이라고 하면 우수한 장수처럼 보이지만, 실제로는 무능한데도 우연히 진 적이 없을 수도 있지 않겠습니까?"

"태왕이 과대평가되었다는 소리야?"

"아, 그런 뜻은 아니에요. 이길 법하지 않은 전투는 동료에게 떠밀고 이길 게 확실한 전투만 출전하면 늘 이기는 장군이 되기는 쉽다는 뜻이죠. 늘 이기기만 한다면 사람들은 패배를 모르는 장군이라고 칭찬합니다. 항상 이기는 무패의 장군이라는 평가가 붙으면 우수한 장수가 틀림없다, 훌륭한 인물이고 걸출한 사람이리라는 착각이 제멋대로 퍼지기 시작하죠."

"그 말은 맞지만……."

"평가는 결과를 나타낼 뿐이에요. 걸물이라는 말은 사쿠 장군, 태왕의 결과에 대한 평가이지 태왕의 내실을 가리키는 말은 아닙니다. 그렇게 말하면 태왕은 대국을 어지럽힌 시점에서 걸물이 아니게 되었다고 봐야 하지 않을까요. 남과 자신을 비교해도 소용없어요. 결국 타인의 평가와 자신의 내실이라는 비교가 되지 않는 것을 비교하게 되어 있으니까."

"그렇군."

요시가 쓴웃음을 지었다.

"비교하지 않아도 주상 역시 좋은 왕이십니다."

"그래?"

"저로서는 행방불명이 되지 않고 옥좌에 앉아 있으면서 반수를 써주는 사람이 좋은 왕입니다."

반수인 장군은 태연히 그렇게 말했다. 요시는 웃으며 물었다.

"간타이....... 만약 너를 대국으로 보낸다면 위왕을 칠 텐가?"

"농담하지 마세요."

간타이는 허둥지둥 손을 저었다.

"우리 금군은 그렇게 약한가?"

"그런 문제가 아닙니다. 애초에 병사를 출정시킬 만한 여유가 경국에 있을 리가 없잖아요. 군사를 움직이는 건 큰일이에요. 일군만 해도 일만 이천오백 명입니다. 그만한 병졸을 파병한다면 그만한 군리와 말과 기수가 따르죠. 그런 큰 살림이 대체 얼마나 많이 먹을지 상상하실 수 있습니까?"

요시가 눈을 동그랗게 떴다.

"그렇구나, 식량이라⋯⋯."

가령 일만 삼천 명이라 치고⋯⋯. 요시는 계산해보았다. 고국식으로 한 사람당 한 끼에 쌀을 최소 한 홉이라 생각하면 세끼에서 홉, 그것을 일만 삼천 명분으로 쳐서 최소한 쌀만 해도 하루 삼만 구천 홉.

"상상도 되지 않는 양이로군. 한 끼에 햄버거 한 개라 쳐도 하루 삼만 구천 개잖아⋯⋯."

"네?"

"아무것도 아니야."

요시가 쓴웃음을 지었다.

"그래서 각지의 하관이 병참을 보유하는 겁니다. 지방에 난이 일어나 파병할 때에는 병참에서 보급을 받을 수 있어요. 하오나 타국에 파병하는데 모반이 일어나는 도중이라면 병참은 도움이 되지 못하지요. 전부 가지고 가야만 합니다. 어떻게 운반할지 이전에 그만한 식량을 한 번에 준비할 수 있겠습니까?"

"경국에서는 무리로군⋯⋯."

"온 나라의 병참을 텅텅 비도록 긁어모은다 해도, 애초에 그

118

황혼의 기슭 새벽의 하늘

병참 자체가 최소한의 양밖에 비축하지 못하는 상황이니까요. 게다가 그만한 짐과 병사를 싣고 갈 배가 경국에는 없습니다. 어떻게 대국에 가겠습니까?"

"그렇구나……."

"타국에 병사를 출정시키는 것 자체가 경국에서는 불가능합니다. 첫째로『태강太綱』에 타국을 침입해서는 안 된다고 정해져 있어요."

"침입이 아니잖아. 딱히 대국을 점령하려는 것도 아닌걸."

간타이가 고개를 갸웃했다.

"그런가……. 그렇게 되나."

"그렇게 말한다면 나는 어떻지? 나는 안국의 왕사가 위왕을 쓰러뜨려준 덕에 요천에 입성했어."

"그도 그러네요."

"할 수 있는 일은 태왕과 다이키를 찾는 정도인가……."

"두 분의 소재는요?"

"전혀 모르나 봐. 어때, 수색이라면 하늘을 날 수 있는 기수를 가진 공행사空行師 일양이 있으면 어떻게든 되지 않을까?"

간타이가 눈살을 찌푸렸다.

"스물다섯 기로는 무리죠. 하다못해 일졸一卒은 있었으면 좋겠군요. 백 기면 나눠서 수색할 수 있으니까."

"공행사 일졸이라……."

그 정도면 불가능한 일은 아니다. 그러나 관리는 찬동하지 않을 것이다. 경국도 여러 가지로 부족한 때에 무슨 짓이냐고 하겠지. 요시는 턱을 괴고 한동안 고민에 빠졌다.

"왕이 옥좌에 있고 없고의 차이는 크구나."

요시의 중얼거림에 간타이의 표정이 굳었다.

"상당히 크죠. 태왕이 어떤 인물인지는 둘째 치고 왕의 행방을 알 수 없다면 대국의 백성은 큰일일 겁니다. 그 나라는 겨울이 혹독한 곳이기도 하고요. 이런 표현은 그렇지만, 승하하신 편이 더 나을 수도 있어요."

"죽는 편이 낫다고?"

"왕이 승하하면 언젠가 다음 왕이 오를 테니까요. 백성은 왕이 다시 설 때까지만 참고 견디면 됩니다. 어리석은 왕도 언젠가는 하늘이 옥좌를 거두어줍니다. 하늘이 옥좌를 거둘 때까지, 그리고 다음 왕이 올 때까지만 버티면 돼요. 돌아가시지 않은 채 옥좌에 없다는 것은 어떤 의미로 최악입니다."

황혼의 기슭 새벽의 하늘

리사이는 한밤중에 들려오는 희미한 이야기 소리에 눈을 떴다.

"……엄청 배가 고팠어."

"그럴 줄 알았어. 차도 가져올게."

"고마워. 같이 먹고 갈래?"

잡담을 나누는 소리에 리사이가 고개를 살짝 들자, 머리맡에 있던 여어가 놀라서 돌아보았다. 침소 입구에는 한 소녀가 몸을 빼듯이 얼굴을 내밀고 있었다.

"미안해요. 깨웠어요?"

"괜찮습니다."

리사이는 고개를 내저었다.

"혹시 나 때문에 식사도 하지 못한 건가?"

리사이가 묻자 스즈는 크게 손사래를 쳤다.

"아니, 그냥 기회를 놓쳤을 뿐이에요. 쇼케이祥瓊가 야식을 가져와서 괜찮아요."

"나는 괜찮으니 드세요."

리사이의 말에 쇼케이라 불린 소녀가 스즈를 보고 웃었다.

"얼른 먹어치워. 그동안 내가 대신 시중을 들게."

"응" 하고 대답하고 스즈는 침소를 나갔다. 교대하듯이 쇼케이가 리사이의 머리맡에 앉았다.

"별일도 아닌 걸로 시끄럽게 해서 미안해요. 저는 여사女史 쇼케이라 합니다."

"아니…… . 나야말로 여어에게는 큰 폐를 끼치고 있는 듯하군. 이제 곁에서 시중을 들어주지 않아도 괜찮습니다."

"그건 리사이 님께서 결정하실 일이 아니라 의관이 결정할 일이지요?"

쇼케이는 그렇게 말하고 미소 지었다.

"신경쓰지 마셔요. 저희야말로 일손이 부족해서 충분히 보살펴드리지 못해 송구합니다."

"아니, 여어는 정말 잘해주고 있어요."

리사이는 그렇게 말하더니 공연히 시선을 피했다.

"경왕께서도…… . 경왕은 무척 성실한 분이신 듯하더군요."

"고지식한데다 지나치게 정직한 사람이기는 해요."

쇼케이가 키득키득 웃어서 리사이는 의아해하며 돌아보았다.

"금파궁 분들은…… 경왕을 상당히 허물없이 대하는군요."

"기풍이 완전히 그리되어버렸어요. 위엄이고 뭐고 없어서 어이없으시죠?"

"아니…… ."

"태왕은 아주 훌륭한 분이라고 들었습니다. 지금은 행방을 알수 없다고요. 걱정이 크시겠지요."

리사이는 "예" 하고 대답했다.

"대국의 백성도 많이 힘들 거예요. 대국의 겨울은 혹독할 테고……."

"대국을 아십니까?"

"아뇨."

쇼케이는 고개를 가로저었다.

"저는 방국芳國 출신이에요. 방국의 겨울도 혹독했죠. 하나라도 잘 풀리지 않으면 겨울에 그 여파가 몰려와 죽느냐 사느냐 문제가 되어버리죠. 대국은 그런 방국보다도 겨울이 훨씬 혹독하다 들었어요."

"그래……. 그렇지요."

"방국도 지금은 공위지만 대국과는 사정이 다릅니다. 승하한 방국의 왕은 나라를 어지럽힌 분이었고……."

쇼케이는 그렇게 말하면서 울적해 보이는 미소를 지었다.

"그러니까 공위가 되어 백성은 숨통이 트인 부분도 있어요. 하지만 태왕은 인망이 두터운 분이었다 들었습니다. 그런 왕을 잃어버리다니."

"예……."

"모반이 있었다고요. 왕조 초기에는 아무래도 그때까지 자신이 쥐고 있던 것을 잃지 않으려고 초조해진 간신이 날뛰게 마련이죠."

"글쎄, 과연 그럴지……."

리사이가 중얼거리자 쇼케이는 고개를 갸웃했다.

"왕조의 초기는 그런 법이지요. 공위를 틈타 전횡하던 무리는 새로운 왕의 즉위에 초조해집니다. 하지만 나는 그것이 모반의 이유라 생각할 수 없습니다."

"……? 그럼요?"

리사이는 모른다고 답했다. 초조해진 관리가 모반을 일으키기 쉽다는 것은 알고 있었고, 리사이도 충분히 경계했다.

"어찌하여…… 그렇게 된 걸까……."

주상은 대단히 어진 왕이 되실 것 같아요.

감동한 듯이 말한 이는 승주에서 리사이와 함께 온 측근 사수(부하)였던가.

"삼공도 이렇게 빠르게 왕조가 정비된 예가 없다고 감탄하셨답니다."

"그렇겠지."

"병졸들도 걸출한 왕이 오르셨다고 아주 기뻐해요. 백성도 환영하는 듯하고요."

리사이는 웃으며 고개를 끄덕였다. 교소는 출신이 무인인지라 병졸 사이에서 인기가 높았다. 교왕은 문치의 왕이었던 까닭에 병졸이 상대적으로 냉대를 받아왔으니 더욱 그랬다. 등극한 교소가 맨 먼저 교왕의 어물을 처분하고 겨울을 대비해 각지의 의창에 물자를 보낸 까닭에 백성도 크게 기뻐했다. 대국의 겨울은 혹독해 비축한 식량과 숯이 떨어지면 바로 생존 문제로 직결한다. 교왕의 낭비로 텅 빈 의창에 물자가 차자 백성은 환성을 질렀다.

"새로운, 좋은 시대가 온 것 같아요."

사수는 그렇게 말하며 웃었다.

리사이도 똑같이 느꼈다. 백성이 기뻐하는 목소리가 들린다. 시중에 나가면 백성들은 왕사를 따뜻하게 대했다. 새로운 왕을 생각하는 마음을 알 수 있었다. 백성뿐만 아니라 궁중을 오가는 관리 역시 활기에 넘친 표정이다.

그러나 질주하는 마차는 삐걱거리는 법이다. 리사이는 주사 장군으로 조정에 가담하여 쾌청해야 할 조정 곳곳에 기묘한 그늘이 있음을 깨달았다. 동지의 제례를 마치고 나서야 그 정체를 이해했다.

"곧 태보를 연국運國에 보낼 것이다."

교소는 측근을 모아 그리 말했다.

"연국까지는 오가는 데 한 달 남짓, 그사이에 겨울 사냥을 한다."

처음에 리사이는 말을 있는 그대로 파악했다. 새해 전후에는 중대한 공무가 적다. 그동안에 대규모 수렵을 하겠다는 줄 알았다. 조정이 정비되기는 했지만 상당히 태평한 구석이 있는 분이란 생각에 내심 놀랐다. 다들 똑같이 생각했는지, 모인 사람들 사이에 당황한 듯한 분위기가 흘렀다. 분위기를 깬 사람은 금군 우군 장군인 아셴이었다. 아셴은 이상하게 낮은 목소리로 물었다.

"사냥감은?"

"개다."

짧은 대답에 리사이는 흠칫했다.

"선왕 밑에서 정사를 제멋대로 주무르고 전횡을 일삼던 간신을 처단해야 한다. 경솔하게 들에 풀어놓을 수야 없지. 풀어주면 처분에 앙심을 품고 불씨가 될 가능성이 크고, 놈들이 악랄한 수단으로 모은 재산은 앞으로 대국에 없어서는 안 되는 물건이다."

숙청을 말하고 있음을 깨닫고 리사이는 소름이 끼쳤다. 같은 기분에 휩싸인 신음인지 한숨인지 모를 술렁임이 실내에 가득했다.

"제례가 끝나고 이제 새해를 맞이하는 일만 남았다. 이때 사절을 꾸려 연국에 보낸다. 금군, 서주사의 주요 장군이 동행한다면 놈들은 방심하겠지. 그때 일망타진하여 처단한다."

"그동안에 태보를 나라 밖으로 보내신다고요?"

아센의 물음에 교소가 고개를 끄덕였다.

"고리嵩里(다이키의 호)에게는 보이지 않는 편이 낫겠지."

"하오나 훗날 알게 되시지 않겠습니까?"

"모르게 한다. 앞으로 여기서 하는 이야기는 고리는 물론이고 이 건에 관여하지 않는 누구도 눈치채서는 안 된다."

"내밀히 처단하시려고요……?"

리사이는 당치 않다고 외칠 뻔했다. 간신을 정리해야 할 필요성은 안다. 하지만 죄를 밝히고 공개적으로 처벌하지 않으면 사적인 제재밖에 되지 않는다.

"물론 모든 일은 정식 절차를 밟는다. 단, 모든 것은 덮어두어야 한다. 이 건에 관련된 관부는 담당하는 관리를 엄선하여 조직하라. 그 외의 관리는 일절 이에 관여하게 해서는 안 된다. 고리가 돌아왔을 때에는 모든 것이 끝나 있어야 한다. 관리 구성이 조금 바뀌고, 어쩐지 사람 수가 줄어든 것 같은 기분이 들 뿐이 겠지."

그러면 다이키를 속이는 것이나 다름없지 않은가. 리사이는 항의하려다 마음을 고쳐먹었다. 분명히 기린은 모르는 채 끝나는 편이 다행인지도 모른다. 기린의 본성은 어질고 피를 싫어하며 도리에 어긋남을 꺼린다고 한다. 실제로 피의 부정으로 병까지 든다. 그러니 이 일이 다이키를 향한 교소의 온정에서 비롯된 것은 틀림없었다.

리사이는 억지로라도 납득하려 했지만 "저어" 하고 말을 꺼낸 사람이 있었다. 얼마 전에 대사구에 오른 가에이였다.

"그래도 되는 것입니까? 황공하오나 태보는 영민하십니다. 괜히 숨기기보다 진실을 말씀드리는 편이……."

"안 된다."

교소의 대답은 짧고, 반박의 여지가 없었다.

이어서 계획의 개요를 듣고 리사이는 더욱 한기를 느꼈다. 악랄한 관리를 단숨에 소탕한다. 걱정스러울 만큼 망설임은 없었다. 본디 교왕의 총애를 받았고, 교왕 이후로도 부하를 조정 구석구석에 배치한 교소에게는 누가 무엇을 하고 무엇을 하지 않았는지, 문제가 있는 관리는 누구고 어떻게 처벌해야 하는지 파악이 끝난 사항이었으리라. 교소는 등극했을 때부터 누구를 어떻게 배제하고 그 자리를 어떻게 메울지 도면을 가지고 있었다. 그리고 그런 간신을 제거했을 때에 무슨 일이 일어날지도 충분히 예측하고 있을 것이다. 이 겨울 사냥은 나라를 어지럽히는 역적만 제거하는 것이 아니라, 그렇게 해서 때를 기다리던 적을 흔들어 깨우고 철저히 밝혀내려는 계략의 일환이었다. 역심이나 부정한 야심을 억눌러온 자, 교묘하게 악행을 감추어온 자는 숙청을 보고 방심하거나 또는 초조해져서 움직이기 시작할 것이다.

리사이는 교소를 바라보았다.

'이분은 왕이 새로 등극하여 십수 년, 자칫하면 수십 년은 걸릴 일을 일 년 만에 해치우려 하고 있어.'

갑자기 오한이 들었다. 그때까지 리사이는 교소에게 아무런 불안도 느끼지 않았다. 인망이 두터운 명장, 리사이 자신도 교소의 사람됨을 높이 평가했고 존경심을 느꼈다. 하지만 이때 처음으로 불길한 예감을 느꼈다.

결코 교소의 계획에 불안을 느끼거나 왕으로서 역량이 불안한 것은 아니었다. 이렇게나 강한 빛은 그만큼 짙은 그림자를 드리울 수밖에 없다.

그로부터 시간이 조금 흐른 뒤였을 것이다. 가에이가 리사이의 관저를 갑작스럽게 찾아왔다. 가느다란 눈이 끊임없이 흩날리는 밤이었다.

"눈이 내리는군요."

관저 객청으로 안내받은 가에이는 그렇게 말하며 리사이에게 인사를 올렸다.

"추우셨지요?"

리사이는 화로 곁 의자를 권했다.

"이리 추운데도 저희 집까지 와주셔서 감사드립니다."

가에이는 당치도 않다며 리사이를 향해 고개를 저었다.

"저야말로 갑자기 찾아와서 죄송해요. 리사이 님과 한번 천천히 이야기를 나누고 싶었어요. 갑자기 마음을 먹고 무례하게 심부름꾼을 보냈는데 흔쾌히 허락해주셔서 감사할 따름입니다."

리사이는 영광이라고 대답하며 웃고서 하인이 준비한 술과 안주를 권했지만 가에이는 어쩐지 마음이 딴 데 가 있는 듯 보였다. 하얀 얼굴에는 불안한 표정이 떠올랐다. 몹시 추워 보였다. 보이는 나이는 마흔 중반, 겉모습도 실제 나이도 가에이는 리사이보다 연상이었지만, 그녀는 길 잃은 아이 같은 표정이었다. 도저히 단순히 리사이와 친해지기 위해 찾아온 것처럼 보이지는 않았다.

"실례지만 가에이 님은 어째서 저를 찾으셨습니까?"

가에이는 생각에 잠겼다 정신이 든 것처럼 리사이를 보았다.

"아아…… 아니요, 이렇다 할 용건이 있어서는 아니에요. 정말로 한 번쯤 천천히 이야기를 나눠보고 싶어서……."

가에이는 그렇게 말했지만 아까부터 제대로 입을 열지 않았다. 그것을 스스로도 깨달았는지 부끄러운 듯이 고개를 숙였다.

"일부러 시간을 내달라고 하며 댁까지 들이닥칠 만한 일은 아니에요. ……큰 실례를 저질렀습니다."

리사이는 고개를 갸웃했다.

"노골적인 사람이라고 생각하지 않으셨으면 합니다만, 혹시 가에이 님께서는 무슨 고민이 있으십니까?"

가에이는 깜짝 놀라며 고개를 들더니 느닷없이 울 것처럼 표정을 일그러뜨렸다.

"실례되는 말을 했다면 죄송합니다. 저는 아무래도 완곡하게 돌려서 표현하는 데 서툴러서."

"아니에요."

가에이는 고개를 가로저었다.

"당치도 않아요. 실례는 제가 저질렀지요. 솔직히 말하면 제대로 이야기도 나눈 적 없는 분을 찾아와 무슨 이야기를 어떻게 드려야 할지 고민하고 있었어요. 단도직입으로 물어주셔서 한시름 놓았어요."

가에이는 살며시 웃고는 역시 불안한 듯한 동작으로 술잔 가장자리를 손가락으로 쓸었다. 무인인 리사이와는 달리, 제대로 손질받고 윤을 낸 손톱이 투박한 도자기의 가장자리를 미끄러진다. 희미하게 떨리는 것처럼도 보였다.

"추우신 듯합니다. 화로를 더 가져오게 할까요?"

"아니에요. 춥지 않아요."

가에이는 말한 뒤에 손가락이 떨리는 것을 알아챘는지 허둥지둥 그 손가락을 다른 손으로 감싸쥐었다.

"추운 것이 아니에요. 리사이 님, 저는 두려운 겁니다."

"두려워요?"

가에이는 고개를 끄덕이고 리사이를 똑바로 쳐다보았다. 진심으로 겁먹은 얼굴이다.

"주상이 등극하시고 왕궁은 어지럽게 변했어요. 정말로 대단한 분이세요. 이리도 빨리 조정을 정비했다는 이야기는 들은 적이 없어요."

리사이는 일부러 동의하지 않고 잠자코 뒷말을 기다렸다. 조정의 구석구석에서 늘 듣는 칭찬이지만 희미하게 떨리는 목소리로 보아, 가에이가 그 사실을 반기지 않는 것은 자명했다.

"……이렇게 갑작스러워도 될까요."

가에이는 툭 내뱉었다.

"갑작스럽다고요?"

"조정의 혁신은 필요하지요. 구악을 폐지하는 것도요. 하지만 이렇게 서둘러야 하는 일일까요. 조금 더 천천히 시간을 들여서 충분히 음미하고 온건히 변해가면 안 되나요……?"

"너무 성급하다는 겁니까?"

"그런 느낌을 떨칠 수 없어요. 아니요, 절대로 주상을 비판하려는 것이 아니에요. 그저 제 자신이 하는 일이 두려워요. 아무래도 무언가를 깜빡한 것 같아요. 잊어서는 안 되는 무언가를 두고 온 것 같은 기분이 자꾸 들어요. 모든 것이 이렇게 급속하게 바뀌어도 되는 건지."

리사이는 고개를 끄덕였다. 무리도 아니라는 생각이 들었다.

가에이는 원래 남주의 주재로, 인정과 도리를 갖춘 명재상이라 불렸다고 들었다. 몇 번인가 얼굴을 마주한 바로는 확실히 자애롭고 예절을 중시하는 온화한 인품인 듯하고 사려도 깊고 뭐든 두루 살필 줄 알았다. 교소가 육관장으로 발탁한 것도 납득이 가지만, 저래서 대사구를 하겠느냐는 목소리도 들었다. 추관의 주된 일은 법을 정비하고 죄를 심판하여 사회의 안녕을 쌓는 것이다. 추관은 동시에 외교관이기도 하다. 가에이는 추관치고는 정이 너무 깊지 않냐며 염려하는 목소리가 분명히 있었다.

추관은 추상열일秋霜烈日의 관리. 형벌과 위령威令, 절조에 엄격해야 하고 가을의 서리와 여름의 뙤약볕이 초목을 시들게 하는 것과 비슷하다 하여 이리 이른다. 리사이의 눈앞에 앉아 있는 여성은 길을 잃은 아이처럼 미덥지 못하고 어디에서도 추관의 엄격함과 열정은 느껴지지 않았다.

"저는 줄곧 땅을 다스리고 백성에게 복리를 베푸는 일을 해왔어요. 사람에게 벌을 주는 일에는 익숙하지 않지요. 익숙함의 문제가 아님은 잘 압니다. 책무라면 다할 따름이지요. 하지만 제가 추관에는 도저히 맞지 않는 인간이기에 여태껏 저에게 추관이 되라고 명령하는 분이 없었던 게 아닐까 싶어요. 그런데……."

가에이는 마지막 말을 중얼거리고 시선을 떨어뜨렸다. 다시 떨리는 손가락이 술잔 가장자리를 헤매기 시작했다.

"앞으로 많은 관리를 심판해야 합니다. 그것도 단기간에 단숨에 해야 해요. 저는 두려워요. 설령 죄인이라 해도 사람의 잘잘못을 따지면서 이렇게 성급하게 해도 될지……."

리사이가 미소 지었다.

"한잔하시죠. 몸이 따뜻해질 겁니다."

고개를 끄덕이고 말한 대로 술잔을 입으로 가져가는 가에이를 리사이는 지켜보았다.

"가에이 님이 불안하신 것도 무리는 아니에요. 조정은 어지러울 정도로 바뀌고 있고. 구악을 처단하는 것은 새로운 왕조에 따라다니는 것이지만 이토록 단숨에 몰아친 예는 없을 겁니다. 주상은 당황스러울 정도로 결단력이 좋은 분입니다."

리사이가 쓴웃음을 짓자 가에이도 입가를 살짝 벌렸다.

"우리 무인은 기회를 중시합니다. 지금이라고 결단해야 할 때가 있고, 그때가 되면 망설임 없이 과감해야 한다고 생각합니다. 전장에서는 신중하게 음미해서 결단을 내릴 여유가 없을 때가 많아요. 신중하게 대비하다가는 오히려 눈앞에서 좋은 기회를 놓치게 되기 십상입니다. 그러니 주상의 결단은 납득할 수 있어요. 분명히 지금이 호기이고, 행동을 일으켜야 할 때라는 건 아니까요."

리사이는 그렇게 말하고 미소 지었다.

"스스로도 똑같이 결단할 수 있는지는 의문이지만요. 일이 일인 만큼 망설이고 우물쭈물 시간을 보내다 진흙탕을 만들어버리는 결과가 되지 않을까요. 그 점이 나 같은 사람이 이르지 못하는 부분입니다."

"리사이 님은 불안을 느끼시지 않는군요?"

리사이는 잠시 말문이 막혔지만, 그것을 가에이에게 들키지 않고 넘어간 듯했다.

"불안해할 이유는 없습니다. 용케 이토록 단숨에 결단하셨다고 경탄은 합니다. 아마도 주상께서는 망설임 없이 결단을 내릴 만한 확신이 있으시겠죠. 확신만 있으시다면 단숨에 구악을 제거하는 것은 결코 나쁜 일은 아니에요. 조정이 빠르게 정비될수록 백성이 윤택해지는 것도 빨라질 테니까요."

"그건……. 네, 저도 알아요."

가에이는 고개를 숙였다.

"하오나 그 확신이……. 저에게는 어떻게 이토록 망설임 없이 확신을 품을 수 있는지 보이지가 않아요. 주상을 믿지 못하는 것은 절대로 아니지만……."

"가에이 님은 주상과는 지금까지……."

"예, 아무 인연도 없었어요. 소문만 들었습니다."

가에이는 그제야 미소 지었다.

"그래서 추관장으로 임명한다는 선지를 받았을 때에는 정말로 놀랐어요. 저 같은 사람의 존재를 어떻게 아셨는지……."

"주상은 그런 분입니다."

"리사이 님은 이전부터 휘하에 계셨군요?"

"휘하에 있었다고 할 수 있을지……."

리사이는 봉산에서 교소를 만났다. 교소와 마찬가지로 승산한 리사이는 그곳에서 소문으로 듣던 사쿠 장군을 처음으로 만났다. 승산을 위해 황해로 들어간 자들은 대부분 집단을 꾸려 대열을 짜서 황해를 건넌다. 그러나 교소는 집단 안에 없었다. 수하

만을 거느리고 황해로 들어가 독자적으로 봉산으로 향했기 때문
이다.

"그러니 봉산에 도착하고 나서 처음으로 뵈었습니다."

"어쩜……. 대열을 떠나 황해를 가시다니 위험하지 않나요?"

"위험한 일이에요. 하지만 주상께는 대수롭지 않았던 거겠죠.
나중에 들은 바로는 주상은 교왕 시절 삼 년쯤 선적을 반납하고
금군을 물러나신 적이 있었다더군요. 그때 황해에 들어가셨다고
합니다. 황해에는 기수를 잡는 것을 생업으로 삼는 자들이 있는
데, 그들의 제자가 되셨다고 해요."

"제자요? 금군 장군이?"

가에이는 놀라서 눈을 동그랗게 떴다. 리사이가 가볍게 웃었
다.

"그런 분이에요. 듣기로는 기수를 스스로 잡아서 길들이고 싶
으셨다더군요. 승산할 때에도 사냥을 하고 싶어서 대열 안에 계
시지 않았습니다. 하지만 승산하기 위해 교소 님이 저희와 동시
에 황해에 들어왔다는 이야기를 들었고, 그렇다면 제가 나설 자
리는 없겠다고 생각했죠."

리사이가 쓴웃음을 짓자 가에이는 입가를 가렸다.

"혹시 제가 실례되는 질문을 한 건가요."

"전혀요. 그러니 휘하에 있었던 건 아닙니다. 하지만 봉산에

서는 운 좋게 교소 님과 태보, 두 분이 허물없이 대해주셨어요. 그런 인연으로 눈여겨봐주시게 되었죠."

금군 장군과 주사의 장군, 신분 차이는 있지만 휘하는 아니다. 오히려 동료처럼 대해주었다. 교소가 등극하고 나서는 일찌감치 홍기로 불려가 교소의 휘하들과도 만났다. 그중에는 승산 때 동행해서 이미 낯익은 사람도 있었다. 서주사 장군으로 발탁되고 나서는 지극히 자연스럽게 교소의 부하들과 어깨를 나란히 했다.

"새삼 이렇게 말씀드리니 이상하기도 하군요. 저 자신도 주상의 휘하에 있었던 것 같기도 하고, 아닌 것 같기도 하고."

"그러셨습니까……."

가에이는 살며시 한숨을 내쉬었다.

"그럼 제 직감도 영 무시할 수 없겠네요. 어쩐지 리사이 님은 부하 같지가 않았어요. 원래 주상을 따르던 분과는 조금 달라 보였어요."

"그런가요?"

"예. 그래서 오늘도 리사이 님을 찾아왔어요. 다른 분들께는 도저히 무섭다는 말을 할 수가 없어서. 무서울 게 무에 있느냐고 일축당할 것만 같았답니다. 하지만 리사이 님은 조금 다를 것 같았어요. 같은 여자여서 그런지도 모르겠지만."

"감사합니다."

리사이는 그렇게 대답했다. 가에이의 말은 부당하지 않다. 교소의 휘하에 있던 자들은 오랫동안 교소를 바로 곁에서 섬겨와서 그의 사람됨과 사고를 잘 안다. 지금까지 쌓아온 두터운 신뢰가 있고, 두껍게 꼬아 만든 끈이 있었다. 그 유대감이 너무나 공고해서 이따금 소외감을 느낄 때가 있다. 리사이조차 그러니 가에이는 한층 더 그러리라. 자신만 이분자이고 위화감을 안고 있다는 느낌은 당연히 있을 것이다.

"불안한 탓에 무서운지도 몰라요."

가에이는 쓴웃음이 섞인 목소리로 말을 내뱉었다.

"주상이 무슨 말씀을 하시면 리사이 님을 비롯한 여러분은 그것만으로 뜻을 파악하고 받아들이시죠……. 그래 보여요. 저 혼자만 주상의 의도를 이해하지 못해요. 전부 납득한 듯한 여러분의 얼굴을 쭈뼛쭈뼛 둘러보는 중에 다들 잘 알았다며 앞으로 나아가버리세요. 늘 항상 홀로 남겨지는 것만 같아서……."

"모두가 주상의 뜻을 이해한 것은 아닐 겁니다."

"……그런가요?"

"예, 아마도요. 저는 주상의 생각을 모를 때도 있습니다. 하지만 주상이 그렇게 말씀하시니 그럼 된다고 생각할 뿐이에요."

"신뢰하시는군요."

가에이의 목소리는 쓸쓸하면서도 무언가를 염려하는 울림을 동반했다.

"주상이 틀릴 수도 있어요. 무조건 믿을 마음은 없습니다. 잘 표현할 수 없지만…… 저와 주상은 달라요."

"달라요?"

"저는 주상을 처음 뵈었을 때 그릇이 다르다는 것은 이런 말이구나 생각했습니다. 뭐라고 해야 할까. 모든 것을 보는 눈이 달라요. 저는 생각도 못 한 곳에서 모든 것을 보시죠."

가에이는 잠시 생각에 잠겼다가 짐작이 간 것처럼 퍼뜩 고개를 들었다.

"저는 교왕의 치세가 길지 않을 줄은 알았지만, 그렇다고 그 뒤에 무엇이 필요한지 생각해본 적이 없었어요. 그런 식으로 말인가요?"

"아아, 맞아요. 부끄럽지만 저도 그랬어요. 교왕의 치세가 길지 않을 거라는 건 알았습니다. 대국은 앞으로 어지러워지겠지, 뻔뻔한 놈들이 전횡을 시작하리라 예측은 했죠. 하지만 그 뒤까지 생각이 미치지 않았어요. 생각할 필요를 느끼지 않았습니다. 아니, 필요한지 아닌지조차 머릿속에 없었어요."

"알아요."

"주상이 하시는 일을 보면 그렇구나 싶어요. 나라가 기운다면 기우는 것을 막을 인재가 필요하고, 그만한 인재를 기르고 또 요소에 배치하는 데에는 시간이 걸립니다. 나라를 걱정한다면 준비해두어야 했죠. 지금 와서 보면 너무나 당연한 일이지만 당시에는 신기하게도 생각해본 적이 없어요. 예측은 했지만 그 뒤는 존재하지 않는 것처럼 머릿속에 없었죠."

가에이는 고개를 숙였다.

"하지만 주상께는 보였어요……."

"그런 거겠죠. 그리고 그게 기량의 차이일 겁니다. 제 사고가 미치지 않았다거나 부족했다는 말은 옳지 않아요. 생각할 계기가 있다면 저도 알았을 일입니다. 하지만 저는 그럴 계기를 찾아낼 수 없었습니다."

리사이는 자신을 향해 고개를 끄덕였다.

"그러니까 주상의 뜻이 보이지 않을 때에도 틀림없이 그게 맞을 거라고 생각해요. 저에게는 보이지 않는 무언가가 보이니까 주상은 확신이 있으신 거겠죠. 명백하게 의문이 들고 잘못을 느끼면 저도 다른 의견을 내뱉겠지만 특별히 의문이 없고 잘못도 느끼지 않지만 잘 모를 때에는 그렇게 생각하고 납득합니다. 결과가 나올 때 그래, 이런 일이었구나 하고 저도 알 수 있겠죠."

"그런가요."

가에이는 안타깝다는 듯이 대답하고 다시 불안한 듯 리사이를 보았다.

"태보는 어떨 거라 생각하세요?"

아픈 곳을 찔렸다.

"그건⋯⋯."

"앞으로의 파란을 태보께서 들으신다 해도 마음이 아프실 뿐인 줄은 압니다. 하오나 그리 단정짓고 나라 밖으로 쫓아내버리는 것은 너무 강제적이지 않나요. 자신이 없는 사이에 숙청이 행해진 것을 아신다면요. 숙청 사실에도 마음 아파하시겠지만 그때 자신이 아무것도 하지 못하고, 구명이나 온정을 탄원할 여지도 없었던 것에 상처받지는 않으실까요."

리사이는 침묵했다. 다이키의 성격으로 보아 아무것도 하지 못한 자신을 나무라지 않을까 하는 생각은 리사이도 했고, 동시에 그러지 못하게 자신을 나라 밖으로 보낸 사실을 알면 한층 더 상처받지 않을까 싶었다.

"제게는 태보의 마음을 변명 삼으면서, 주상이 한 선택은 태보의 심정을 방치하는 것처럼 보여요⋯⋯. 주상이 하시는 일은 전부 그렇게 생각하게 돼요⋯⋯."

"가에이 님."

가에이는 서글프게 웃었다.

"결국 비판을 입에 담고 말았네요⋯⋯. 제게는 그리 보여요. 주상은 심복들만을 데리고 강제로 개혁을 서두르려는 듯 보여

요. 태보의 마음이 홀로 남겨진 것처럼 많은 것들이 내버려진 것
같아요……."

리사이는 대체 무엇이 내버려졌느냐고 물어도 가에이가 대답
할 수 없으리라 생각했다. 가에이는 그저 급격한 변화 자체가 두
려운 게 아닐까. 가에이의 우려는 확실한 근거가 없으리라. 교소
에 대한 불안보다는, 교소가 만든 급류를 타고 흘러가는 자신이
무서운 것이다. 마찬가지로 불안한 자는 많으리라. 급격한 변화
를 좋아하지 않는, 본능적으로 공포심을 느끼는 인간은 있게 마
련이다. 교소의 과감하고 망설임 없는 모습에 겁을 먹는 사람도
있을 테고, 의미도 없이 반발하는 자도 있을 것이다.

이런 형태로 삐걱거린다.

왕을 향한 반의는 보통 자신의 처우에 대한 불평, 정치 수완에
대한 걱정, 왕의 사람됨에 대한 불안에서 생기는 법이다. 하지만
가에이는 자신의 처우에 불평이 있거나 교소의 수완을 걱정하
는 것이 아니다. 가에이의 말은 교소의 사람됨을 불안하게 여기
는 것처럼 들리기도 하지만, 아마 그것이 진실의 전모는 아닐 것
이다. 뿌리에 가로놓인 것은 가에이 자신 안에 존재한다. 급격한
변화를 향한 아무런 근거 없는 공포심.

강한 빛 때문에 드리우는 짙은 그림자. 교소의 잘못이 아니고
교소를 향한 직접적인 불만도 아니다. 그런 거라면 알기 쉽고 파

악하기 쉽다. 미리 준비하는 것도 가능하다. 그러나 어디에 어떤 형태로 숨어 있을지 알 수 없다. 파악하기 어려운 점이 두렵다. 돌아가는 가에이를 전송하면서 리사이는 그리 생각했다.

007

그 이후로 리사이와 가에이는 가까워졌다. 교소의 신하로서는 새내기인 가에이와 가에이만큼 새내기는 아니지만 부하라고 할 수도 없는 리사이, 같은 여자지만 한쪽은 문관이고 한쪽은 장군이라는 비슷한 듯 비슷하지 않은 처지가 서로 편하게 느껴졌는지도 모른다.

여전히 가에이는 길 잃은 아이 같은 얼굴을 하고 있었다. 특히 다이키가 연국으로 떠나고 본격적으로 겨울 사냥이 시작되자 더없이 우울해 보였고 옆에서 보기에 위태로운 느낌마저 들었다.

많은 관리가 저지른 죄에 따라 형장으로 끌려갔다. 최종적으로 죄를 결정하고 벌을 내리는 사람은 가에이다. 가에이의 재판은 무르다고 비판하는 목소리가 관여하는 관리 사이에서 나왔다. 타인을 심판해야 한다. 마음을 독하게 먹고 벌을 내려도 뒤에서는 관대하다고 불평했다. 한편 백성이나 사정을 모르는 관리들은 입을 모아 추관을 나무랐다. 선왕 곁에서 마음껏 전횡을 일삼던 간신들을 어째서 방치하는가, 나무라지도 않고 재야에 풀어주느냐고 가혹한 비판이 일었다. 가에이는 그런 고통 때문에 초췌해질 대로 초췌해졌다.

"어째서 제가 추관인가요. 리사이, 저는 주상의 생각을 모르겠어요."

가에이는 날마다 계속되는 격무로 거의 집과 다를 바 없어진 대사구부에서 울었다. 리사이는 위로의 말도 건네지 못하고 밤중에 외전으로 나왔다. 운해 위는 하계보다 따뜻하겠지만, 그래도 한밤중의 정원은 서리로 얼어붙을 정도로 춥다. 잔잔한 바람이 불었다. 리사이는 그 속에서 피 냄새를 맡은 것 같았다. 실제로 왕궁 안에서 그런 냄새가 날 리가 없다.

관리를 붙잡아 추관에게 넘기고 형장으로 끌어내고, 때로 유해를 비밀리에 처분하는 것은 리사이의 임무였다. 은밀히 해야 하는 탓에 리사이는 그 일을 하기 위해 고른 최소한의 부하와 함께 임무를 수행했다. 사람 수가 적으므로 리사이도 손을 더럽힐 수밖에 없었다. 때에 따라서는 시체를 묻을 구멍도 판다. 악취가 몸에 밴 것만 같았다.

리사이는 그래도 괜찮다. 무인이니까 익숙하다. 하지만 가에이는......

리사이는 이유도 없이 내전으로 향해 정침으로 이어지는 문을
보고 걸음을 멈추었다. 왕사의 여섯 장군은 언제든 정침에 출입
해도 된다는 교소의 허락을 받았다. 하지만 교소를 만나 무엇을
어떻게 호소하면 될까. 결심하지 못한 채 결국 리사이는 맥없이
발걸음을 돌려 돌아갈 기력도 잃고 내전 정원 정자 한쪽 구석에
주저앉았다.

가에이가 가엾다.

어깨를 움츠리고 한숨을 쉬는데 뒤에서 목소리가 들렸다.

"피곤한가 보군."

그 목소리에 앉은 자세를 바로잡았다. 돌아보자 교소였다.

"아니요, 그렇지 않습니다."

앉아도 되느냐는 물음에 리사이는 말없이 고개를 숙였다.

"춥지는 않은가?"

"……춥니다."

무척 추웠다. 이 기분에 비하면 돌 탁자에 내린 서리 따위 차
가운 축에 들지 않는다.

"리사이는 요새 가에이와 가깝게 지낸다고."

리사이는 도망치고 싶었다. 언젠가 가에이에게 질책이 있을
것이다. 하지만 지금 자신에게 가에이를 질책하는 말은 하지 않
기를 바랐다.

"제법 허물없다고 들었다만."

"……예."

"그럼 그대가 한번 물어봐주겠나. 잠시 직무를 벗어나보겠느냐고."

리사이는 눈을 부릅떴다.

"그 말씀은…… 가에이를 경질하시겠다는 뜻입니까."

빤히 바라보자 교소는 그렇지 않다며 쓴웃음을 지었다.

"일 처리에 불만이 있는 것은 아니다만 가에이에게는 너무 큰 부담을 지운 듯하군."

"……가에이는 부담이라 생각지 않을 겁니다. 그것이 책무니까요."

그렇게 말한 까닭은 대사구에서 경질되는 것은 가에이가 교소의 조정에서 쫓겨남을 의미하기 때문이었다. 관리에게 견디기 어려운 좌절이다.

"열심히 책무를 다하려고 하고 있어요. 비판하는 목소리도 있는 듯하지만. 아마도 가에이는 처음부터 추관에 그다지 맞지 않았던 거겠죠."

"그랬겠지."

교소가 대답한다. 리사이는 떨었다. 추워서가 아니라 화가 났기 때문이다.

"아신다면 어찌하여 가에이를 추관으로 임명하셨습니까."

"……대사구는 죄인에게 상당히 무르다고……."

"예, 그러니 맞지 않는다고."

"그렇기에 적임이라고 생각했건만."

리사이는 기세가 꺾여 할말을 잃었다.

"죄인에게 무른 가에이라면 좋은 누름돌이 되어주리라 생각했다. 그러나 가에이로서는 견디기 어렵겠지. 많이 힘들다면 직무를 반납해도 괜찮다. 춘관春官이나 지관 쪽에 자리를 마련하겠다고 전해주겠는가."

리사이는 생각했다. 교소는 자신이 하는 개혁이 지나치게 급격하다는 사실을 알고 있다.

"사람을 재판하고 벌하는 것은 자칫하면 고삐가 풀리게 되지. 언덕을 굴러내려가듯 급속도로 과열하게 되어 있어. 하지만 지금은 어찌되었든 해야만 한다. 그러니까 적성에 맞지 않는 추관이 맞을 거라고 생각했다만."

"예……. 그렇군요……."

"가에이는 괴로운 모양이군. 귀하고 유능한 관리를 이런 일로 망가뜨릴 수야 없지. 내가 나서서 물러나도 괜찮다고 권하면 가에이는 질책이라고 믿을 거야. 가에이와 친한 그대의 입으로 먼저 전한 다음에 가에이와 이야기를 나누는 편이 좋을 것 같다."

리사이는 어깨에 짊어진 무거운 짐을 내려놓은 기분이었다. 숨을 깊이 들이마시고 내뱉었다.

"조금 더 천천히 진행할 수는 없을까요. 가에이는 무관이 아닙니다. 여러 문제를 놓고 신중히 일을 진행하는 것이 본분이죠. 그러면 가에이도 조금은 안정을 찾을 줄 사료됩니다."

"고리가 돌아오기 전에 대강 갈무리를 지어야 해. 고리가 연국을 떠났다는 전갈이 왔다. 남은 시간은 보름밖에 없어."

"꼭 태보가 계시지 않는 동안에 해야 합니까?"

"그리 생각한다."

"하오나 돌아오시고 나서 아실 수도 있지 않겠습니까. 숙청을 한 이상 언젠가 전해지는 것은 막을 수 없습니다. 나중에 들으시면 더욱 마음을 아파하시지 않을까요. 그보다도 미리 알리시는 편이……."

교소는 쓴웃음을 지었다.

"기린은 민의의 구현이라 한다. 백성의 눈에 감추어야 할 일은 기린의 눈에도 감추어야 하겠지."

"그럴까요. 물론 태보께는 보고 싶지도 듣고 싶지도 않은 종류의 일이겠죠. 다만 백성의 눈에 감추는 것은 어떨까요. 백성이 숙청 사실을 알면 두려워야 하겠지만 교왕 아래에서 가학에 가담한 자에게는 징벌이 필요합니다. 백성은 자신을 괴롭힌 자들이 벌받은 사실을 알고 싶어 하고요. 그렇기에 지금도 추관은 무엇을 하느냐고 외치고 있습니다. 불만의 목소리는 그렇다 쳐도, 알리지 않는다면 백성은 전왕조의 매듭을 지을 수 없습니다."

왕조에는 끝이 있다. 왕이 승하한 순간이다. 그러나 백성의 고난에는 단락이 없다. 끝났다는 명확한 경계가 없다. 기운 왕조는 백성에게 고난을 강요한다. 왕이 쓰러진 뒤의 조정은 관리의 횡포를 허한다. 새로운 왕이 등극하더라도 처음에는 파란에 가득한 법이다. 백성의 고난은 즉위식을 경계로 끝나는 것이 아니다. 인심을 위해 어디에선가 힘든 시대는 끝났다고 매듭을 지을 필요가 있고, 그에 가장 적합한 기회는 즉위식부터 이어지는 왕조 초기의 한때이리라. 새로운 왕이 즉위하고 선왕 시대의 병소를 제거한다. 양자가 한 쌍이 되어 백성에게 고난의 시대가 끝나고 모든 것을 바로잡을 시대가 왔노라고 알린다.

"그럴 수도 있지."

"그럼……."

"그러나 나는 고리에게 이것을 보이고 싶지 않다. 고리는 아직 어린데다 피를 무서워하지. 기린이니까."

"태보의 마음을 생각하신다면 자신이 없는 사이에 무시무시한 일이 있었다는 사실을 아셨을 때의 심정도 헤아려야 하지 않았을까요. 나중에 사실을 알고 자신이 아무것도 할 수 없고 아무엇도 하지 못하도록 나라에서 내보낸 사실을 아신다면, 태보는……."

너무 나선 것은 아닌지 리사이는 걱정했지만 교소는 고개를 끄덕였다.

"필시 슬퍼하겠지. ……하지만 그런 것이 아니야."

리사이는 고개를 갸웃했다.

"고리는 때로 나에게 겁먹은 듯한 모습을 보인다. 내게는 그것이 백성의 불안으로 비쳐."

리사이는 깜짝 놀라 교소를 바라보았다.

"기린은 민의의 구현이라 한다. 그게 이런 일을 말하지 않나 싶을 때가 있어. 전란과 유혈을 두려워하는 것이 백성이란 존재가 아닐까. 선왕은 문치의 왕이었다. 문치의 왕이었기에 말세에도 참혹한 행동을 한 것이 아니라 오랜 시간 서서히 부패했을 뿐이었지. 인심을 쇄신하는 데에는 무단武斷의 왕이 오르는 것이 가장 효과적일 테지만 동시에 백성은 불안하겠지. 무단의 왕은 과감하나 길을 엇나가면 무서워. 그런 무섭다는 불안이 고리의 눈빛에 비치는 것처럼 보여."

'이 사람은…….'

리사이는 뒷말을 잃었다. 지금의 심정을 어떻게 표현하면 좋을지 모르겠다. 특출하다고 할 수 있다. 아니면 정상에서 벗어나 있다고도 할 수 있을 것이다. 그 작고 사랑스러운 아이를 그런 눈으로 보고 있었나.

"나는 이번 일을 고리에게 보여주고 싶은 마음이 없다. 그렇다면 백성의 눈에서도 감추어야 하겠지. 그것을 가늠하기 위해 고리가 존재한다고 생각한다. 백성의 신임은 아직 그토록 작다……."

"예."

리사이는 대답했다. 동시에 역시 교소는 다르다고 느꼈다.

리사이의 눈에는 다이키가 그저 작고 어리기만 한 아이로 보였다. 새로운 왕을 고르는 대임을 이제 막 완수한 무력하고 부족한 아이로만 보였다. 그러나 교소에게는 그렇지 않다. 다이키는 여전히 중대하고 거대한 존재의 구현이고, 품속에서만 귀여워해서는 안 되는 존재이다. 당연하다. 다이키는 아이가 아니고 기린이다. 늘 이렇게 설명을 듣고야 당연히 알았어야 할 사실을 비로소 깨닫는다.

"이번 일은 고리에게는 알리지 않는다. 백성에게 또한 그리한다. 가능한 한 비밀리에 신속하게 시행하고 무슨 일이 일어났는지 절대로 깨닫게 해서는 안 된다."

"알겠습니다."

리사이가 인사를 올리자 교소는 고개를 끄덕이고 일어났다.

리사이는 교소를 전송하고 나서 가에이에게 돌아갔다. 가에이는 얼마 전과는 다른 의미로 쓰러져 울었다. 긴장이 풀린 모양이었다. 가에이는 한바탕 울고 후련해진 것처럼 웃었다.

"리사이가 주상은 자신과 다르다고 한 말의 뜻을 잘 알았어요. 그래요, 저도 납득하는 법을 안 듯합니다."

"저도 다시 한번 확인했습니다."

리사이는 쓴웃음을 지었다.

그후로 가에이는 짐을 내려놓은 듯이 보였다. 가에이와 교소의 휘하 사이에 존재하던 온도 차이가 균일해져 그녀는 교소의 휘하로 보이게 되었다.

그 전후라고 생각한다. 그때부터 비슷한 변화가 여기저기서 보였다.

마침 가에이가 불안을 토로할 때와 같은 시기에 여기저기서 공공연하게 불안한 목소리가 들렸다. 가에이와 마찬가지로 교소의 방식에 익숙하지 않은 자, 성급함에 불안을 느끼는 자는 리사이가 상상한 이상으로 많은 듯했다. 그런데 그런 목소리가 줄어들었다.

조금씩 조정은 하나로 단합되어갔다. 그렇게 보였다.

리사이는 그것이 두려웠다.

리사이의 불안을 말로 하기란 어렵다. 굳이 말하자면 지극히 뛰어난 것은 극악한 것과 마찬가지가 아닐까 하는 불안이었다. 돌출되어 있기는 어느 쪽이고 마찬가지, 다만 돌출 방향이 반대일 뿐인 것이 아닐까. 더없이 모진 왕이 재난을 부르듯이 교소 또한 재난을 부르지는 않을까.

조정은 일단 안정되고 정리되어갔다. 교소의 무단정치에 대한 걱정, 성급함에 대한 불안과 과감한 방식에 대한 두려움은 사라진 듯했다. 다이키가 돌아오기 전에 문제가 있던 관리 정리도 끝났다. 위세를 떨치던 악당을 제거한 뒤에 활동을 시작할 만한 모든 것에 감시를 붙여 대비했다. 휘하와 그렇지 않은 자 사이에 있던 온도 차이와 그 때문에 생긴 알력도 원만해진 듯이 보였다.

이제 문제는 없어야 한다. 그런데도 리사이는 무언가를 놓쳤다는 불안을 느꼈다.

또 다른 재난의 씨앗이 수면 아래에 숨어 있지는 않은가.

리사이는 그런 기분을 떨칠 수 없었다. 그리고 실제로 그자는 매끄러워 보이는 수면 아래에서 느닷없이 나타났다.

*

소년이 자신에게 일어난 일을 파악하기까지 상당한 시간이 걸렸다.

알기 쉽게 말하자면 가미카쿠시*를 당했다. 할머니에게 혼이 나 마당으로 내쫓긴 소년은 그곳에서 홀연히 사라졌다. 사라진 순간은 자신도 기억하지 못했다. 짧은지 긴지 모를 애매한 간극 뒤에 소년은 집으로 돌아왔다. 그동안 일 년 남짓한 시간이 흘렀지만, 소년에게 그 시간은 존재하지 않았고 존재하지 않는 것의 내용을 설명하기란 불가능했다.

경찰과 의사에게 불려갔다. 나중에는 아동 상담사들을 전전했다. 잃어버린 시간을 메우기 위해 어른들은 필사적이었지만 소년은 아무것도 떠올리지 못했다.

소년에게 틈은 존재하지 않았다. 눈 내리던 날 마당에서 할머니의 장례를 치르는 날 현관 앞으로, 애매한 부분은 있어도 전부하나로 연결되어 있었다. 틈은 세상 쪽에 있었다. 할머니는 돌아가시고, 동생은 갑자기 커졌다. 학교 친구들은 한 학년 위였고, 한 살 아래였던 동생이 같은 학년이 되었다. 그러나 주위 사람들이 보자면 세상에 틈은 존재하지 않았다. 소년이야말로 틈 자체였다. 소년과 주위 사람들은 이 사건으로 결정적인 차이가 생겼

• 사람이 어느 날 홀연히 사라지는 현상.

황혼의 기슭 새벽의 하늘

다. 근본적인 무언가가 어긋나 더는 맞물릴 수 없게 되어버렸다.

주위는 물론이고 소년 자신도 깨닫지 못한 채, 그의 상실은 시작되었다. 소년은 자신이 이쪽에서 하루를 지내는 만큼 다른 세계에서 하루를 잃는다는 사실을 알지 못했다. 그뿐만 아니라 이쪽에서 소년 안에 굳게 봉인되어버린 짐승으로서의 자신 또한 날마다 손상되어가는 것 역시 알아채지 못했다. 다이키의 몸은 식과 당장의 치유로 생기를 다 쓰고 말았다. 하지만 그래도 치유는 진행되어야 마땅했다. 본디 같았다면 오랜 세월을 들여 뿔도 재생할 수 있을 터였다.

"왜 그러니?"

부친이 소년에게 물었다.

"안 먹을 거야?"

아버지는 움직임을 멈춘 아들의 젓가락을 보았다. 모친은 식탁 앞에 앉아 어쩔 줄 몰라 하며 음식을 응시하는 아들을 쓰다듬으며 수습하려는 듯이 미소 지었다.

"그러고 보니 고기는 싫어했지. 깜빡했네. 엄마가 미안해."

"응석 그만 받아줘."

아버지의 목소리는 단호하고 냉랭했다.

"네 엄마가 네 몸을 생각해 만든 음식이야. 세상에는 먹을 것이 부족해 굶주리는 아이도 있다. 좋다 싫다 말하는 건 이중으로 나쁜 짓이야. 편식은 고쳐."

"많은 일을 겪었으니 피곤하지?"

어머니는 소년의 어깨를 끌어안았다. 그렇게 해서 열심히 틈을 메우려 했다.

"기름진 게 거북한가 보구나. 남겨도 괜찮아."

"안 돼."

아버지의 목소리는 더욱 냉정했다.

"특별 취급 그만둬. 앞으로 얘는 많은 일을 겪을 거야. 남이 동정해주는 것도 없는 동안에나 그랬지, 앞으로는 이러쿵저러쿵 뒷말들을 할 거라고. 엄하게 대하는 편이 이 녀석을 위하는 거야."

"하지만……."

입을 연 어머니를 무시하고 아버지는 소년을 응시했다.

"알아들었지?"

"네……. 죄송해요."

소년은 고개를 끄덕였다. 젓가락을 움직여 애써 식사를 이어갔다.

이것이 결정적으로 소년의 치유를 해치게 될 줄은 몰랐다.

산시는 졸다가 어깨를 움찔했다. 반쯤 잠든 채 고개를 살짝 든다. 그녀를 감싼 울금빛 어둠 속에 희미하게 피 냄새가 흘러든 것 같았다.

—이것은 무얼까.

반쯤 몽롱한 의식 한편에서 생각한다. 희미한 이물감. 불쾌하고 불안감을 불러일으키는 무언가.

산시는 한동안 고개를 쳐들고 단단한 껍데기 너머 기척을 살피려고 애썼지만 석연치 않은 채로 포기해야 했다.

……아무것도 아닌 모양이다.

기분 탓인지도 모른다. 지나치게 신경을 썼다. 어지간한 큰일이 당장 일어날 리가 없다. 산시는 그렇게 자신을 타일렀다.

산시는 다이키가 위기에 처해 본능적으로 식을 일으켰음을 알고 있었다. 흉악한 적에게서 도망치려고 식을 불렀고 실제로 도망쳤다. 다이키는 문을 빠져나갔고 빠져나온 이상 이곳은 다른 세계다. 다이키가 금빛 과실이었던 시절 흘러간 다른 세계. 갑작스러운 위기 상황에서 다이키의 무의식은 적절한 선택을 했다. 다이키는 흘러간 시절 한때 알던 사람들이 있는 곳으로 본능적으로 도망쳤다. 한때 다이키에게 배를 빌려준 여자와 그녀의 남편. 그리고 두 사람 사이의 아이. 말하자면 임시 부모와 형제. 확실히 이곳이라면 적의 손길이 미칠 리가 없다. 다이키는 스스로를 지켜줄 장소를 골랐다.

……그러니까 이곳에서 불온한 일이 일어날 리가 없다.

적은 다이키를 쫓아올지도 모른다. 그러나 다이키를 찾기는 더없이 어려우리라는 사실을, 일찍이 다이키가 든 과실을 잃었던 산시는 절실히 알고 있다. 설령 찾아내더라도 상당한 시간이 걸릴 테니 산시는 그저 외부에서의 습격만을 염려하면 된다.

산시는 그러니까 괜찮다고 자신을 타이르면서 잠에 빠졌다. 그리고 어느 정도 시간이 지난 뒤에 다시 이물감을 느끼고 눈을 떴다. 그런 상황이 몇 번인가 되풀이되자 산시는 불쾌한 자극을 무시할 수 없게 되었다.

―대체 이게 뭐지.

산시는 고개를 들었다. 산시의 눈은 울금빛 어둠을 헤매며 필사적으로 이물감의 원인을 찾았다.

"……독이다."

어둠 어딘가에서 고란의 목소리가 났다. 그 말에 산시는 가까스로 깨달았다. 그렇다, 틀림없다.

독이 아니지만 독 같은 예탁穢濁(부패되어 더러워진 기)을 먹이고 있다.

"어찌하여……."

산시는 중얼거렸다. 양부모가 아닌가. 다이키는 이곳을 안전하다고 판단하여 도망쳐 왔다. 그런데 그들은 다이키에게 위해를 가하려 한다.

그만두게 해야 한다. 스스로에게 내린 금기를 깨고 껍데기에서 뛰어나가려는 산시를 어딘가에서 울리는 목소리가 제지했다.

"사로잡힌 것인가? 놈들은 간수인가?"

고란의 말에 산시는 퍼뜩 깨달았다. 그런지도 모른다.

"설마 적이 여기까지 예측했던 거야?"

다이키가 이곳으로 도망칠 줄 알고 미리 양부모를 구슬려놓은 것일까?

"하지만 적극적으로 위해를 가할 마음은 없는 것 같아."

"예탁을 먹이고 있다."

"적의 기척은 어디에도 없어. 그저 다이키의 힘이 두려워 억누르려는지도 몰라."

가능한 이야기다. 고란은 어둠 밑바닥에서 동의했다.

"그렇다면 얌전히 갇혀 있는 한 목숨까지 빼앗지는 않겠지."

"저항하면 적에게 넘겨버릴까?"

그럴 수도 있다고 고란은 나직하게 대답했다.

산시는 고민했다. 이대로 포로로 잡혀 있어야 하는가, 아니면 간수를 쓰러뜨리고 다이키를 해방시켜야 하는가. 그러나 그러려면 산시와 고란이 다이키의 기력을 크게 갉아먹는다. 그렇지 않아도 뿔이 없어 들어오는 기맥이 가늘다. 언젠가 닥쳐올지 모를 적의 습격에 대비해 지금은 견디면서 힘을 비축하는 편이 좋을지도 모른다. 설령 간수의 손에서 벗어나더라도 다이키에게는 도망칠 곳이 없다. 적어도 이쪽에 그런 장소가 있는지는 산시도 알지 못했다. 위험한 대국으로는 당연히 돌아갈 수 없다. 유일하게 안전하다고 할 수 있는 곳은 세계의 중앙 봉산인데, 다이키에게는 다시 식을 일으킬 방도가 없고 산시도 하지 못하는 일이었다. 식을 일으키면 그렇지 않아도 보잘것없는 다이키의 기력을 소진하게 된다. 돌아가지 못하는 이상 산시는 다이키를 도망치게 할 만한 장소가 없었다. 도망칠 곳을 찾는 동안에 재차 습격을 받는다면 위기를 헤쳐나갈 수 있을지 불안했고, 만약 헤쳐나가더라도 산시와 고란이 기력을 갉아먹어서 다이키가 스스로를 주체할 수 없을 정도로 몸이 상할 가능성도 있었다.

얌전히 잡혀 있는 한은 습격을 받지 않아도 될지 모른다. 목숨을 잃을 정도가 아닌 독이라면 지금은 모른 척해야 할까.

"다이키에게는 이 세상의 비호가 필요하다."

고란은 멀리서 그렇게 말했다.

"설령 감옥과 간수의 비호라도 없는 것보다는 낫다. 요전의 소란을 보았겠지."

산시는 고개를 끄덕였다. 다이키를 둘러싼 인간들. 정신적으로 몰아세우고 신체적으로도 조사한다면서 수상한 기구로 압박했다. 경찰이니 의사니 하는 놈들로부터 떨어져 있을 수 있다면 지금은 포로 신분을 견뎌야 할지도 모른다. 이런 비호라도 없는 것보다는 낫겠지.

"되도록 참아보자……. 적이 어떻게 나오는지를 확인해야 해."

주의를 게을리하지는 말아야 한다는 은밀한 목소리와 함께 고란이 잠에 빠지는 기척이 났다.

3
장

■

001

그날 요시가 오전 조의를 마치고 내전으로 돌아가자 방에 한 마리 새가 기다리고 있었다. 난鸞이라 불리는 새로 관부官府끼리 소식을 주고받는 청조 같은 새이다. 청조는 문서를 나르지만 난은 사람 말을 기억해서 직접 말을 전달한다. 난은 봉황이나 백치 등이 있는 오동궁梧桐宮에밖에 없어 소유하는 왕이 발신인이거나 수취인일 때밖에 쓰지 못한다. 말하자면 난은 왕의 친서였다. 어느 나라의 난인지는 꽁지깃 색으로 식별할 수 있다.

요시는 난을 보고 눈을 크게 뜨며 은 한 알을 주었다. 새는 명랑한 남자 목소리로 정오에 금문을 열라는 말만 남기고 입을 닫았다. 요시는 쓴웃음을 짓고 정오 정각에 금문으로 내려갔다. 문

앞에서 기다린다는 예고대로 두 마리 추우騶虞가 날아왔다.

"갑작스레 먼길을 오시느라 고생하셨습니다."

기수에서 내린 두 사람을 쓴웃음을 지으며 맞이하자 키가 큰 남자가 눈썹을 살짝 치켜세웠다.

"아는 것이 있으면 알려달라고 경국에서 요청하지 않았나."

"연왕께서 직접 보고하러 오실 줄 총재는 상상도 하지 못했겠죠. 덕분에 맞이하는 관리는 지금 야단법석입니다."

요시가 웃으며 다른 한쪽, 금발의 소년을 바라보았다.

"연 태보도 오랜만에 뵙습니다."

"응" 하고 웃은 엔키 로쿠타六太는 벌써 금문으로 향하고 있었다.

"그 대국 장군이란 사람은? 말은 할 수 있어?"

"간신히 대화 정도는 가능해."

요시는 두 빈객을 왕궁으로 안내하면서 리사이가 찾아온 경위를 묻는 대로 이야기하고, 지금까지는 꼼짝도 할 수 없어서 정침의 한 방을 병상으로 내주었다고 설명했다.

"의관이 움직여도 된다고 해서 조금 더 살뜰히 보살필 수 있는 곳으로 옮기기로 했어. 깨어 있으면 이야기도 나눌 수 있는 것 같지만 시간이 길어지면 어떨지 모르겠군. 어제도 이야기 중간에 상태가 나빠졌고."

"그럼 대국의 상태는 모르는 건가."

"최소한의 이야기는 들었지만. 아, 고칸."

내전 입구에서 고칸이 기다리고 있었다. 뒤로는 게이키와 태사인 엔호遠甫도 보인다. 마중나온 그들과 서재 한쪽에 있는 적취대로 향했다.

"리사이 말로는 태왕과 다이키가 행방불명이라는 것 같아요."

"그런 것 같더군."

자리에 앉은 연왕 쇼류尙隆가 수긍했다.

"다시 조사해봤지만 역시 봉산에 태과泰果(대국 기린이 든 열매)는 없는 것 같아. 다이키는 죽지 않았다는 말이지. 봉이 울지 않았으니 태왕 역시 죽었다고 볼 수 없어. 대국에서 온 난민에게 들은 바로는 여러 설이 있는데, 모반이 있었다는 이야기가 가장 가능성이 있어 보이는군."

"리사이의 설명도 그런 것 같아요. 태왕은 난을 진압하기 위해 출진한 채 소식이 끊겼다고 하는데, 자세히는 모릅니다."

"전장에서 무슨 일이 있었겠지. 죽지는 않았지만 무사하지도 않아. 어디에 붙잡혀 있는지, 아니면 암살자가 따라붙어서 어쩔 수 없이 몸을 숨겨야 할 상황인지. 어느 쪽이든 대국은 역적이 좌지우지하고 있고 태왕은 역적을 치고 옥좌를 되찾고 싶어도 그러지 못하는 것이겠지. 다이키는 어떻게 되었다고?"

"자세히는 알 수 없지만 행방을 모른다는 것 같아요. 듣기로는 식이 있었답니다. 왕궁에서 명식이 일어나 백규궁이 막대한 피해를 입었다더군요."

"명식이 일어났다고?"

로쿠타가 의아하다는 듯이 소리치고는 심각한 표정을 지었다.

"그래. 그 이후로 다이키 모습은 보이지 않고, 건물 더미를 뒤지며 찾아다녔지만 끝내 발견하지 못했다고 했어."

"그거…… 느낌이 영 안 좋군."

"느낌이 안 좋아?"

로쿠타가 고개를 끄덕였다.

"명식이 있었다는 소리는 다이키의 신변에 무슨 이변이 있었다는 거잖아. 어지간한 일이 아니면 명식이 일어날 리가 없으니까."

"그런 거야?"

"응" 하고 로쿠타가 대답했다.

"명식이 있고 자취를 감추었다기보다 무슨 이변이 생겨서 궁지에 몰린 다이키가 명식을 일으키고 말았다고 해야겠지. 다이키는 이쪽에 없을지도 몰라."

"그럼 저쪽 세계로 간 거야?"

"단정할 수 없지만. 일어난 이변을 피하려고 식을 일으켜 저쪽으로 도망쳤다고 생각하는 것이 이치에 맞아. 다만, 그만한 일이면 보통 돌아오겠지. 육 년이나 돌아오지 않은 것을 보면 아직 뭔가 있는 거 아닌가."

요시는 고개를 끄덕이고 쇼류를 바라보았다.

"연왕, 이런 때는 어떻게 됩니까?"

"어떻게 되느냐니."

"만약 태왕이 죽지 않았다면 다이키가 다음 왕을 고르겠죠? 태왕이 무사해도 다이키가 죽으면 태왕도 곧 뒤를 따르게 되고요. 그때에는 봉산에 태과가 열려 새로운 대국의 기린이 태어나고 새 왕을 선정합니다."

"그렇게 된다만."

"하지만 다이키는 죽지 않았어요. 다음 기린이 태어날 도리가 없다는 말이죠. 그리고 태왕도 죽었다고 볼 수 없어요. 따라서 다이키가 무사해도 다음 왕을 선정할 필요가 없어요."

쇼류가 고개를 끄덕였다.

"그게 전부야. 태왕과 다이키가 목숨이 붙어 있으니 이론상으로는 대국에 정변은 없어."

"하지만 많은 난민이 다른 나라로 유입될 정도라면 대국은 지금 참담한 상태인 것 아닌가요?"

"그렇겠지. 적어도 연안에 요마가 출몰하는 건 확실해. 한때 많았던 난민도 요새는 거의 없거든."

"위왕이 오르고 정당한 왕이 올리는 제례도 멈춘 것은 나라가 어지러워졌다는 증거일 텐데, 이를 바로잡을 방법은 있습니까?"

"정당한 왕이 있는 이상 위왕이라고 하지 않지만, 음, 그렇게 말해도 되겠지. 이 경우 대국의 백성이 봉기하는 것이 유일한 방법이야. 태왕, 다이키가 어떻게 되었는지는 모르겠지만 우선 제후와 백성이 힘을 모아 위왕을 쳐야지. 그것으로 이치를 바로잡을 수 있어."

"태왕이 죽었다고 칙사가 온 지 벌써 육 년이에요. 결기해서 위왕을 칠 만한 여유가 있다면 벌써 그랬겠죠. 그러지 못하기에 리사이가 만신창이가 되면서까지 저에게 도움을 청하러 온 것 아닙니까."

"그럴지도 모르지."

"이렇게 연왕이 오셔도 쓸모 있는 정보가 거의 없군요. 지금 대국은 그런 상태로군요. 하필이면 연조에서 식이 일어나 막대한 피해가 난 것조차 전해지지 않았어요. 이는 중앙에 있던 관리나 사정에 밝아야 할 중신, 도읍의 백성 등이 대부분 탈출하지 못했다는 증거 아닌가요. 리사이가 유일한 예외입니다. 그만큼 대국의 상황은 심각한 거예요."

이 말에 쇼류와 로쿠타는 침묵했다.

황혼의 기슭 새벽의 하늘

"리사이도 대국의 백성에게는 자신들을 구할 방도가 없다고 했어요. 하다못해 사람을 보내 태왕과 다이키를 수색하기만이라도……."

요시가 말하는데 쇼류가 "그거야"라고 언성을 높였다.

"대국에 대해 아는 것이라고는 이 정도다. 그렇다면 일부러 전하러 올 것도 없지. 나는 그것을 막으러 온 거야."

"그것요?"

"잘 들어. 무슨 일이 있어도 대국으로 왕사를 보내서는 안 돼."

요시가 눈을 깜빡였다

"그러면 안 돼요?"

"그러면 안 돼. 그러면 안 되는 걸로 되어 있으니까."

"저는 연왕의 힘을 빌려 경국에 돌아왔는데요?"

"그건 아니지."

쇼류의 말투에 힘이 들어갔다.

"네가 나에게 도움을 청하러 온 거야. 나라에서 쫓겨난 경왕이 안국에 보호를 요청했지. 나는 왕사를 빌려줬을 뿐이야."

"궤변으로 들리는군요."

"궤변이든 뭐든 좋아. 그게 하늘의 섭리니까. 군병을 이끌고 타국에 들어가는 것은 적면의 죄라고 한다. 왕과 기린이 며칠 이

내에 죽는 큰 죄라고 되어 있어."

요시가 당황하여 주위를 둘러보자 태사인 엔호가 이에 응답했다.

"준제의 고사가 있지요. 아십니까?"

"아니."

"옛날 재국에 준제라는 왕이 계셨습니다. 그 시대 옆 나라 범국에서 왕이 도를 잃어 많은 백성이 도탄에 빠졌지요. 범국의 백성을 가엾게 여긴 준제는 왕사를 범국으로 보냈습니다. 그렇다고 타국의 왕을 칠 수는 없으니 범국 국경 근처 마을에 주둔하며 나라를 도망치려는 백성을 보호하고 데려오려는 것뿐이었습니다만. 그런데 왕사가 국경을 넘고 며칠 뒤에 기린이 죽고 준제 또한 승하하셨습니다. 하늘이 허락지 않으셨던 겝니다."

"하지만 그건……."

쇼류는 고개를 내저었다.

"하늘이 하는 일에 잘잘못을 따져도 부질없어. 침략이나 토벌이 아니라 백성을 보호하기 위해서라도 군사를 타국에 보내서는 안 된다는 거지. 심정적으로는 잘못이 없더라도 이는 하늘의 섭리로 보면 대죄야. 심지어 준제 뒤에 재국의 씨氏가 제齊에서 채采로 바뀌었지."

쇼류는 그렇게 말하고 일동을 둘러보았다.

"준제가 붕어하시고 보통 그러듯이 어새에서 제왕어새 인영이 사라졌어. 다음 왕이 등극했을 때 어새 인영은 채왕어새로 바뀌어 있었다고 해. 어새를 바꾼 것은 하늘의 조화, 다시 말해 그만큼 큰 죄였다는 소리다. 국씨는 어지간해서는 바뀌지 않아. 그런 큰일이 일어날 정도의 죄였어."

"그럼 내버려두라고요?"

"그렇게 말하지는 않았어. 단, 난처한 사람이 있으니 도와주면 된다는 간단한 일이 아닌 것은 분명하다. 이 안건은 경국의 국운과 관련있어. 아무쪼록 서두르지 마."

"내버려두라는 말이나 마찬가지예요. 연왕은 리사이가 얼마나 참혹한 상태로 금파궁에 왔는지 모르십니다. 그렇게까지 해서 도움을 청한 사람을 내 몸을 지키기 위해 버리라 하십니까."

"착각하지 마. 너는 경국의 국주지 대국의 국주가 아니야."

"그렇지만……."

쇼류가 한 손을 들었다.

"난민 중에는 이렇게 말하는 자도 있다. 태왕은 시해당했다. 다이키 또한 시해당했다. 그리고 시해한 자는 서주사의 류 장군이다."

"말도 안 돼……."

"태왕과 다이키 역시 죽었다고 생각할 수 없는 이상 단순한 소문에 지나지 않지. 하지만 난민이 역적으로 류 장군의 이름을 가장 많이 거론했다는 점은 기억해둘 필요가 있어."

002

리사이는 이날 드디어 의관의 허락을 받아 머무르던 정침에서 거처를 옮기게 되었다. 아직 걸을 수 없으니 가마에 실려 데려가는 대로 갈 수밖에 없었다. 고쇼가 앞장서서 데려간 곳은 내전에서 그리 멀지 않은 궁전 중 하나였다. 간소한 정원이 있는 객청으로 옮겨져 탑상(앉거나 누울 수 있는 긴 의자)에 내려놓으니, 옆 침실에서 한 아이가 달려왔다.

"어서 오세요. 준비는 다 했어. 나 혼자서 전부 했어."

"그랬구나."

고쇼가 웃으며 아이 어깨에 손을 얹었다.

"게이케이桂桂다. 내 동생 같은 놈이지. 앞으로 여어와 함께 댁을 도울 거야. 게이케이, 이분이 대국의 장군님이시다. 리사이님이지."

아이는 그늘 없이 웃는 얼굴로 리사이를 바라보았다.

"심하게 다치셨죠? 이제 아프지 않으세요?"

"예, 게이케이 님. 수고를 끼쳐 미안하군."

리사이의 말에 아이가 쑥스러운 듯이 웃었다.

"그냥 이름만 부르세요. 난 허드렛일을 하는 사람인걸요."

아이는 "아" 하고 소리치더니 고쇼를 올려다보았다.

"하관夏官에서 사람이 와서 마구간에 기수를 두고 갔어. 정말로 내가 돌봐도 돼?"

"리사이가 괜찮다고 한다면. 그놈은 리사이의 기수다."

"와아."

게이케이는 기대와 감탄이 가득한 얼굴로 리사이를 보았다.

"……기수?"

리사이가 고쇼를 쳐다보았다.

"그럼 히엔이?"

"맞아. 기수는 벌써 다 나은 것 같던데. 얼굴을 보여주고 싶었지만 정침에 기수를 들이는 건 천관이 반대해서 말이야."

"어떻게 감사를 해야 할지……."

"나한테 고마워할 이유는 없어. 그보다 게이케이가 돌봐도 될까? 하기야 게이케이는 기수를 돌본 경험이 없어서 댁한테 일일이 지시를 받아야 하지만."

"물론이지."

리사이의 말에 게이케이는 작게 "좋았어!" 하고 말했다.

"그건 그렇고 손님에게 차도 안 내오나?"

고쇼가 말하자 게이케이가 벌떡 일어났다. "맞다" 하고 명랑한 목소리를 남기고 방을 나간다.

"실례지만 저 아이는 고쇼 님의 아이인가?"

"아니. 나랑은 생판 남이야. 가족을 잃어서 요시가 돌보고 있어."

"요시…… 경왕이?"

"응. 돌본다고 해도 실제로 보살필 틈이야 없지. 그래서 내가 맡고 있는데 말이지."

"그럼 여기는 고쇼 님의 관저인가?"

"글쎄. 어떻게 되려나."

리사이가 눈을 끔뻑거리자 고쇼가 말을 이었다.

"여기는 태사의 저택일 거야. 태사부 뒤거든. 부제(관청)의 일부인데 태사인 엔호가 특별히 윤허를 받아 이곳에서 지내고 있지. 주상께서 여기를 거처로 삼아도 된다고 허락한 거야."

"그럼 태사가 고쇼 님의 친척……."

"아니, 역시 생판 남이야."

"실례지만…… 그게 무슨……."

리사이가 어리둥절해하는 사이 게이케이가 다기를 들고 달려왔다.

"고쇼, 요시가 왔어."

"요시가?"

"응. 리사이 님을 만나고 싶다는데, 들여도 될까."

고쇼는 문듯이 리사이를 보았다.

"당연히…… 모셔야지."

고개를 끄덕이고 고쇼와 게이케이가 퇴출하자 손님 다섯 명이 방에 들어왔다. 경왕을 필두로 어제 만난 게이키와 총재, 그리고 얼굴을 본 적 없는 남자와 금발머리 아이 한 명이었다.

"이분들은 안국의 연왕과 연 태보시다."

리사이는 놀라서 주종을 번갈아 보았다.

"안국 분들께서 어찌……."

"태왕, 태 태보와는 인연이 있다 들었어. 그래서 리사이, 어제 이야기를 계속하게 되겠지만 대국은 지금 어떤 상태인지 듣고 싶어."

리사이는 남은 손으로 가슴을 눌렀다.

"무척 참담한 상태입니다. 무엇보다도 주상과 태보가 계시지 않으니……."

리사이가 대답하자 녹색 눈이 리사이를 가까이 들여다보았다.

"대국의 난민 중에는 태왕과 태보가 시해당했다고 이야기하는 자도 있다지. 범인이 서주사 장군이라고도 하더군."

리사이가 눈을 부릅떴다.

"아닙니다. 오해입니다!"

"진정해. 확인했을 뿐이야."

벌떡 일어나려는 리사이를 요시가 눌러 앉혔다.

"아닙니다. 분명히 저는 오랫동안 대역 죄인으로 쫓기고 있지만, 하오나 결코 그 같은 짓은……."

"알았다니까."

들여다보는 경왕의 눈에는 염려하는 기색이 떠올랐다. 리사이는 숨을 내쉬었다. 긴장한 탓인지 안도한 탓인지, 저릿한 것처럼 강한 권태감이 밀려왔다.

"제가 시해했다거나 누가 저를 조종했다 하여 저를 추격하라는 명령이 수차례 떨어졌습니다. 하오나 사실이 아닙니다……."

리사이는 남은 한쪽 팔로 가슴에 드리워진 구슬을 쥐었다.

교소가 문주로 향한 당시, 리사이를 포함한 남은 왕사는 홍기의 방비를 맡았다. 방비뿐만 아니다. 왕사는 해야 할 일이 수없이 많다. 남은 이들은 문주로 향한 병졸 몫만큼의 직무를 수행해야 한다.

그러던 중에 왕궁 곳곳에서 소문 하나가 돌았다. 날마다 일에 쫓기던 리사이는 오랫동안 그 소문을 듣지 못했다. 이른 아침부

터 늦은 밤까지 홍기를 비운 군병의 몫까지 돌아다니고, 녹초가
되어 관저로 돌아오자 가에이가 불안한 얼굴을 하고 기다리고
있었다.

"꽤 기다렸다지."

하관에게 가에이가 와서 돌아오기를 기다렸다는 이야기를 듣
고, 리사이는 미안해하며 객청에 들어왔다. 봄은 아직 일러 늦은
밤 객청은 뼛속까지 추웠다. 그런 곳에서 하관도 거느리지 않고
홀로 우두커니 기다리는 가에이의 모습은 몹시 추워 보이는데다
불안한 인상을 주었다.

"종자를 보냈으면 빨리 돌아왔을 텐데."

리사이가 말하면서 객청으로 들어서자 가에이는 한숨 돌린 듯
이 웃었다.

"당치도 않아요. 바쁜데 미안해요."

집을 지키던 이가 눈치 있게 술과 안주를 내어준 듯하지만 손
을 댄 기미는 없었다. 자신을 기다리고 있던 가에이의 긴장한 모
습, 리사이를 발견했을 때의 얼굴 때문에 좋지 않은 이야기라는
것을 리사이는 알아챘다.

"이상한 소문을 들었나요?"

"소문?"

"예. 저는 군의 일은 잘 모르니 어떻게 받아들여야 할지 헷갈

려서……."

가에이는 그렇게 말하고 바싹 다가가 리사이의 눈을 올려다보았다.

"주상이 출진하신 곳이 문주의 철위라니, 지나치지 않은가 하는 목소리가 있어요."

"지나쳐?"

"예."

가에이는 불안한 듯이 깍지를 꼈다.

"철위는 주상과 인연이 깊은 땅이에요. 단순한 난이라면 주상이 직접 출진하실 리가 없는데, 그곳이 철위였기 때문에 주상께서 나서신 거라고 떠드는 자들이 있어요."

"그야…… 맞는 말이긴 하지만. 간초, 아셴, 에이쇼, 금군 장군 누구를 들더라도 토비의 난을 진압하기에 충분한 힘이 있지. 실제로 주상은 처음에 에이쇼를 보내셨고. 난이 확대되고 에이쇼 혼자서는 다소 형세가 버거워진 것은 분명하나, 다른 누군가를 보내면 될 일이지 굳이 주상께서 출진하실 필요는 없어. 그런데 아셴의 군을 나누어 군대를 조직해서 직접 이끌고 가신 것은 그곳이 철위이기 때문이지."

리사이 자신도 말하다 보니 확실히 지나친 느낌이 들었다. 그곳이 철위이기 때문에 교소가 직접 출진하는 데에 의문을 느끼지 않았지만, 이렇게 말로 하니 부자연스러운 냄새가 난다.

가에이는 납득했다는 듯이 고개를 끄덕였다. 역시 어두운 표정이었다.

"새해맞이 겨울 사냥 때문에 혼란스러운 틈을 타 문제가 터지리라는 것은 예상한 바예요. 문주의 토비는 그중에서도 가장 신경쓴 부분이었고, 실제로 맨 먼저 문주에서 동란이 일어난 것에는 아무 이상한 점도 없지요. 하지만 하필이면 철위를 둘러싸고 일어난 것을 생각하면 애초에 문주에서 동란이 일어난 일도 너무 당연해서 수상하다고들 해요."

"듣고 보니 정말로 그럴 수도 있겠군. 그곳이 문주의 철위였기에 주상이 출진하시는 데에 아무도 의문을 품지 않았어. 반대로 말하면 주상을 끌어내리려면 문주에서 철위가 가장 자연스럽다는 소리지."

누군가 고의로 교소를 끌어냈다. 리사이는 그렇게 생각하고 불안해하는 가에이의 얼굴을 바라보았다.

"설마…… 이 난이 모반의 일환이라는 것인가?"

"그런 생각이 들지 않나요? 하지만 반대라는 소리도 있어요."

"반대? 반대라니 대체……."

"제가 잘 설명할 수 있을지……."

가에이는 잠시 말을 고르더니 입을 열었다.

"주상께 역심을 가진 사람이 있다 칠게요. 왕궁 안에 계신 주상에게 위해를 가하기는 지극히 어려운 일, 하오나 주상을 왕궁에서 나오게 하고 전장 같은 혼란스러운 곳으로 끌어낼 수 있다면 둘도 없는 기회가 생기지요. 그런 까닭에 역적은 난을 일으키고 주상을 꾀어내기로 했어요. 하지만 너무 갑작스러우면 주상의 의심을 사겠지요. 게다가 난이 있다고 하여 반드시 주상이 직접 출진하시리라는 법도 없습니다. 그래서 문주의 토비를 이용했어요. 문주에서 난이 일어나는 것은 아주 자연스러운 일이기 때문이죠. 게다가 문주에는 철위가 있어요. 주상과 철위의 강한 신뢰와 의리를 생각하면 철위에서 무슨 일이 있을 때 주상이 직접 도우러 가시리라는 예상이 충분히 가능해요. 그렇기에 모반을 꾸민 이는 일부러 문주와 철위를 이용한 거예요."

"충분히 가능해."

"하지만 반대로 볼 수도 있답니다. 철위라면 주상이 출진하실 가능성이 커요. 반대로 말하면 철위에 무슨 일이 있으면 주상이 궁성을 비우셔도 부자연스럽지 않다는 소리예요."

"이해가……."

가지 않는다고 말하려는 리사이를 가에이가 막았다.

"다시 말해 전부 주상의 생각이 아닐까 하는 거예요. 주상은 어떤 이유로 궁성을 비우고 싶으셨어요. 그렇지만 이제 막 조정이 형태를 갖춘 시기에 굳이 나가실 이유가 없지요. 그래서 철위를 이용했다고 생각할 수는 없느냐는 겁니다."

"철위에 재난이 일어나면 주상께서 출진하셔도 부자연스럽지 않다는 것은 알겠지만, 그대도 말했듯이 왜 이 시기에 굳이 궁성을 비울 필요가 있지?"

"겨울 사냥의…… 후속이 아닌가 하고."

가에이는 나직하게 말했다. 리사이는 "설마" 하고 웃었다.

"확실히 이 시기에 주상이 난을 진압하기 위해 궁성을 비우면 역심이 있는 자는 어떤 행동을 일으킬지도 모르겠군. 하지만 나는 그런 계략은 듣지 못했어."

"예, 저도요……. 그러니까 우리를 시험하는 것이 아닐까요. 아니면…… 최악의 경우 우리를 처단하기 위해서."

리사이가 언성을 높였다.

"말도 안 돼."

적어도 리사이는 교소에게 어떠한 역심도 품지 않았다. 품었다고 오해받을 만한 행동도 하지 않았다. 리사이는 오히려 교소의 부하들과 잘 지내왔다. 교소와도 그렇고, 누구보다 다이키와도 가까웠다.

가에이는 몸을 움츠리고 얼굴을 일그러뜨렸다.

"저도 그렇게 생각하고 싶어요. 하오나 남은 사람의 면면을 보라는 소리를 들으면……."

"남은 사람?"

"금군에서는 간초 님과 아센 님 두 분. 그리고 서주사에서는 리사이 님과 가신臥信 님 두 분이지요. 이 중 간초 님과 가신 님은 주상이 이끌던 군의 장수셨던 분들이에요. 그에 반해 아센 님은 교왕 시절 금군 우군을 맡아온 분이고 리사이 님은 승주사의 장군이셨어요. 휘하의 장군 두 사람에 이군, 그렇지 않은 사람이 두 명에 이군. 주상은 이 중에서 아센 님의 군을 절반으로 나누어 문주로 데려가셨지요. 다시 말해 아센 님의 힘은 반으로 줄었어요."

"터무니없는 의심이야."

"난의 평정에 가장 깊이 관여하는 곳은 하관夏官, 무기를 준비하는 동관冬官이에요. 하관장 대사마는 하보쿠 님, 동관장 대사공大司空은 로산琅燦 님. 두 분 다 주상의 부하예요. 주상이 왕궁을 비우시면 태보만 남지만, 태보를 바로 곁에서 모시는 이는 주영윤인 세이라이 님과 천관, 천관장 태재太宰 가이하쿠皆白 님 역시 주상의 휘하에 계셨지요. 휘하가 아닌 자는 추관인 저와 춘관장인 조운張運 님, 지관장인 센카쿠 님입니다. 저희는 난을 평정하는 데에는 거의 관여하지 않습니다. 자세한 사항도 듣지 못했고 들을 필요도 없어요……."

"총재가 있지. 군을 움직이려면 총재가 관여해야만 하는데, 총재인 에이추詠仲 님은 교소 님 부하가 아니었어. 원래 수주후 로……."

리사이는 고개를 가로저었다.

"맞아, 공연한 의심이야. 주상은 원래 장군이었던 분이고 주 상께서 신임하던 이도 교소군 출신이야. 그러니까 주상과 관계 가 깊은 사람일수록 군무에 가까운 곳에 있지. 출신으로 따지면 당연한 일 아닌가? 난의 평정에 관여하는 자는 휘하 장수이고, 그렇지 않은 자는 새로 영입한 자인 까닭은 계략이 있는 탓이 아 니라 적재적소를 생각한 결과 순리대로 그렇게 되었다고 생각해 야지."

"그리…… 생각해도 될까요."

가에이는 불안한 듯이 손가락을 이마에 갖다 대었다.

"소문을 들려준 사람에게 이 이야기를 듣고 저는 오싹했어 요……. 솔직히 말해서 제게는 짚이는 데가 있었으니까."

"가에이."

"아뇨, 역심이 있다는 말이 아니에요. 저는 처음에 좀처럼 주 상의 사고에 적응하지 못했잖아요. 매사에 너무 성급하신 것 같 아서 불안했어요. 소외감도 느꼈어요. 미덥지 못하고 불안했어 요……. 리사이에게 울며 매달리러 올 정도로요."

리사이가 고개를 끄덕였다.

"지금은 납득했어요. 성급한 면도 있지만 지나치게 성급하다고 생각하지는 않아요. 불안도 사라졌어요. 주상이 하시는 일은 신뢰할 만한 이유가 반드시 있어요. 하지만 한때 불안했던 것은 사실이고, 남들 눈에도 보였겠지요. 주상께 비판적이고 부정적이라고 받아들여도 어쩔 수 없을지도 몰라요. 그런 오해가 있어도 무리가 없다고 생각하니……."

"하지만……."

"춘관장인 조운 님도 그러합니다. 이전에 주상께 상당히 비판적인 소리를 높이셨고, 총재인 에이추 님도 예전에는 많이 불안해 보이셨다고 알고 있어요. 그리고 아센 님과 간초 님……. 리사이 님에게도 좋지 않은 소문이 있어요."

"내…… 소문?"

"예."

가에이는 창백한 입술을 떨었다.

"아센 님은 교왕 금군 중에서 주상과 쌍벽이라 불리던 분이에요. 그중 한쪽이 왕이 되고 한쪽이 신하가 되었죠. 그게 탐탁할리 없다고."

"그럴 수가. 설마 그런 식으로 나까지?"

"예, 이런 이야기를 듣고 불쾌하시겠죠. 리사이 님은 주상과 함께 승산했어요. 주상이 선택을 받았으니 리사이 님 역시 유쾌할 리가 없다고 떠드는 소리가 있어요. 간초 님은 이전부터 교소군의 휘하였지만 원래는 금군에서 유명하셨던 분으로 금군 장군에 공석이 생겼을 때 간초 님이야말로 그 자리에 오르셔야 한다고들 했대요. 그런데 뚜껑을 열어보니 이례적으로 젊은 나이인 주상이 오르셨죠. 간초 님은 줄곧 교소군에 계셨지만 사실은 앙금이 있지 않을까 하는 거예요."

"말도 안 돼. 그처럼 비뚤게 보면 어떤 사람이든 죄를 만들 수 있어."

"저도 그리 생각해요. 악의로 날조되었을 뿐이라고……."

"그 이상이지. 내 눈앞에서 태보가 주상을 고르시는 것을 보았지만 나는 그것을 분하다고 생각한 적은 없어. 분통했을 것이라 떠드는 놈들은 자신이 내 입장이라면 화나고 용서할 수 없는 거겠지. 눈앞에서 명예를 가로챈 자를 미워하는 놈들이니, 틀림없이 나도 그럴 거라 떠드는 거야. 남도 자기처럼 비열한 인간일 거라고, 그런……."

리사이는 말하다 말고 입을 다물었다. 사람은 자기를 기준으로 남을 헤아릴 수밖에 없다. 자신이라면 아플 테니까 아프겠지 생각하는 측은지심과 같은 종류다. 자기를 기준으로 남을 헤아리는 행위는 부정할 수 없다. 결국에는 본인이 어떤 상태인지 따지는 문제나 다름없다.

"미안……. 그래……. 그렇게 생각하는 자가 있어도 이상하지는 않겠군. 다른 사람의 눈에는 그런 것이겠지. 그러나 나는 주상을 해칠 생각 따위 품지 않았고 주상도 알고 계실 거야. 아센이나 간초도 마찬가지라고 생각한다만. 주상은 아센에게 늘 경의를 표하셨고, 간초는 가족이나 다름없이 생각하시는 것 같았어. 형이라고 하면 어폐가 있을지 모르겠지만 친한 연장자로 의지하고 계셨고 간초 또한 주상을 자랑스럽게 여긴다고 봤어."

"그렇지요……."

"주상이 우리를 처단하기 위해 궁성을 비우셨다고는 생각할수 없군. 무엇보다 주상은 태보를 남겨두셨어. 만약 겨울 사냥의후속이라면 태보를 남기고 가실 리가 없어."

"네, 맞아요."

가에이는 그제야 안심이 되었는지 미소를 지었다.

"다만…… 우리 중 누군가에게 의심을 품고 있어 동향을 살필수야 있겠지만. 이것만큼은 사실무근이라고 장담하지 못하겠군. 하지만 그래도 태보를 남기신 것이 신경쓰여. 역시 누군가의 꾐에 빠졌다고 생각하는 편이……."

"예……."

가에이는 대답하고 굳은 표정을 지었다.

"주상은 벌써 문주로 들어가셨을까요. 아무 일도 없으면 좋으련만."

리사이가 고개를 끄덕였다.

"간초에게도 귀띔을 해두지. 주상이 돌아오실 때까지 귀를 기울이는 편이 좋겠어."

이튿날, 간초는 리사이의 이야기를 듣고 껄껄 웃었다.

"별의별 생각을 하는 놈들이 있군."

"악의 있는 자는 타인 안에서 악의를 보는 법이니까."

아센은 그렇게 말하고 쓴웃음을 지었다. 그에 반해 가신은 한숨을 쉬었다.

"어째서 거기에 내 이름만 없지. 교소 님을 질투할 그릇도 되지 못한다고 생각한 거면 실망인데."

리사이가 가볍게 웃었다. 그들의 경쾌한 행동을 보자 간밤에 가에이와 이야기할 때 느낀 불안이 기우처럼 여겨졌다.

"실제로 잔챙이니까 어쩔 수 없지."

"역시 그렇게 심각한가요."

간초의 말에 가신은 그렇게 응수하며 웃는다. 그러나 리사이는 그가 용병가로서 걸물이라고 평가했다. 왕사의 훈련에서 가장 겨루기 고역스러운 상대였다. 견실하고 정직한 전투를 하는 간초와 소겐에 비해 가신은 기묘하고 생각지도 못한 책략을 내놓는 장수다. 행동을 읽기 어렵고 방심할 수가 없다. 그것은 에이쇼도 마찬가지지만, 에이쇼의 그늘과 달리 가신의 사술詐術에는 신기하게 밝은 구석이 존재했다.

"어차피 의심할 거면 에이쇼를 의심하는 편이 낫지 않나. 나는 늘 왜 에이쇼 놈이 교소 님의 틈을 노릴 마음을 먹지 않는지 신기했어."

간초의 말에 가신도 거들었다.

"맞습니다. 게다가 어떻게 세이라이와 죽이 맞는 건지."

"세이라이에게는 특기라는 것이 한 치도 없으니 막 대해도 미안하지 않아서 좋다고 에이쇼가 그러던데."

리사이가 웃으며 이야기에 끼어들었다.

"세이라이도 비슷한 소리를 했어요. 에이쇼는 뱃속이 시커메서 백인지 흑인지 고민하지 않아도 되니 편하답니다."

"뭐야……. 똑같은 사람들이었네."

가신의 말에 그 자리에 있던 자들은 배를 잡고 웃었다.

"그래도……."

쓴웃음을 지으며 아센이 끼어들었다.

"주의는 필요하겠지. 하필이면 문주 철위를 둘러싸고 난이 일어나다니 우연이 지나쳐."

간초가 미소를 거두고 고개를 끄덕였다. 아센은 교소 휘하의 장수는 아니지만 간초도 그를 한 수 위에 둔다. 리사이는 신병 훈련에서 아센과 겨룬 적이 있었는데 영리하고 군사를 잘 부리는 장수라고 생각했다. 리사이는 교소와 겨룬 적은 없으나 듣기로 교소와 아센은 장수로서도 비슷했던 듯하다. 이것이 쌍벽이라 불린 까닭이다.

간초는 두꺼운 팔로 팔짱을 끼었다.

"은밀히 문주와 연고가 있는 자를 조사하는 편이 좋을까."

"교소 님께 귀띔해두어야 합니다. 청조를 날리죠."

003

그날 저녁이었다. 리사이가 볼일이 있어 주부州府(서주의 업무를 보는 관청이 있는 구역)로 가니 부제(관청) 정원에서 다이키가 달려나왔다. 좌우를 둘러보며 회랑을 내려온 다이키는 리사이를 발견하고 소리를 지르며 뛰어왔다. 평소 같으면 천진난만하게 웃으며 달려왔을 텐데 이날은 무언가에 쫓기는 듯한 표정이었다.

"리사이, 찾고 있었어요."

말하면서 달려온 다이키는 매달리듯이 리사이의 손을 잡았다.

"교소 님께서 큰일을 당하셨다는 것이 사실인가요?"

"큰일이라뇨?"

"덫을 놓아서 교소 님께서 출진하셨고, 문주에서는 교소 님을 쓰러뜨리려는 나쁜 사람들이 기다리고 있다고……."

"설마요."

리사이는 억지로 웃었다.

"누가 그런 헛소리를 하던가요? 교소 님은 폭동을 진정시키기 위해 가셨을 뿐이에요."

리사이의 말에 다이키는 몸을 뒤로 뺐다. 표정이 더욱 굳었다.

"세이라이도 그렇게 말했어요."

"그렇죠? 걱정하실 일은 하나도……."

말하는 리사이를 보며 다이키는 고개를 저었다.

"리사이도 세이라이도 거짓말을 하고 있어요. 제가 어리니까 걱정 끼치지 않으려고 그렇게 말하는 거잖아요."

리사이는 어쩔 줄 몰라 하며 그 자리에 무릎을 꿇었다. 다이키의 얼굴을 정면에서 들여다보았다.

"리사이는 거짓말을 하지 않습니다. 어째서 거짓말이라고 하시나요?"

"육관이 의논하여 나한테 알리지 않기로 했다고 로산이 가르쳐주었어요."

리사이는 눈살을 찌푸렸다. 리사이와 마찬가지로 가에이가 육관을 소집해서 의논한 것은 알고 있다. 그곳에서 이 건을 다이키에게 알릴 것인지 이야기가 나왔으리라는 추측도 할 수 있었다. 본디 주사를 움직이려면 다이키의 승인이 필요하지만, 현재는 영윤인 세이라이가 실무를 대행하고 있었고 진위도 파악하지 못한 뜬구름 잡는 소문이니, 억측의 영역을 벗어나지 말아야 한다. 지금 다이키에게 말해서 불안하게 할 필요가 없다는 결론에 이른 것이라 상상이 갔다. 그것을 동관장 로산이 굳이 알려줬다는 소리인가.

"세이라이에게 물어도 하나도 걱정할 것 없다고 해요. 대수롭지 않은 폭동이고 교소 님께서 가신 것도 싸우기 위해서가 아니라 백성과 병사를 격려하기 위해서라고. 위험한 일은 아무것도 없으니 걱정하지 않아도 괜찮다고. 그렇게 말할 거라고 로산이 그랬는데 정말 그대로였어요."

리사이는 일어나 다이키를 정원 밖으로 데려갔다. 싫어하는 다이키에게 나직하게 말했다.

"여기는 누가 올지 모릅니다. 태보의 이런 모습을 본다면 관리가 오해하겠죠."

"하지만……."

리사이는 미소 지었다.

"재보가 관리를 불안하게 하는 행동을 하시면 안 되죠. 거처까지 배웅해드리지요."

리사이는 고개를 숙인 다이키의 손을 잡고 정침 쪽으로 지나가면서 가능한 한 밝은 말투로 이야기했다. 교소가 왕궁을 비운 것을 불안하게 여기고 이런저런 억측을 퍼뜨리는 사람이 있고, 그중에는 모든 것이 교소를 문주로 꾀어내려는 간계라는 소문도 있다. 하지만 소문일 뿐이다. 그런 소문으로 관리가 동요하면 많은 지장이 생기니 어떻게 할지 육관과 장군들이 의논을 했다고.

"폭동이 일어난 것은 사실이니 여행을 가셨을 때처럼 안전할 수는 없습니다. 하오나 문주에는 에이쇼도 먼저 가 있고, 소겐도 함께예요. 원래 교소 님은 아주 강한 장군이셨으니 걱정하시는 것이 오히려 실례입니다."

"하지만 에이쇼는 무척 애를 먹고 있대요. 그래서 교소 님께서 도우러 가신 거죠?"

리사이는 이 말에 정말로 눈을 동그랗게 떴다.

"생각보다 폭도가 많아서 에이쇼가 애를 먹기는 했으나 돕기 위해 출진하시다니 그런 일은 없습니다. 주상이 소겐을 데리고 가신 것은 백성과 병사에게 용기를 주고 하루빨리 문주에 평화를 되찾고자 하셨기 때문이에요."

"……정말로?"

리사이는 웃으며 고개를 끄덕였다. 다이키는 안도의 숨을 내쉬었지만 여전히 불안해 보이는 얼굴이었다. 리사이는 기운을 북돋우려고 이런저런 이야깃거리를 찾았지만 다이키의 마음은 딴 데 있었고, 정침의 정전이 보이는 곳에서는 입을 꾹 다물고 말았다. 리사이를 믿어야 할지 망설이는 듯했다.

"제가 하는 말은 믿음이 가지 않으십니까?"

부드럽게 묻자 다이키는 당황하며 리사이를 올려다보았다.

"모르겠어요……. 저는 어떻게 생각하면 좋을지 모르겠어요."

고개를 떨군 다이키의 옆얼굴은 여전히 굳어 있었다.

"저는 어려서 다들 특별 취급을 해주죠. 저에게는 이런저런 것을 보여주지 않으려고 하거나 이야기하지 않으려고 해요. 이야기해도 어려워서 제가 이해하지 못할 것을 다들 알고, 이해하지 못하는 것을 제가 신경쓰면 안 되니까 말해주지 않는 거죠. 늘 그러는 걸 아니까 리사이의 말이 사실인지 알 수 없어요."

"태보……."

"만약 로산의 말이나 하관의 소문이 옳더라도 리사이는 아니라고 할 테니까. 걱정 끼치면 가여우니 아니라고 할 테죠……. 세이라이도 그렇고, 다른 사람들도요."

다이키는 애달프게 한숨을 쉬었다.

"제가 어리니까 하는 수 없어요. 하지만 저도 교소 님이 걱정

돼요. 멀리 위험한 곳으로 가셨으니까. 교소 님이 다치시거나 위험한 상황에 빠지는 것은 싫어요. 만약 위기에 처하셨다면 도와드리고 싶어요. 당연히 아무것도 할 수 없겠지만, 그래도 제가 할 수 있는 일이 없는지 열심히 생각하고 할 수 있는 것만이라도 하고…….”

다이키는 말을 끊었다. 눈에 눈물이 고였다. 동시에 크게 실망한 기색이 온몸에서 감돌았다.

“저는 그게 제 일이 아닐까 싶어요. 다른 사람들이 보기에 쓸데없는 짓이겠지만…….”

리사이는 어렴풋이 가슴이 저릿했다. 다이키는 아직 어리다. 그래서 주위 사람들은 이 착하고 여린 아이에게 쓰린 기억이나 가슴 아픈 일을 겪게 하지 않으려고 고심한다. 그것은 다이키를 향한 애정일 뿐이지만, 당사자인 다이키에게는 아이라서 배척당하는 것과 아무 차이가 없게 느껴졌는지도 모른다. 교소라면 다이키에게 알릴까. 리사이는 문득 궁금해졌다.

“그렇지 않습니다, 다이키.”

다이키는 리사이의 손을 놓고 문으로 달려가버렸다. 무거운 한숨을 쉬며 그 모습을 지켜보고는 발길을 돌렸다. 리사이는 곧장 동관부로 향했다.

로산은 아직 동관부에 남아 있었다. 하관에게 만나고 싶다는 뜻을 전하자 잠시 뒤 정청으로 안내받았다. 로산은 정청에서 대량의 문서와 서적에 파묻혀 있었다.

"앉을 곳은 적당히 찾아주겠어?"

로산은 책에서 눈도 들지 않고 손을 흔든다. 겉보기에는 열여덟아홉 살의 소녀, 육관장에는 도무지 어울리지 않는 외견이지만 대단히 박식하여 동관장 대사공으로서 이 이상의 인재는 없었다. 동관은 백공百工을 거느린다. 동관장 대사공 밑에는 장사匠師, 현사玄師, 기사技師라는 삼관三官이 있다. 이들은 나라를 위한 물품과 주구呪具를 만들고 새로운 기술을 연구한다. 삼관은 저마다 수없이 많은 공장工匠을 끌어안고 있는데, 로산은 어느 공장과 이야기를 나누어도 어지간해서 말이 통하지 않는 경우가 없다고 들었다.

"태보께 어찌 그런 이야기를 하신 겁니까."

리사이가 묻자 로산은 그제야 고개를 들었다. 그 일 말인가, 하고 말하는 듯한 얼굴이었다.

"알리는 편이 낫다고 생각했으니까."

"근거고 뭐고 없는 소문이죠. 그것을……."

"공연히 알려서 다이키가 걱정하게 만들지 말라는 말이로군? 하지만 교소 님이 함정에 빠졌을 가능성이 있는 것은 사실 아니야?"

"가능성일 따름입니다."

"있을 수 있는 일이잖아. 그 얘기가 사실이라면 중대사이고, 재보가 모르면 해결이 불가능하다고 생각하는데."

"하오나……."

리사이가 반박하려 하자 로산은 얼굴을 찌푸리며 책을 덮었다. 의자 위에 한쪽 무릎을 세우고 턱을 괸다.

"내가 보기에 당신들은 그 기린에게 너무 관대해. 애지중지하고 싶은 마음은 알지만 나라가 걸린 문제인데 정도라는 것이 있지 않아. 어쩌면 지방의 난 따위가 아니라 모반일 가능성이 있어. 그 사실을 일국의 재보가 모르면 어쩌란 거야. 재보에게는 재보로서 할 일이 있잖아. 나이 따위 관계없어. 주사를 움직이는 데에도 재보의 재가가 필요하니까."

"그건……. 하지만……."

"그런 무서운 얼굴로 쳐들어올 만한 일이 아니야. 나는 이치대로 행동했을 뿐이야. 도리에 맞지 않는 것은 그쪽이고."

리사이는 입을 다물었다. 로산의 말은 틀리지 않는다.

"이러다 만에 하나 주상께 무슨 일이 있으면 어쩔 거야. 태보는 어리지만 무능하지도 무력하지도 않아. 하나를 보면 열을 알수 있어. 가엾다고 감싸는 건 태보를 우습게 여기는 것이나 다름없잖아. 위험에 처한 주상을 구하기 위해 태보가 할 수 있는 일이 있다면 해야 해. 하지 못하게 하는 게 오히려 너무한 처사라고 생각하는데."

몹시 낙담한 다이키의 모습이 떠올랐다.

"그렇군요……"

"응."

로산은 활짝 웃었다.

"리사이는 이해가 빨라. 대단히 바람직해."

리사이는 저도 모르게 쓴웃음을 지었다.

"로산 님은 이 일이 시해를 위한 반역이라 생각하십니까."

리사이가 묻자 갑자기 표정이 굳은 로산은 무릎을 끌어안았다.

"그걸 알 수 있다면……"

로산은 한숨을 푹 내쉬었다.

"알고 나서는 늦을 수도 있어. 문주는 머니까. 공행사를 보내도 며칠은 걸리겠지. 여차할 때 믿을 만한 것은 대국 비장의 보물인데 보물을 쓸 수 있는 자는 왕이나 기린, 대국의 국씨를 가진 자뿐이야. 보물을 쓸 수 있는 것도 태보, 그리고 아마 다급할 때 가장 빠르고 확실하고 도움이 되는 것은 태보의 사령이겠지."

리사이는 흠칫 놀랐다. 로산은 장난스럽게 눈을 치뜨고 리사이를 쳐다본다.

"내가 보기에 당신들이 왜 그렇게 태보를 힘없는 어린애처럼 다루는지 모르겠어. 도철饕餮이 있지?"

"예……. 맞아요……."

기린은 요마를 사령으로 사역한다. 다이키는 불행하게도 봉래에서 나고 자랐다. 그 탓에 수많이 거느려야 할 사령이 둘뿐이었다. 한쪽은 기린의 보모인 여괴女怪이니 사령의 숫자에는 들어가지 않는다고 보아야 한다. 엄밀히 말하면 사령은 하나. 유일한 사령이 도철이다. 전설의 영역에 있는 강력한 요마다.

"도철은 괴물 중의 괴물이야. 그런 괴물이 따르는 아이를 무력하다고 한다면, 우리는 모두 갓난아이나 다름없지 않겠어?"

로산은 실눈을 지으며 불쑥 무엇이 있는지 분명치 않은 허공을 응시했다.

"어찌 보면 그 기린은 도철 이상의 괴물이야."

004

리사이와 관리들은 문주의 난이 모반의 일부라는 증거를, 또는 그렇지 않은 증거를 잡으려고 혈안이 되었지만 성과는 더디기만 할 뿐 건진 것이 없었다. 특별히 문주와 끈끈한 연고를 가진 자도 없고, 각별히 이상한 행동을 하는 자도 보이지 않았다. 왕궁 안에서 수상한 사람을 보았다는 소리가 들릴 때는 있었지만 이는 소문보다 더욱 실체가 없었다. 그런 가운데 식이 일어났다.

리사이는 노문에서 인중전으로 달렸다. 주변의 모습은 참담했다. 누각의 잔해를 피하는 와중에 달려오는 여러 사람과 맞닥뜨렸다.

"아아, 리사이."

"가신, 태보는?"

"모르겠습니다. 저도 태보의 안위를 확인하려던 참이에요."

말하면서 계속 달린다. 인중전이 있는 구역은 이미 잔해 더미로 바뀌었다. 간신히 남은 건물도 하나같이 서쪽 부분이 무너졌다. 정전인 인중전 건물도 예외가 아닌 상황을 보고 리사이는 등골이 오싹했다.

정원을 지나는데 목소리가 들렸다. 살펴보니 반쯤 기운 건물 안에서 다이키 전속 대복이 기어나오는 참이었다. 등에는 세이라이를 업었다.

"단스이, 태보는?"

외치며 서둘러 다가갔다.

"모르겠습니다. 곁에 계시지 않았습니다. 대체 무슨 일이 일어난 겁니까."

표정이 많지 않은 남자의 낯빛이 달라졌다. 먼지와 벽 파편을 머리부터 뒤집어쓰고 자잘한 상처도 셀 수 없이 많았다. 업힌 세이라이도 마찬가지였지만 크게 다치지는 않은 모양이었다. 잔해 속 어딘가에서 비통하게 우는 말의 울음소리가 들렸다.

"어째서 곁을 비웠지. 마지막으로 어디에서 뵈었어?"

리사이가 다그치자 단스이는 고개를 내저었다.

"정전에 계셨습니다. 저는 세이라이가 불러서 그 자리를 소신에게 맡기고 떠나 있었어요."

땅울림은 어느새 그치고 주변에는 신음과 비명이 가득했다. 도움을 청하는 사람들 목소리를 들었지만 그들을 돕기보다 먼저 해야 하는 일이 리사이에게는 있었다. 다이키를 찾아야 한다. 그런 생각을 하는데 멀리서 리사이를 부르는 소리가 들렸다. 돌아보니 여러 명의 수하를 거느린 아센이 오고 있었다.

"태보는?"

입을 열자마자 그리 물은 아센은 단스이와 별 차이 없는 모습이었다. 정전에 계신 것 같다고 가신이 대답했다. 세이라이를 병졸에게 맡기고서 리사이 일행은 단스이를 데리고 안쪽으로 향했다. 얼어붙는 심정으로 정전 안을 뒤지고 건물 더미 사이를 수색했지만 다이키의 모습은 보이지 않았다. 정전뿐만 아니라 인근 어디에서도 찾을 수 없었다. 밤을 새워 수색을 계속했지만 허탕을 친데다 문주에서 날아온 소식에 하는 수 없이 수색은 미뤄지고 말았다.

청조가 가져온 소식에 국부의 혼란은 극에 달했다.

명식으로 인해 왕궁이 입은 피해가 막대하고 관리 대부분이 다치고 행방불명되었다. 식이 연조에서 일어난 덕에 그 자리에 있던 관리 대부분이 선인이라 사망자는 적었지만, 그렇다고 죽은 자가 없는 것도 아니었다. 선적에 오르지 않은 궁노비 가운데에서는 희생자가 엄청나게 나왔다. 국정은 관리의 부상과 혼란으로 완전히 멈추었다. 다들 무엇을 어떻게 하면 좋을지 우왕좌왕했다.

"대체 주상은 어찌되신 겁니까."

하보쿠가 리사이의 질문에 대답했다.

"소겐의 서장에 따르면 주상이 한창 전투가 벌어지는 중에 자취를 감추셨다더군. 소겐이 수색했지만 찾지 못했어. 알 수 있는 것은 그뿐이고 구체적으로 무슨 일이 일어났는지 도통 모르겠군. 일단 소겐만이라도 돌아오도록 지시했지만 청조가 그쪽에 도착하고 소겐이 돌아오기까지는 아무리 서둘러도 열흘 가까이 걸릴 게야."

"문주의 상태는?"

간초의 물음에 하보쿠도 고개를 가로저었다.

"평정한 것은 아닌 듯하군. 대치한 채 교착 상태인 것 같아."

"그럼…… 어쩌죠?"

가에이의 물음에는 아무도 대답할 수가 없었다. 어쩌면 좋을지 아는 사람은 고사하고 여기에 대답할 권한이 있는 사람이 없었다. 왕이 없으면 구멍을 메우는 것은 총재의 직분, 그러나 총재 에이추는 명식으로 중상을 입어 일어나거나 이야기를 나누기는 여전히 불가능했다. 왕의 보좌인 재보도 행방을 알 수 없고, 왕 대신에 제관의 의견을 모아 결정을 내릴 사람이 조정에 존재하지 않았다.

"이런 때에는 어떻게 하죠? 관리를 누가 지휘해야…….

"관례에 따르면 천관장이 육관의 수장으로 총재를 겸임한다."

하보쿠의 질문에 그 자리에 있던 자들은 침묵했다. 천관장 가이하쿠는 명식 당시 인중전 근처 삼공부에 있었던 것이 확인되었다. 왕을 지도하고 재보에게 조언하는 역할을 하는 삼공의 관청은 막대한 피해를 당하고 무너졌다. 삼공과 삼공의 보좌인 삼고三孤, 여섯 명 중 두 사람은 죽고 한 사람은 중상, 삼공의 나머지 세 명과 가이하쿠까지 네 사람은 지금까지 발견되지 않았다.

"이렇게 된 바에는 천관을 잇는 관인 지관장이 맡아주는 수밖에 없다고 생각한다만."

하보쿠의 말에 지관장 센카쿠는 고개를 저었다.

"당치도 않아요. 저는 도저히 그럴 만한 그릇이 못 됩니다."

고사하는 센카쿠에게 굳이 권하는 자는 없었다. 센카쿠는 온후한 성품의 젊은 문관으로 교소군과는 관계없이 서주에서 발탁된 관리다. 성실하지만 경험도 적은데다 이런 비상시에는 군을 잘 모르면 해나갈 수 없다. 그렇지 않아도 조정은 무관이 중심인왕조라, 남겨진 주요 관리 대부분이 교소군 휘하에 있었던 것을생각하면 바라건대 교소군 휘하에 있었거나 최소한 무관이 아니면 조정을 완벽하게 통솔하지 못하리라는 점은 확실했다.

"세이라이 님은 어떨까요."

센카쿠의 말에 대답하는 자는 없었다. 세이라이도 다쳐서 지금은 쉬고 있지만 큰 상처는 아닌 듯하다. 신체적으로도 문제가없고 원래 교소군의 군리, 부하였던 동시에 유명한 문관이기도하다. 따라서 관리를 이끌기에 최적의 인재지만 이 자리에 있던모두가 그것을 알면서도 세이라이를 추천하는 목소리는 어디에서도 나오지 않았다.

"주상께서 돌아오실 때까지 누가 조정을 통솔하느냐 하는 문제라면 세이라이라도 좋겠지. 그러나 이는 그런 문제가 아니지않나."

하보쿠의 말에 모두들 고개를 끄덕였다. 누가 관리의 대표가 되는가 하는 문제가 아니다. 그저 그뿐이라면 세이라이든 하보쿠든 상관없다. 센카쿠나 리사이일지라도 마찬가지다. 문제는 그런 차원이 아니었다. 문제는 대국에 지금 왕이 없다는 점에 있었다.

교소의 안부를 알 수 없다. 만약 교소가 목숨을 잃었다면 나라에는 다음 왕이 필요하다. 누가 다음 왕이 되어야 하는가. 이것을 의미하는 아주 중대한 문제였다.

옥좌가 비면 다음 왕이 등극할 때까지 총재가 그 자리를 메운다. 하지만 중상을 입은 에이추는 그 임무를 수행할 수 없다. 천관장은 없다. 다른 자로는 임시라 해도 옥좌를 메울 만한 뒷받침이 부족하다. 관습과 하늘의 섭리, 어느 쪽의 뒷받침도 없는 자가 조정을 통솔하기란 불가능에 가깝다. 그만한 위신을 얻을 수 없다.

"일단 총재 대리를 한시라도 빨리 세워야 하지 않겠습니까."

춘관장 조운이 말했다.

"인심을 수습할 수 있을 만한 인물을 추거하여 총재로 세우고 가조假朝를 세우지 않고서는."

"그건 순서가 틀리지."

간초가 성난 목소리로 반박했다.

"교소 님은 행방을 알 수 없을 따름이야. 소겐도 사라졌다고 말했을 뿐 승하하셨다고 하지 않았네. 안부부터 확인해야지."

"잠깐만 기다리세요."

가에이가 언성을 높였다. 흰 얼굴이 불안과 긴장감으로 더욱 창백해졌다.

"이런 때에는 어떻게 되는 거지요? 관례를 아는 분 계시나요?"

이런 경우, 라고 되뇌는 목소리에 가에이가 고개를 끄덕였다.

"불길한 말씀을 드리는 것을 용서하세요. 만에 하나 주상께서 승하하셨을 때에는 어떻게 되나요?"

"태보께서 다음 왕을……."

대답하는 센카쿠의 말을 자르듯 가에이의 말이 이어졌다.

"하지만 태보도 행방을 알 수 없어요."

"태보께서 돌아가셨다면 공위가 됩니다. 관례대로 총재가 가왕假王으로 올라 가조를 여는 것이 순당하죠. 그 때문에 에이추 님의 상태가 좋아지지 않는다면 새로이 총재를 임명할 필요가 있습니다."

"누가 임명하나요?"

센카쿠는 말문이 막혔다.

"총재를 임명할 권한을 가진 분은 왕과 태보이지요? 주상께서 안 계시면 태보가 이를 행합니다. 하지만 주상과 태보가 계시지

207
—
3장

않는데다 총재도 소임을 다할 수 없어요. 그런 사례가 일찍이 있었습니까?"

"없었을 걸세."

하보쿠는 불쾌해하며 대답했다.

"아니, 왕과 재보가 한시에 승하한 사례는 있겠지. 그때 우연히 총재도 운명을 같이한다면 그 경우에는 위왕이 오른다. 모반으로 왕이 재보와 함께 시해당하고, 총재, 천관장 역시 살해당한 경우가 아니라면 이토록 완벽하게 조정을 통솔할 사람이 부족할 수가 없어."

"총재는 돌아가신 것이 아니에요. 중상을 입기는 했지만 의식도 있습니다."

센카쿠는 언성을 높였다.

"총재께 어새를 맡기고 총재가 직접 다음 총재를 임명할 수는 있을 텐데요."

"총재가 어새를 맡을 수 있는 것은 태보가 허락하셨을 때뿐이다. 태보가 계시지 않는데 어떻게 총재에게 어새를 맡기겠나."

"주상이 돌아가셨다면 어새 자체가 효력을 잃어. 그 경우에는 백치의 다리가 필요하지. 백치의 다리가 있다면 육관삼공의 추거로 새로이 총재를 임명할 수 있다."

"그러니까 주상께서 돌아가셨다고 단정지어서는 안 된다니까.

먼저 생사를 확인하고 주상과 태보의 행방을 거국적으로 찾아야
만 해."

"그럼 묻겠네만, 그 거국적인 사업을 일으킬 주체는 누구인
가. 관리를 통솔할 자 없이 온 나라를 움직이는 것이 가능하다고
보나."

의장은 한순간에 혼란에 빠졌다. 리사이는 한쪽에서 멍하니
있었다. 왕이 승하한 예는 있다. 재보가 승하한 예도 있다. 그러
나 양쪽 모두 행방과 안위를 알 수 없던 적이 지금까지 과연 있
었을까. 한쪽만이라도 무사하다면 그 경우 어떻게 할지 관례가
있으리라. 그러나 양쪽 다 없는데다 죽었다고 단정짓지 못하는
지극히 애매한 현재 상황을 어떻게 하면 좋을까.

"어찌되었든 규정을 무시하더라도 주상의 안부부터⋯⋯."

누군가 목소리를 높였을 때였다.

"주상은 승하하셨다."

조용한 목소리에 의장은 쥐죽은듯이 조용해졌다. 리사이가 목
소리가 난 방향을 돌아보니 의장 입구에 아센이 서 있었다. 여태
껏 얼마나 혼란스러웠는지 알 만하다. 아무도 아센이 그 자리에
없다는 사실을 알아채지 못했다.

아센은 일동을 둘러보고 손바닥을 내밀었다. 손바닥 위에는
새의 다리가 놓여 있었다.

"주제넘는다고 생각했지만 무엇보다 먼저 주상의 안부를 확인하는 것이 중요하다고 생각하여 오동궁을 방문해 이성궁二聲宮으로 갔다."

의장에 신음이 교차했다. 아센은 조용히 말했다.

"백치가 죽어 있었다. 관례에 따라 다리를 잘라 여기에 가져왔다."

005

리사이가 말을 멈추자 방에 있던 다섯 사람은 저마다 입을 열었다.

"그건……."

요시의 목소리에 리사이가 고개를 끄덕였다.

"백치가 떨어진 것은 왕의 죽음을 의미합니다. 저희는 절망의 밑바닥으로 떠밀린 것이나 마찬가지였어요. 그때 그 자리에 있던 자들에게 아센의 말을 의심할 이유는 전혀 없었습니다."

교소의 옛 동료. 교소와 쌍벽이라 불리며, 공사에 걸쳐 친했다고 들었다. 혁명 뒤에도 교소는 아센을 돈독하게 대했고 교소 휘하의 자들 역시 아센은 한 수 위에 두었다. 아센도 이들의 신뢰에 잘 부응했고, 다이키조차 그를 따르는 것처럼 보였다.

아무런 걱정도 풍파도 없던 수면에서 아셴은 난데없이 모습을
드러냈다.

의장은 한동안 쥐죽은듯 고요했다. 다들 충격을 받은 나머지
어느 하나 목소리를 낼 수가 없었다. 무거운 침묵을 깬 사람 역
시 아셴이었다.

"어찌되었든 왕궁에서 재해를 입은 사람들을 구제해야 한다고
보는데 어떤가. 다친 관리는 물론이고 궁노비를 치료하기 위한
장소가 필요하지 않나. 외조外朝에라도 치료원을 설치하는 것이
급무야."

센카쿠는 고개를 끄덕이고 퍼뜩 얼굴을 들었다.

"그러고 보니 홍기 상태는 어떨까요."

"무사한 듯합니다."

이 또한 아셴이 대답했다. 아셴은 시민 구제를 위해 재빨리 수
하들을 보내어 홍기 저잣거리에는 이렇다 할 피해가 없었음을
확인했다. 운해 위에서 일어난 식은 운해에 가로막혀 하계에는
영향이 미치지 않은 모양이었다. 우선 피해를 당한 관리와 궁노
비를 위해 치료원을 설치하는 건을 문서화하고 백치의 다리를
날인했다. 그제야 누군가 인영이 사라진 어새를 보관할 필요성

을 떠올렸는데, 이를 위해서도 이미 아센이 부하를 보내놓았다. 그러나 정침도 재난을 피하지 못했기에 어새는 흐트러진 건물 잔해에 뒤섞인 듯했다. 시급히 찾고 있다고 했다.

다른 관리가 여기서 공연히 우왕좌왕하는 동안에 아센만이 해야 할 일을 파악하고 행동에 옮겼다.

백치의 다리는 왕이 붕어한 뒤에 옥새로 쓰인다. 백치의 다리는 누군가 보관해야 한다. 하지만 원칙대로라면 그 임무를 맡을 재보가 계시지 않고, 재보가 없을 때 대신해서 책임을 짊어질 삼공과 보좌역인 삼고를 포함해 맡을 사람이 누구 하나 없는 상황이었다. 총재도 다쳐서 몸져누워 있다. 왕궁 안은 말할 것도 없고, 사태는 혼란스럽기 그지없었다. 이 격변에 결재를 내려야 할 문서는 수없이 많았다. 그 모든 것에 백치의 다리가 필요하고, 누군가 백치의 다리를 보관하는 동시에 문서에 그것을 날인해야 했다.

백치의 다리를 가지고 돌아온 아센이 그 임무를 맡은 것은 자연스러웠다. 다들 이론을 외치지 못했다. 자신들이 그저 어찌할 바를 모르고 있는 동안에 해야 할 일을 한 장군인데다, 나라는 비상시이며 문관보다 무관이 지도자가 되는 것이 바람직했다. 애초에 조정은 무武의 왕조로 무관과 친화력이 강한데다 아센은 교소와 쌍벽을 이루던 인재였다. 아센 또한 차기 왕으로 촉망받았다. 하물며 교소 역시 등극하고 나서도 아센에게 경의를 표하며 돈독하게 대했다. 다들 그 사실을 떠올렸다.

교소가 깐 길은 무단武斷의 길, 이제 와 총재나 다른 문관이 교소 대역을 맡을 수는 없는 노릇이었다. 왕도에 남은 무인은 간초와 가신, 리사이 세 명이었지만 간초와 가신은 말단부터 올라온 무인이라 위정자에 맞을 법하지 않았고, 리사이 역시 출신은 일개 주사 장군에 지나지 않는다. 교왕 밑에서 금군 장군을 맡고 정사에도 깊이 관여한 아센이 교소의 뒤를 잇는 것은 생각해보니 더할 나위 없이 타당하게 보였다. 이 자리는 우선 아센에게 맡기고 비상시가 지나 사태가 안정되면 다시 조정을 편성해 가조를 열면 된다. 다들 자연스레 그처럼 생각했다.

누가 입을 열 것도 없이 백치의 다리는 아센이 보관하게 되었다. 결재해야 할 산더미 같은 문건이 아센에게 주어지고, 그것을 처리하는 아센은 자연스럽게 내전에 머물렀다. 아무도 위화감을 느끼지 않았다.

교소를 수색하고 문주를 다스리기 위해 가신이 문주로 파견되고 대신에 이끌 장수를 잃은 아센군을 불러들였다. 그리고 왕궁의 이변을 감지했는지 리사이의 고향인 승주에서 난이 일어났다. 리사이는 급히 승주로 떠나게 되었다.

"리사이, 출진한다고요."

모레 출진을 앞둔 늦은 밤에 가에이가 리사이를 찾아왔다.

"응. 승주는 내가 가는 것이 적임이지. 승주의 유리한 지형은 꿰고 있으니까."

"그렇겠지요."

가에이는 동의했지만 언제나처럼 불안하고 도무지 안정이 되지 않는 듯했다. 마치 이승에서의 작별이라도 되는 양 리사이의 얼굴을 뚫어지게 보았다.

"걱정할 것 없어. 나는 승주를 잘 알고 승주사에는 지인과 동료도 많아. 문주만 한 규모의 난도 아니고 그리 오래 걸리지 않아 정리하고 돌아올 수 있을 거야."

"네……. 아마 그렇겠죠. 하루라도 빨리 돌아오기를 진심으로 기다릴게요."

가세이는 미소 지었지만 어쩐지 울음을 터뜨릴 것 같은 표정이었다.

"있죠, 리사이. 우리 이래도 괜찮았던 걸까요."

"뭐가……?"

"주상과 태보가 계시지 않는데 벌써 나라는 새로운 시대로 달려가려 해요. 저는 두려워요."

"또?"

황혼의 기슭 새벽의 하늘

리사이가 놀리자 가에이는 복잡한 얼굴로 웃었다.

"그러네요, 저는 늘 두려워하기만 하네요."

리사이가 대수롭지 않게 웃었다.

"정말 그렇군."

"하지만 리사이, 저는 전보다도 무서워요. 주상은 질주하는 말 같은 분이셨어요. 저는 등에 타기가 정말로 무서웠어요. 지금도 나라는 질주하고 있습니다. 우리가 타고 있는 것은 대체 무엇일까요?"

"응?"

리사이는 되물으며 불안해 보이는 가에이를 새삼 바라보았다.

"설령 아무리 성급해 보이더라도 지나치게 과감해 보이더라도 주상은 틀림없는 대국의 국주셨어요. 태보께서 고르고 천명을 받아 등극하신 분이에요. 하늘에서도 인정한 거친 말이었던 것은 확실해요. 하지만 지금은요……?"

리사이는 잠시 말을 잃었다. 가에이는 시선을 피했다.

"우리는 가조에 익숙해요. 교왕이 돌아가시고 나서 주상께서 등극하실 때까지 줄곧 가조를 지탱해왔으니까요. 그래서 위화감이 없던 거예요. 하지만 날마다 두려워져요. 내전에 머물고 어새 대신 백치의 다리를 든 저자는 대체 누구죠?"

"하지만…… 아센은……."

"틀림없는 것은 천명은 없었어요. 태보의 안부는 여전히 분명치 않아요. 태보가 계셨거나, 승하하셨다면 현재의 상태는 조금도 부자연스럽지 않아요. 하지만 태보는 정말로 죽었나요?"

"가에이……."

"명식이 있었다는 것은 태보께서 저쪽으로 흘러가버리셨다는 뜻이 아닌가요. 아뇨, 단순히 흘러갔다면 돌아오시겠지요. 어쩌면 돌아오고 싶어도 돌아오지 못하는 상황인지도 몰라요. 하지만 태보가 어딘가에 계신다면 지금 이것은 가조가 아니에요."

가에이의 얼굴이 일그러졌다.

"아센은 위왕이고, 이는 위조예요."

"가에이!"

리사이는 반사적으로 주위를 둘러보았다. 리사이의 방에는 당연히 다른 이의 흔적은 없다.

"리사이는 주상이 문주로 떠나신 뒤의 소문을 기억하세요?"

"문주의 철위라니 우연히 지나치다는……."

"예. 그뿐만이 아니에요. 요새 저는 또 다른 소문도 신경이 쓰여요."

"또 다른 소문?"

"예. 주상이 꾐에 넘어가셨다는 소문과 동시에 이는 주상의 모략이라는 소문도 있었지요? 주상은 왕도에 남은 저희를 처단하기 위해 일부러 문주로 가셨다는 얘기요. 남겨진 장군은 간초 님과 가신, 리사이, 그리고 아센이었어요. 주상이 굳이 아센의 병사를 데리고 가신 것은 아센의 병력을 줄이기 위해서가 아니냐고요."

"설마."

"새삼 그 소문이 진실이 아닐까 의심이 들어요. 이 시기에 주상이 문주에 가신 것은 장소가 철위였으니 어쩔 수 없었는지도 몰라요. 하지만 굳이 아센의 군을 나눌 필요가 있었을까요. 주상은 어쩌면 아센의 모반을 경계하신 것 아닐까요."

"하지만……. 아니, 교소 님은 태보가 연국에 가셨을 때 아센을 부사副使로 붙이셨어. 만약 의심을 품었다면 그렇게 할까."

"소겐도 함께였지요? 소겐과 세이라이, 태보를 경호하는 대복단스이가 동행했어요. 저마다 하관만 한 사람씩 거느려서 종자는 겨우 여덟 명, 아센과 부하가 부정한 생각을 하더라도 행동으로 옮기기는 다소 어려웠겠죠. 하지만 이에 동행하는 바람에 아센은 신년 겨울 사냥에 참가하지 못했어요. 다시 말해 아센에게 그 계획의 구체적인 이야기를 알리지 않은 거예요. 주상은 일부러 알리지 않기 위해 아센을 따라가게 한 것 아닐까요."

리사이는 침묵했다. 가에이의 말을 그대로 받아들인 것은 아니다. 믿지는 않았지만 걸리는 점이 있었다. 문주에 난이 일어

217
—
3장

나 철위를 둘러싸고 교소가 출발할 수밖에 없게끔 꾸민 방식, 숙청의 자세한 내막을 알리지 않기 위해 다이키를 연국으로 보내고 부사로 아셴을 동행시킨 방식. 둘 다 아주 비슷한 냄새가 났다. 부자연스러울 정도의 자연스러움이라고 표현해도 좋을 방식이다.

분쟁 속에 있으면 지극히 자연스럽고 당연하게 그리된 것처럼 보인다. 하지만 돌아보면 자연스러움을 가장한 작위가 보인다. 보이는 것 같았다. 기분 탓인가 싶을 정도의 작은 위화감, 하지만 이상하게 무시하기 어려운 그 느낌이 지독히 닮아 보였다. 이전에 들은 적이 있다. 교소와 아셴은 용병가로서도 닮았다고.

어쩌면, 하고 리사이는 숨을 살짝 삼켰다. 리사이도 모르고 아무도 눈치채지 못한 수면 밑에서 닮은 사람끼리 서로 함정에 빠뜨리려고 치열한 다툼을 이어왔는지도 모른다. 그것이 수면에 정말로 있는지 없는지 모를 파문을 일으킨 것이 아닐까. 대부분은 못 보고 지나치지만 개중에는 파문을 눈치챈 사람도 있다. 때로 가에이가 위화감을 느끼고 때로 리사이가 찝찝해하며, 곳곳에서 많은 사람이 발견한 사소한 수상함이 기묘하게 뒤섞인 소문으로 발전하지는 않았을까.

리사이는 살짝 떨었다. 모레 미명에는 홍기를 출발해 승주로 가야 한다. 하필이면 이 시기에 승주에서 또 난이 일어났다. 남은 장군의 면면을 보면 리사이가 승주로 가는 것이 당연하게 여겨졌다. 그러나······.

"리사이······ 기우라면 그걸로 됐어요. 아뇨, 저는 이것이 겁 많은 제 마음이 본 억측이라고 생각하고 싶어요······."

가에이는 리사이의 손을 꼭 쥐었다.

"무사히 돌아오세요. 그리고 가에이는 정말로 겁쟁이라며 웃어주세요."

리사이는 고개를 끄덕였다.

이틀 후 미명에 리사이는 마음속에 시커먼 불안을 안은 채 홍기를 떠났다.

리사이가 본 홍기의 마지막 모습이었다.

006

리사이는 한숨을 깊이 내쉬고 손안의 구슬을 꼭 쥐었다.

"저는 승주로 가야 했습니다. 홍기를 떠나 보름 만에 서주에서 승주로 갔습니다. 주 경계를 넘어 며칠째던가, 막영으로 달려 들어온 하관이 있었습니다."

"제발 살려주세요. 저는 죽을 거예요."

몸을 떨면서 말한 그는 비참한 몰골이었다. 관리라고 생각하기 어려울 정도였다. 하층민이 입을 법한 작업복, 흙과 때로 얼룩진 것은 부민 사이에 들어가 추격자의 눈을 피하려 한 탓인 듯했다.

"저는 춘관 대복大ㅏ의 하관입니다. 이성씨二聲氏를 맡고 있었습니다."

그는 수綬(관직을 나타내는 증표를 다는 끈)를 내밀었다. 수는 세 손가락만 한 너비로 꼬아서 만든 끈으로 소속한 지위에 따라 길이와 색이 달라진다. 넝마의 품에서 꺼낸 수를 보니 분명히 춘관 대복 이성씨의 것이었다. 이성씨는 그 이름대로 이성궁에서 백치를 돌본다.

"이성씨가 어찌하여."

"장군이…… 분명 금군 장군이었습니다. 금군 우군의……."

"아센……."

"예. 틀림없이 조 장군이었습니다. 그날입니다. 큰 재난이 닥친 날 밤에 느닷없이 군을 이끌고 이성궁에 들어오셨습니다. 피해는 없는지 관리는 모두 무사한지 물으셨어요. 본디 대복의 면허가 없으면 대문을 열어서는 안 되지만, 때가 때인지라 그만 문을 열고 장군을 안으로 들이고 말았습니다."

"아셴을?"

"예, 그리고 조 장군 아셴은 궁에 들어오자마자 별안간 백치를 베려 했습니다. 하오나 아셴의 검으로는 뜻대로 벨 수 없었지요. 검이 그냥 통과해버린 겁니다. 아셴은 그 사실을 깨닫자 제 동료에게 명해 꿩을 가져오게 했습니다. 제례에 쓰는 계인鷄人 관할의 꿩입니다. 동료는 좌우 병사 사이에 끼어 검으로 위협받으며 계인으로 가서 꿩을 가지고 돌아왔습니다. 그러자 아셴은 꿩을 죽여 다리를 자르고는 백치를 항아리에 넣고 구멍에 묻고……."

남자는 손으로 얼굴을 덮었다.

"그 자리에 있던 관리를 살해했습니다……."

그는 간신히 그 자리에서 도망쳤다. 명식으로 궁이 반쯤 무너진 것이 천만다행이었다.

"저는 아셴이 들어왔을 때부터 불길한 예감이 들었어요. 주상은 장군 중 누군가를 두려워하셨고, 문주로 가신 것도 그자가 보낸 집요한 자객으로부터 도망치기 위해서라는 소문이 있었습니다."

"그런 소문이 있었나?"

"예. 소문을 떠올리니 불안해서 되도록 눈에 띄지 않는 구석에서 조금씩 장소를 이동했습니다. 무시무시한 일이 벌어지고 저는 무너진 건물 더미 사이에 몸을 숨겼습니다. 그곳에 구멍이 있어서 바깥으로 빠져나올 수가 있었던 겁니다."

젊은 관리는 부근의 혼란과 어둠을 틈타 관저로 돌아갔는데 이내 찾으러 온 자가 있었다. 이때도 회랑 밑에 숨어서 무사히 넘길 수가 있었다. 그때 시체 숫자가 맞지 않는다, 도망쳤을 것이라 이야기하는 병사들 목소리가 들렸다고 한다.

"목숨만 겨우 건져 궁성을 빠져나왔습니다. 시신을 나르는 수레 안에 숨어들어 송장인 척해서 문을 빠져나왔어요. 홍기 바깥의 공동묘지 앞에 버려진 뒤에 기어나와 도망쳤습니다. 처음에는 곧장 서주의 영지로 갔지만 그곳에도 공행사의 모습이 보였습니다. 일단 서주를 벗어나고자 부민 무리에 섞여 여기까지 도망쳐 왔습니다."

그는 리사이에게 매달리듯이 손을 모았다.

"살려주십시오. 아셴이 저를 죽일 겁니다. 제발……."

"알겠다."

리사이는 고개를 끄덕였다. 측근에게 명해 쉴 수 있게 하라고 분부하고 절대로 모습이 눈에 띄지 않도록, 함부로 발설하지 말도록 엄중히 명했다. 그리고 두 통의 서신을 적어 그중 한 통을 측근에게 들려 홍기, 왕궁의 하보쿠에게 전하게 했다. 난의 평정에 대한 조언을 구하는 내용의 밀서를 반드시 본인에게 건네도록, 다른 사람이 손을 대려 하면 파기하도록 엄중히 일렀다. 동시에 문주 소겐에게도 청조를 날렸다.

—아센, 모반.

리사이는 뛰쳐 들어온 이성씨를 막영에 숨긴 채 조용히 승주로 나아갔다. 열흘 뒤, 갑자기 공행사가 날아왔다. 아센군의 휘장을 단 그들은 불길한 붉은 도장을 찍은 문서를 가지고 있었다.

"이성씨와 밀통하여 백치 다리를 약탈하고자 이성궁에 들어가 관리를 참살한 것이 명백하다."

공행사는 그렇게 말하고 급기야 교소와 다이키를 시해했다고 단언했다.

"류 장군은 궁성으로 돌아가시죠. 쓸데없이 저항하다 이름을 더럽히지 않는 편이 좋을 거요."

이성씨 따위 모른다, 당연히 없다고 주장했지만 공행사는 리사이가 막영에 그를 숨긴 사실을 분명히 알고 있었다. 그들은 젊은 관리를 끌어내 사정도 묻지 않고 그 자리에서 다짜고짜 베어 버렸다. 공행사는 리사이에게는 손을 대지 말라 했지만 군병의 눈이 있기 때문일 뿐, 홍기로 연행되는 길에 살해당하리라는 것은 의심할 여지가 없었다.

리사이가 도망칠 수 있었던 것은 전적으로 공행사가 리사이를 연행하면서 기수인 히엔을 타도 된다고 허락한 덕이었다. 리사이는 히엔의 도움을 빌려 간신히 도망칠 수 있었다. 그곳은 승주, 리사이는 승주에 오랜 지인이 많았다. 그 또한 리사이의 목숨을 보전하는 데 한몫을 했다.

그날 이후로 리사이는 대역 죄인이 되었다.

리사이는 울고 싶었다. 역적이라 불리는 것보다 더한 굴욕은 없다. 당치 않은 오명을 쓰고 방방곡곡 숨어사는 나날이 이어졌다. 오랜 지인 대부분은 리사이를 믿고 동정해주었지만 개중에는 어째서 그런 죄를 저질렀느냐고 나무라는 자도 있고, 심지어 리사이를 아셴에게 넘기려 한 사람도 있었다. 그러지 않은 자 중 일부는 리사이를 숨긴 죄로 재판을 받고 대역죄에 가담한 죄인으로 치욕을 당했으며 형장에 송장이 내걸렸다.

"일 년⋯⋯. 아뇨, 그보다 더, 그저 숨어서 추격을 피하기만 하는 날이 이어졌습니다. 제가 그렇게 방랑하는 사이에 아셴은 궁성에 확고한 자리를 구축했습니다. 이윽고 백성의 눈에도 아셴이야말로 역적이라는 사실이 명백해졌습니다. 그때는 이미⋯⋯ 늦었습니다."

당시 문주에 있던 에이쇼와 가신은 그곳에서 자취를 감추었다. 교소의 휘하 장수 대부분이 국토에 흩어져 숨거나 은밀히 살해당했다고 들었다. 왕궁 내부 사정은 전혀 짐작할 수 없었다. 나서서 아셴을 나무란 이도 있었지만 그런 자들은 모조리 처형당하거나 자취를 감추었다.

"아센은 조금이라도 자신을 나무라는 자, 주상을 칭찬하는 자를 용서치 않았습니다. 철위, 주상이 아센의 꾐에 빠진 그 땅은 아센군이 기둥 하나 남기지 않고 불태워버렸습니다. 주상의 출신지인 위주叢州 땅도 불타고 이전 영지였던 사현은 포위되어 물자를 완전히 봉쇄당하는 바람에 그해 겨울에 백성이 대부분 몰살했다는 이야기도 들었습니다."

요시는 놀라서 낯빛이 달라졌다.

"아센은 그토록 태왕을 미워했는가?"

"그럴지도 모릅니다. ……모르겠습니다. 그때까지 그렇게 확집할 정도로 미워하는 것처럼 보이지 않았습니다. 감추고 있던 만큼 아센의 증오는 깊었는지도 모릅니다. 게다가 불태우거나 겨울에 방치되어 텅 빈 마을은 주상의 연고지만으로 그치지 않았습니다. 아센을 지탄하고 거스른 토지도 역시 같은 운명에 이르렀으니까요."

"잠깐만!"

묵묵히 리사이의 말을 듣던 연왕 쇼류가 소리쳤다.

"그건 국토를 파괴하는 거잖아. 아센은 태왕에게 훔친 재물을 목졸라 죽이려는 것 같지 않은가."

"예."

리사이는 고개를 끄덕였다.

"저도 그리 생각합니다. 아센이 주상을 시해하고 옥좌를 훔친 것은 자신이야말로 왕으로서 대국에 군림하고 싶었기 때문일 겁니다. ……하지만 제 눈에는 그렇게 보이지 않았습니다. 아센은 대국을 지배하고 다스리는 일에 흥미가 없는 것처럼 보였어요."

교소를 원망하고 그의 것을 빼앗으려 일으킨 것이 아니다. 리사이는 그런 인상을 받았다. 아센이 모반을 일으킨 동기는 사람들의 수군거림처럼 한때 쌍벽이라 불릴 만큼 대등했던 상대가 왕이 되고 자신이 그 신하가 되어 생긴 원한 같은 알기 쉬운 것은 아닐 것이다. 그렇기에 누구 한 사람 아센을 의심하지 않았다.

마치 대국을 미워하는 것처럼 느껴졌다. 아센은 자신이 다스리는 국토가 파탄 나고, 지배하는 백성이 모조리 죽어나가는 것을 털끝만큼도 신경쓰지 않는 것처럼 보였다. 그 때문에 아센을 당할 길이 없었다.

"난이 있으면 아센이 이를 진압하기 위해 병사를 보낼 테니 쌍방이 대치하는 틈에 무슨 일을 할 수 있으리라는 계략은 세울 수가 없었습니다. 난이 일어나면 대량의 병사를 보내 강압적으로 마을을 깡그리 불태워서 반역하는 백성을 죽이면 그만이었죠. 아센은 도망치는 반역자를 쫓지도 않았습니다. 도망쳐서 다시 봉기하면 또 죽일 뿐입니다. 그런 식이었어요."

"그래서는 나라를 꾸려갈 수 없어."

"저도 그렇게 생각합니다. 하지만……."

왜 결국 그렇게 되었는지는 모르겠다. 그만한 짓을 하는데도 아센을 지지하는 사람은 사라지지 않았다. 아센을 두려워하여 고분고분 따랐다는 표현은 올바르지 않다. 리사이는 역적이 되어 도망치다 나중에는 교소를 찾아 대국을 동분서주했다. 그러던 도중에 아센에게 의심을 품은 자, 반대하는 자가 있으면 이들을 모아 모반을 일으키려 했지만, 언제나 이상할 정도로 성공하지 못했다. 반드시 마음을 바꾸는 자가 나와 와해하고 만다. 어제까지 아센을 지탄하고 아센의 무도함을 큰 소리로 외치던 자가 이튿날에는 갑자기 아센의 지지자가 되어 있다. 지위가 높은 자일수록 그런 경향이 두드러졌다.

"어제까지 반민을 지켜주던 주후가 보호하던 우리를 갑자기 아센에게 팔고 자신은 아무 일도 없었던 것처럼 굴복해 주후 자리를 지키는 일도 있었습니다. 자신의 주가 유린당하고 백성이 죽어나가도 더이상 전혀 개의치 않았어요."

'병든다'는 소문이 돌았다. 확실히 돌림병과 비슷했다. 병에 걸린 자는 아센을 반대할 의지를 잃는다. 어떤 무도한 짓도 신경쓰지 않고 눈앞에서 무엇이 일어나도 마음을 움직이지 않는다.

"세뇌…… 같은 걸까."

요시가 나직하게 말했다. 그런 수단으로 대국을 석권한 것일까. 그렇다면 역적을 쓰러뜨리려 해도 손쓸 방도가 없다.

"대국의 백성에게는 스스로를 구할 길이 없습니다……."

리사이는 신음했다. 요시는 허둥지둥 리사이의 손을 잡았다.

"괜찮나?"

요시의 물음에 리사이는 괜찮다고 다부지게 대답했지만 헐떡이는 숨 때문에 목소리가 끊기고 감은 눈꺼풀에는 짙은 그림자가 드리웠다.

"그만 됐다. 오늘은 여기까지 하지. 우선……."

쉬라고 말하려던 요시의 손을 가늘고 여윈 리사이의 손가락이 강한 힘으로 쥐었다.

"부탁드립니다. 대국을……."

"알아."

요시는 리사이의 손을 꼭 쥐었다. 고칸의 부름에 가까이에서 대기하던 고쇼가 달려왔다. 이쯤 하자는 말에 요시는 미련을 떨치지 못한 채 방을 나왔다.

요시는 쇼류와 고칸의 얼굴을 보았다.

"내버려둘 수 없어. 그럴 수는 없어."

"요시."

쇼류가 나직하게 질타했다.

"저 몰골을 봤지? 저것을 못 본 체해도 된다고 보나? 모른 체하는 수밖에 없다니……. 그런 왕에게 무슨 존재 가치가 있지."

"요시, 그런 문제가 아니야."

"하늘은 인도로 천하를 다스리라고 했지 않나. 여기서 대국을 버리는 것이 인도에 맞는 일인가? 하늘이 용서하지 않는다지만, 정말로 확실한가? 애초에 하늘은 어디에 있지. 용서하지 않겠다고 하는 주체는 누구지?"

하늘에는 하늘의 섭리가 있고 천제가 이를 다스린다고 한다. 하지만 요시는 천제가 통치권을 왕에게 위임하는 의식을 치르면서도 천제를 보지 못했거니와 목소리를 들은 적도 없다. 존재한다고 이야기만 하고 신앙한다. 천제의 위신이 세계를 지탱한다는 것은 알지만 천제를 본 자는 아무도 없다.

"여기서 경국을 지키고 대국을 버리는 것이 왕의 의무라면 나는 옥좌 따위 필요하지 않아."

요시는 말을 내뱉고 정원으로 달려 내려갔다.

007

정원으로 나온 요시는 금파궁 안쪽으로 향했다. 한동안 아무

230
—
황혼의 기슭 새벽의 하늘

렇게나 걷다 외진 건물을 지나 마침내 운해와 맞닿은 조용한 곳이 나왔다. 금파궁에는 복잡한 기복을 이룬 산이 펼쳐진다. 어느 궁 정원을 지나 안벽岸壁을 뚫은 짧은 굴을 빠져나가자 기암 사이를 개간한 작은 골짜기 같은 장소로 나왔다. 골짜기 끝은 운해로 돌출된 곳이었다. 자그마한 공간에 정자가 외로이 있을 뿐 작은 꽃을 피운 여름풀 말고는 이렇다 할 볼거리도 없었다.

요시는 가볍게 한숨을 내쉬었다. 좌우에 치솟은 안벽 위 나무가 드리운 그림자, 녹음의 냄새와 바다 향기, 눈 아래 펼쳐진 운해 말고는 아무것도 없다.

"이런 곳이 있었구나……."

요시는 중얼거리며 초원에 앉았다. 여름새의 소리가 위에서 내려오고 파도 소리가 가득하다. 요시는 금파궁에 이런 곳이 있다는 사실을 이때까지 몰랐다. 드넓은 왕궁 대부분은 요시에게 쓸모없는 공간이라 굳이 발걸음하지 않았다.

'나쁘지 않은 곳이로군.'

요시는 턱을 괴었다.

어디인지 도통 모르겠고, 어떻게 돌아가야 할지 짐작도 가지 않았다.

금파궁뿐만 아니라 이 세계는 여백이 부족했다. 벽과 기둥에도 색채와 무늬가 춤춘다. 아무것도 없는 빈 공간이 적다. 정원도 예외가 아니라서 개성이 강한 수목과 바위로 공간이 빼곡하게 채워져 있다.

운해를 바라보는 것 말고 아무것도 할 게 없는 이곳은 역대 왕들이 돌보지 않은 장소인지도 모른다. 정자가 있지만 채색도 벗겨지고 사람 손을 탄 흔적이 없었다. 덕분에 오히려 안심이 된다. 그럴 때 자신이 다른 세계에서 태어났다는 사실이 떠오른다.

왕이 되는 것만으로 벅차서 고국은 거의 떠올릴 틈이 없었다. 가끔 생각해도 옛날에 꾼 꿈 같은 느낌뿐이었다. 잊은 것인지 뚜껑을 덮은 것인지. 그런데 다이키 이야기를 듣고 나서 조금 흔들렸다. 그리운 마음. 가슴에 사무칠 것은 없으나 다시 돌아갈 일이 없다고 생각하자 애달픈 상실감이 든다.

같은 시대, 같은 장소를 공유한 기린.

지금쯤 어디에서 무엇을 하고 있을까.

식이 있었다면 그 꿈같은 세계로 돌아가버렸다는 이야기일까. 다이키는 어째서 돌아오지 않지?

생각에 잠겨 있는데 조용한 발소리가 들렸다. 돌아보자 요시의 심복이 서 있었다.

"게이키, 용케 이곳을 알았구나."

"주상이 어디에 계신지 정도는 언제든 알 수 있습니다…….고칸이 찾더군요."

"응……."

"연왕은 심각한 얼굴을 하셨습니다."

"그렇겠지……."

"옆에 앉아도 되겠습니까?"

"물론이지……. 게이키는 어떻게 생각해?"

"어떻게라고 하심은……."

"어진 짐승인 너도 대국을 버려야 한다고 봐?"

옆에 앉은 게이키는 한동안 말없이 운해를 바라보았다.

"……대국의 백성이 가엾습니다."

툭 하고 뱉은 말에 요시는 고개를 끄덕였다.

"어지럽다고는 들었지만 아마도 사태는 상상보다 훨씬 나쁘겠
지."

"그런 듯하군요. 설령 공위가 되었더라도 아직 육 년밖에 지나
지 않았습니다. 육 년 만에 눈 뜨고 보지 못할 만큼 참담한 상태
가 되는 경우는 적습니다. 태왕이 등극하시기 전부터 심각하게
어지러운 상태였던 것도 아니고."

"홍기에 간 적이 있었던가."

"예, 왕이 막 등극하셨을 때에도 눈에 띌 정도로 쑥대밭은 아
니었습니다. 가조가 견실했었겠지요."

요시는 "흐응" 하고 중얼거리고 게이키를 쳐다보았다.

"다이키는 어떤 분이셨지?"

"자그마하셨습니다."

요시가 키득거리며 웃었다.

"여전히 게이키의 설명은 전혀 설명이 되지 않아."

"그렇습니까……?"

요시는 혼자 한참 웃었다.

"음……. 칠 년이나 전이니까. 다이키의 모습은 아마 지금쯤 많이 달라지셨겠지."

"그렇겠지요."

게이키는 그렇게만 대답했다.

"게이키가 만약 나라에서 쫓겨난다면 어떻게 하겠어?"

"……돌아오겠죠."

"돌아오지 못할 상황은 어떤 경우일까?"

"저로서는 상상이 가지 않습니다. 다이키는 어렸지만 자신에게 부여된 것은 분명히 아셨습니다. 오히려 그것에 위축되셨을 정도였으니까요. 무슨 불길한 일로 대국을 떠났더라도 어떻게든 돌아오셨을 겁니다. 그러지 못할 상황은 떠올리지 못하겠습니다."

"혹시 태왕과 함께 있지는 않을까……."

게이키는 잠시 침묵하더니 그렇지 않을 것이라 대답했다.

"어째서? 돌아오고 싶어도 돌아오지 못하는 상황을 생각할 수 없다면 본인이 돌아올 마음이 없다고 생각하는 편이 자연스럽지 않아? 태왕과 함께 숨어 있을지도 몰라."

"다이키와 함께 있다면 태왕이 숨으실 이유가 없지요. 태왕은 백성의 신임을 잃고 왕궁에서 쫓겨난 것이 아닙니다. 옆에 기린이 있는데 왕궁의 문을 닫는 병졸이 있겠습니까."

"그러네……."

요시가 고민에 빠지자 게이키는 조용히 말을 흘렸다.

"아마도 그렇게…… 쉬운 일이 아닐 겁니다."

"왜 그렇게 생각하지?"

"명식이 있었다고 하니까요……. 명식은 기린의 비명이 부르는 식이라고도 합니다."

"비명."

이쪽과 저쪽으로 오갈 때는 본디 오강吳剛의 문을 이용한다. 달의 주력呪力을 빌려 달그림자에 문을 여는 것인데 누구나 열수 있는 것은 아니다. 문을 열기 위한 주물呪物이나 그럴 만한 능력이 필요하고, 그럴 수 있는 자는 상위의 선인이나 기린, 그에 상응하는 능력을 가진 요마뿐이라고 전해진다. 당연하지만 오강문은 달이 없는 낮에는 열 수 없다. 황해나 운해 위에서 열리는 일도 없다고 한다.

"명식은 달의 힘을 빌리지 않습니다. 기린의 힘만으로 틈을 가릅니다. 그만큼 이는 엄청난 일이에요. 작다고는 하지만 식임은 틀림없으니까요. 저잣거리에서 일어나면 부근은 막대한 피해를 입겠지요. 식을 일으킨 기린 역시 무사하지 못할 가능성이 있다고 알고 있습니다. 그러니 어지간해서 명식은 일어나지 않습니다. 저도 일으켜본 적은 없습니다."

"흐응……."

"게다가 아마도 다이키는 명식을 일으키는 법을 모르셨을 겁니다."

"모를 수도 있는 건가?"

"다이키라면요. 다이키는 태과였으니. 봉래에서 태어나 열 살까지 봉래에서 자랐습니다. 그 탓에 기린이라는 존재를 제대로 이해하지 못하셨어요."

요시가 고개를 갸웃했다.

"어떻게 설명하면 될까요. 저희의 짐승 부분을 말로 설명하기는 무척 어렵습니다. 저는 명식을 일으킨 적은 없지만 일으키려고 해본 적은 있을 겁니다. 구체적으로 기억이 있지는 않지만, 명식이란 무엇이라는 감각이 있으니까요. 하지만 그것은 엄청난 일이고 웬만해서는 그 너머로 갈 수 없다는 감각이 생생하게 느껴집니다."

"그래……."

"그런 일이 명식 말고도 많이 있습니다. 저희는 어릴 적에는 짐승 모습을 하고 있습니다. 그러다 사람 모습이 되는 법을 익히죠. 사람으로 전화轉化하고, 짐승 모습으로 전변轉變하는 법을 익히지만, 언제 어떤 계기로 어떻게 터득하는지는 기억하지 못합니다. 어느새 그렇게 되었다고 대답할 수밖에 없어요."

"우리가 걷거나 말하기를 익히는 거랑 같은 건가."

"그럴 겁니다. 기린의 능력 대부분은 짐승 시절에 익힙니다. 명식 또한 그렇습니다. 그것을 언제 배웠는지 기억하지 못하지만 그것이라는 감각은 있지요. 아마도 어릴 적에 해본 적이 있을 겁니다. 어느 날 자신에게 다리가 있다는 사실을 깨닫고 자연스레 달려보려고 마음먹는…… 그런 감각에 가깝지 않을까요. 어째서 그럴 마음이 생기는지 무엇이 일어날지도 모른 채 달려볼 마음이 들어 달리다가 함부로 해서는 안 되는 일임을 깨닫고 되돌아간 경험이 있는 것이겠지요. 하지만 다이키는 태과였습니다. 봉래에서 열 살까지 보내고 이쪽으로 돌아오셨지만, 그 무렵에는 이미 사람 형태로 있을 만큼 성장하셨습니다."

"짐승인 시절이 없었다고?"

"예. 짐승의 기억이 없는 다이키는 기린으로서 많은 힘을 잃었습니다. 제가 봉산에서 뵈었을 때에는 전변은 물론 요마를 사령으로 굴복시키는 것조차 하지 못하였습니다. 그런데 명식을 일으킬 방법을 깨우쳤을까요. 본능적으로 명식을 일으킬 만한 사태가 있었으리라 봅니다. 흉악하고 무시무시한 일이 다이키의 신변에 일어났어요. 다이키는 그 속에 삼켜져 돌아오지 못했습니다……."

"그러한가……."

요시는 중얼거리고 한참 동안 입을 다물었다.

"그래도 대국을 구해서는 안 된다 생각하나, 게이키……."

게이키는 요시를 바라보더니 시선을 피했다.

"제가 대답하지 못할 질문은 하지 말아주십시오."

*

예탁은 축적되어갔다. 소년은 그 사실을 티끌만큼도 눈치채지 못했다. 손상되는 것은 소년 안에 갇힌 짐승 부분뿐이고 껍데기는 조금도 망가지는 일이 없었기 때문이다.

당연히 소년 주위에 있는 사람들이 그 사실을 깨달을 리가 없었다. 다만 주변 사람들은 다른 사실을 깨달았다. 소년의 주위에는 꺼림칙한 사고가 잦았다.

"우리 애가 그 댁 애랑 놀다가 다친 게 벌써 두 번째예요."

여자는 소년과 그의 모친에게 따졌다.

"뼈에 금이 갔어요. 두 번 다시 접근하지 마세요."

따지듯이 말하고 가버린 여자를 지켜보며 모친은 깊은 한숨만 내쉬었다.

"그 자식이 혼자 넘어진 거야."

소년의 동생이 호소했다.

"막대기를 들고 나랑 형을 따라다녔어. 그러더니 혼자 넘어져서 도랑에 떨어졌다고."

"그랬구나."

모친은 중얼거렸다.

"그 자식은 늘 그래. 물건을 숨기고, 떠밀고, 하굣길에 숨어서 기다리다 물건을 던지기도 해. 벌받은 거야."

"그런 소리 하면 못써."

"왜. 그 자식이 괴롭힌다고. 다쳐서 꼴좋다."

"그만하래도!"

모친은 매몰차게 나무랐다. 혼이 난 아이는 모친과 형을 원망스럽게 쳐다보았다.

"형 탓이야. 가미카쿠시 같은 걸 당했잖아. 다들 이상하다고, 기분 나쁘다고 한단 말이야. 그래서 나까지 괴롭힘을 당하는 거야."

소년은 고개를 떨어뜨렸다. 동생 말이 사실이었기 때문이다.

처음에 소년의 주위에는 감탄과 동정의 목소리, 귀환을 기뻐하는 자애로운 마음들이 밀려왔다. 그것이 물러가자 기이한 눈빛만 남았다. 그것도 이내 익숙해지면서 둔해지고 이어서 은근한 따돌림이 찾아왔다. 사람들은 소년을 이상한 아이로 보았다. 소년 주변 아이들은 분명히 그런 이유로 소년을 괴롭혔다. 동생은 곧잘 따돌림에 휘말렸다.

"내 탓도 아닌데 왜 애들한테 욕먹고 시달리고 물건에 맞아야 해."

동생은 울먹이면서 옆에 있던 장난감을 소년에게 던졌다.

"그만해!"

"왜 엄마는 형만 감싸?"

동생은 손에 잡히는 물건을 계속 던지더니 물건이 떨어지자 소년에게 덤벼들었다. 아니, 덤벼들려고 했다. 하지만 그전에 동생의 머리 위 선반에 있던 물건이 떨어졌다. 현관의 상인방에 달려 있던 선반이 갑자기 무너진 것이다. 떨어진 물건이 그다지 무겁지 않았고, 선반 판자의 직격은 피했다. 동생은 어리둥절해하다가 이내 자신에게 닥친 재난을 깨닫고 큰 소리로 울음을 터뜨렸다. 모친은 비명을 지르며 다가가 동생을 끌어안고 크게 다치지 않은 것을 확인하더니 소년을 돌아보았다. 미심쩍음과 불안감이 뒤섞인 복잡한 눈빛이었다.

　키득키득, 산시는 웃었다.
　─산시.
　어딘가에서 고란이 나무라는 목소리가 들렸지만, 산시는 개의
치 않았다.
　─저 애가 나빠.
　"다이키에게 위해를 가하는 것은 용납 못 해."
　산시는 줄곧 그냥 지켜보았다. 예탁을 먹이는 것도 하는 수 없
이 용인했다. 산시는 이쪽 세계를 제대로 파악할 수 없었다. 하
지만 반각성한 의식으로 막연히 이해한 바로 다이키에게는 간수
의 비호가 필요하다고 납득했다. 간수들은 적어도 다이키에게
최소한의 보장과 생활의 기반을 주는 역할을 다했다. 산시가 보
기에 간수들은 자신들이 독을 먹인다는 사실을 모르는 듯했다.
　"적의 수하가 어딘가에 있다."
　그자가 간수들을 교묘하게 조종하고 있다. 대체 누구인가.
　간수들은 적극적으로 다이키를 해치려는 의지는 없는 듯했다.
미워하거나 적시하는 것은 아닌 것 같았다. 이렇게 다이키를 붙
잡고 시해에 가담한 것은 아마도 교소에 대한 적의 탓이리라.
　엄밀한 의미로 다이키의 적이 아니다. 그러니까 간수들의 박

해와 부조리함은 눈감아준다. 하지만 그 외의 자들은……

"경고했을 뿐이야. 설령 포로가 되었더라도 다이키는 기린이라는 점을 잊지 말라고."

모습을 숨긴 손을 살짝 뻗었을 뿐이다. 그 이상의 행위는 다이키의 기력을 해친다. 그러니까 경고만으로 참고 있다.

"되도록 참고는 있어."

솔직히 산시는 지금 당장 다이키를 데리고 도망치고 싶었다. 왕을 제외하고는 지상에 둘도 없는 존귀한 몸이다. 미천한 자가 붙잡아 보잘것없는 생활을 강요하고, 무례한 말을 내뱉고, 하물며 때리다니 용서될 리가 없다. 산시는 다이키가 받는, 굴욕이 가득한 모든 처사를 몸과 마음이 쥐어짜이는 심정으로 견뎠다. 설령 손을 대더라도 간수가 한 짓이라면 눈감아준다. 아무리 불손한 말을 지껄이고 다이키에게 욕설을 퍼붓더라도 애끓는 심정으로 견디었다. 예탁을 먹이는 일마저 용인했다.

"분통하다……"

어째서 다이키가 이런 처사를 받아야 하는가.

"어찌하여 태왕은 다이키를 구해주시지 않는 게야."

산시가 중얼거리자 그늘진 듯이 보이는 울금빛 어둠 속에서 고란이 속삭이는 소리가 들렸다.

"살아 있을까……"

황혼의 기슭 새벽의 하늘

"설마."

"왕은 문주로 유인당했다."

산시는 가슴을 눌렀다. 그런 동작을 하려 했다.

만약 그렇다면. 만에 하나 교소가 역적의 칼에 죽고 말았다면.

대체 어느 누가 이런 상태의 다이키를 구해줄까?

산시는 그제야 비로소 공포를 느꼈다.

미량이라지만 예탁은 축적되었다. 울금빛이 탁해진 것이 증거다. 이런 상황이 몇 년이고 지속된다면 다이키는 어떻게 되는 것일까.

4
장

001

리사이가 한밤중에 눈을 뜨자 머리맡에 인영이 있었다. 침소
에는 옆방을 통해 달빛이 비쳐들고 벌레 소리가 흘러들었다.

"……경왕?"

리사이가 중얼거리자 고개를 숙이고 있던 듯한 인영이 얼굴을
들었다.

"아……. 미안하군. 깨웠나."

"아닙니다."

리사이는 작게 대답했다.

"다들 찾고 계셨습니다."

"응. 오늘은 숨바꼭질을 했거든."

"숨바꼭질……?"

리사이가 물었지만 그 이상은 대답이 없었다. 침소 안에 다시 침묵이 내렸다. 벌레 소리가 청량하게 들렸다. 이윽고 그림자가 입을 열었다.

"다이키는 어떤 분이었지?"

리사이는 순간 가슴이 철렁했다. 그녀는 역시 동향인 다이키를 특별한 의미로 마음에 두고 있었다.

"자그마하셨습니다."

리사이가 대답하자 어둠속에서 키득키득 웃는 소리가 들렸다.

"게이키와 같은 소리를 하는군. 그래서는 설명이 되지 않는다고 했는데."

웃음 섞인 목소리에 리사이도 살짝 웃었다.

"정말로…… 그런 분이셨어요. 작고 어리셨습니다. 무척 천진난만했지만 사려 깊은 분이셨지요."

"기린이니까."

"경왕과 닮은 구석이 있으셨습니다."

"나랑……?"

리사이가 고개를 끄덕였다.

"거리낌없는 분이셨어요. 저보다 훨씬 신분이 높으셨지만 조금도 그런 내색을 하지 않으셨지요. 주상, 교소 님은 태보가 신분이란 것을 제대로 이해하지 못한다고 하셨습니다. 태보는 신분을 으스대지 않는 것이 아니라 신분을 괘념치 않으시는 것처럼 보였습니다. 경왕도 그런 분처럼 보입니다. 여어나 여사가 편하게 존함을 부르는 것을 듣고 놀랐지만, 태보 또한 그런 분이셨다 생각했지요."

"그랬군."

검은 그림자가 쓴웃음을 짓는 기척이 느껴졌다.

"그래……. 봉래에는 신분이란 것이 없었으니까. 아니, 없지는 않았지만 심정을 초월하는 것은 아니었어. 여어와 여사, 스즈와 쇼케이는 가신이 아니라 친구야. 이쪽에서는 신분을 뛰어넘어 친구가 되지는 못하는 모양이지만."

"대복도 그렇습니까? 대복도 존함을 부르셨죠."

"맞아. 친구……. 이 표현은 이상한가. 동지였으니까."

"동지요?"

"나라를 떠받치는 동지이고. 그래……. 한때는 모반의 동지였지."

"모반……."

리사이가 의아하게 여기며 고개를 갸웃하자 그림자가 고개를 끄덕였다. 더없이 진지한 분위기로 가득했다.

"얼마 전까지 경국에 몹쓸 향장이 있었어. 무시무시한 압정을 펼치고 백성을 많이 착취했지. 나는 아직 등극한 지 얼마 되지 않아서 향장을 관직에서 쫓을 만한 권위가 없었어. 그래서 고쇼를 도왔지. 고쇼는 향장을 치기 위해 압정에 겁먹고 향장을 비난하는 것조차 두려워하는 백성 가운데 동지를 고르며 오랜 시간 준비했지."

요시는 몸을 살짝 내밀었다. 옆얼굴에 달빛이 비쳐 아픔을 견디는 듯한 진지한 표정이 보였다.

"대국에서는 그런 일은 불가능할까."

그 말이 하고 싶었던가. 리사이는 가슴을 눌렀다.

"불가능할 겁니다……."

입을 열려는 요시를 리사이가 제지했다.

"하시려는 말씀은 압니다. 백성에게 그럴 마음이 있다면 하지 못할 리가 없다는 것이지요. 저도 불가능하다는 말이 얼마나 어리석게 들릴지 잘 압니다. 하지만 그래도 불가능하다 말씀드려야 합니다……."

리사이는 침소 천장을 올려다보았다. 침소 안에는 여름의 밤 기운이 가득했다. 하지만 리사이는 여전히 몸의 심지가 얼어붙은 듯한 기분이었다. 이제 이명은 들리지 않았지만 그래도 얼마큼 차디찬 바람 소리가 들리는 것만 같았다.

"저는 소수의 병사만 데리고 아센에게서 도망쳤습니다. 병졸은 붙잡혀 홍기로 연행되었다 들었습니다. 제 병졸만이 아니라 다른 장군의 부하도 마찬가지고, 그 밖에도 아센에게서 도망친 관리가 많습니다. 그들은 모두 쫓겼어요. 교소 님과 다이키를 살해하고 왕조의 찬탈을 도모한 죄인의 동료라는 이유로요."

처음에는 전혀 어려운 상황이 아니라고 생각했다.

"아센은 왕과 재보가 돌아가시고 자신이 나라를 맡은 것처럼 가장했지만 그것만으로 다들 납득할 리가 없었습니다. 점차 아센을 의심하고 불만을 품은 자도 많아졌고, 저는 교소 님을 찾으면서 그런 자들을 모아 아센에게 반하는 세력을 만들고자 뛰어다니기도 했습니다. 하오나 무엇 하나 순탄하게 진행되지 않았어요. 마치 모래로 누각을 짓는 것 같았습니다. 애써 사람을 모아 조직을 만들어도 그중에서 신기할 정도로 이탈자가 나왔습니다. 완성도 하기 전부터 무너져갔어요."

"그래⋯⋯."

"이탈한 자는 아센에게 붙거나 자취를 감추었습니다. 국토는 침묵했습니다. 유지를 모으려 해도 더는 소재를 파악할 수 없었어요. 붙잡히지 않은 반대 세력은 지하 깊이 숨어 아센의 손에서 도망쳐야 했습니다. 아센에게 반발심이 있는 자도 부주의하게 눈에 띄면 주위가 연루된다는 것을 압니다. 어느 마을에 반역자가 있다고 하면 아센은 별다른 고민도 없이 마을째 불태워버렸습니다. 지금도 아센을 쓰러뜨릴 기회를 살피는 사람은 많겠죠.
하오나 그런 자들이 모여 손을 잡기는 불가능에 가까워요. 게다
가……."

리사이가 혼잣말처럼 말했다.

"경왕께서는 대국의 겨울이 어떤지 아십니까. 천지의 이치가
기울고 재난이 빈번히 닥친데다 요마가 출몰했어요. 백성 대부
분은 살아남는 것만으로도 벅찼지요. 특히 이제는 올해 겨울을
어떻게 넘길지가 전부예요."

그 속에서 백성이 근근이 지금까지 살아남을 수 있었던 것은
홍자鴻慈의 은혜 때문이라고들 한다. 교소가 옥좌에 올라 조정
을 개혁하면서 초칙을 발포하기에 앞서 한 일이 있다. 왕궁에는
나라의 근본이 되는 이목里木이 있다. 이를 노목路木이라 하는데,
교소는 노목에 기원하여 하늘로부터 형백荊柏이라는 식물을 얻
었다.

"형백……?"

"예. 형백은 가시나무 같은 식물로 황무지에 방치해두어도 잘
자라고 봄에서 가을까지 오랜 기간 계절 상관없이 하얀 꽃을 피
웁니다. 꽃이 지면 메추리알만 한 열매를 맺는데, 이 열매를 말
리면 숯 대신 쓸 수 있어요."

숯은 겨울이 혹독한 대국에 없어서는 안 되는 물건이지만 당

연히 수량에는 제한이 있으니 백성은 숯을 사들여야 한다. 그러나 형백은 밭 한쪽에 심어두기만 하면 된다. 그러면 열매를 잔뜩 맺고, 그걸 말려서 비축해두면 겨울을 날 수 있다. 일가 몫의 숯을 스스로 만들 수가 있다. 대국 백성에게 이는 중요했다.

"원래 형백은 황해에만 자라는 식물이라던가요. 주상은 노목에 기도해 대국에서도 자라는 형백을 얻어주셨습니다. 주상이 자취를 감춘 그해 봄, 온 나라 이목에 형백이 났지요. 삼 년도 되지 않아 나라 안 곳곳에 하얀 형백꽃이 보이지 않는 둑이 없었죠. 그래서 백성은 이 참상 속에서도 근근이 겨울을 날 수 있는 겁니다. 백성은 홍기에 계신 존귀한 분이 베푼 자비라 하여, 누가 부르기 시작했는지는 알 수 없지만 형백을 홍자라 하지요."

"그러한가."

요시는 침통한 목소리로 말장구를 쳤다.

"아센이 왕이라면 천명이 다하는 일도 있겠죠. 그러나 아센은 왕이 아닙니다. 평범한 역적이라면 수명이 다하는 일도 있겠지만 아센은 선인입니다. 누군가 아센을 없애지 않는 한 아센은 죽지 않아요. 아센에게서 선인의 자격을 거둘 수 있는 이는 왕이나 왕이 승하한 뒤에 남겨진 백치의 다리뿐입니다. 주상도 태보도 돌아가시지는 않았지만 행방을 알 수 없어요. 그 탓에 이 대역 죄인을 막을 섭리 일체가 제대로 기능하지 않습니다."

"대국의 백성에게는 스스로를 구할 방도가 없겠군."

"예."

리사이는 수긍했다. 매달리는 자신의 눈길을 받아내며 진지하게 귀를 기울이는 요시의 모습을 보고 있으면 마음이 아팠다. 리사이는 구해달라 청하고 싶었다. 교소와 다이키를 찾아달라고, 할 수 있다면 아센을 쳐달라고…….

입을 열는데 요시의 나지막한 목소리가 들렸다.

"태왕이 무사하시다면 부디 홍자를 나눠달라 하고 싶군……. 경국은 가난해."

그렇게 말하고 달을 쳐다본다.

"경국도 북부는 겨울이 되면 춥지. 특별히 이렇다 할 만한 토산물이 없는 북부는 가난해서 겨울에 숯을 살 돈을 마련하기도 어려운 집이 있어. 대국만큼 춥지 않아서 월동 준비를 크게 하지 않지. 벽은 얇고, 창에는 유리도 끼우지 못하지. 새털도 모피도 충분하지 않아. 그렇다고 그게 다른 것보다 우선할 정도로 중요한 사항은 아니야. 그래서 북부 백성은 솜으로 지은 옷을 있는 대로 껴입고 가족끼리 끌어안은 채 겨울을 보낸다……."

"그렇습니까."

"숯이 있고 없고가 목숨에 직결될 정도는 아니야. 한겨울에도 산야에 들어가 풀뿌리를 캘 수 있으니 경국의 겨울은 백성의 생사를 압박할 정도로 혹독하지는 않지. 그러니 대국의 겨울과 같은 선에 놓고 이야기할 수는 없지만 나는 북부의 백성이 딱해."

"……그렇겠지요."

"대국의 선왕은 국고는 탕진했지만 정사에서는 견실한 분이었다 들었어. 가조도 마찬가지로 잘 운영되었던 모양이라고 게이키가 말하더군. 경국은 반대야. 정사를 소홀히 하는 왕이 줄지어 땅은 결실을 모으지 못하고 있지. 선왕 재위 동안 관리의 전횡은 극에 달하고 백성은 유린당했다. 백성을 못살게 굴던 향장 같은 놈이 횡행하지만 여전히 뿌리 뽑지 못했어. 게다가 선왕이 죽은 뒤에 위왕이 올라 나라가 엉망이 되었지. 경국은 이제야 간신히 다시 일어나기 위해 나아가고 있어. 지금 이 땅에 사는 백성 대부분은 좋은 시절을 겪어본 적이 없어. 나라가 늘 평화롭지 않았으니까. 경국은 파란이 많고 가난했지."

"예……."

"나는 그런 백성 모두가 가여워……."

고통스러운지 나직한 목소리가 떨렸다.

"동시에 대국의 백성도 안됐어. 얼마나 괴로울까. 위왕을 처단해야 하고, 정당한 왕과 재보가 왕도에 있어야 한다. 나는……."

리사이는 남은 한 손을 뻗어 경왕의 손을 찾았다.

"뒷말은 부디 거두십시오. 병사를 움직여서는 안 됩니다. 경왕이 직접 병졸을 이끌고 타국의 일에 간섭하는 것은 경국을 무너뜨릴 크나큰 죄입니다."

"리사이……."

"용서하세요. 대국이 가여운 나머지 저는 죄 많은 생각을 했습니다……. 하지만 그래서는 안 됩니다. 경왕은 경국의 국주이십니다. 경국 백성을 향한 연민 이상의 것을 대국에 베푸시면 안 됩니다."

'가에이, 당신이 옳았어.'

리사이의 손을 쥐는 강한 힘이 느껴졌다.

"결코 대국을 버릴 생각은 없어. 할 수 있는 일은 하겠다. 연왕께도 부탁드려볼 생각이야……. 하지만 할 수 있는 범위를 넘는 일에 대해서는 양해해줘. 나는 한시도 좋은 시절을 경험한 적 없는 경국의 백성에게 다시 혼돈을 각오하라는 말은 도저히 할 수 없어."

"그 말씀만으로 충분합니다."

리사이는 미소 지었지만 진심으로는 버리지 말라고 매달리고 싶었다. 그러나 그것만은 할 수 없다. 눈앞의 인물은 경국에 필요한 왕이다. 경국의 백성에게서 이 왕을 빼앗는 짓만큼은 해서는 안 된다.

요시가 객청을 나오자 크고 작고 중간쯤 되는 몸집의 세 사람
이 정원 쪽 회랑에 앉아 기다리고 있었다.

"뭘 하는 거야?"

요시가 묻자 한 사람이 기다린 듯이 벌떡 일어났다.

"요시, 안에서 무슨 이야기 했어? 설마……"

"왜 쇼케이가 이런 시간에 이런 곳에 있지."

"계속 찾고 있었는데 스즈가 알려줬어. 요시가 나타나서 사람
을 물리고 그 사람 침소로 들어갔다고. 무슨 이야기를 했어? 설
마 엄청난 약조를……"

"했지."

요시의 대꾸에 쇼케이는 작게 숨을 삼켰다. 쇼케이 발치에 앉
아 있던 스즈는 고개를 갸웃할 뿐이었다.

"알고 있니? 그건……"

"응. 그러니까 할 수 있는 범위만으로 이해해달라고 약조를 받
았지."

쇼케이는 크게 숨을 내쉬고 그 자리에 주저앉았다.

"정말……. 놀라게 하지 마……"

스즈가 어처구니없다는 듯이 쇼케이를 쳐다보았다.

"요시는 경국을 버릴 만큼 멍청이는 아니라고 했잖아."

"나한테는 그 정도로 영리해 보이지 않았는걸."

요시는 너무하다며 쓴웃음을 지으면서 쇼케이의 어깨를 두드렸다. 이러쿵저러쿵 말하면서도 게이키나 다른 사람에게 알리거나 침소에 쳐들어오지는 않았다.

"고쇼는?"

물으니 고쇼는 커다란 몸을 작게 움츠렸다.

"아니……. 그게, 나는 요시를 호위하는 게 일이니까."

요시가 웃음을 터뜨렸다.

"그럼 돌아가지. 오늘은 종일 도망쳐 다닌 통에 쌓인 일을 해치워야 해. 스즈, 미안하지만 리사이를 부탁해."

"맡겨둬."

손을 젓는 스즈를 향해 웃고 쇼케이와 고쇼를 데리고 회랑으로 돌아가는데 이번에는 가는 길에 있는 정자에 두 사람의 그림자가 보였다.

"여기서 뭘 하는지 물어야 하나?"

걸음을 멈추고 기막혀하며 묻는 요시를 보고, 크고 작은 두 그림자는 얼굴을 마주보았다.

"아니……. 나는 달을 구경하고 있었을 뿐이라."

엔호가 말하고 고칸을 보았다.

"저는 주상을 찾고 있었습니다. 지쳐서 태사와 함께했을 뿐입니다."

"그랬군."

요시는 네 사람의 얼굴을 둘러보았다.

"걱정할 필요 없어. 당사자인 리사이가 병사를 보내서는 안 된다고 했으니까. 알았지만 달리 도움을 요청할 길이 없었던 것이겠지. 할 수 있는 일은 하겠다고 약조했지만, 우리가 할 수 있는 한계를 넘어서는 일에 대해서는 양해해달라고 말했고, 리사이도 그거면 된다고 대답했어."

엔호와 고칸도 안도한 듯이 고개를 끄덕였다.

"태사와 총재가 힘껏 일해주어야겠어. 하늘이 허락하는 한도 안에서 대국에 무엇을 해줄 수 있을까. 서둘러 조사하여 보고하라."

이튿날 이 건에 관련있는 관리가 모여 의장을 열었다. 밤을 새워 이튿날까지 이르렀지만 이렇다 할 해결책을 찾아내지 못했다.

"주상의 경우를 생각하면 우선 태왕을 경국으로 모시는 것이 대전제입니다."

고칸이 말했다. 여전히 시원스러운 얼굴이었지만 어딘지 모르게 초췌해 보였다.

"그러나 태왕이 대국을 탈출하신 낌새가 없습니다. 대국을 탈출하셨다면 어딘가에 보호를 요청하셨을 테고 소문이라도 들렸을 법하지요. 그런 소문이 없는 이상 여전히 대국에 계시리라 생각합니다만."

"확인할 방법이 없을까?"

요시가 질문하며 적취대에 모인 면면을 둘러보았다. 연왕 쇼류가 입을 열었다.

"봉을 보내 각국에 직접 문의하는 것이 빠르겠지만, 꼭 왕에게 보호를 요청했다고 볼 수는 없어. 아센이 두려워 대국을 탈출한 신하나 옛 동료, 오래된 지인을 의지하며 숨어 있다면 묻는다고 알 방도는 없겠지."

고칸이 고개를 끄덕였다.

"어느 왕, 나라에 보호를 요청했다면 안국을 제외하고는 생각할 수 없습니다. 인근 첫째가는 강대국이자 허해를 끼고 건너편에 있어요. 태왕은 연왕과 친분이 있고, 두 나라 간 국교도 있죠. 타국에 보호를 요청한다면 안국이 유력하지 않겠습니까."

"그런가……."

"관리의 의견이 일치한 바로는 타국의 벗에게 몸을 의탁하고 계실 확률도 거의 없을 것 같습니다. 태왕은 용맹한 분이시죠. 정변이 일어나고 육 년이나 잠자코 숨어 지낼 리가 없고, 가만히 숨어 있는 것이 아니라면 벗에게 몸을 의탁한 채 만족하시리라 생각하기는 어렵습니다."

"그렇겠지. 지인 곁에 숨어 있더라도 대국을 어떻게든 하기 위해서는 소재를 밝히고 대국의 백성을 모으든 해야 할 테고……."

"바로 그겁니다. 아마도 태왕은 여전히 대국에 계시겠죠. 단, 리사이 님이 소재를 알지 못했던 것으로 보아 어딘가에 붙잡혔든 기회를 엿보며 숨어 계시든 둘 중 하나라고 생각됩니다. 전자일 가능성이 큽니다. 태왕을 보호하기 위해서는 먼저 대국에 들어가서 태왕을 찾는 것부터 시작해야만 하는데 이는 하늘의 섭리에 저촉할 가능성이 있습니다."

요시는 고민에 잠겼다.

"찾기만 하는 거라면 군사는 필요 없어. 이건 어떨까. 나나 누군가를 칙사로 세워 최소한의 군사를 거느리고 대국에 들어가는 거야. 개인적이라지만 게이키가 방문한 적이 있으니 내가 대국을 방문하는 것 자체는 이상하지 않겠지? 방문할 때 병사를 거느리고 가는 것도 당연하고, 가보니 정작 태왕이 계시지 않아서 찾게 되었다. 이러면 어때?"

고칸은 요시를 흘끔 보았다.

"그렇게 하면 하늘이 눈감아주실 가능성이 있지 않을까 하는 의견도 있었지만, 확실하지 않은데다 주상께 만에 하나의 사태가 생기면 경국으로서는 큰일입니다. 이는 가능성이 없는 것으로 보자고 신료의 의견이 일치했으니 불가능하다고 답하겠습니다."

그 자리에 있던 기린 중 한 명은 한숨을 쉬고 다른 한 명은 큰 소리로 웃었다. 요시도 쓴웃음을 지었다.

"불가능하다니까 묻겠다. 그러면 어찌하는 것이 좋겠는가?"

"방법이 있다면 태 태보 쪽이 아닐까 합니다. 리사이 님의 증언으로는 태보께서 사라지셨을 때 명식이 있었던 듯하니 태 태보는 봉래나 곤륜으로 흘러가셨다고 생각할 수 있습니다. 태보를 찾는 데에는 문제가 없겠지요. 단, 어떻게 찾을지 그 방법에 문제가 있습니다."

"문제가 있다고?"

"먼저 봉래로 건너갈 수 있는 사람이 한정되어 있습니다. 신적 또는 백위伯位 이상의 선적을 지닌 분이어야 하지요. 게다가 주상께 들은 바로는 봉래든 곤륜이든 많은 인원을 파견해 닥치는 대로 수색할 수 있는 장소도 아닐 테고요."

"글쎄······. 어떠려나."

고개를 갸웃하는 요시를 보며 로쿠타가 끼어들었다.

"대대적인 수색은 못 해. 그런 생각은 접어둬."

"음······. 어려울 것 같기는 하지만."

"그 이상이야. 백위 이상의 선인을 긁어모아 인원을 확보할 수야 있겠지. 하지만 태과가 아닌 자는 저쪽에서 확고한 존재로 있을 수 없어."

요시가 눈을 깜빡거렸다. 로쿠타가 쓴웃음을 지었다.

"봉래는 완전히 이질적인 장소라는 소리야. 본디 섞여서는 안 되는 세계지. 그런 세계가 뒤섞이는 것이 식이고, 그 때문에 난과가 가고 사람이 오지. 이리 온 것이 해객海客이나 산객山客이야. 해객은 봉래에서 오지. 대부분 대륙 동쪽에 도착해. 해객은 이 세계의 백성과 아무런 차이도 없는 인간이고 말이 통하지 않는 점을 제외하면 백성과 전혀 구별이 되지 않아. 이쪽 사람 눈에도 아무 위화감이 없어. 그렇지? 정말로 단순히 저쪽 인간이 이쪽으로 온 형식이로군."

"그래……. 맞아, 분명히."

"그렇다면 이쪽 인간도 저쪽으로 흘러갈 법하지. 그런데 실제로는 이쪽 인간은 일부 특수한 사람을 제외하고 저쪽으로 건너갈 수가 없어. 휩쓸려서 갈 수 있는 존재는 난과뿐이지. 아직 형태를 갖추지 못한 인간만 가능하다는 소리야."

"형태가 없는?"

"그래. 생명은 있지만 아직 형태가 없는 경우가 아니라면 저쪽으로 건너갈 수가 없어. 특수한 경우를 제외하면 이쪽과 저쪽은 그런 관계야. 올 수만 있고 갈 수는 없어."

"하지만 게이키는 실제로 건너서 봉래에 왔고……."

"맞아. 기린은 건널 수 있어. 백위伯位 이상의 선인, 또는 신적에 들어간 자는 건널 수 있다고 해. 하지만 저쪽으로 건너가서도 현재의 몸 그대로 있을 수 있는 것은 신적에 있는 태과뿐이라고 생각해야 돼. 게이키가 건너갔을 때는 어땠지?"

로쿠타의 물음에 게이키는 고개를 끄덕였다.

"연 태보의 말씀대로 저는 일그러진 자였습니다."

"일그러진 자."

요시가 입으로 되새겼다.

"저는 주상을 찾으러 봉래에 갔습니다. 그전에 연 태보께 상의했는데 일그러진 자가 되리라는 말씀을 들었습니다. 의미는 잘 몰랐지만, 실제로 가보고 깨달았습니다. 틀림없이 저는, 저로서 확고하게 존재할 수가 없었습니다."

"도통…… 모르겠어."

"말로 표현하기가 어렵습니다. 봉래의 백성에게는 제가 보이지 않는 듯했습니다. 보이더라도 환영이나 다른 것으로 보인 듯합니다. 제대로 보이는 자도 있었던 것 같지만 그 경우에도 목소리가 들리지 않거나 말이 통하지 않기도 했고 반대로 목소리밖에 들리지 않을 때도 있었습니다. 사람 형태를 유지하기가 어렵

262

황혼의 기슭 새벽의 하늘

고 몹시 불안정했습니다. 갑자기 짐승 형태로 돌아가거나 둔갑할 때처럼 모습이 허물어져버리려고 합니다. 제 존재가 이쪽에 있을 때처럼 제대로 된 형태를 유지할 수 있었던 것은 주상이 가까이 계셨을 때뿐이었습니다."

"그랬어?"

요시가 놀라서 묻자 게이키는 고개를 끄덕였다.

"저쪽은 저희가 있어서는 안 되는 세계입니다. 예, 세상이 끊임없이 저희의 존재를 거부했어요."

로쿠타가 고개를 끄덕였다.

"태과가 아닌 사람은 저쪽에서 확고하게 존재하기 어려워. 망령처럼 존재할 수밖에 없어. 오랜 시간 제대로 된 형태로 머물지 못하고 어떻게든 형태를 유지하더라도 그림자처럼 애매하고 불안정하지. 왕과 기린마저 그러니 백위의 선인은 더욱 심할 거야. 저쪽은 이쪽의 존재를 모르지. 그런 상황에 정체 모를 망령 같은 것이 우르르 몰려가면 엄청난 소동이 벌어질 거야."

"그런가……."

"게다가 강행한다 해도 다이키의 얼굴을 모르잖아. 리사이가 초상화를 그려주더라도 육 년이나 지났고, 다이키는 태과니까 저쪽에서는 모습이 달라."

요시는 의아한 표정을 지었다.

"나는 이쪽에 왔을 때 겉모습이 바뀌었는데……. 다시 저쪽으로 돌아가면 어떻게 되지?"

"돌아가지."

로쿠타는 냉담하게 대답했다.

"태과는 다른 세계 여자의 배에서 태어나잖아. 태어났을 때는 부모와 닮은 육체 껍데기를 쓰고 있어. 그것을 태각胎殼이라 하는 모양이야. 이쪽으로 돌아오면 하늘이 정한 본연의 모습으로 돌아가. 기린이라면 이렇게 번쩍번쩍한 머리카락이 되는 거지."

"그렇……겠군. 저쪽에서 타고난 금발일 리가 없고."

"그렇지. 이치는 잘 모르겠지만 가죽의 겉면과 뒷면인 듯해. 그런 느낌 아닐까. 봉래로 돌아가면 그곳에 있을 때의 모습으로 돌아가. 단순히 돌아가는 거면 나는 비칠비칠한 할아버지를 지나 백골이 되었겠지만, 그런 것도 없어. 이쪽에서 성장이 멈췄을 때 태각도 나이를 먹지 않게 되는 것 같아. 차이는 약간 있지만 아무튼 비슷한 범주라고 생각해도 틀리지 않을 듯해."

"리사이를 데려가더라도 다이키의 얼굴을 알 수 없을까?"

"그럴 거야. 하지만 기린이라면 기린의 기운을 알아차릴 수 있으니까. 다이키가 알이었을 때 봉래로 흘러갔잖아. 봉래에서 발견한 사람이 나야."

"엔키가?"

"응. 놀러갔다가. 아, 아니, 찾으러 갔었어. 그런데 기린의 기척이 났지. 그래서 봉산에 알려서 봉산에서 맞으러 간 거야."

"그럼 기린이라면 찾을 수 있겠군."

"할 수 있지. 하지만 기운을 알아차릴 수 있다 해도 부근에 있다는 걸 느낄 수 있는 정도야. 그때는 식이 빠져나간 방향으로 미루어 봉래에 있으리라는 것은 알았지만 그래도 찾는 데 십 년이 걸렸어. 이번에는 봉래와 곤륜 어느 쪽으로 빠져나갔는지조차 모르고, 저쪽으로 건너갔다고 단정할 수도 없어. 설사 나와 게이키가 돕는다 해도 단둘이서는 몇 년이 걸릴지 모를 일이야."

"열두 명이라면?"

요시가 별생각 없이 물으니 기막혀하는 듯한 침묵이 돌아왔다.

"아…… 아니. 공위인 나라도 있으니까 열두 기린 전원을 모을 수는 없겠지……. 내가 이상한 소리를 했나?"

쇼류가 한숨을 쉬었다.

"요시, 이쪽에서는 타국 일에 간섭하지 않아. 그것이 이쪽의 방식이거든. 자국의 일은 자국에서 해결한다. 타국에 협력을 구하지 않고 협력하지도 않아."

"연왕은 제게 힘을 빌려주셨죠?"

"내가 태과에다 별난 인간이니까."

"지나친 참견이야."

로쿠타가 야유했다.

"하지만 정말로 그래. 이쪽에서는 나라끼리 협력해서 무언가를 하지 않아. 일시적으로 타국에 원조를 요청하더라도 어디까지나 나라와 나라의 관계 속에서 하는 일이고. 옆 나라라 해도 필요가 없으면 국교도 맺지 않는 세계니까."

"나라가 열둘이나 있는데 단결해서 뭔가를 한 적은 없어?"

"역사에는 기록되어 있지 않아."

"하면 안 되는 일이기 때문이야? 병사를 타국에 보내는 것처럼 죄가 되니까?"

"글쎄."

로쿠타가 쇼류와 얼굴을 마주보았다.

"확인한 적조차 없어? ……기막힌 이야기로군."

"그럴지도 몰라……."

"달리 방법이 없잖아. 태왕은 스스로 대국을 탈출할 수 없는 거겠지. 그러니까 지금까지 아무 소문도 들리지 않았고. 다이키도 저쪽으로 흘러갔거나 무슨 일이 있어서 자력으로 귀환할 수 없는 거야. 할 수 없으니까 여태껏 돌아오지 않은 거잖아? 태왕도 다이키도 없이 대국의 백성이 무얼 하겠어? 리사이 같은 자가 있어도 백성을 조직하고 거병하는 것조차 불가능했잖아. 대국은 제힘으로 자국을 구할 수가 없어. 그렇다면 타국이 도울 수밖에 없고, 기린의 숫자가 부족하다면 다른 나라에 부탁해서 힘을 빌리는 방도밖에 없잖아."

요시가 나직하게 내뱉었다.

"애초에 대국에서 정변이 일어났을 때, 이상하다고 생각하지 않았습니까. 봉이 울지도 않았는데 왕이 바뀌다니 아무리 생각해도 부자연스럽죠. 그런데 대국의 상황을 살피려고는, 무슨 일이 일어났는지 확인하려고는 하지 않았습니까?"

"당연히 했지."

쇼류는 그렇게 대답했지만 로쿠타는 깨끗하게 반박했다.

"처음에만 그랬지. 공식 사절을 파견하는 한편 비공식적으로 수하를 대국으로 보냈는데 홍기 안으로 들어갈 수 없고 살필 수도 없자 잠자코 두고 보기로 결정했지. 그 이후로 그대로 방치해 왔어. 말해두지만 나는 몇 번이고 대국이 어떻게 되었는지 조사하라고, 구제 방법을 찾으라고 진언했어."

"그랬군."

요시가 살짝 미소 지었다.

"어차피 타국의 일이니 될 대로 되라고 손을 놓았군."

흠칫 놀란 듯이 숨죽이는 기척이 실내에 가득했다. 게이키가 "주상" 하고 간언하듯 작은 목소리로 만류했고 고칸과 엔호는 놀라서 굳었다. 쇼류는 불쾌한 듯이 눈살을 찌푸렸다.

"경왕은 말이 지나치지 않은가."

"사실이지 않습니까? 지켜보고 있으면 조만간 태과(대국 기린이든 열매)가 열릴 테고, 그걸로 모두 출발점으로 되돌아오니 안국은 안녕할 수 있다, 그런 거 아닌가요?"

"음, 그런 거로군."

쇼류보다 로쿠타가 먼저 대답했다.

"로쿠타."

"타국에 간섭하지 않는 것이 관례라는 그딴 말은 변명이잖아. 요시 때는 어이없을 정도로 참견했으니까. 쇼류는 손댈 계기를 찾지 못한 거야. 태왕도 다이키도 없지, 아무도 도움을 요청하러 오지 않았으니까. 굳이 계기를 찾을 정도로 열심이었던 것은 아니었지. 대국과 안국 사이에는 허해가 있으니까."

쇼류는 무슨 말을 하려 했지만 로쿠타는 손을 크게 내저었다.

"시시한 변명은 하지 마. 결국 네게 문제는 난민이야. 타국에서 들어오는 난민은 안국의 국정과 연관되지. 그러니까 경국이든 유국柳國이든 동향을 신경쓰고 돕기도 하는 거야. 하지만 대국과의 사이에는 허해가 놓여 있어. 허해를 건너 안국에 들어오는 난민은 적어. 바로 옆에 붙어 있는 경국에 비하면 대수롭지 않지. 지켜보기만 해도 안국의 근간을 흔들 일은 없어."

"안국이 소중한 거로군."

"그렇지."

"나는 안국의 왕이다."

쇼류의 목소리가 사나웠다.

"당연히 안국이 소중하지. 그게 잘못인가. 나는 안국의 안녕을 위해 존재해."

"봤지?"

로쿠타가 동의를 구하듯이 요시를 쳐다보았다.

"이 녀석은 보시는 대로야. 요시, 너만이라도 어떻게 노력해주지 않겠어? 내가 할 수 있는 일은 협력할게. 어떻게든 꼬맹이를 데려오고 싶어."

"꼬맹이."

"이렇게 작았어. 소심한 녀석이었지. 친분이 없지는 않아. 만난 적은 손에 꼽을 정도지만 아직 살아 있고 괴로운 상황에 처했다면 도와주고 싶어."

"할 수 있는 일은 할게."

쇼류가 탁자를 두드렸다.

"경국은 아직 안녕과 거리가 멀어. 그런데 경왕이 자국을 팽개치고 타국을 위해 수고를 들이는 건가? 그거야말로 잘못된 생각이야."

"태과의 정입니다. 내버려둘 수 없어요."

"태과의 정으로 충고하지. 너는 그런 짓을 할 때가 아니야."

"그럼 안국이 움직여줄 겁니까?"

쇼류는 순간 말문이 막혔다.

"에에이, 하나부터 열까지 나를 뭐라고 생각하는 거야! 나는 안국의 몸종이지만 타국의 일까지 처리할 의리는 없어! 안국만으로도 문제는 산더미같이 쌓여 있다고. 안국의 왕인 내게 안국의 수많은 문제들을 제쳐놓고 대국을 도우라는 건가!"

요시가 로쿠타를 보았다.

"엔키, 내가 어떻게든 힘써볼게. 경국의 부흥이 조금 늦어질지도 모르지만 백성에게는 안국에 가 있으면 상냥한 연왕이 부양해줄 거라고 말해둘게."

"요시!"

"아, 그렇지. 아예 왕사를 편성해서 백성이 안국과의 국경까지 안전하게 갈 수 있게 여단을 꾸릴까."

"그거 명안이로군."

"은혜를 베푼 나에게 협박이나 다름없는 짓을 할 셈인가."

"똑같은 일 아닙니까."

요시는 실소했다.

"안국은 북방에서 유일하게 풍요롭고 안정된 나라예요. 북방의 나라에 무슨 일이 생기면 아무리 막아봤자 그 나라 백성은 안국을 의지하죠. 이대로 대국이 망가지면 대국 백성 전원이 뗏목을 만들어서라도 안국으로 가려 하겠죠. 요마와 허해가 방해하더라도 백성에게는 그 길밖에 없으니까."

요시는 자신의 양손을 내려다보았다. 언제나 너무 작다는 사실을 일깨워주는 손바닥이다.

"경국이 타국을 걱정할 상황이 아님은 자명합니다. 아직 나라를 일으키는 중이고 거꾸로 들고 흔들어도 타국을 위해 나눌 여유 따위 없어요. 하지만 이대로 대국을 방치할 수도 없습니다. 대국 백성의 미래에는 경국 백성의 미래도 걸려 있으니까."

"……경국의 백성?"

"옥좌는 영원하지 않죠? 나는 경국을 다시 일으킬 생각이지만 그게 정말로 가능할지 알 수 없고, 도중에 길을 잘못 들지 않는다는 보장도 없어요. 내가 쓰러진 뒤에 백성이 어떻게 될지는 대국의 처우에 달려 있습니다."

요시는 자국의 신하, 게이키와 고칸, 엔호를 바라보았다.

"너희 역시 경국의 부흥도 여의치 않은데 대국을 구할 때냐고 말하고 싶겠지. 나도 알아. 하지만 나는 대국을 구할 생각이야. 할 수 있는 일은 하겠어. 대국의 백성만을 위해서가 아니라 경국의 백성에게도 필요하다고 생각하니까. 경국에도 같은 일이 일어나지 말라는 법은 없어."

"주상."

게이키는 나무라듯 소리를 높였지만 요시는 고개를 내저었다.

"도를 잃을 마음은 없다. 좋은 왕이 되고 싶어, 정말로. 하지만 성심성의로 바란다고 반드시 결과가 나오는 것은 아니야. 파멸할 작정으로 파멸한 왕은 없겠지. 하물며 대국처럼 역적 때문에 나라가 엉망이 되는 일도 있어. 그러니까 내가 쓰러졌을 때, 혹은 도를 잃었을 때를 위해 백성을 구제할 전례를 만들어두고 싶어. 왕이 없어도 백성이 구제받을 길을 깔아두고 싶어."

요시는 기막혀하는 쇼류와 로쿠타를 보았다.

"내가 대국에 힘을 쓰면 그만큼 경국의 부흥은 늦어집니다. 초조해진 백성이 경국을 버릴지도 몰라요. 경국보다 안국이 좋다며 나가는 백성을 막을 수는 없습니다. 얼마 전에는 끝내 교국巧國이 무너졌습니다. 교국 북방의 백성들 역시 안국을 의지해야겠죠. 그렇게 교국이, 경국이, 대국이 안국에 매달린다면 제아무리 안국이라도 짐이 무거울 테죠. 안국 혼자 구제하려 한다면 당연한 일입니다."

줄곧 생각하던 일이라며 요시가 입을 열었다.

"사실 지금 하려던 일은 아니지만, 경국이 조금 더 안정되고 여유가 생겨 그럭저럭 사는 나라가 되면 타국의 난민을 구제할 방법을 고안할 생각이었어요. 지금은 나라가 엉망이니 백성은 도망치고, 도망쳐 간 나라는 하는 수 없이 난민을 끌어안게 되죠. 그런 게 아니라 더 적극적으로 어지러운 나라를 지원하고 백성이 다른 나라로 도망치지 않더라도 다음 왕이 오를 때까지 버틸 수 있을 만한 방책은 없을까요."

"요시……."

"하다못해 의창이 있다면 어떨까요. 각지에 의창이 있죠? 기근이나 전란이 생겨 백성이 물자가 부족할 때에는 의창을 열어 백성에게 나눠줍니다. 그런 것이 나라와 나라 사이에도 있으면 좋겠다고 생각했어요. 어떤 나라가 부담을 짊어지지 않더라도 여러 나라가 남는 것을 비축해두고 어느 나라든 난민이 발생하면 그것을 개방합니다. 막연한 생각만 있었는데, 도움을 청하러 온 리사이를 보고 그런 곳도 필요하다 싶었습니다. 여기에 가서 도움을 요청하면 타국이 중재해 의창을 개방해주는 창구가 필요하다고 봅니다. 적면의 죄 같은 것이 있는 줄은 몰랐고, 타국의 일에는 개입하지 않는다는 관례가 있는 것도 몰랐어요. 아는 것이 없으니 쉽게 생각했군요."

"요시는 재미있는 생각을 하는구나……."

반쯤 어이없다는 듯이 로쿠타가 말했다.

"내가 생각해낸 게 아냐. 이건 원래 저쪽에 있는 기구야. 엔키가 살던 시절에는 없었겠지만."

"흠……."

"아무도 한 적이 없다면 할 수 있는지 가능성을 시험해보고 싶어요. 각국에 부탁해서 힘을 빌릴 수 없을까요?"

요시가 쇼류를 바라보았다.

"그 일을 나더러 하라고 떠들 셈인가."

"제가 해도 상관없어요. 다만 저 같은 풋내기가 하는 말에 어느 왕이 돌아볼지 모르겠네요."

쇼류는 뚱하게 입을 다물었다가 이내 말했다.

"대단한 나라라고 멋대로 치켜세우더니. 대국이 문제인가 했더니, 그다음에는 경국이야. 경국이 간신히 진정되었나 했더니 교국이 쓰러져. 덤으로 유국까지 정세가 심상치 않아. 안국 주위만 해도 이리도 차례차례. 나는 만능이 아니야. 안국이 풍요로운 것은 사실이지만 화수분이 아니야. 주변 국가가 줄줄이 어지러워져서 안국으로 쓰러지려고 해. 왜 이렇게 나 혼자만 짊어져야 하지."

로쿠타는 거칠게 말하는 쇼류를 어이없다는 듯이 보았다.

"어라? 왜 그러는지 몰랐어?"

"뭐야."

로쿠타가 씩 웃었다.

"그야 네가 파란을 몰고 다니는 인간이니까."

쇼류는 한껏 얼굴을 찡그렸다.

"분골쇄신하며 일한 끝에 보답이 이건가……. 다이키를 찾겠다. 내가 지휘하면 되는 거지."

"감사합니다."

요시가 활짝 웃고 고개를 숙였다.

"이 빚은 훗날 반드시 갚겠습니다."

"그게 언젠데."

"그야 물론……."

요시가 웃었다.

"연왕께서 승하하셨을 때죠. 안국이 소란에 휩쓸리기 전에는 경국을 다시 일으키겠다고 약속합니다. 안심하고 의지하세요."

003

한창 저녁을 먹고 있는 리사이에게 요시가 찾아와 다이키를 찾기로 했다는 사실을 알려주었다.

"다른 나라에서 얼마나 협력을 얻을 수 있을지, 다이키를 찾는데 얼마나 걸릴지는 해보지 않으면 모르겠지만. 겨우 한 걸음이지만 앞으로 나아가게 됐어."

요시는 고마움을 표현하지도 못하는 리사이를 보며 미소 짓고 서둘러 객청을 나왔다. 이렇게 대국을 위해 시간을 쪼개는 만큼 요시는 늦은 밤까지 자국의 일을 처리하는 데 쫓기고 있다.

"이토록 황공한 일이……."

리사이의 혼잣말에 잘됐다고 말을 걸어준 이는 식사를 돕기 위해 객청으로 온 게이케이였다.

"많은 왕이 협력해준다면 분명 찾을 수 있겠지."

"반드시 그럴 거야."

스즈가 단호하게 말했다. 이들의 말에 리사이는 멍하니 고개를 끄덕일 수밖에 없었다. 아무런 진전 없이 그저 절망과 싸울 수밖에 없었던 육 년의 세월에 비하면 얼마나 큰 성과인가.

이제야 대국은 구제받기 시작했다…….

그런 생각에 기뻐서 그날 밤은 잠들지 못했다. 침상 안에서 몇 번이고 요시의 말을 되풀이하던 한밤중에, 기쁨은 덜컥 불안으로 변모했다. 그래도 다이키를 찾지 못한다면…….

찾을지도 모른다고 생각하자 기쁨이 컸던 만큼 기대가 실망으로 바뀌었을 때를 생각하면 두려워서 견딜 수 없었다. 요시를 의심하는 것은 아니다. 뜻대로 되지 않는 시간이 너무 길었다. 기대는 배신당하고 희망은 모조리 무너졌다. 그러지 않았던 적이 없다.

다이키가 무사히 돌아온다니, 그토록 기쁜 일이 정말로 일어날까. 찾지 못하는 것이 아닐까, 찾는 동안에 다이키에게 무슨일이 생기지는 않을까. 의심이 들기 시작하자 이번에는 불안해서 잠들 수 없었다.

가슴이 답답해서 견디다 못해 힘겹게 침상에서 내려왔다. 리사이의 용태가 다소 안정되어 드디어 스즈는 불침번을 그만두고자기 방으로 물러가게 되었다. 도움을 받을 수 없는 대신에 침소를 나왔다고 혼이 날 일도 없다.

리사이는 쇠약해진 몸을 일으켜 가구와 벽을 붙잡고 걸어가긴 시간을 들여 방문을 열었다. 밤바람을 쐬고 싶었을 뿐이었는데 문을 열자 힘이 다해 그 자리에 주저앉고 말았다. 이렇게 몸이 쇠약해졌다고 생각하니 초조감에 휩싸였다.

다이키가 돌아온다 해도 그 뒤에는 어떻게 해야 할까…….

다이키가 있으면 왕기를 의지해 교소를 찾을 수 있을지도 모른다. 하지만 그러기 위해서는 다이키를 데리고 대국으로 돌아가야 했다. 내가 할 수 있을까. 몸은 이렇게 쇠약해졌고 오른팔도 잃었다. 이래서야 다이키를 지킬 수조차 없다. 대국에는 요마와 흉적이 날뛰건만. 몸이 쇠약해져서 마음마저 약해졌는지도 모른다. 어쩌면 대국을 빠져나와 안전한 왕궁 안에서 보호받으면서 몸과 마음이 안도했는지도 모른다. 돌이켜보면 대국은 무서운 곳처럼 여겨졌다. 그런 땅으로 몸이 온전치 않은 자신이 다이키를 데리고 돌아간다니 상상이 가지 않는다.

리사이는 회랑에 주저앉아 우울한 기분으로 벽에 기대었다. 처마 끝, 정원에는 달빛이 내렸다. 어딘가에서 고적하게 벌레가 울었다.

다이키가 돌아오더라도 그 뒤에 어떻게 하면 좋을지 모르겠다. 다이키가 정말로 돌아오리라 믿기지 않는다. 대국이 구제받을 일은 없을 것 같다. 근거도 없이 그런 생각이 들었다. 어느 틈엔가 실망할 준비를 하는 데에 익숙해지고 말았다.

줄곧 그랬다⋯⋯.

천재지변이 대국을 덮친 것은 교소가 자취를 감추고 몇 년이 지났을 때였던가. 흔히 왕의 제례가 세상의 이치를 가다듬는다고 한다. 아센은 제례를 올렸을까. 아니면 정당한 왕의 제례가 아니면 세상을 정비하지 못하는 걸까.

어찌되었든 대국은 황폐해지기 시작했다. 옥좌가 비었을 때보다 더 심했다.

교소를 잃고 몇 해가 지난 여름, 리사이는 교소를 찾아 문주로 갔다. 아센에게 소재를 들키지 않도록 연줄에 의지해 내밀히 옛지인의 보호를 받으면서 문주로 들어가 철위로 향했다. 교소는 철위 바로 앞, 임우의 진영에서 사라졌다.

임우는 원래 문주 제일의 옥천이 있는 고을이었다. 가장 오래된 옥천, 함양산函養山을 비롯해 주위에는 크고 작은 옥천이 여기저기 흩어져 있고 광산 기슭에는 저마다 저잣거리가 형성되어 있었다. 그랬던 옥천도 대부분 바닥을 드러내 지금은 여기저기에 남은 샘에서 옥을 골라내고 있다고 들었다. 요새는 그런 샘마저 급격하게 마르고 있다던가. 그것도 천재지변의 일환인지 리사이로서는 알 도리가 없었다.

임우 근교라는 것만으로는 너무 애매모호했다. 혹시 철위 사람이라면 교소의 행방을 알지도 모르고 철위의 백성이 교소를 숨겨주었을 가능성은 충분히 있다고 판단했지만 가보니 철위라는 고을 자체가 불타 사라졌다. 그은 건물 흔적만이 남아 있을 뿐 철위는 버려졌다. 당연히 잔해 속에 산 사람의 흔적은 없었다. 타다 남은 사당 제단에 하얀 형백꽃이 놓여 있었다. 어쩌면 철위에서 살아남은 백성이 남의 눈을 피해 어둠을 틈타 교소의 무사를 기원하러 왔는지도 모른다.

사당 옆에는 불길에 휩싸여 고사한 듯한 이목이 초연히 서 있었다. 쓸쓸한 풍경은 싫든 좋든 나라의 기둥을 잃은 대국이 기댈 곳은 없다는 사실을 리사이에게 일러주었다.

리사이 역시 어둠을 틈타 사람들 틈에 숨어 있어야 했다. 저잣거리를 몰래 돌아다니며 교소의 행방을 아는 사람은 없는지, 에이쇼와 가신, 그 군의 행방을 아는 이는 없는지 물으며 다녔지만 성과는 거의 얻지 못했다. 임우 교외에서 전투가 일어나 토비와 금군이 정면으로 대결했는데, 그 전투 이후로 금군이 우왕좌왕하며 토비가 공격해도 전투에 응하지 않게 되었다는 사실만을 간신히 들었다. 아마도 교소가 자취를 감추었을 때일 것이다.

전투가 혼란한 틈을 타 왕을 친다. 흔히 있을 법한 일이지만 교소가 그런 일을 당했을까 싶었다. 교소는 검객으로 이름을 날렸다. 어지간한 상대로는 교소를 이길 수 없으리라. 하지만 교소는 아센의 군을 이끌고 있었다. 교소가 아센과 그의 부하를 믿었다면 전투중 교소 주위에는 아센의 부하만 있었을 것이다. 많은 인원에게 소수로 저항하다 당했거나 붙잡혔을 가능성도 생각할 수 있지만 교소가 그렇게까지 아센을 신용했을까. 굳이 아센의 군을 나누어 절반을 문주에서 데려온 것을 생각하면 교소는 처음부터 아센을 의심한 것처럼 보이기도 한다.

도처의 전장과 폐허를 찾아다니면서 여름을 보냈다. 그 여름 끝에 눈이 내렸다. 그을음이라도 머금었는지 잿빛이 들러붙은 눈은 불길한 전조라는 생각밖에 들지 않았다. 실제로 그해 겨울은 혹독했다. 폭설이 내려, 눈에 대비한 북쪽 가옥조차 무게를 견디지 못하고 무너질 지경이었다.

춥고 눈이 많은 겨울이 이어지고 건조한 여름이 찾아왔다. 대국으로서는 드물게 더운 여름이었다. 농지는 바짝 가물었다. 그런데 또 겨울이 온다.

그 이듬해부터. 요마가 자주 출몰했다. 대국에는 옥좌가 계속 비어 있었으니 그때까지도 전혀 없지는 않았지만, 눈에 띄게 늘어났다. 노인들은 왕이 무사하다면 요마가 나타날 리가 없다고 했다. 이 무렵부터 교소가 죽었다는 확신 어린 소문이 퍼졌다.

백성은 지금쯤 어떻게 지낼까. 리사이는 정원의 밤하늘을 올려다보았다. 리사이가 이러고 있는 지금도 대국 백성은 괴로워하고 있다. 여름이 끝나간다. 대국에 무시무시한 겨울이 찾아온다.

구해주십시오…….

리사이는 지금도 외치며 매달리고 싶은 마음이 충동적으로 들곤 했다. 경왕을 알고 주위 사람들을 알면 알수록 그것이 무시무시하고 무거운 죄임을 사무치게 깨닫는다. 그런 줄 알면서도 여전히…….

"달리 방도가 없어……."

아센의 흉행을 막을 자가 필요하다. 요마를 토벌하고 겨울을 극복하기 위한 물자를 베풀어줄 힘이 필요하다. 그 힘을 얻지 못하면 대국은 앞으로 몇 년도 버티지 못한다. 올해일까, 내년일까, 아니면 더 미래일까. 어찌되었든 어느 겨울이 지나고 눈이

281
—
4장

녹으면 그 밑에서 마지막으로 남은 대국의 백성이 언 채로 모습을 드러낼 것이다.

"그런 곳에서 무엇을 하시는가?"

목소리가 들려 돌아보자 정원 입구에 노인 한 사람이 서 있었다.

"아뇨, 아무것도……."

태사인 엔호다. 이곳은 엔호의 저택이니 당연한지도 모르지만, 이리로 옮긴 뒤로 엔호까지 리사이를 살피러 자주 찾아왔다. 경국, 적어도 경왕 주위에 있는 사람들은 다들 따뜻하다. 그런 생각을 할 때마다 요시에게 매달려 병사를 출진시켜달라고 호소할 것만 같은 자신이 두렵다.

"일어나 있어도 괜찮으신가?"

"예, 이제……."

조용히 걸어온 엔호는 리사이가 앉은 회랑 계단에 앉았다.

"태 태보를 찾기 위해 연왕께서 힘을 빌려주신다고 들었소만."

"예……."

"그런 것치고는 우울해 보이시는군."

리사이는 그렇지 않다고 작게 대답했지만 당연히 엔호에게는 전해지지 않았을 것이다.

"그렇겠지. 찾는다고 간단히 발견하리라는 보장도 없고, 설령 찾더라도 그 뒤의 과제가 산적해 있어. 태보가 돌아오시면 태왕을 찾기는 쉬워질 수도 있으나, 그를 위해 태보께 대국으로 돌아가기를 청해야 하고, 때에 따라서는 그러다 정말로 태보를 잃을 가능성도 있지."

"예."

리사이는 수긍했다.

"태왕을 찾는 데도 병사는 필요할 터, 하지만 대국에서 그만한 인원을 구하기가 어렵다고 들었네. 어떻게든 병사를 구하더라도 태왕을 찾는 동안 백성들은 고난에 짓눌리고 있어."

"겨울이 옵니다……. 첫눈이 내리기까지 이제 몇 달 남지 않았어요."

"생각해보면 대국은 지내기 고된 나라야. 노천에서 겨울을 버틸 방도가 없어."

"정말로 그렇습니다……. 경국의 겨울은 따뜻하겠지요."

"대국에 비하면."

리사이는 쓸쓸히 고개를 떨어뜨렸다.

"따뜻한 나라가 있고 그렇지 않은 나라가 있어요. 대국도 경국 같다면 얼마나 좋을까요. 하다못해 사람이 몸을 기대고 서로의 체온으로 겨울을 날 수 있다면. 어째서 세상에는 따뜻한 나라와 그렇지 않은 나라가 있을까요."

"그러게 말이네."

리사이가 달을 올려다보았다.

"천제는 어찌하여 대국 같은 나라를 만드셨을까요…… 하다 못해 겨울을 사람의 온기로 날 수 있을 정도라도…… 불공평합니다."

"그런 소리를 해도 소용이 없지."

리사이는 입술을 깨물었다.

"세상은 천제가 만드시지 않았습니까. 그렇다면 어찌하여 천제는 대국 같은 나라를 만드신 겁니까. 그토록 무자비한 겨울이 있는 나라를요. 제가 천제라면 하다못해 기후만이라도 좋은 나라를 만들 겁니다. 겨울에 얼어붙거나 여름에 가물지 않는 그런 세상요."

"흠."

"백성이 굶주리면 자비를 베풀겠습니다. 위왕 때문에 괴로워한다면 위왕을 치겠습니다. 그래야 하늘 아닙니까?"

"글쎄…… 어떨까."

"어째서요? 하늘은 왕에게 인도仁道로 나라를 다스리라고 하셨습니다. 그런데 어째서 인도를 위해 병사를 보내는 것을 벌하십니까? 교소 님을 옥좌에 앉힌 것도 하늘입니다. 천제가 교소 님이야말로 왕이라고 직접 옥좌를 권하시지 않았습니까. 그런데 어째서 하늘은 왕을 지켜주시지 않습니까?"

엔호는 침묵했다.

"천제는 정말로 계신가요? 계신다면 어찌하여 대국을 구해주시지 않습니까? 피를 토하는 듯한 대국 백성의 기도가 들리지 않습니까? 아직 기도가 부족하다 하십니까? 아니면 대국이 멸망하는 것이 하늘의 바람입니까?"

"리사이 님……."

"천제가 계시지 않는다 해도 괜찮습니다. 구제조차 베풀지 않는 신 따위 있어달라고 바라지도 않아요. 하지만 계시지 않는다면 어째서 병사를 거느리고 국경을 넘으면 안 됩니까? 그것을 벌하는 자는 누구입니까? 죄라고 확정하고 벌을 내리는 자가 있다면 어째서 그자는 아센을 벌하지 않습니까!"

떨리는 손 위에 따스한 손이 포개졌다.

"심정은 아네. 하지만 흥분하면 몸에 해로워."

리사이는 숨을 삼켰다가 다시 토해냈다.

"죄송합니다. 이성을 잃었습니다……."

"심정은 충분히 이해하네. 우리는 하늘의 섭리 속에 살고 있어. 그곳에 존재하면서 관여하지는 못하지. 부조리하구먼."

"예……."

"하나, 여기는 인간 세상일세. 하늘 따위 신경쓰지 마시게나. 섭리가 어떻든 그 속에서 살아갈 방법은 찾을 수 있는 법. 적어도 경국의 주상은 그를 위해 고심하고 계시네."

"예……. 실례되는 말씀을 드렸습니다."

"그리 걱정하지 마시게. 아무도 아직 대국을 버리지는 않았어."

리사이는 고개를 끄덕였다. 달은 무심히 하계를 내려다보고 있었다.

004

"여어."

로쿠타와 쇼류가 안국으로 돌아간 지 열흘쯤 되는 날, 로쿠타는 태평하게 말을 붙이며 정침에 있던 요시를 찾아왔다.

"이번에도 불쑥 찾아왔군. 용케 여기까지."

들어왔다는 뜻을 내비치자 로쿠타가 씩 웃었다.

"전에도 왔으니까. 머리가 이러니까 어디의 누구냐고 묻지 않더라고. 요시네 문지기는 이야기가 통해. 가이시라고 했던가. 기억해봐."

요시는 작게 한숨을 내쉬었다.

"신출귀몰하시군."

"나는 그게 장점이야. 너도 외출할 준비를 해. 서둘러야 해."

"외출한다고?"

"그래. 각국에 이야기를 했어. 공국恭國과 범국, 재국, 연국, 주국奏國 다섯 나라가 협력해줄 거야. 우리랑 경국을 합해 일곱 나라다. 방국과 교국은 공위니까 셈에 넣을 수 없고, 유국과 순국舜國에서는 호의적인 대답을 얻지 못했어."

요시는 몸을 살짝 일으켰다.

"다섯 나라……."

"가능한 한 손을 써서 곤륜과 봉래에 수색대를 보낼 거야. 주국이 친분이 깊은 공국, 재국과 협력해 곤륜을 맡는다. 우리는 범국, 연국과 협력해 봉래를 맡을 거야. 범국과 연국에서는 태보를 안국으로 보내도록 준비를 해두었어. 경국으로 하지 않는 이유는 경국의 국고에 부담이 가면 좋지 않을 것 같아서인데, 기분 상했어?"

"물론 안국이어도 괜찮아."

"응."

로쿠타가 웃으며 대답했다.

"서두른다고는 했지만 그중에 연국에서 오는 분도 있어. 지금

287
—
4장

일정을 조절하고 있는데 멀리서 달려올 것을 생각하면 조금 더 걸리겠지. 그사이에 함께 갔으면 하는 곳이 있어."

"나랑……? 어디로?"

로쿠타는 "봉산"이라고 대답했다.

"봉산이라고?"

봉산은 세계의 중앙 황해에 있는 기린이 태어나는 성지다. 요시도 한 번 간 적이 있다. 새로 등극한 왕은 그곳에서 천칙을 받는다.

"봉산에 가서 무엇을……?"

요시가 의아해했다.

"터줏대감을 만나야지."

"터줏대감이라니……. 설마 벽하현군碧霞玄君?"

벽하현군은 봉산에 사는 여선들의 주인이지만 요시는 현군을 만난 적이 없었다.

"그래. 앞으로 하려는 일에는 전례가 없으니까. 이것도 공부의 일종이고, 발기인은 요시니까 쇼류가 요시를 데리고 가라고 했어. 봉산까지 날아갈 수 있는 기수가 있으면 짐은 최소한만 꾸리면 돼. 서둘러. 손님들이 모이기 전에 돌아와야지."

요시는 허둥지둥 준비했다. 뒷일을 고칸에게 맡기고 게이키에게 사령을 빌렸다. 틀림없이 금문에서 출발할 줄 알았다고 요시가 말하자 로쿠타가 웃었다.

"아래로 가면 얼마나 걸릴지 몰라. 운해 위로 단숨에 간다."

요시가 눈을 깜빡였다. 봉산의 정상은 여느 능운산처럼 운해 위에 돌출되어 있다. 그러나 봉산의 꼭대기에는 인적 없는 사당 말고 아무것도 없었다고 기억한다. 적어도 사람이 사는 낌새는 없었다.

"일단 가보면 알아."

그 말에 요시는 게이키에게 빌린 한쿄班梟에 올라탔다. 거기서부터 꼬박 하루 밤낮을 곧장 날았다. 한쿄를 탄 채 꾸벅꾸벅 졸다 눈뜬 이른 아침 금강산 꼭대기가 군도처럼 늘어선 해역을 지났다. 일몰이 가까워질 무렵에 드디어 오산의 모습이 보였다.

봉산은 오산 동쪽 산, 산꼭대기에는 흰색의 웅장하고 화려한 사당이 서 있다. 사당 문 앞에 내리기 전에 요시는 거기 사람이 서 있는 것을 발견했다. 영롱한 여자가 날아오는 기수를 올려다보고 있다.

"내 말이 맞지?"

로쿠타가 웃는다. 과연 가보면 안다고 할 만하다. 요시는 그렇게 생각했다. 요시는 벽하현군의 얼굴을 모르지만 인물의 차림새로 보건대 현군 본인임은 짐작이 갔다.

"늘 있는 일이지만 일부러 마중을 나오시니 황공합니다."

먼저 내린 로쿠타가 그렇게 인사하자 여자는 경쾌하게 소리 내어 웃었다.

"내가 할 말이네. 연 태보는 항상 갑작스럽게 오시는구려. 정말로 태보는 세월이 아무리 지나도 달라지지 않으시오."

"뭐, 나는 그게 장점이니까. 현군에게 소개할게."

로쿠타의 말에 그녀는 서글서글한 눈빛을 요시에게 보냈다.

"이분은 경왕으로 보이는구려."

요시는 놀라서 교쿠요玉葉의 얼굴을 올려다보았다.

"잘…… 아시는군요."

"봉산의 터줏대감이니까."

교쿠요는 소리 내어 경쾌하게 웃었다.

"소개가 끝났으니 말인데 급히 의논할 일이 있어. 그러는 김에 잠깐 쉬기도 했으면 좋겠고."

교쿠요는 웃고서 사당 쪽으로 로쿠타를 불렀다. 대문이 없는 문 너머에는 하얀 돌바닥이 깔린 넓은 정원이 있지만, 정원을 둘러싼 담과 회랑도 없이 그저 한쪽에 붉고 작은 사당만이 있다. 정면은 정전이지만 교쿠요는 그곳으로 가지 않고 주칠한 사당 앞에 섰다. 부채로 문을 한 번 두드려 연다. 요시가 이전에 지났을 때의 기억으로는 그곳에 유리 계단이 있었는데, 지금은 하얀 계단이 밑으로 뻗어 있었다.

놀라는 요시를 돌아보고 로쿠타가 쓴웃음을 지었다.

"신경쓰지 마. 이 사람은 굳이 말하자면 괴물에 해당하거든."

교쿠요는 시원스레 웃으며 요시와 로쿠타에게 안으로 들어오라 재촉했다.

금문과 같은 이치로, 그리 길지 않은 하얀 계단을 내려가자 마찬가지로 하얀 건물 안이었다. 계단에서 내려서서 돌아보니 닫혀 있어야 할 문이 없다. 그곳에는 하얀 벽이 있을 뿐이다. 팔각형 건물 다른 면에는 벽이 없고 초록색 이끼가 낀 바위 표면이 보일 뿐이었다.

"이쪽으로 오시게."

교쿠요가 안내한 곳은 가까운 궁이었다. 기암으로 둘러싸인 넓은 건물 안으로 들어가자 이미 다기와 가벼운 식사가 준비되어 있었다. 봉려궁蓬廬宮에 사는 여선의 모습은 어디에도 보이지 않는다.

"사람은 물렸는데 괜찮으신가."

"정말로 눈치 빠른 건 늘 감탄해. 단도직입적으로 묻겠는데 봉산에서는 대국의 사정을 어디까지 알고 있어?"

"안국에서 태과가 열리지 않았는지 여러 차례 물었으니 다이키의 신변에 뭔가 좋지 않은 일이 있다는 정도는 상상이 가네."

"그 외에는?"

"태왕이 옥좌에 계시지 않는 듯하구려."

"그게 전부야. 대국에 위왕이 올랐어. 태왕과 다이키는 행방을 알 수 없고. 태왕은 대국을 빠져나가지 않은 듯하니까 어찌할 도리가 없지만 다이키만이라도 찾고 싶어. 다이키는 명식으로 저쪽으로 흘러갔을 가능성이 커."

교쿠요는 잠자코 다기에 뜨거운 물을 부었다.

"단, 나 혼자 감당할 수는 없어. 다른 나라에 도움을 빌리려고 해. 그래서 다이키를 찾아 이쪽으로 데리고 돌아올 거야. 그 뒤 대국으로 돌려보내고 끝낼 수는 없겠지. 대국에는 겨울에 대비할 물자가 필요해. 그리고 위왕의 눈을 피해 다이키가 태왕을 찾으려면 어느 정도 인원과 후원도 필요하고."

"통상적인 상호 교류를 넘어 나라끼리 합세하여 일을 맡은 전례는 없는 것 같구먼."

"이치에 저촉하나."

"글쎄……. 다이키를 찾아 데리고 오는 데까지는 괜찮겠지만 그 이후는 어떠할지. 이는 아마도 이치에 저촉하겠지."

교쿠요는 뚜껑을 덮은 다기를 로쿠타 앞에 내밀었다.

"저쪽으로 흘러간 다이키가 여태 소식이 없는 것으로 보아 돌아올 수 없는 상태라 생각해야 하지 않겠소. 무슨 사정인지 모르

겠으나 만약 이유가 있어 돌아오지 못하고 있다면 다이키를 방
해하는 장애물을 어떻게 치울지도 문제겠구려."

"맞아……. 어떨까?"

"흠……."

교쿠요는 중얼거린 뒤에 침묵하더니 한참 뒤에 고개를 끄덕였
다.

"어찌되었든 이대로는 다이키가 가엾구려……. 확인해보지."

"부탁해."

로쿠타가 대답하자마자 교쿠요는 일어났다.

"오늘은 느긋하게 쉬시는 것이 좋겠지. 여선에게 이야기해 어
느 궁이든 마음대로 쓰시게. 내일 정오에 뵙지."

005

교쿠요를 전송하고 나서 요시는 당혹스러워하며 로쿠타를 보
았다.

"이게…… 어떻게 된 거지?"

"어떻게고 자시고 보는 대로야. 이번 건은 전례가 없잖아. 어
떻게 해야 좋을지 모르니까 의논한 거야."

"그건 알겠는데……."

요시가 우물거렸다. 마음속에 있는 석연치 않은 느낌을 어떻게 표현하면 좋을까.

"현군은 어떤 분이지?"

"알다시피 봉산의 주인이야. 현군이 여선을 통솔하지."

"현군에게 상의하면 어떻게 되는데?"

"대답을 주지. 그래서 온 거잖아?"

"어째서 현군이 대답을 알고 있지?"

"아, 그거 말이구나."

로쿠타는 한숨을 쉬었다.

"너는 받아들여야 할 것이 있어."

로쿠타는 그렇게 말하고 요시를 응시했다.

"이 세상에는 하늘이 정한 섭리가 있어."

"그건 알아……."

"막연히 알 것 같다는 거지? 이건 그런 게 아니야. 이 세계에는 섭리라는 틀이 있어."

요시가 고개를 갸웃했다.

"하늘이 부여한 것으로 인간에게 내렸지. 인간에게 부과된 절대적인 이치야. 이는 누구도 움직일 수 없어."

잘 모르겠다고 말하려는 요시를 막듯이 로쿠타는 가볍게 손사래를 쳤다.

"잘 들어. 이렇게 예를 드는 것이 가장 알기 쉽겠지. 지금 우리 앞에는 적면의 죄라는 문제가 가로막고 있어. 군대가 국경을 넘어서는 안 된다는 이치가 대국을 구하는 데 방해를 하지. 실제로 과거에 왕사가 국경을 넘어간 전례가 있어. 준제의 고사가 그것이지. 준제는 왕사를 범국에 보냈어. 그 결과 준제와 사이린은 급작스럽게 목숨을 잃었어. 준제는 그날 특별히 아픈 데도 없었고, 평소와 다름없었다고 해. 그런데 외전을 나가는 순간 갑자기 가슴을 부여잡고 계단에서 굴러떨어졌어. 관리가 서둘러 달려갔는데 준제의 몸에서 피가 흘러 돌바닥에 작은 강처럼 뻗어갔다고 해. 놀라서 일으키자 준제의 몸은 갯솜처럼 변해 눌리는 대로 피부에서 피가 배어 나왔어. 준제의 목숨은 이미 끊어져 있었지."

"어떻게 그런……."

"사이린은 더 참혹해. 준제에게 변사가 일어난 일을 알리고자 관리가 사이린의 궁전에 달려가보니, 그곳에는 사이린의 잔해밖에 남아 있지 않았어. 사령이 그녀를 먹어치운 뒤였거든."

로쿠타는 얼굴을 찌푸리며 탁자 위에 손깍지를 꼈다.

"예사로운 죽음이 아닌 것은 분명해. 왕이 그렇게 죽다니 있을 수 없어. 사령이 그리도 당돌하게 기린을 먹어치운 것도 마찬가지고. 기린을 먹는 것은 사령의 특권이지만 장소를 가리지 않고 해치우는 법은 없어. 어느 기린이나 숨을 거두면 유체는 관에 넣어 빈궁殯宮의 방에 안치돼. 관이 놓인 방은 봉인되고 장례가 끝나면 꺼내는데 그즈음에는 관 속이 거의 비어 있어. 그런 법이야."

요시는 목을 살짝 눌렀다. 당사자인 기린에게 기린의 말로를 듣는 것은 가슴이 아팠다.

"범상치 않은 일이 일어난 거야. 준제에게는 관위를 잃을 만한 잘못이 없었어. 참으로 어질고 덕망 높은 왕으로, 준제가 왕사를 범국에 보내는 데에도 아무도 의문을 품지 않았어. 준제는 범국을 괴롭히기 위해 왕사를 보낸 것이 아니야. 타국까지 명성을 떨친 자애로운 왕이 자비심으로 백성을 구하기 위해 왕사를 범국에 보낸 거지. 관리와 백성도 그것을 지지했으면 했지 비난하지 않았어. 그런데도 준제와 사이린의 말로는 그랬지. 아무런 전조도 없이 왕과 재보가 죽음에 임박해 거쳐야 할 단계를 전부 생략해버렸어. 명백히 예사로운 일이 아니었지만 처음에는 아무도 그것과 왕사의 행동을 연결 짓지 않았어."

"엔키는 준제하고는……?"

"면식은 없어. 준제는 내가 태어나기 훨씬 전에 있던 왕이거든. 종왕豕王은 만난 적이 있다고 하셨어."

"주국의……."

"종왕이 등극한 지 얼마 되지 않아서 준제는 주국을 크게 지원한 모양이야. 그리고 갑자기 승하하셨지. 그 무렵, 재국은 치세 삼백 년, 남쪽의 유명한 대왕조였어."

엔키는 밥공기를 흔들며 들여다보았다.

"아무도 왜 준제가 쓰러졌는지 이유를 몰랐어. 그러고 나서 새로 왕이 등극했는데, 그때 어새의 국씨가 바뀌었지. 비로소 준제는 죄를 지어 목숨을 잃었다는 사실이 밝혀졌어. 국씨가 바뀐 선례가 있었거든. 예전 대국의 국씨도 대代에서 태泰로 바뀌었어. 당시 대왕代王은 실도로 기린을 보내고 이성을 잃었어. 다음 기린의 탄생을 저지하려고 봉산에 난입했다고 해. 여선 모두를 학살하고 사신목捨身木(기린이 태어나는 나무)에 불을 지른 이후 국씨가 바뀌었다고 전해져. 그 밖에도 비슷한 사례가 있고. 그래서 국씨가 바뀌는 것은 왕이 중대한 죄를 저지른 경우라고 알려져 있었지. 그제야 비로소 왕사가 국경을 넘은 죄로 준제가 벌을 받았다고 해석한 거야."

"그에 필적하는 죄……."

"그런 거지. 설령 인仁을 위해서라도 병사로 국경을 넘어서는 안 된다는 섭리가 있음을 이때 알았지. 병사를 타국에 파견하는 것은 이유가 어떻든 죄야."

"잠깐만. 그 섭리를 정한 사람은 대체 누구지, 천제?"

"알게 뭐야. 우리가 아는 건 거기에 섭리가 있다는 것뿐이야. 『천강天綱』에는 병사를 일으켜 타국에 침입해서는 안 된다고 적혀 있어. 이 문장은 틀림없이 하늘의 섭리를 적고 있어. 절대로 왕의 마음가짐을 설교처럼 적은 것이 아니야. 세상에는 섭리가 있어. 섭리를 등지는 것은 죄이고 벌이 따르지."

"준제의 행위를 죄라고 인정한 사람은 누구지? 벌을 내린 건? 누군가 있을 것 아니야?"

"그렇다고 단정지을 수는 없지. 이를테면 왕과 재보는 등극할 때 계단을 올라. 요시도 올랐지. 천칙을 받는다는 그거 말이야. 여태까지 몰랐던 것이 머릿속에 새겨지지. 그때 왕과 재보 몸속에 섭리가 주입되었다고 생각할 수도 있어. 하늘의 섭리를 등지면 정해진 보복이 발동하도록 몸속에 주입되었다고 생각하면 적어도 준제를 지켜보고 행위의 옳고 그름을 판단하고 벌을 내리기로 결단한 누군가의 존재는 필요 없어지지."

"어새는?"

"마찬가지로 어새에 주입되어 있다고 생각할 수 있겠지?"

"그래도 문제는 똑같지 않아? 모든 것을 주입한다니, 그걸 준비한 사람은 누구지?"

"글쎄."

로쿠타가 허공을 쳐다보았다.

"우리는 그자가 천제라고 설명하지만 실제로 나는 천제를 만났다는 놈을 못 봤으니까."

요시가 고개를 끄덕였다.

"나도야……."

"천제가 있는지 없는지는 몰라. 하지만 세상에 섭리가 있다는 점은 확실해. 섭리는 세계를 그물코처럼 덮고 있고 이를 등지면 벌이 발동하는 것도 확실해. 게다가 사정 참작도 하지 않아. 준제가 무엇을 위해 출병했는지, 그 행동의 시비 따위 문제가 아니었어. 『천강』에 적힌 글귀에 저촉하는지 그렇지 않은지, 단지 그것만 고려해 자동 발효되는 거야."

요시는 살짝 몸을 떨었다. 발치에서부터 오한이 스물스물 올라왔다.

"또 다른 증좌는 우리가 요시를 도운 건이야. 행위만 말하면 안국의 왕사는 쇼류의 지시로 국경을 넘었어. 아무리 생각해도 적면의 죄에 해당해야 하지. 분명히 요시는 안국에 있었지만 우리에게 원조를 청하러 온 것이 아니었어. 위왕을 치고 싶으니 도와달라고 한 것이 아니야. 그저 앞으로 어떻게 하면 좋을지 몰라 보호를 요청한 너를 우리가 거두었고 게이키만이라도 위왕의 손에서 되찾을 필요가 있다고 설득했지. 겉으로는 경왕이 안국의 왕사를 이용했다는 형식을 갖추었지만, 그건 형식뿐이고 실상은 준제가 한 행위와 아무런 차이도 없었던 것은 당사자인 우리가 가장 잘 알아. 하지만 섭리는 그래도 상관없어. 경왕이 안국에 있다는 형식만 갖추면 벌은 발동하지 않아."

"하지만…… 그건 이상하지 않아?"

"이상하고말고. 악당이 법의 허점을 찌르는 방식과 비슷해. 분명히 『천강』에는 병사로 타국에 침입해서는 안 된다고 적혀 있어. 그러나 타국에 병사를 빌려주어서는 안 된다고 적혀 있지는 않아. 동시에 경왕이 출병을 바라면 더는 침입이라 할 수 없겠지. 그도 그럴 것이 왕사의 선두에 경왕이 있으면 침입이라는 표현은 맞지 않아. 놀랍게도 그걸로 통한 거야."

"어떻게……."

"그게 좋은지 나쁜지 따져도 소용없어. 이 세상은 그렇게 돌아가는 거라고 받아들이는 수밖에 없어. 하지만 이런 법칙으로 움직이는 만큼 때로 해석하기 어려울 때가 있어. 실제로 우리가 그렇게 왕사를 빌려준 것은 요시가 처음이 아니야. 우리는 하늘의 섭리가 엄청나게 교조적으로 움직인다는 사실을 알아냈거든. 해당 왕이 우리 쪽에 있으면 이치에 저촉하지 않는 것이 아닐까 하는 결론에 이르렀지만 맨 처음 사례에서는 몹시 망설였어. 이렇게 속임수를 쓰는 듯한 방식이 통할지 스스로도 의문이었어."

"그런데 해본 거야?"

"설마."

로쿠타는 얼굴을 찡그렸다.

"그런 도박을 할 수 있겠어. 그러니까 이번처럼 현군께 지시를 구했지."

"현군께."

"그래. 여기 봉산의 주인은 현군이야. 일설에 따르면 왕부인 王夫人이 주인이라고도 하지만 실제로 현군이 여선을 통솔한다는 사실을 적어도 나는 알고 있어. 봉산에서 태어나지 않았지만 봉산에서 자랐으니까. 그럼 봉산에 사는 여선을 선인으로 임명하는 것은 누굴까?"

"그건…… 현군 아닌가? 적어도 왕은 아니겠지."

"맞아. 봉산의 여선을 비선飛仙이라고 불러. 한 나라의 왕이 임명한 것이 아니라서 특정한 왕을 섬기지 않기 때문이야. 봉산의 여선은 어느 나라의 선적부에도 실려 있지 않아. 왕과는 다른 세계에서 별개로 선적에 들어가 현군을 섬기지."

"그럼 열세 번째 나라가 되는 셈 아니야? 현군은 왕에 필적하는 지위니까."

"그렇지? 하지만 여기는 명백히 나라가 아니야. 국토는 있어도 백성이 없어. 게다가 이 국토를 다스리는 왕에게는 기린이 없

301
—
4장

어. 애초에 현군은 봉산을 통솔하지 않아. 봉산에는 정치가 존재하지 않아."

"그럼 여기는 대체 뭐지?"

"하늘의 일부야. 적어도 나는 그렇게 생각해."

"하늘……."

"그렇게 생각할 수밖에 없어. 봉려궁은 기린을 위해서만 존재해. 기린을 길러서 배출하고 왕을 생산하기 위해 존재하는 거야. 십이국 중 어디에도 속하지 않고 독자적으로 존립하지만 국가는 아니지. 비선은 하늘이 임명한 선인이야. 그런 비선을 임명하고 파면하는 권리를 지닌 누군가는 틀림없이 하늘에 소속되어 있어."

"그럼…… 현군은……."

"그걸 알 수 있다면 말이지."

로쿠타는 한숨을 쉬었다.

"댁이 선인을 임명하느냐고 묻는다고 순순히 대답해줄 만한 친절한 양반이 아니니까. 다만, 현군이 아니라면 현군의 상위에 선인을 임명할 권한을 가진 누군가가 있겠지. 왕부인일지도 모르고 다른 누군가일지도 몰라. 아무튼 그 누군가를 현군은 섬기고 있어. 다시 말해 하늘도 조직화되어 있는 거야. 하늘이라는 기구가 있고 그 말단에 여선이 있고, 현군은 여선을 통솔하지."

"하늘이 있다……."

"신의 세계가 있는 거겠지. 전설에 따르면 천제는 옥경玉京에 계시고 그곳에서 신들을 통솔하고 세상을 조율한다고 해. 정말로 옥경이 있다 하더라도 나는 놀랍지 않아. 단, 나는 견문이 좁은 탓에 신과 만났다는 사람을 알지 못해. 전설로는 들은 적이 있지만 아무래도 신은 인간과 접촉하지 않는 것 같아. 청해서 신을 만날 방법은 없어."

로쿠타는 말을 이었다.

"그러나 단 한 곳, 이곳만은 늘 인간과 접촉하지. 현군께 질의하면 하늘의 의향을 물을 수 있어. 현군이 하늘의 의향을 어떻게 확인하는지는 모르지만. 아무튼 이곳이 유일한 접점이고 현군은 유일한 창구가 되는 인물이야."

006

"여러 나라가 협력하여 다이키를 수색하는 것은 하늘의 섭리에 반하지 않는다."

교쿠요는 그렇게 말했다. 통보대로 하룻밤 지나고 점심때였다.

"괜찮은 거로군?"

"단, 신적이나 선적에 오른 백위 이상의 작위를 지닌 자가 아니면 허해를 건널 수 없네. 이는 움직일 수가 없어."

"이미 알아. 하지만 그러면 인원이 부족하군.『천강』에는 두어야 할 관리가 정해져 있는데, 새로운 관위를 설치하면 안 된다는 기술은 없어. 이를 위해 새로이 백위의 관직을 만들 수는 없을까."

"안 되네. 백위를 넘는 작위는 하늘에서도 몇몇 특권을 부여한 특면의 관위. 이를 받을 수 있는 이는 정해진 대로 왕의 근친, 총재, 삼공 제후에 한하네. 그 외의 자에게 특면의 작위를 주는 것은 불가능하다 여기는 편이 좋겠지."

로쿠타는 가볍게 혀를 찼다.

"그럼 여선을 빌리는 건."

"그것도 이번에는 안 된다고 생각하시게. 봉산의 여선은 내 허락 없이는 봉산을 떠나 움직일 수 없네. 나는 이번에 여선에게 그 허락을 내리지 않을 게야. 곤륜과 봉래로 다이키를 찾으러 가기 위해서는 자주 오강의 문을 열고 식을 일으킬 필요가 있지 않은가. 현재 봉산에는 각과燋果(교국 기린이 든 열매)가 있지. 식이 봉산에 미쳐 각과를 다른 세계로 흘려보낼 수만은 없음이야. 여선은 어떤 상황이더라도 각과를 지켜야 하네."

"아아…… 그래, 식인가."

"이는 이치가 아니라 내 부탁이네만, 식을 일으키는 것은 최대한 줄여주시게. 설령 허해의 저편에서 오강문을 열어도 그것이 어떤 영향을 미칠지 예단할 수 없어. 그것이 식이라는 것이지. 명심하면 고맙겠네."

"알았어."

로쿠타가 대답하고 요시는 고개를 끄덕였다. 교쿠요는 미소지었다.

"단, 아홉 명의 주후와 왕 양쪽이 모두 나라를 비워서는 안 되네. 『천강』에는 왕이 없으면 아홉 명의 주후 전원, 왕이 있어도 아홉 명의 주후 중 여주余州(도읍 주를 제외한 주) 여덟 주후 중 반수 이상이 있어야 하는데, 이는 하늘의 섭리라고 알아두시게. 여기에서 '있다'는 나라에 있다는 뜻이라고 해석하시게. 나머지 주 여덟 후 중 최소한 절반은 나라에 있어야 하네. 그 이상이 한 번에 나라를 비워서는 안 되네."

로쿠타가 교쿠요를 노려보았다.

"나라에 있어야 한다는 뜻이라는 말은 처음 들어. 그러면 그렇게 적어놓으라고."

교쿠요가 가볍게 웃었다.

"그 불만은 천제께 말씀드려야지."

"이러니까 하늘의 섭리는 방심할 수가 없어. 뭐, 됐어. 또 뭐가 있어?"

"여러 나라의 뜻을 모았더라도 병사로 타국을 침입해서는 안 되네. 이는 절대로 움직일 수 없어. 태왕이 계시지 않는 이상 대국으로 파병하는 것은 절대로 아니 되네."

"이미 알아. 대국이 어떤 상태인지 살피기 위해 병사를 보내는 건 어때?"

"이치에는 침입해서는 안 된다고 되어 있으나 병사가 타국에 들어가는 것을 금지하는 것은 아닐세. 이를테면 왕이 타국을 방문할 때는 반드시 신변을 경호할 병졸을 동행하지. 이를 금지하는 문언은 없네. 또한 사절로 병사만을 타국에 보내는 것을 금지하는 문언도 없고, 지금까지도 자주 행해졌어. 문제는 병사가 타국에 들어가는 것이 아니라 들어간 병사의 행동이 '침범한다'는 문언에 해당하는지 아닌지에 달려 있네."

"미묘하군."

"대국의 경우는 더욱 미묘해. 어떤 경우가 '침범'에 해당하는가 하면 그 나라 왕의 국책을 등지는 행위일 경우를 들 수 있지. 준제가 이 경우야. 범왕이 백성을 학대했지. 이는 도리에 어긋난다고 해도 정당한 범왕이 취한 국책임이 확실하네. 준제는 이를 방해했어. 따라서 '침범'에 해당하지. 공위의 경우에는 가조의

306
—
황혼의 기슭 새벽의 하늘

방침이 국책에 상당하네. 다시 말해 당시 조정이 결정한 방침이 곧 국책이라 간주되는 게지. 단……."

"태왕은 죽지 않았어. 대국은 공위가 된 것이 아니야."

"그렇지. 설령 위왕의 위조라 할지언정 그것이 조정의 결정이라면 이에 간섭하고 방해하는 것은 침입에 상당하네. 그러나 대국에는 아직 정당한 왕이 계시지. 위왕은 보통 공위가 된 왕조에 거짓으로 옥좌에 오르는 것을 이르네. 대국의 경우에는 바르게는 위왕이라 할 수 없지. 전례가 없으니 뭐라 부르면 좋을지 분명치는 않네."

"아센의 조정이 하늘이 말하는 조정에 상당하는지가 문제인가……."

"그런 것이지. 이것만은 전례가 없어 확실히 정해진 이치도 없네. 어떤 패가 나올지는 나도 가늠할 수가 없어. 다만 국책이란 왕의 방침이 아니라 흔히 조정의 방침임은 염두에 두는 편이 좋겠지."

"어렵군……."

"포진布陣해서는 안 되네. 타국의 국토를 하늘이 인정한 넓이에서 일부一夫라도 줄이는 것은 용서받지 못하네. 대국의 왕, 대국의 백성이 들어갈 수 없는 땅을 타국의 병사가 확보하는 것은 국토를 점거하는 것일세. 어떤 이유를 붙이더라도 진영을 설치

307
—
4장

한 시점에서 적면의 죄에 해당한다는 사실을 명심하시게."

"알았어."

엔키는 그 밖에도 두세 가지 질문을 했는데, 요시에게는 어느 질문이고 애매한 섭리에 명확한 선을 그으려는 행위로 비쳤다. 불편한 위화감이 있었다. 교쿠요는 『천강』의 해석을 늘어놓고 전례를 가미하여 대답을 주려 했다. 마치 모든 것에 섭리가, 그것도 성문화된 섭리가 앞선다는 인상을 받았다.

어쩐지 교쿠요는 어젯밤 밤새 섭리에 대한 해석과 전례를 조사해 온 것 같다는 느낌을 떨칠 수 없었다. 그럼 그 이치란 대체 무엇일까?

요시는 이 세계로 끌려온 뒤로 세계를 보이는 대로 받아들였다. 요마라는 마물이 날뛰는 세계, 신선이 기적을 행하고 갖가지 신비가 가득하다. 옛날이야기에 그렇다고 정해져 있듯이 여기에서는 당연한 일이라고 생각해 있는 그대로 받아들였으나, 이곳은 그런 목가적인 공상 세계와는 다르다는 인상을 받았다.

어째서 요마가 있는지, 어째서 왕에게는 수명이 없는지, 어째서 생명은 나무에서 탄생하고 무엇으로 기린은 왕을 고르는지. 당연시해온 모든 것을 이상하게 여겨야 할지도 모른다. 굳이 말하자면 기분 나쁜 위화감이다.

말로 표현하지 못한 위화감은 봉려궁을 퇴출할 때까지 계속되었다.

다시 하얀 계단을 지나 산꼭대기로 나오는 동안에 요시는 어떻게든 말로 설명해보려고 애써봤지만 역시 제대로 표현이 되지 않았다.

"현군이 한 말은 알아들었지?"

로쿠타의 물음에 요시는 고개를 끄덕였다.

"나는 곧장 주국에 이를 전하러 갈게. 인사도 해야 하고. 요시는 돌아가서 쇼류의 지시를 기다려."

"알았어."

"그럼 이만."

가벼운 목소리를 남기고 로쿠타를 태운 추우는 남쪽으로 사라졌다.

                              *

예탁이 쌓인다. 이 년, 삼 년이 지나는 동안에 착실하게 소년을 좀먹었다. 울금빛을 띠어야 할 소년의 그림자는 어둠이 짙어졌다. 그리고 산시는 생각했다.

얄궂게도 소년의 그림자가 더러워질수록 산시와 고란은 호흡이 편해졌다. 그토록 어렵게 여겨지던 그림자에서 빠져나가는 일도 뜻밖에 수월해졌다. 어쩌면 산시와 고란이 부정不淨의 힘을 빨아들인 탓인지도 모르고, 아니면 그들을 뒤덮은 껍데기가 점점 얇고 물러지고 있다는 증거인지도 몰랐다.

혹시, 하고 산시는 오한이 드는 심정으로 자기를 되돌아볼 때가 있었다. 다이키의 그림자가 더러워지는 것은 예탁 탓만이 아니라 산시와 고란 탓일 수도 있다.

산시는 다이키에게 위해를 가하려는 자를 처리했다. 그때마다 울금빛이 탁해지고 녹스는 느낌이 들었다.

하지만 산시에게 처리는 선택의 여지가 없는 당연한 일이었다. 산시는 다이키의 유모다. 다이키가 금빛 과실로 생을 얻음과 동시에 태어나 생애를 다이키와 함께 지내도록 정해졌다. 다이키의 목숨이 다하면 산시의 생도 끝난다. 산시는 오로지 다이키를 위해 존재한다. 왕을 선택하고 모국으로 내려가 재보의 지위에 오른 다이키는 더이상 산시가 양육해야 할 아이가 아니었지만 그래도 산시는 여전히 다이키의 심복이고, 다이키를 위해 존재했다. 고란 또한 그렇다. 고란은 다이키를 위해 생을 얻은 것은 아니었지만, 계약으로 묶인 인연은 산시 못지않았다. 기린과 사령이 맺은 계약은 기린이 왕과 맺은 계약에 필적한다. 산시뿐만 아니라 고란도 지금은 다이키를 지키기 위해서만 존재한다.

그런 산시와 고란이 눈앞에서 다이키에게 위해를 가하는 모습을 어떻게 잠자코 못 본 체할 수 있을까? 다이키의 명령이 있다면 모를까, 아니면 다이키가 온몸을 바쳐 받드는 왕을 위해서라면 모를까, 산시나 고란에게는 다이키에게 가해지는 폭력을 견디고 용인할 이유는 어디에도 없었다.

처음에는 경고였다. 산시는 다이키에게 불손하게 손을 대면 반드시 보복이 있다는 것을 증명해야 했다. 그래도 괘씸한 행위는 그치지 않았다. 상대가 다이키를 우습게 본다면, 그것은 실수라고 통감하게 해줘야 한다. 감옥에 붙잡혀 간수의 전횡을 용인하고는 있지만 사정이 있어 두고 보는 것일 뿐, 결코 다이키가 신성함과 신분을 잃었기 때문이 아니다. 특히 해칠 의도로 다이키에게 위해를 가하는 것은 죽어 마땅하다. 법으로도 재보를 해치면 사형, 감형받을 길은 없다.

그렇게 처리해도 잇따라 역적이 나타났다. 떨쳐내고 또 떨쳐내도 솟아 나오는 그것을 처리할 때마다 산시와 고란의 제재는 여유와 용서를 잃어갔다. 그럴수록 역적이 다이키를 해치려는 마음은 깊어지고 다이키의 울금빛 그림자가 탁해지는 것 같았다. 탁해지면 탁해질수록 흘러드는 기맥은 가늘어진다.

이 더러움이 산시 탓이라 할지라도 달리 어떻게 하면 좋았을까?

이런 일이 언제까지 계속되지…….

절망적인 심정을 조금이나마 구원해주는 것이 있다면 우연한 순간 산시가 만지고 위로하면 다이키가 반긴다는 사실이었다. 슬프게도 다이키는 산시도 봉산도 대국도 기억하지 못하는 듯했다. 그런데도 산시의 손가락 감촉만은 잊지 않아주었다.

곁에 있습니다. 옆을 지키겠습니다…….

위로할 때마다 어둠 속에 아주 작은 밝은 금빛이 비쳐서 산시는 그것으로 조금이나마 보답받는 기분이었다.

"반드시 지켜드리겠습니다……."

그러나 그렇게 말하는 산시의 모습은 그늘진 어둠 속에서 서서히 윤곽을 잃어갔다.

산시는 점점 스스로를 제어하지 못하게 되고 있다는 사실을 깨닫지 못했다. 사고가 좁아지고 고집스러워졌다. 그렇게 자신에게도 부정함이 들러붙고 있다는 사실을 산시는 티끌만큼도 알지 못했다.

동시에 다이키 역시 자기에게 그런 변화가 일어나고 있음을 눈곱만큼도 인식하지 못했다.

물론 자기 주위에 사고가 많다는 인식은 하고 있었다. 그러나 소년은 그것을 '균열'의 일환으로 이해했다.

소년은 철이 들고부터 줄곧 자신은 이분자가 아닐까 의심했

다. 자신이라는 이물질이 존재하는 탓에 주위에 문제가 생긴다
는 죄책감 비슷한 의식을 품고 있었다. 자신이란 존재는 늘 주위
를 낙담하게 하는 근원이며, 당혹감과 곤란함을 불러일으키는
씨앗이라고 생각했다. 그런 생각은 해마다 커지고 확신으로 바
뀌었다.

소년은 이제 확실히 이분자였다. 주위 사람들에게는 불쾌감의
원흉이자 재난의 씨앗이었다. 어느새 그와 세상 사이에 새겨지
고 만 균열은 시간이 흐르면서 외면할 수 없이 깊어졌다. 균열에
다리를 놓으려 한 모친은 미칠 듯한 노력을 어느 시점에서 포기
하고 말았다.

소년은 고립했고 고립할 수밖에 없는 자신을 이해했다. 자신
과 엮이는 사람에게는 재난이 찾아온다. 저주한다는 소문이 퍼
졌다. 그것은 소년의 속성 중 하나가 되었다. 소년은 자신이 주
위 사람들에게 불쾌하고 위험한 생물이라는 사실을 받아들였다.
받아들일 수밖에 없었다.

소년은 그 사실을 스스로도 이상할 정도로 담담하게 받아들였
다.

어째서일까. 궁금해한 적이 있다. 어릴 적에는 자신이 이분자
처럼 느껴지는 것이 괴롭고 슬펐다. 하지만 지금은 그다지 괴롭
거나 슬프다는 생각이 들지 않았다.

위로해주는 무언가가 있는 탓일까. 소년은 언제부터인가 정령 같은 무언가가 자신의 주위에 머물며 따스한 손길로 위로해주는 것을 깨달았다. 그래서 고립을 진정한 의미로 고립이라 받아들이지 않는지도 모른다. 타인과 얽히는 것이 곧 그 인물을 위험에 빠뜨리는 일이고, 실제로 그런 사건이 일어났을 때의 괴로움을 생각하면 어떤 관계도 맺지 않는 편이 몇 배는 낫다고 느꼈는지도 모른다. 그러나 그보다 훨씬 깊은 곳에서 소년의 무언가가 변질되고 있었다.

나는 여기에 있으면 안 돼.

소년은 그렇게 느꼈지만 괴로움이 따르지는 않았다. 벌써 오래전에 어딘가에서 각오하고 받아들인 부분이었다. 어릴 적에는 모친이 자신 때문에 우는 일이 소년에게 무엇보다 큰 중대사였다. 소년은 지금도 그것이 괴롭기는 하지만 모친을 가엾다고 생각할 때마다 더 먼저 측은하게 여겨야 할 누군가가 있는 듯한 기분이 가시지 않았다. 모친보다도 가족보다도 더 먼저 걱정해야 하는 누군가.

해가 갈수록 커지는 것은 비탄과 고독보다 초조함이었다. 무언가 중요한 것을 잊어버렸다. 절대로 잊어서는 안 되는, 너무나도 중대한 무언가를. 이렇게 자신이 부질없이 존재하는 동안에 되돌릴 수 없을 정도로 손상되어 잃어가는 것만 같았다.

황혼의 기슭 새벽의 하늘

어째서 생각나지 않을까.

어딘가에서 잃어버린 일 년. 떠올리려 할 때마다 그립고 안타까운 무언가. 기억하지 못한 채로 소년은 하루하루 그곳에서 멀어졌다. 소중한 그것과의 거리가 절망적일 만큼 벌어진다.

돌아가야 한다…….

하지만…….

어디로?

5
장

■

요시가 봉산에서 돌아오니 정침에서 여사가 기다리고 있었다.

"요시, 이상한 손님이 왔는데."

"손님?"

의아한 표정을 짓자 쇼케이가 고개를 끄덕였다. 요시가 봉산으로 떠나고 얼마 지나지 않아 국부에 요시를 찾아온 자가 있었다고 한다.

"범왕이 이서하신 정권(여권)을 가진 사자가 와서 요시를 만나고 싶다고 했다나 봐. 네가 부재중이라 일단 요천의 여관에서 기다리게 했어. 이게 사자가 남기고 간 범왕의 친서야."

요시가 고개를 갸웃거리며 친서를 받아들었다. 경국은 과거에 범국과 국교를 가진 적이 없다. 혹시 연왕과 엔키가 연락한다고 했던 그 문제 때문일까.

친서를 펼치자 희미한 향기와 함께 멋들어지게 유려한 글자가 나왔다. 필적하며, 시원한 먹색과 연하게 푸른빛이 감도는 종이 색의 배합에서 품격과 아름다움이 느껴졌다. 요시는 심호흡하고 자세를 바로 했다. 쇼케이가 요시의 얼굴을 슬쩍 들여다본다.

"내가 읽을까?"

"괜찮아. 노력해볼게."

요시는 끙끙대며 친서와 씨름했다. 정해진 형식대로 계절 인사로 시작해 예의에 어긋나게 사자를 보낸 실례를 사과하는 것인 듯했다. 연왕에게 소식을 받았고, 협력을 아끼지 않겠다는 말과 함께 부탁이 있다고 씌어 있었다. 대국에서 온 장군이 경국에 머물고 있다고 들었는데 꼭 장군을 만나고 싶다는 것이었다.

"리사이를 만나고 싶은 것 같아. 여관으로 사자를 보내라는 건가. 아니면 여관에 있는 사자와 만나게 해달라는 건가……."

요시가 편지를 내밀자 쇼케이는 내용을 훑어보고 눈을 깜빡거렸다.

"아니야. 장군을 여관으로 보내주었으면 하는 거야. 개인적으로 만나고 싶을 뿐이니 큰일을 만들지 말아달라고. 어머나, 그럼……."

쇼케이가 눈을 동그랗게 떴다.

"범왕이 친히 요천의 여관까지 걸음하신 거야."

"뭐?"

요시가 되물었다.

"그거 엄청나게 실례되는 짓 아닌가."

"일반적으로는 그렇지. 하지만 본인이 큰일을 만들지 말아달라니까. 어디까지나 개인적으로 장군을 만나고 싶다는 것 같아."

"왜?"

"이유는 씌어 있지 않아. 이는 개인적인 일이니 자신이 와 있는 것은 보고도 못 본 체해달라, 장군에게도 신분을 밝히지 않는다면 고맙겠다고 적혀 있고 그걸로 끝."

"리사이는 도저히 여관을 찾아갈 수 있는 상태가 아닌데."

"그렇게 말해보는 수밖에 없지. 우리 쪽에서도 사자를 보내 사정을 설명해야 하지 않을까. 태보와 총재께 의논하는 것이 좋겠어."

요시는 고개를 끄덕이고 서둘러 게이키와 고칸에게 상의했다. 사정을 설명하고 범왕이 직접 금파궁까지 걸음하시는 수밖에 없겠다는 결론이 나, 쇼케이가 내밀히 여관까지 가기로 되었다. 리사이는 아직 움직일 수 없다, 나을 때까지 기다릴 수도 없는 노릇이니 실례지만 금파궁까지 오셨으면 한다는 내용의 친서를 들렸는데, 이 친서를 작성하느라 한바탕 난리였다.

"이렇게 흔한 종이를 쓰면 안 돼."

쇼케이는 단호하게 말하고 범왕이 보낸 친서를 가리켰다.

"이걸 보면 알 수 있잖아. 아주 고상한 분이니까 아무거나 드릴 수는 없어."

"그래봤자 어차피 나는 글씨가 엉망이야."

요시는 붓으로 글자를 쓰는 데에 익숙하지 않다. 졸필이라는 자각은 있다.

"그러니까 마음을 쓸 필요가 있는 거야. 아무데나 있는 흔한 종이에 갈겨쓰면 쓰레기나 마찬가지잖아."

"……그렇게 심하게 말해야 해?"

"말해야 해. 그렇다고 너무 허세를 부린 종이를 쓰면 오히려 꼴불견이 되겠지. 꾸밈없고 세련된 종이여야 해. 구해올 테니까 요시는 거기서 글자 연습을 하고 있어."

요시는 한숨을 쉬면서 쇼케이가 작성한 견본을 필사하고 그녀가 구해온 종이에 몇 번이나 고쳐 쓰면서 옮겨 적었다. 쇼케이는 그 친서를 들고 초저녁의 마을로 내려가 밤이 되어 돌아왔다. 오묘한 얼굴이었다.

"어땠어?"

"아아……. 응. 내일 국부를 찾아오신대. 공식적으로 빈객이 되면 시간과 수고도 들고 폐까지 끼치게 되니까 부디 개인적인 손님으로 취급해달라셔."

"그래……. 그래서 범왕은 어떤 분이었지?"

범왕은 재위 삼백 년, 남쪽의 주국과 북동쪽의 안국을 잇는 대왕조다.

쇼케이는 뭐라 말할 수 없는 표정으로 눈을 치켜뜨고 천장을 보았다.

"취향은 멋진 분이셨어……. 일단은."

"응?"

되묻는 요시를 보며 쇼케이는 굳은 미소를 지었다.

"음……. 만나보면 알 거야."

예정대로 이튿날, 범국에서 손님이 왔다고 국부에서 알려왔다. 요시는 봉산에 다녀오는 사이에 밀린 잡무를 한창 해치우고 있었다. 부랴부랴 외전으로 향했다. 외전 한쪽에는 전당이 있고, 손님은 그곳에서 머물 수 있게 되어 있다. 넓은 방에 들어가자 안에는 두 인물이 기다리고 있었다. 한 사람은 이십 대 후반의 키가 큰 귀부인, 다른 한 사람은 열대여섯 살의 소녀였다. 이렇다 할 특징 없는 소녀의 얼굴을 보고 요시는 순간 걸음을 멈추었다. 어딘가에서 본 적 있는 얼굴 같았기 때문이다.

소녀는 요시가 이전에 경국에서 만난 소녀와 어딘가 닮았다. 물론 당사자일 리가 없다. 소녀는 죽고 없다. 하지만 마음이 아렸다.

소녀는 무릎을 꿇고 이런 요시를 신기하게 보더니 고수했다.

"갑작스러운 무례에도 배알을 허락해주시어 깊이 감사드립니다. 여기에 범국 주상의 사자를 데려왔습니다."

소녀는 그렇게 말하고 마찬가지로 무릎을 꿇은 뒤쪽의 인물을 보았다. 그럼 이자가 범왕일까. 요시는 인사를 하는 인물을 긴장하며 바라보고 조금 놀랐다. 특별히 화려한 구석 없이 얼핏 수수해 보이는 차림의 미인이었지만, 자세히 들여다보니 몸에 걸친 옷이며 꽃비녀는 티 나지 않을 뿐 훌륭한 물건이었다. 하지만 아무리 보아도 늘씬하게 키가 큰 이 귀부인은 남자였다. 틀림없이 꾸밈이 어울렸고, 쇼케이의 말처럼 고상한 인물이기는 했지만……. 눈 둘 곳을 모르고 헤매자 소녀가 미소 지었다.

"주상의 말씀부터 전하겠습니다."

요시는 그 말을 사람을 물려달라는 뜻으로 파악하고 고개를 끄덕였다. 혼인을 돌아본다.

"대행인大行人(타국의 사절을 접대하는 관리)에게 명령해 손님을 맞이하라. 그리고……."

말하는 도중에 소녀가 고개를 가로저었다.

"아니요. 황공하지만 요란하게 하지 말라 주상께서 당부하셨습니다. 부디 관리 여러분을 동요하게 하지 말아주셔요."

"그래도……."

"부탁드립니다. 제가 주상께 혼이 납니다."

"그럼 실례지만 사적인 손님으로 초대하지. 두 분께서는 이쪽으로."

혼인이 나무라는 소리를 했지만 요시가 눈짓으로 입을 다물게 했다. 소녀를 외전에서 안쪽으로 안내하는 길에 혼인이 들으란 듯이 범국은 예의를 모른다고 중얼거리는 소리가 들렸다.

"신하의 예의가 미치지 않아 면목없군."

요시가 사과하자 소녀가 미소 짓는다.

"경왕은 이제 막 왕이 되셨으니까요."

요시는 어쩐지 묘하다고 생각했다. 소녀는 특별히 이목을 끄는 용모가 아니지만 이상하게 사람을 끌어당기는 화려함이 있었다. 영주瑛州에서 죽은 경국의 소녀에게는 없었던 것이다.

"어찌 그러십니까?"

"아니……. 아는 사람과 닮은 것 같아서."

"그러합니까."

소녀가 미소 짓는다. '사자'는 말없이 소녀의 뒤에 서 있었다. 표정 변화도 없이 아까부터 한마디도 입을 열지 않았다. 위압적이지 않은 기묘한 존재감에 행동거지가 물 흐르듯 우아했다. 아마도 이 인물이 범왕일 텐데……. 당혹스러운 기분으로 두 사람을 데리고 내전으로 향했다. 그 길에 게이키를 만났다. 외전으로 달려오던 참인 듯했다.

"아, 게이키. 이분들은……."

요시가 입을 열었다가 말을 멈추었다. 게이키가 드물게 멍해 보였다.

"주상, 이분은……."

"아, 범왕의 사자로……."

소녀가 생긋 웃고 고개를 숙였다. 어안이 벙벙하던 게이키가 허둥지둥 무릎을 꿇는 모습을 보고 요시는 흠칫 놀랐다.

"범 태보십니까."

놀라서 소리를 지를 뻔한 요시를 소녀가 제지했다. 비밀 이야기를 하듯이 입가에 손가락을 댄다. 요시는 다시 소녀를 보았다. 소녀의 긴 머리카락은 반들반들하고 까맣다. 아무리 생각해도 기린의 갈기가 아니다. 뒤에 서 있던 키 큰 인물이 비로소 슬쩍 웃었다.

"어디로 안내해주시는 건가요?"

소녀가 태평하게 물어 요시는 허둥지둥 내전에 있는 정원 쪽을 가리켰다.

광대한 정원에는 내전에 딸린 서재가 이어지고 그 반대쪽에는 객전이 이어진다. 정원 곳곳에 정자와 누각이 서 있는데, 기복이 많은 정원이라 은신처 같은 모습이었다. 요시는 소녀를 그중 한 곳으로 안내하고 소신들을 물러가게 했다. 그것을 보고 소녀는 소매를 잡았다. 보이지 않는 쓰개를 떨어뜨리고 옷을 벗는 듯한 동작을 했다. 선명하게 밝아서 속이 비칠 듯한 금발이 드러났다.

어안이 벙벙해진 요시를 향해 소녀는 고개를 숙였다.

"놀라게 해서 미안해요. 다시 인사 올립니다. 한린犯麟이에요."

그녀는 이제 요시가 아는 어떤 얼굴과도 비슷하지 않았다. 비슷하기는커녕 요시는 이 소녀처럼 아름답고 사랑스러운 용모를 지닌 자를 알지 못했다. 그녀가 무언가를 벗는 것처럼 움직인 양손에는 얇은 비단으로 만든 것 같은 옷이 안겨 있다.

그녀가 "아" 하고 외쳤다.

"고태삼蠱蛻衫이라 합니다. 이 모습으로는 관리를 놀라게 하기 쉬워 주상께 빌려 왔지요. 하지만 경왕을 크게 놀라게 한 듯하네요. 누구를 닮았던가요?"

"아아……. 예."

"그자는 경왕께 소중한 분이겠군요."

한린은 꽃처럼 웃었다.

"고태삼은 그런 물건이에요. 보는 사람이 호감을 느끼는 모습으로 보인다고 해요. 거울을 봐도 하나도 달라진 점이 없지만. 하지만 태보께는 역시 통하지 않았네요."

"기린의 기운이 보였으니까요."

게이키는 한숨을 쉬고 인사를 했다.

"어찌되었든 인사드립니다. 처음 뵙겠습니다."

"네, 저도요."

고개를 꾸벅 숙이고 한린은 가까운 의자에 기세 좋게 앉았다.

"경왕의 존함은 어찌되시죠?"

"요시라고……."

"그럼 요시라고 부를게요. 내가 아주 할머니다 보니 아는 경왕이 한둘이 아니라 복잡해서. 게이키에게는 자字가 없어?"

"없습니다."

"어머나, 가엾어라. 나는 현재 리세쓰梨雪예요. 하지만 주상은 변덕스럽게 내 자를 바꾸니까 언제까지 이 자를 쓸지는 몰라요. 그렇죠?"

소녀가 물으며 옆에 서 있는 인물을 올려다보았다. 요시는 역시, 하고 납득했다. 게이키가 놀라서 입을 열었다.

그 인물은 킥 하고 웃었다.

"범국 국주, 고 란조吳藍滌라 하오."

"예에" 하고 대답하던 요시가 정신을 차리고 서둘러 자리를 권했다.

"죄송합니다. 앉으시죠. 큰 무례를 저지르지 않았는지요?"

"무슨" 하고 그는 웃는다. 한린은 구슬이 굴러가듯 웃었다.

"이렇게 찾아왔으니 예의에 어긋나는 것은 당연해요. 무례를 저지른 쪽은 우리이니 신경쓰지 마요."

한린은 고개를 갸웃했다.

"요시야말로 기분 나빠하지 않으면 좋겠는데. 주상께서 대국에서 오셨다는 장군을 꼭 만나고 싶다 하셔서요. 공식적으로 방문하면 시간도 걸리고 조정을 소란스럽게 할 테니 이렇게 찾아뵙게 되었어요."

"조금도 개의치 마십시오. 그런데 리사이 말씀이신가요?"

요시가 범왕을 쳐다보자 그는 고개를 끄덕였다.

"안국에서 들은 이야기로는 서주사 장군이라던가. 아직 몸 상태가 좋지 않다고 들었는데 만날 수 있을까?"

"네……. 아직 멀리 나갈 수 있는 상태는 아니지만, 이제 자리에서 일어났고 지금은 쇠약해진 팔다리를 움직이는 훈련을 하고 있습니다."

"내가 어디의 누구인지는 군이 말하지 않아도 좋네. 환자가 놀라는 것은 바라지 않으니까. 그저 범국에서 온 손님으로 면회할 수 있게 해주시게."

요시가 고개를 끄덕였다.

"이쪽으로 데려오겠습니다."

"됐어. 개인적으로 찾아왔으니 내가 걸음하는 것이 당연하지. 안내해주겠어?"

"네" 하고 요시는 범왕을 재촉했다. 한린은 의자에 앉은 채 게이키의 의복을 쥐고 살랑살랑 손을 흔들었다.

002

요시가 태사의 저택을 찾아 정원으로 들어갔을 때, 리사이는 마침 게이케이의 손에 끌려가던 참이었다. 완전히 쇠약해졌던 리사이의 다리는 부축을 받으면 앞으로 나아갈 수 있게 되었다. 어제는 히엔을 타는 데도 성공해 마음을 조금 놓았다.

"요시."

들어온 요시를 발견하고 게이케이가 웃었다.

"이것 봐, 이제 제법 걸을 수 있게 됐어."

"그런 것 같군. 무리하게 한 건 아니야?"

"괜찮아."

요시는 고개를 끄덕이고 리사이에게 손님이 오셨다고 전했다. 리사이는 요시의 뒤를 보았다. 요시를 뒤따라 들어온 이는 기이한 차림의 인물이었는데, 리사이는 그의 용모가 어쩐지 낯익었다.

"게이케이, 잠시 자리를 비켜줘."

요시가 말하자 게이케이는 개의치 않고 고개를 끄덕였다.

"히엔을 돌보고 올게. 어제 리사이에게 씻기는 법을 배웠어."

"그래."

요시는 웃으며 게이케이를 배웅했다. 그러고 나서 리사이를 돌아보았다.

"범국에서 손님이 왔어. 리사이를 만나고 싶다고 해서."

요시는 리사이의 팔 밑에 어깨를 넣어 부축했다. 리사이는 감사히 어깨를 빌려 방으로 돌아오는 동안에도 범국에서 왔다는 손님의 얼굴을 어디에서 보았는지 떠올리려 애썼다.

"상태는 괜찮은 것 같구나."

리사이가 권한 의자에 앉으며 그가 말했다. 리사이는 고개를 숙였다.

"예. 실례지만……?"

"범국에서 왔지. 그대에게 보여주고 싶은 물건이 있어."

그는 그렇게 말하고 검푸른 쇳빛 삼베에 검은색으로 맵시 있게 자수를 놓은 적삼 품에서 작은 보자기를 꺼냈다. 탁자 위에 펼친 보자기에는 허리띠 조각이 놓여 있었다. 가죽으로 만든 허리띠에 그을린 듯이 검은 은빛으로 빛나는 띠 장식이 나란히 달려 있다. 띠 끝에 달린 쇠 장식에는 질주하는 말을 훌륭한 솜씨로 새겨넣었는데, 정작 허리띠는 양손을 펼친 정도로 짧았다. 허리띠는 중간에 잘린데다 단면 가죽에는 검붉은 얼룩이 묻었다.

허리띠를 보고 리사이는 자신도 모르게 일어났다가 균형을 잃고 하마터면 넘어질 뻔했다.

"이것은……."

"리사이?"

"그대는 서주사의 장군이었다고 들었네. 본 적이 있는 물품인가?"

"그렇습니다."

리사이는 외쳤다.

"이것을 어디에서……."

"범국에서 가져왔지. 대국에서 온 옥 사이에 섞여 있었던 듯해."

"대국에서 온……."

"이건?" 하고 리사이를 부축한 요시가 물었다.

"주상의 물건입니다. 틀림없어요. 이것은……."

리사이는 말하는 도중에 깨달았다. 이름을 밝히지 않고 있는 손님의 얼굴이 낯이 익었다. 그래, 분명히 보았다. 다름 아닌 교소의 즉위식이었다.

리사이는 요시의 손을 놓고 그 자리에 무릎을 꿇었다.

"이 물건은 당신께서 즉위 축하 선물로 보내신 것이라 들었습니다."

"맞아."

범왕이 고개를 끄덕였다.

"놀라게 하고 싶지 않았지만 알아챘나……. 좋아. 일어나서 의자에 앉게. 몸에 무리가 갈 터이니."

범왕은 그렇게 말하고 의아해하는 요시를 보았다.

"범국은 옛날부터 대국과 국교가 있어. 다만 나는 전대 태왕을 싫어했지."

"예?"

"취향이 고약했는걸. 나는 금은을 붙인 갑옷을 입고 기뻐하는 놈들과는 도저히 어울릴 마음이 들지 않아."

범왕은 진심으로 끔찍해하듯이 얼굴을 찌푸렸다.

"교소는 나쁘지 않았어. 즉위식에 참가했는데, 세련되지는 않았지만 취향이 나쁘지 않아 보였으니까. 그리고 다이키는 훌륭했어. 강철빛 갈기는 내 취향이었어."

"예에……."

요시가 눈을 깜빡거리자 범왕이 웃는다.

"그렇게 만날 정도의 교류는 있었다는 거지. 범국에는 옥천은 물론 옥을 생산하는 산이 없어. 하지만 옥과 금은 가공은 열두 나라 중 제일이라고 자부하지. 가공할 재료가 될 옥은 대국에서 보내와. 그 짐 속에서 허리띠가 나왔다."

그는 쇠 장식을 들었다.

"보렴. 질주하는 말의 갈기 하나하나까지 묘사되어 있지. 이것은 내가 태왕 즉위 하례품으로 보내기 위해 동관冬官 중에서도 가장 실력 좋은 조각가에게 세공하게 한 물건이야. 축하하기 위해 보낸 물품 중 하나가 틀림없어. 이만한 세공은 물론이요, 이처럼 아름다움을 유지한 채 은을 그을리는 기술은 범국의 동관밖에 없어. 대국에서 온 짐 속에 허리띠를 발견한 자는 그 사실을 알아채고 동관을 통해 허리띠를 나에게 전하였지."

무릎을 꿇고 있던 리사이는 범왕을 올려다보았다.

"이건…… 이것은 어디에서 온 짐에……."

"문주야. 문주의 임우에서 도착한 돌멩이 속에 섞여 있었네. 당시 임우에서 돌을 출하한 광산은 하나밖에 없다고 들었는데."

"예. 그래요, 맞습니다."

범왕은 리사이를 보고 고개를 끄덕이고는 요시를 보았다.

"대국의 질 좋은 옥은 옥천에서 나와. 산속에 수맥이 있어서 그곳에 씨앗을 담가두면 자라지. 수맥이 지나는 곳에는 모래와 자갈이 섞인 옥층이 띠 모양으로 형성돼. 그것을 캐내어 보석으로 가공하는데 이때 일부러 옥만을 선별하지는 않는 법이지. 산에서 캐내어 자르지 않고 말 그대로 옥석이 뒤섞인 돌을 보내오는 거야. 그중에서 돌을 선별하고 좋은 곳을 잘라내는 것은 장인의 일, 장인은 산의 돌을 한 균鈞(서른 근)에 얼마로 사들인다. 그 짐 속에 이것이 섞여 있었다는구나."

"용케…… 이런 것이……."

"그러게 말이다. 문주는 옥의 산지지만 달리 산물이 없어서 대부분 고갈되었다던가. 간신히 나오는 양질의 옥은 교왕의 손으로 넘어가버리고 범국에 보내오는 것은 돌멩이뿐, 그마저도 해마다 줄고 있어. 특히 요 몇 년은 돌멩이조차 들어오지 않아. 이제 짐이 전혀 오지 않으니 말이야. 이 물건은 대국에서 태왕이 돌아가셨다는 수상한 칙사가 오고 이 년이나 지난 뒤에 도착했던가. 그 무렵부터 교역이 멈추었으니 아슬아슬하게 도착했다고 봐야겠구나. 용케 늦지 않았어."

"……끊어졌어요."

요시의 말에 범왕은 고개를 끄덕였다.

"동관들은 입을 모아 검으로 벤 흔적일 거라고 했네. 겉은 물론이요 띠 뒷면에도 혈흔이 배어 있어……. 그러니까 그런 뜻이겠지."

"누군가 태왕을 베었다……."

"뒤에서 베었지. 변사가 일어난 것 아닌가 걱정이 되었으나 대국에 연락해도 정작 봉은 대답하지 않고, 국부에서도 대답이 없었어. 이번에 안국의 연락을 받고 비로소 사정을 알았지."

범왕은 허리띠를 천으로 감쌌다.

"이것은 그대에게 드리지. 잘려 있기는 하지만. 태왕이 돌아가신 것이 아니라고 하니 안도가 되는군. 내 곁으로 돌아온 것도 기연이구나. 태왕이 스스로 소재를 알려 온 듯하지 않느냐?"

"예."

리사이는 고개를 끄덕이면서 그 보자기를 고맙게 받아들었다.

"기적적인 인연으로 그대들 대국의 백성과 태왕은 아직 이어져 있어. 포기해서는 안 돼."

감사드린다는 말은 오열로 인해 제대로 나오지 않았다.

003

리사이는 침실에서 띠를 한참 바라보았다.

'아직 이어져 있다.'

정말로 그렇다고 리사이는 자신을 타일렀다. 임우 근처 광산에서 그 무렵까지 옥을 캔 곳은 함양산밖에 없다. 문주에서 가장 오래되었다고 하는 광산은 옥천이 완전히 고갈되어 당시부터 삼등급 이하의 옥만 조금씩 캐는 정도였다.

교소가 소식이 끊어진 것은 임우 외곽의 전투가 한창일 때. 그리고 함양산에서 허리띠가 발견되었다. 그렇다면 교소는 함양산에서 적에게 당한 것이다. 그 뒤에 어찌되었는지는 알 수 없으나 이제 리사이는 대국으로 돌아가기만 한다면 교소의 흔적을 쫓을 수 있다.

리사이는 숨을 죽이고 주먹을 쉬었다. 여러 나라가 다이키를 찾아준다고 한다. 하지만 만약 수색이 잘되지 않더라도 리사이가 할 수 있는 방법이 없는 것은 아니다.

그렇게 되뇌고 있는데 느긋하고 시원스러운 목소리가 들렸다.

"리사이, 게이케이는?"

돌아보니 고쇼였다.

"조금 전 경왕이 찾아오셔서 사람을 물리셨을 때, 마구간에 간다고 하셨는데."

"이상하군. 올 때 마구간을 들여다보았지만 모습이 보이지 않던데. 잠시도 한자리에 있지를 않는군."

리사이가 미소 지었다.

"기운차시군."

"뭐, 기운찬 건 사실이지."

"착한 아이야."

고쇼는 자신이 칭찬받기라도 한 것처럼 "음, 그렇지" 하고 쑥스러운 미소를 지었다.

"저래 봬도 고생깨나 했는데 비뚤어진 구석도 없고."

"가족이 계시지 않던가."

"맞아. 원래 부모를 잃고 이가里家(노인과 고아를 돌보는 시설)에서 살았지. 누나가 있었지만 죽었어."

"저런……."

"외로울 텐데도 가슴속에 담고 내색하지 않는 것을 보면 어리지만 제 몫을 하는 아이야."

"정말로 훌륭하시군. 한데 고쇼, 정말로 게이케이 님께 마구간 일을 하게 해도 괜찮나. 게이케이 님께도 공부나 다른 할 일이 있으시지 않은가. 게다가 히엔은 얌전한 성격이지만 그 아이도 기수이니 만에 하나 일이 생긴다면……."

"뭘, 본인이 하고 싶다잖아."

고쇼는 쓴웃음을 지었다.

"게이케이에게는 님은 빼. 처지로 보면 궁노비니까."

"선적에는 들어가시지 않았나?"

"아직 어리니까. 요시는 게이케이가 더 크면 스스로 길을 고르기를 바라는 모양이야. 좀 이상하군. 댁의 말투를 들으면 게이케이가 태자라도 되는 것 같아."

"그런가?"

리사이에게는 자각이 없었지만 돌이켜보면 정말 그럴지도 모른다.

"듣고 보니 그렇군……. 어째서일까."

"뭐야, 리사이도 몰랐던 거야."

리사이는 고개를 끄덕였다. 귀에 저택 어딘가에서 흘러드는 노랫소리가 들렸다. 밝고 고운 목소리다. 싱그러운 젊은 여자의 목소리.

"쇼케이인가. 여사도 여어도 이쪽에 자주 드나드시는 듯하군."

"아아, 응. 그렇지. 드나든다고 해야 하나, 여기에 산다고 해야 하나."

리사이가 눈을 깜빡였다.

"혹시 둘 중 한 명이 고쇼의 부인인가?"

고쇼는 말도 안 된다며 손사래를 쳤다.

"같이 지낼 뿐이야. 둘 다 완전히 남남이야."

"그 두 사람도 그렇게 생각해?"

리사이가 묻자 고쇼는 난처하게 웃었다.

"그렇군, 이상하게 보이겠지……. 나도 원래 관리와는 인연이 없는 무뢰한이라."

"경왕은 고쇼가 의적을 이끌었다고 했지."

"그렇게 대단한 일은 아니야. 질 나쁜 관리가 있어서 그놈을 해치우는 데 용기 있는 놈들을 모았을 뿐이지. 원래 같으면 난을 일으킨 시점에서 수배자가 될 텐데 우연히도 그 용기 있는 놈들 중에 요시가 있었어."

"경왕이? 의민 안에?"

"이 얘기는 비밀이야."

고쇼가 웃었다.

"요시는 태과야. 이쪽 출신이 아닌 건 아나?"

"듣긴 했지……."

"응. 그래서 이쪽 사정을 잘 몰라. 시정에 나와 유명한 의숙 학두를 지낸 엔호에게 몸을 의탁했지. 공부하러 간 거야. 그런데 어쩌다 내가 일으킨 소동에 휘말리게 되어서."

"그랬군……."

자세한 사정까지는 모르지만 리사이가 고개를 끄덕이자 고쇼는 시선을 떨어뜨렸다.

"요시는 등극한 지 얼마 되지 않았어. 나는 그 녀석이 훌륭한 왕이 될 자질이 있다고 보지만 그렇게 생각하지 않는 놈들도 아직 많아. 경국 역대 왕들 중 여왕女王이 변변했던 적이 없거든. 게다가 태과야. 당연히 알아야 할 것을 모르지. 그러니 다들 의심의 눈으로 봐. 관리도 정리해가야 하는데 역신이 많지. 특히 처분에 원한을 품은 놈들은 요시에게 무슨 짓을 할지 몰라."

리사이는 눈을 부릅떴다. 왕조의 시작은 그런 법이지만 경왕은 두 팔 벌려 맞이해야 마땅한 왕으로 보였다.

"변변치 않은 결과가 나기 전에 여왕 따위 없애버리라는 놈들도 있어. 그러니까 위험해서 노침에는 내력을 모르는 관리를 두지 않지."

리사이는 납득했다. 듣고 보니 이전에 있던 화전에도 관리 모습이 거의 보이지 않았다. 정침이건만 화전 주위는 한산했다. 리사이를 보살피던 여어도 스즈라는 소녀 혼자였고, 쇼케이라 불린 여사가 이따금 드나들었지만 리사이는 다른 하관 모습을 본 적이 없었다.

"나를 경계해서 그런 줄 알았어."

"그렇지 않아. 아직 노침에 사람이 적은 거지. 우리는 이전부터 있던 하관을 요시 주위에 두고 싶지 않아. 성품이 곧은 믿을 만한 사람만 둘 생각이지. 그걸 확인해가면서 조금씩 숫자를 늘리고 있는 상황이야."

리사이는 얼떨떨하다가 이것이 평범한 상황인지도 모른다고 생각을 고쳤다. 경왕의 말대로 대국은 가조가 튼튼했다. 애초에 교왕이 조정을 그렇게까지 어지럽히지 않았다. 교소는 중신 사이에서 인망을 얻고 옥좌에 올랐다. 그런 대국에서도 그 같은 일이 일어났다.

"경국은 아직 험난한 상황이군."

"조금만 더 참으면 돼. 나는 그렇게 생각하는데."

리사이는 고개를 끄덕였다. 여전히 조정이 안정되지 않은 경국에 리사이가 쳐들어와, 갓 등극해 조정을 필사적으로 다스리려 하는 그녀에게 죄를 부추기려 했다. 새삼 자신이 하려던 짓이 얼마나 큰일이었는지 사무쳤다. 무시무시한 잘못을 저지를 뻔했다. 그만둘 수 있었던 것은 결코 자신의 공적이 아니다.

많은 부담을 주고 있다. 애초에 경국은 대국을 위해 할애할 여력이 없다. 그런데 경국의 젊은 왕은 국토를 떠받치는 손에 리사이까지 받아들이고, 마땅히 해야 할 일을 하듯이 힘닿는 대로 돕고 있다.

더 바라서는 안 된다.

다이키를 찾아준다고 한다. 그것만으로 충분하다. 설령 다이키를 찾지 못하더라도 경국에 온 것은 헛수고가 아니었다.

고쇼는 어쩐지 쑥스러운 듯이 말을 이어갔다.

"그 탓에 요시의 주변에는 사람이 적어. 일상의 시중은 스즈 외에 또 한 사람, 원래 내 동료였던 여자가 들고 있지. 여사는 쇼케이라는 그 소녀밖에 없어. 소신은 내 동료였던 녀석이랑 금군 장군이 무조건 신용할 수 있다는 사람을 엄선해서 두었지. 그러니 우리는 늘 궁전에 틀어박혀 있어야 해. 관저를 받아도 그리로 돌아갈 틈이 없어."

"그래서 여기에서 지내는 건가?"

"그렇게 된 거야. 나한테는 남동생이 있어."

"친동생인가?"

"맞아. 지금은 영주 소학少學(최고 교육기관) 기숙사에 들어갔지."

"장래가 기대되는군."

고쇼는 "뭐, 그렇지" 하고 흐뭇하게 웃었다.

"늘 소학에 보내고 싶었는데 막상 가버리니까 나니까 적적하더군. 나한테 혈육이라곤 동생뿐이야. 스즈와는 친하지만 남자 혼자 사는데 함께 지낼 수는 없잖아. 그런데 요시가 엔호와 게이케이를 돌봐달라고 하더군."

"아, 그래서 태사 댁에 있는 거로군."

"그런 거지. 내가 맡는 거야 좋지만 아무리 그래도 대복 관저에 태사를 둘 수는 없는 노릇이지? 게다가 엔호도 늘 요시 곁에 있으니까. 요시는 이쪽 정치 제도에 어두워서 배우는 중이야. 그래서 엔호가 여기를 하사받고, 엔호를 돌보는 나도 이리로 옮겨오게 되었어."

고쇼는 쑥스러운 듯이 웃었다.

"하지만 나도 누군가에게 예의범절을 묻지 않으면 꼼짝도 못해. 변두리 여관 주인장 출신이니까. 게이케이도 공부시켜야 하고. 그 아이는 원래 머리가 좋아. 엔호의 시중을 드는 것은 바라던 바이지만 여자 일손이 없으니 집안이 돌아가지 않아. 결국 스즈와 쇼케이까지 떠맡아서, 보다시피 이런 상태가 되었지."

"그거 떠들썩하겠군."

"맞아."

고쇼가 웃었다.

"요시는 사람을 쓰는 재주가 있어. 알았을 거야, 자기 대복이 덩치는 큰 주제에 외로움을 탄다는 걸 말이지. 나는 주위에 사람이 넘치지 않으면 안정이 안 돼. 게다가 궁중에서는 상상을 초월하지. 혼자서 관저에 있으라고 했다면 며칠도 버티지 못했을 거야. 여럿이 북적이는 덕에 그럭저럭 버티고 있어."

"덤으로 나까지 굴러들어와버렸군."

"여기 있는 편이 긴장이 풀리고 좋지 않을까 요시가 그러더라고. 시끄러운 건 참아줘. 참는 김에 우리가 무례한 것도 신경쓰지 말아주면 고맙겠어."

리사이는 당치도 않다며 웃었다. 그토록 신뢰하는 자들에게
자신을 맡겨준 것이 기뻤다.

"경왕은…… 좋은 왕이 되시겠지."

"다른 나라 장군님께서 그렇게 말씀해주시니 기쁘군. 응…….
뭐, 나도 그랬으면 좋겠어. 잘 안 풀리면 그만두면 되는 우리랑
달리 왕이나 기린은 다른 길이 없으니까."

리사이도 동의했다. 좋은 왕이 되어 계속 그 상태를 유지하느
냐 파멸하느냐 둘 중 하나다. 왕에게는 다른 길이 없다.

"태왕도 훌륭한 분이셨지? 금군의 간타이란 녀석이 그렇게 말
했어. 우리 좌군 장군이지. 등극하기 전부터 대단한 사람이었다
고, 군인들 사이에서는 유명했다며?"

"그래……. 나도 그리 생각했지."

"무사히 돌아와야 할 텐데. 태왕도 태 태보도……. 우선 태보
부터인가."

리사이가 고개를 끄덕였다. 다이키만이라도 찾아야 한다. 그
러지 못하면 대국을 구제할 수 없다.

숙연해지는데 경쾌한 발소리가 들렸다. 쳐다보니 게이케이가
오고 있다. 빛이 넘치는 입구에서 꽃을 안고 달려오는 웃는 얼굴.

"북쪽 정원에 부용이 피었어."

게이케이가 꽃 한 송이를 내민다. 리사이는 꽃과 게이케이를 번갈아 보았다.

"게이케이 님은 몇 살이 되었지?"

쑥스러워하며 열한 살이라고 대답한다.

"그래, 그런가."

발그레한 게이케이의 미소가 일그러졌다. 미소 지은 채 물속에 갇혀 일그러진다.

"리사이 님?"

더는 미소가 보이지 않는다. 리사이는 손을 뻗었다. 자신의 남은 한쪽 손에 놓인 작고 따뜻한 손, 걱정하듯이 꼭 쥐는 힘.

"그대는 행복하신가?"

"저요……? 음, 네."

"그래……."

리사이, 하고 부르던 천진한 목소리, 리사이를 발견하고는 쪼르르 달려와 환히 웃었다. 그 자리에 히엔이 있으면 쓰다듬어도 되느냐고 꼭 물었다.

"태보도 딱 그대만 한 나이셨지……."

부디 다이키가 돌아오시기를. 리사이는 그날 처음으로 기도를 했다.

기대를 배신당하는 것은 괴롭다. 간절한 바람일수록 이루지 못했을 때의 절망은 깊다. 기도란 기대하는 것이다. 그래서 리사이는 이날까지 기도할 수 없었다.

대국의 백성이 묵묵히 사당에 다니는 것도 리사이는 가만히 지켜보았다. 그들은 눈보라가 휘몰아치는데도 숙연히 사당으로 걸음했다. 아센의 귀가 두려워 아무도 입을 열지 않는다. 말없이 사당으로 가서 살며시 형백을 하나 두고 온다. 형백을 남겨준 은혜에 감사하고 내려준 사람의 무사를 기원하기 위해서.

그것밖에 하지 못하는 대국 백성을 가엾게 여기면서 리사이는 사당에 한 번도 걸음하지 않았다. 걸음을 내디딜 수가 없었다.

다이키를 찾아준다는 말을 듣고 나서도 그러했다. 다이키를 찾을지도 모른다는 기대보다 찾지 못할지도 모른다는 사실이 두려웠다. 설령 찾는다 해도 그 뒤에는 방도가 없다. 다이키의 귀환이 대국의 구제를 확약하지는 못한다. 다이키가 돌아오는 것이 대국에 어떤 의미가 있을까.

하지만 다이키는 빛이다.

전국 각지를 도망쳐 다닌 리사이가 아는 사람을 물어물어 몸을 맡긴 산간의 은자는 포기하라고 했다.

"주상은 이곳에는 계시지 않습니다."

대국 위주, 교소가 태어난 산간 마을 하령呀嶺은 잿더미가 되었다. 혹시 교소가 고향에 숨어 있지 않을까 하고 위주로 간 리사이는 구름 같은 연기에 휩싸인 하령의 흔적만을 보았다.

"그보다 당신께는 휴식이 필요하지 않습니까."

"쉬고 있을 수 없어."

"왕이 없는 나라는 황폐해집니다. 그 사실을 모르는 이는 없지요. 하지만 왕은 돌아가시지 않았어요. 왕이 제례를 올리지 않으면 나라가 기우는 건가요? 아니면 왕의 존재가 나라를 유지하는 건가요?"

리사이는 고개를 가로저었다.

"모르겠어……."

"이미 대국은 왕이 없는 시대로 움직이고 있어요. 당신은 지금까지 오랜 세월 왕을 찾았지만 끝내 발견하지 못했지요. 이제 그쯤 하면 되지 않았습니까."

리사이는 눈을 부릅떴다.

"왕을 버리라는 소리인가?"

노인은 고개를 저었다. 궁핍함에 여윈 얼굴에는 달관한 기색이 짙었다.

"먼저 당신의 행복을 생각해야 하지 않겠습니까. 당신은 왕이 구하시리라는 백성 안에 자신이 포함되어 있다는 사실을 아십니까."

"나는······."

"대국 백성의 행복을 논한다면 당신 자신도 행복해야 하지요. 당신 혼자 모든 것을 짊어지고 괴로워한다면 이는 곧 만백성이 행복하지 않다는 소리와 다를 바 없습니다."

리사이는 쓸쓸히 고개를 떨어뜨렸다.

"그래도 이 나라를 구제할 수 있는 사람은 그분뿐이야······."

동정하는 것 같은 한숨을 쉰 노인이 일어난 뒤에는 그의 손녀딸인 소녀만이 남았다. 소녀 역시 우려하는 듯한 눈길로 하고 싶은 말이 있는 기색을 내비치며 리사이를 보았다.

"너도······ 왕을 위해 떠도는 것이 어리석다 말하겠느냐?"

소녀는 고개를 저었다.

"저는 잘 모르겠어요. 저는 왕을 몰라요. 정사도 잘 모르고요. 주상은 구름 위의 분이세요. 태보도 아득히 높은 곳에 있는 분이지요. 하지만 연기가······."

"응?"

"문 앞에서 내려다보면 위주가 펼쳐져 있어요. 그곳에 연기가 자욱하게 끼어 있지요."

"그렇지."

리사이가 대답했다. 아센은 교소와 인연이 있거나 교소를 지지하고, 자신을 지탄하는 모든 사람을 용서하지 않았다. 뜻에 부응하지 않으면 한 마을을 불태우고, 자신을 등진 전부를 뿌리째 지상에서 뽑아버리려 했다.

"남쪽 나라는 일 년 내내 봄 같다는 말이 진짜일까요. 주국에는 눈이 내리지 않는다면서요. 강이 어는 일도 없다고 해요. 겨울에도 따뜻한 햇볕이 내리쬐고, 맑은 날이 있고…… 푸른 하늘이 보인대요."

리사이는 고개를 끄덕였다. 리사이는 황해를 건너 남쪽에 간 적이 없지만, 황해조차 햇볕이 선명하고 하늘은 든든할 정도로 가깝고 짙었다.

"대국에서 첫눈이 내리고 그 눈이 녹을 때까지 하늘이 보이는 날은 얼마나 될까요? 아마도 손가락으로 꼽을 정도겠지요. 그런데 연기가……."

리사이는 소녀의 말뜻을 깨닫고 저도 모르게 그 손을 쥐었다.

"며칠 되지 않는 맑게 갠 하늘을 연기가 뒤덮어버려요. 불길이 눈을 녹여 건물 잔해와 함께 얼어붙죠. 우리 대국의 백성은 얼마나 봄을 간절히 기다리는지요. 두텁고 낮은 구름에 뒤덮인 대국에서 왕궁은 하늘이 보이는 유일한 곳인 것 같아요. 그 푸른 하늘이 흐렸어요. 지상의 연기가 눈구름처럼 홍기를 덮어 이 나라에서는 하늘이 보이지 않아요……."

소녀는 근심을 가득 담은 눈으로 리사이를 쳐다보았다.

"홍기는 푸른 하늘이 보이는 하나의 구멍이자 한 점의 봄 햇
살, 긴긴 한겨울에도 절대로 얼어붙지 않는 빛이지요."

당차게 말한 소녀는 이제 이 세상 어디에도 없다. 리사이를 숨
겨준 죄로 할아버지와 함께 아센에게 처형당했다. 하지만 이때,
그리고 그 뒤, 앞서 기다리는 운명을 알면서 리사이를 도망치게
해주었을 때, 소녀가 한 말을 절대로 잊어서는 안 된다고 리사이
는 새삼 생각했다.

—부디 주상을, 태보를 구해주세요.

004

범왕이 방문하고 이틀 후에, 여느 때처럼 금문에서 기다리라
는 전언을 듣고 갑작스럽게 청조가 날아왔다. 운해 위, 금문 대
문 앞에서 기다리던 요시를 맞이한 이는 운해를 넘어온 세 손님,
쇼류와 로쿠타, 그리고 금발의 한 소녀였다.

"범왕이 왔다고?"

추우에서 내리자마자 묻는 로쿠타에게 요시가 "응" 하고 쓴웃
음을 지으며 공수했다.

"어쩐지 연락이 통 되지 않더니만."

로쿠타가 말하며 하얀 기수에서 내려선 인물을 보았다.

"염 태보다."

요시는 서둘러 예의를 갖추었다. 렌린廉麟(연국의 기린)은 열여덟 살쯤 돼 보이는 명랑한 분위기의 인물이었다.

"렌린, 이쪽이 경왕 요시, 그 옆이 게이키야."

로쿠타는 소개를 마치고 물었다.

"그래서? 범국의 그분과 아가씨는 어디 있지?"

"아마도 방에 계실 거야."

요시는 쓴웃음을 지을 수밖에 없었다. 요천에 여관을 잡았으니 괜찮다는 범왕과 한린을 만류하고 금파궁에 머물러달라고 말한 사람은 요시였지만, 손님으로서 범왕은 상당한 골칫거리였다. 처음에는 빈객을 맞이하기 위한 장객전掌客殿으로 안내했으나 분위기가 마음에 들지 않아 머물고 싶지 않다고 했다. 이윽고 멋대로 객전의 정원에 있는 엄구각淹久閣을 고르더니 항아리는 보기 흉하니 치워라, 저 그림은 두고 볼 수가 없으니 저쪽의 저것으로 바꾸라는 둥 떠들었다. 시중을 들기 위해 붙인 장객의 관리는 하나같이 마음에 들지 않았는지 눈치가 없으니 바꿔달라고 요청하는 바람에 어쩔 수 없이 쇼케이를 붙였는데, 다행히 쇼케이는 마음에 든 모양이었다. 그런데 이번에는 곁에서 놓아주지를 않는다.

한편 한린은 범국의 보물이라는 고태삼을 쓰고 제멋대로 궁전 안을 돌아다녔다. 느닷없이 정침에 와서 어디의 관리가 하관을 괴롭히는 것은 좋지 않아 보인다는 등의 이야기를 하고 가버린다. 혼자 시중을 떠맡는 꼴이 된 쇼케이가 평가하기를 한린은 겉모습은 장식해두고 싶을 만한 아름다운 소녀지만 속은 엔키라고 했다.

　"그 사람들 상대하기 엄청 까다롭지?"

　로쿠타가 작은 목소리로 하는 말에 요시도 슬쩍 되물었다.

　"안국과 범국은?"

　"본의는 아니지만 국교는 있어. 범국은 장인의 나라니까."

　"옥이나 금은 세공에서는 열두 나라 중 제일이라 했던가."

　"그건 인정할 수밖에 없지. 범국은 원래 아무것도 없는 나라야. 뭘 내세우든 어중간한 나라지. 그런데 그 녀석이 공장工匠의 나라로 다시 일으켰어."

　"미술품이나 공예품으로?"

　"세공하는 거면 뭐든 해. 종이와 천 같은 소재부터 그것을 만들기 위한 기기와 도구까지. 특히 도구지. 범국에서 만드는 도구는 정밀도가 높아. 자나 저울의 추만 해도 다른 나라에서 만든 물건과는 하늘과 땅 차이야."

　"그렇구나……."

"우리는 도시나 건물, 항구 같은 거대한 것은 잘 만들지만, 그것을 짓기 위해서는 범국 장인의 협력이 필요해. 그러니까 교류는, 음⋯⋯. 깊다면 깊은 편이기는 하지."

로쿠타는 한숨을 쉬었다. 요시도 어쩐지 한숨의 이유를 알 것 같았다.

"뭐라고 할까⋯⋯. 그게, 여러 의미로 특이한 분이더군."

"그렇지? 쇼류의 천적이야."

로쿠타는 뒤를 흘끔 돌아보았다. 도착해서 한마디도 하지 않은 쇼류가 언짢은 얼굴로 맨 뒤에 따라왔다.

"왜인지 알 것 같아."

작게 대답했을 때 정원 좁은 길을 따라서 오는 쇼케이를 만났다. 쇼케이는 발바닥을 돌바닥에 내리치는 듯 발을 내디디며 몸을 앞으로 숙이고 걸어왔다.

"아, 쇼케이. 범왕은?"

쇼케이는 살기등등한 눈으로 요시를 보았다.

"침실에 계십니다. 말해두지만 지금 가도 만날 수 없어."

"만날 수 없어?"

"내가 골라드린 의복과 비녀가 맞지 않아서 옷을 갈아입기가 싫으시답니다. 두고 봐. 반드시 입히고 말 테니까."

"고생하는군."

"흥."

쇼케이는 팔짱을 끼었다.

"내 상대로 손색이 없어. 하지만 내 판단으로는 그 조합이면 충분해. 목걸이와 귀걸이가 맞지 않는다고. 요시의 물건을 마음 대로 뒤질게. 오기로라도 좋다고 말하게 해주겠어."

쇼케이는 당장이라도 소매를 걷어붙일 것처럼 말하더니, 요시 뒤로 좁은 길을 따라오던 사람들을 발견한 모양이다. 작게 소리 지르고 새빨개져서 길옆에 머리를 조아렸다.

"실례했습니다!"

"고생하는 것 같네."

로쿠타가 웃음 섞인 목소리로 말했다.

"그 양반을 상대하려면 큰일이겠지…… 안에 한린도 있어?"

"예, 안에 계십니다."

"그래. 잠깐 의논할 일이 있으니 범국의 그분이 서둘러 침실을 나올 수 있도록 해줘."

"분부 받들겠습니다."

쇼케이는 깊이 고개를 숙였다. 요시 일행이 실소를 머금고 쇼 케이를 지나치자 기암에 둘러싸인 이 층 누각이 나왔다. 바로 그 범왕이 쇼케이 외의 다른 하관을 싫어해서 안내를 청할 자도 없다. 하는 수 없이 문밖에서 왔다는 것을 알리고 안으로 들어

가자 방 탑상(긴 의자)에 한린이 엎드려 있었다. 요시는 쓴웃음을 지으며 생각했다. 확실히 범왕의 지시로 가구를 움직이고 족자를 손본 방은 놀랄 만큼 세련된 건물로 다시 태어났다. 그 안에 한린이 흐트러진 자세로 엎드려 있으니 모습만으로 그림처럼 보였다.

"어머, 요시에 게이키까지."

서책에서 고개를 든 한린은 몸을 일으키더니 그대로 탑상에서 내려왔다.

"로쿠타도. 오랜만이네."

"응."

폴짝거리며 다가온 한린은 쇼류의 얼굴을 아래에서 올려다보았다.

"쇼류도 오랜만이야. 여전히 촌스러운 차림이네."

"시끄러워. 네 주인이나 불러오라고."

"그건 무리야. 주상은 아직 옷을 덜 갈아입으셨는걸."

"아무거나 입어도 되잖아. 불만이 있으면 알몸으로 나오라고 해."

쇼류는 벌레라도 씹은 듯한 얼굴로 투덜거렸다.

"참으로 천박한 쇼류다운 말이네."

한린은 매몰차게 말하고서 렌린에게 시선을 멈추었다. "어머나”하고 귀엽게 외치고 우아하게 인사를 한다.

“손님이 있는 줄은 몰랐네요.”

“응…….염 태보야.”

“처음 뵙겠습니다. 한린입니다.”

생긋 웃으며 렌린이 답인사를 한다. 한린은 실내에 모인 얼굴을 둘러보았다.

“대단한 면면인데. 이제 다이키의 수색을 시작하는 거야?”

“그래, 맞아.”

쇼류는 부루퉁하게 대답하고 한린에게 앉으라고 재촉했다.

“안국에 와달라고 했는데 모습을 보이지 않고 소식불통이 된 놈들이 있어서 말이지.”

“어머나, 그래서 와준 거야? 잘됐네. 나는 경국이 더 좋아. 안국의 하관은 정말이지 눈치도 없고 시끄러워.”

“시끄러운 사람은 너야. 아무튼 안국과 경국, 범국과 연국 네 나라가 봉래를 수색하기로 했다.”

“곤륜은?”

“주국과 공국, 재국이 찾을 거야.”

“큰일을 벌였네.”

한린은 중얼거리고서 고개를 갸웃했다.

“이런 일을 해도 괜찮아? 전대미문인 것 같은데.”

"괜찮아. 우리가 다이키를 찾는 것 정도는 하늘의 섭리에 반하지 않아."

로쿠타가 대답했다.

"흐응? 구체적으로 어떻게 찾으려고? 역시 왕사를 우르르 보내는 거야?"

"설마."

엔키는 얼굴을 찌푸렸다.

"왕사를 보내는 것은 불가능해. 봉산의 현군도 부디 식은 최소한만 일으켜달라고 부탁했어. 왕사를 보낸들 의미도 없고. 다이키는 태과야. 우리 기린이 기린의 기운을 표적 삼아 찾을 수밖에 없어."

한린이 입을 떡 벌렸다.

"그 말 진심으로 하는 소리야? 봉래는 넓잖아?"

"봉래 전체의 넓이를 말한다면 이쪽의 일국만큼 넓지는 않아."

"그래도 엄청 넓지 않아? 거기서 찾는다고? 나를 포함해 겨우 네 명으로? 여태껏 로쿠타가 한 말 중에서 가장 실없는 소리야."

"어렵다는 것은 알아. 그러지 않았다면 처음부터 다른 나라에 협력을 구하지도 않았어."

"하지만⋯⋯."

"나는 예전에 다이키를 찾아낸 적이 있어. 그곳이 어디인지 구체적으로는 잘 모르지만 대강의 장소는 기억해. 다이키가 그곳으로 돌아갔다는 보장은 없지만 거기서부터 찾기 시작해야겠지."

"정말로 그만한 단서로 찾아낼 수 있다고 생각해? 기막혀."

"그럼 못 본 체할까?"

로쿠타는 한린을 쏘아보았다.

"다른 방법이 있으면 그걸 선택하겠지. 달리 방도가 없어. 이래서야 몇 년이 걸릴지 몰라. 그러나 대국을 어떻게든 하려면 이수밖에 없다고!"

방에 침묵이 깔렸다. 마침내 입을 연 사람은 렌린이었다.

"사령을 쓸 수는 없을까요?"

"사령?"

"예. 사령은 기린의 기운을 알죠? 아무리 멀리 있어도 제 기운을 감지하고 돌아와요. 사령이라면 다른 기린의 기운도 보이지 않을까요. 어쩌면 기린인 저희보다도 더 예민하게요."

엔키는 "맞아" 하고 중얼거리고 누구인지 모를 상대에게 "어때?" 하고 물었다. "그렇습니다"라는 목소리가 어딘지 모를 곳에서 들렸다. 엔키의 사령이 대답하는 소리다.

"요마라면 어때?"

대답은 없다.

"너희는 동족을 소집할 수 있지. 해로운 요마를 불러 모을 수는 없는 노릇이라도, 그리 해가 없는 작은 녀석이라면 어때?"

잠시 침묵이 흐른 뒤에 괜찮다는 목소리가 들렸다.

"좋아. 이렇게 하면 머릿수를 제법 늘릴 수 있겠어."

한린이 "그렇다면" 하더니 짝 하고 손뼉을 쳤다.

"범국에 홍용경鴻溶鏡이 있어."

"홍용경?"

"그래. 홍용경은 비춘 자를 여러 개로 나눌 수가 있어. 둔갑할 수 있는 생물밖에 쓰지 못하지만, 사령이나 요마라면 홍용경으로 나누어 숫자를 늘릴 수 있을 거야. 이론상으로는 무한하게. 나누는 만큼 능력도 줄어들지만 사람을 찾는 데 큰 능력이 필요하지는 않겠지?"

렌린이 대화에 참여했다.

"연국에는 오강환사吳剛環蛇가 있어요. 오강환사는 식을 일으키지 않고 이쪽과 저쪽에 구멍을 뚫을 수 있어요. 사람은 지날 수 없고, 한 번에 많이 오갈 수도 없지만 이것을 쓰면 식은 최소한으로 그칠 수 있습니다. 네, 이전에도 다이키를 위해 쓴 적이 있어요. 연 태보가 발견하신 다이키를 오강환사로 봉산에 데려 왔어요."

"좋아."

로쿠타가 흡족한 듯이 고개를 끄덕이자 냉정한 목소리가 끼어들었다.

"문제는 다이키가 왜 돌아오지 않는지가 아닌가?"

돌아보니 침실 입구에 눈부신 하얀 나삼(얇은 비단으로 만든 적삼)을 입은 범왕이 서 있었다. 등뒤로 만족스러운 얼굴을 한 쇼케이가 보였다.

"드디어 납시셨나? ……왜 돌아오지 않느냐니 뭐야."

"음? 엔키라면 본의 아니게 봉래로 흘러가서 그대로 정착할 텐가."

"그건……."

로쿠타가 대답을 흐렸다.

"엔키라면 그 기회에 원숭이산의 원숭이왕에게서 도망치겠지만 다이키는 그럴 만한 아이로 보이지 않았어. 어떻게든 돌아오려고 하겠지. 그런데 육 년을 돌아오지 않아. 돌아오지 못할 사정이 있다고 생각해야겠지."

"그런 건 알고 있어. 하지만 다이키를 찾아보지 않고서야 그 사정을 알 길이 없잖아. 댁은 사정이 상상이 가?"

"글쎄."

범왕은 딴청을 피웠다.

"있다고 한다면 더는 기(수컷 기린)가 아니라는 거겠지."

"더는 기가 아니라고?"

"왕을 곁에서 모시는 것은 기린의 본성이나 다름없지. 백성을 가여워하는 것도 기린의 본능, 그렇다면 기린인 한 다이키는 태왕 곁으로 돌아오려 할 테고, 백성을 위해 대국으로 돌아오려 하겠지. 돌아오기 위한 능력은 갖추고 있어. 그것이 불가능하니까 더는 기가 아니라고 생각할 수밖에 없지."

"어떻게 기린이 기린이 아닌 것이 되지."

"알 리가 있나."

범왕은 냉담했다.

"한데, 다이키는 태과이지."

"그런데……. 그래서?"

"글쎄. 제대로 표현할 수가 없구나. 한린이 린(암컷 기린)이 아니게 되는 것은 목숨을 잃을 때뿐인지도 모르지. 하지만 태과인 기린이 저쪽에 있을 때는 어떨까……. 그런 의문이 들었을 뿐이야."

요시가 리사이에게 다이키의 수색이 시작되었다고 알린 것은 한창 더울 무렵이었다. 권태감을 동반한 더위는 왕궁까지 살며시 다가왔다. 잠을 이루지 못하는 밤은 반가운 소식을 기다리는 초조감을 자극하고 리사이에게서 편안한 잠을 빼앗았다.

곧 찾을 테니 걱정하지 말라고 씩씩하게 장담하던 로쿠타의 표정은 얼마 지나지 않아 어두워졌다. 이전에 로쿠타가 다이키를 찾은 봉래의 한 지방에서 다이키의 기운은 발견되지 않았다고 한다. 더욱 수색의 손을 뻗었지만 낭보는 역시 없었다.

잠을 이루지 못하고 일어나 장객전으로 향했다. 장객전 주위에 펼쳐진 서원의 청향전淸香殿이 손님들이 묵는 건물로, 그곳과 이어진 서재 난설당蘭雪堂이라는 건물이 다이키를 수색하는 사람들의 회의장이었다. 리사이는 하루에 몇 번이나 난설당을 찾지 않고는 배기지 못했고, 걸음한 결과 낙담하게 되더라도 그것으로 견디기 힘든 갈증은 얼마간 가라앉았다. 이날 밤에도 물을 찾듯이 난설당으로 향했다. 난설당에는 로쿠타가 녹초가 되어 의자에 앉아 있었다.

"연 태보."

로쿠타는 "여어" 하고 웃었지만 표정에 힘은 들어가 있지 않았다.

"보이지 않습니까?"

"응."

대답하는 로쿠타의 목소리가 낮다. 리사이가 낙담해 우두커니 서 있는 것을 눈치채고 로쿠타는 밝은 목소리로 말했다.

"원래 이런 거야. 이제 시작이라고."

'예'라고 대답해야 했다. 리사이는 아무것도 도울 수 없다. 나라에 둘도 없는 분들이 나서서 수고를 하는데 리사이는 그들을 지켜볼 수밖에 없었다. 그러면서 늦어진다고 비난하는 것은 분수에 넘치는 짓이다.

"차라도 마시고 갈래? 내가 마시고 싶어서 하는 말이지만."

리사이는 미소 짓고는 선반 위 작은 화로에 불을 지폈다. 쇠주전자로 물독의 물을 길어 화로에 올린다.

"봉래에는 없을 수도 있겠어."

리사이는 손을 멈추었다.

"그럼 곤륜에……."

"모르겠어. 범국 양반의 말이 맞아. 문제는 다이키가 어째서 스스로 돌아오지 못하는지에 있다고 봐."

"돌아오시지 못하는 사정이 있는 것이 아닌지."

"말은 쉬운데, 무슨 사정일 거라고 생각해?"

"저로서는 짐작할 수 없습니다."

"다이키는 명식을 일으켰어. 게이키가 여러 차례 강조했지만 다이키가 명식을 일으키는 방법을 알았을 리가 없어. 일으켰다면 돌발적인 일이 생겨서 본능적으로 저질렀을 거라고 했고 나도 동감이야. 다이키는 저쪽으로 건너간 것이 아니라 이쪽에서 굴러떨어진 거라고 생각해. 그런데 그렇게 굴러떨어진 곳은 정말로 저쪽일까?"

"그게 무슨……."

"오강의 문 입구와 출구 사이에는 아무것도 없는 길이 있어. 문은 금문이나 오문 같은 것이라 생각하면 돼. 문 하나를 두고 문밖이 저쪽 세상, 문 안쪽이 이쪽 세상인 것이 아니라 입구와 출구 사이에 통로가 있어."

리사이가 "예에" 하고 고개를 끄덕였다. 주술을 부린 길에는 대부분 계단이 있다.

"다이키가 이쪽에 없는 이상 문 안으로 들어간 것은 확실하겠지만 다이키는 정말로 건너편으로 나갔을까."

"그건……."

리사이가 로쿠타 쪽으로 몸을 돌렸다.

"사이에 갇혔다는 소리십니까?"

"모르겠어. 하지만 다이키는 저쪽으로 빠져나가지 못했을지도 몰라. 렌린의 오강환사를 써서 저쪽으로 갈 때 빠져나가는 사이에 꼭 렌린의 손을 잡아야 해. 손이 아니라 오강환사의 꼬리인가. 두 개의 꼬리 중 하나를 렌린의 손을 통해 잡고 있어야 해. 그러지 않으면 헤맨다고 해. 안에서 앞으로 나가지도 돌아오지도 못하는 일이 있대."

"다이키도 그처럼 길을 잃었다."

"모르겠어. 명식과 오강환사를 똑같이 생각하면 안 될 수도 있고……. 하지만 다이키는 저쪽으로 빠져나가지 않은 것이 아닐까 싶을 정도로 깨끗하게 기척이 없어. 다이키는 태과로 흘러가 저쪽에서 태어나서 지극히 평범한 아이로 자랐어. 저쪽에 부모가 있고 집이 있지. 내가 예전에 다이키를 발견한 곳이 생가일 거야. 미안하지만 그곳이 어디인지 기억나지 않아. 하지만 대충 위치는 알고 있지. 봉래국은 나름대로 넓지만 어느 도시 부근이었는지 정도는 기억해. 식을 일으켜 본능적으로 도망쳤다면 고향으로 돌아갔을지도 몰라. 하지만 고향에는 다이키의 흔적이 전혀 없었어."

"그럼 고향에는 없는지도 모릅니다. 어딘가 다른 곳에……."

"그렇게 생각하고 국토를 샅샅이 뒤지고 있어. 고향을 중심으로 두 갈래로 나뉘어 북상하고 남하해보았지만 어디에도 흔적이 보이지 않아……. 아니, 대강 훑었을 뿐이지만."

마지막 말은 리사이를 위로하는 말투였다.

"이번에는 조금 더 주의깊게 찾아볼게. 근처에 있는 인간을 붙잡아 육 년 전에 무슨 이변이 없었는지 묻는 것도 불가피하다고 생각해. 그만큼 시간은 걸리겠지만."

"예."

"이러는 동안에 곤륜에서 찾아주면 좋겠는데……. 어찌되었든 언제까지고 한린과 렌린을 묶어둘 수는 없어. 게이키는 더욱 그렇지. 경국은 아직 미숙하니까 중간에 포기하고 찬찬히 찾아보는 게 좋겠다는 결론이 날지도 몰라. 그렇게 되면 리사이에게는 미안하지만."

"아니요……. 하는 수 없는 일인걸요."

리사이는 애써 냉정하게 말했다. 더 요구해서는 안 된다고 자신을 타이른다. 리사이는 외팔이 되었지만 건강을 회복하고 있다. 교소에게 변사가 일어난 곳이 임우 교외에 있는 함양산이라는 것도 알았다. 어떻게든 결론이 나 다이키 수색이 마무리되면 대국으로 돌아가 교소를 찾을 수 있다. 경국에 온 것은 헛수고가 아니었다.

리사이는 아직 분명히 교소와 이어져 있다.

"그렇게 되더라도 대국을 버리겠다는 이야기가 아니야. 대국의 난민이나 대국에 남은 백성을 위해 할 수 있는 만큼의 일은 하겠다고 약조하지."

"망극하옵니다."

리사이가 중얼거리듯 대답했을 때였다. 어두운 방에 빛이 슥 비쳤다. 돌아보니 난설당 안쪽에 있는 문에서 희미한 빛이 새어 나왔다. 리사이가 일어났다. 그 문을 빠져나가면 짧은 회랑으로 이어진다. 회랑을 한 번 꺾은 곳에는 고금재孤琴齋라 불리는 작은 건물이 있다. 고금재 안에 빛이 비친다. 천장의 창문으로 달빛이라도 비쳐드는 것처럼 보였지만 고금재의 천장에는 창문 따위 존재하지 않는데다 이날 밤에는 달이 없었다. 둥근 하얀 빛이 바닥을 비추는데 광원이 없다. 그도 그럴 것이 마루 위가 아니라 밑에서 비추고 있었다.

오강환사다. 리사이는 고금재로 들어갔다. 커다래진 빛고리에서 스르륵 사람이 튀어나왔다. 한 사람, 이어서 또 한 사람. 두 사람이 빠져나오자마자 빛은 멀어지듯 줄어들더니 사라졌다.

"어머나, 리사이."

한린이 외치며 회랑에서 방으로 달려왔다.

"로쿠타, 이상해!"

"이상하다고?"

로쿠타가 귀찮은 듯이 의자 등받이에서 몸을 일으키자 한린이 고개를 끄덕였다.

"사령이 못 가겠다고 해. 덜덜 떨면서 싫대."

"뭐?"

"다가갈 수 없고 다가가서는 안 된다고 한다니까!"

"네가 무슨 말을 하는 건지 도통 모르겠어. 렌린, 어떻게 된 거야?"

"그것이……."

방으로 들어온 렌린 역시 불안한 얼굴이었다.

"저도 잘 모르겠어요. 사령이 불길한 것이 있다면서 꺼려요."

"불길……?"

"예. 엔키가 말씀하신 다이키의 고향이에요. 다시 한번 한린과 돌아가보았는데, 사령이 저쪽으로 가고 싶지 않다고 했어요. 불길하고 부정한 것이 있답니다. 터무니없이 커다란 흉이 있으니 다가가서는 안 된다고요."

"그게 뭐야? 그곳은 전에도 갔었잖아."

"예, 그래요. 사령의 말로는 전에도 약하나마 있었다고 해요. 그렇지, 주코? 설명해드려."

"예에" 하고 느릿한 목소리가 들리더니 렌린의 옷자락에서 하얀 짐승이 모습을 드러냈다. 작은 개와 똑 닮았지만 개라고 하기에는 꼬리가 없다. 짐승은 파랗고 둥근 외눈을 가늘게 떴다. 노인의 눈썹처럼 눈동자 위에 드리운 늘어진 털로 난처한 표정을

황혼의 기슭 새벽의 하늘

짓는다.

"그곳에는 재앙이 있습니다."

"어떤?"

"알 리가 있습니까. 좋지 않은 것입니다."

"그런 설명으로는 알 수 없어. 그건 이전에도 있었지?"

"예에" 하고 주코는 몸을 움츠렸다.

"떠올려보니 그런 것이지만 전에는 언뜻 기묘한 느낌이 났어도 별것 아니라 신경쓸 필요는 없겠다 싶었지요. 그 뒤로 잊고 있었는데 오늘밤에 가보니 그것이 터무니없이 커졌습니다. 그것은 좋지 않은 것입니다. 저는 그것에 다가가는 것은 사양합니다. 태보는 절대로 다가가서는 안 됩니다."

"좋지 않은 것? 예감이 든다는 소리인가?"

"그렇지 않습니다. 커다란 부정이고 재앙입니다. 흉이 있습니다. 잔챙이라고 여겼지만 그것은 잔챙이 따위가 아니에요. 다가가서는 안 됩니다."

"잔챙이?"

의아해하는 로쿠타를 리사이가 제지했다.

"잠깐만요. 주제넘은 참견을 용서하십시오. 혹시 강력한 요마가 있다는 소리입니까?"

리사이가 묻자 주코는 펄쩍 뛰었다.

"맞아요, 그겁니다. 그것도 범상치 않습니다. 저도 그것 곁에 다가가기는 싫습니다. 그곳에 태보를 데려가다니……."

"고란이다!"

"뭐?"

리사이가 소리치자 로쿠타가 되물었다.

리사이는 주코에게 달려가 바닥에 무릎을 꿇고 몸을 구부렸다.

"어디죠? 다이키의 사령이에요. 틀림없습니다."

"하오나 그것은 사령이 될 만큼 만만한 상대의 기척이 아니었습니다."

"다이키에게는 도철이 있습니다. 도철입니다. 아닙니까?"

주코는 귀를 쫑긋하고 털을 곤두세웠다.

"도철. 말도 안 돼."

리사이는 남은 한 손으로 렌린의 옷에 매달렸다.

"틀림없이 다이키예요, 염 태보!"

균형을 잃은 리사이의 몸을 부드러운 팔이 꼭 안는다.

"알겠어요. 안심하세요. 반드시 다이키를 데려오겠습니다."

"안 됩니다!"

주코가 털을 세운 채 펄쩍 뛰었다.

"그건 사령이 아닙니다. 요기이옵니다."

"움츠러드는 것은 용서하지 않겠어요, 주코. 정말로 요마라쳐요. 그만한 요마가 그 나라에 있을 이유가 있을까요. 다이키일지도 몰라요. 다이키가 맞는지만이라도 확인해야 해요. 그대들이 싫다고 한다면 나 혼자라도 가겠습니다."

주코는 안 된다고 말하며 고개를 떨어뜨렸다.

"렌린"이라는 목소리를 남기고 로쿠타는 회랑으로 갔다.

"건너게 해줘. 가볼게. 아가씨는 어쩔래."

한린은 좌우를 둘러보았다.

"나는…… 갈게. 가야지. 하지만……."

한린이 겁에 질려서 품에 꼭 껴안은 얇은 고태삼을 렌린이 빼앗아 들었다.

"저도 이것을 쓸 수 있나요?"

"예……."

"그럼 빌릴게요. 범 태보는 이 이야기를 다른 분들께 알려주세요."

"네!"

보고를 받고 요시와 게이키가 고금재로 달려왔을 때는 마침 두 사람이 빛 속에서 나오는 참이었다.

"엔키, 찾았다며?"

"모르겠어."

로쿠타는 대답은 그렇게 했어도 평소의 지친 기색은 보이지 않았다. 기세 좋게 방으로 돌아가는 로쿠타를 따라가자 안에는 안국과 범국의 왕이 모여 있었다.

"다이키는?"

연왕과 범왕이 양쪽에서 물었다.

"모르겠어. 보이지 않아."

"보이지 않아? 무슨 소리야."

"고란일 거야. 다이키의 사령이야. 하지만 확실히 저 상태로는 더이상 사령이라 부를 수 없어. 다른 사령들이 두려워하는 것도 이해가 가. 저래서야 요마지. 무시무시하고 강력한 요마야."

한발 늦게 방으로 들어온 렌린의 얼굴도 창백했다.

"무척 큰 부정이고, 커다란 흉이에요. 가까이 가면 저희도 느낄 수 있어요. 장소는 알았어요. 큰 도시에 고란이 있어요. 하지만 기린의 기운은 보이지 않아요."

"무모한 줄 알면서 다가가보았지만 깨끗하게 아무 잔재도 보이지 않아. 범국 어르신이 옳았어."

"내가?"

로쿠타는 소름 끼친다는 듯한 낯빛으로 고개를 끄덕였다.

"기린은 없어. 다이키는 그곳에 있을 거야. 하지만 다이키는 더이상 기라고 부를 수 없어."

"무슨 뜻이지?"

요시는 물으면서 로쿠타와 렌린을 차례로 보았다.

"몰라. 하지만 고란이 있는 이상 다이키는 반드시 그 도시에 있을 거야. 적어도 고란이 다시 요마로 돌아간 것처럼 보이지는 않아. 아직 사령으로 다이키의 지배하에 있는 것은 확실하지만 기린의 기운은 한 조각도 없어. 돌아오고 싶어도 돌아올 수 없었겠지. 다이키는 기린의 본성을 잃어버린 것 같아. 그렇지 않다면 그렇게까지 기운이 다할 도리가 없어."

"그런 일이 있기도 해?"

"알게 뭐야. 있다고 생각할 수밖에 없잖아. 아무튼 이잡듯이 샅샅이 찾아야 해. 찾아서 데리고 돌아온다. 방법은 특정할 수 없어. 고란은…… 그놈은 저쪽에서도 아주 위험해."

006

여름은 가을을 향해 빠르게 바뀌고 있었다. 하지만 난설당 안은 여전히 답답한 권태감이 지배하고 있었다. 아무리 찾아도 다이키가 어디 있는지 알 수 없었다. 고란의 기척은 뚜렷했지만 기

373
5장

린이 남기는 명백한 빛줄기에 비하면 너무나 애매해서 막연했다. 로쿠타가 가져온 지도는 소득 없이 빼곡하게 칠해졌다.

"고란이 있는 곳만 알면 거기에 다이키가 있다는 뜻 아닌가?"

쇼류가 물었지만 이에 대한 기린들의 대답은 부정적이었다.

"그렇게 간단한 일이면 벌써 찾았어, 멍텅구리 씨."

한린은 어깨를 움츠리고 중얼거렸다.

"존재한다는 것은 알아. 무척 불길한 느낌이 드니까. 다가가려 하면 불길한 느낌이 더욱 커지니까 그쪽이 더 가깝다는 것은 알겠지만."

"그럼 더 가깝다고 느낀 쪽으로 가면 될 일 아닌가."

한린은 쇼류를 올려다보았다.

"저기 말이야. 고란이 기둥처럼 움직이지 않는다면 그렇게 찾아낼 수 있겠지. 가기 싫어하는 사령과 본의 아니지만 자꾸 도망치려 하는 우리 기린의 본능이 쓸데없는 잡음을 넣지 않는다면 더 간단하고. 하지만 고란은 움직여. 게다가 힘이 더해지거나 줄어들기도 해. 아마도 고란이 일어났을 때와 잠들었을 때 기척의 강도가 다른 거겠지. 그러니까 위압감이 강하게 드는 쪽을 아무리 열심히 수색해도 놓쳐버리기 일쑤야. 멀어져서 기척이 사라졌는지 고란이 잠든 탓인지 알 수가 없다고!"

한린은 저도 모르게 발을 쿵쿵 굴렀다. 쌓인 피로가 한린을 초조하게 했다.

"나한테 들이받지 마."

"쇼류 따위를 들이받았다가는 내가 망가지고 말 거야!"

한린은 날카롭게 외치고 잰걸음으로 난설당을 나갔다. 기가 막혀서 지켜보는 쇼류의 얼굴에 탁 하고 부채가 날아왔다.

"거기 산원숭이. 우리 공주님을 괴롭히지 마."

쇼류는 범왕이 던진 부채를 짜증스럽게 주웠다.

"네놈……."

"태보들은 최선을 다하고 있어. 최선을 다하는데 뜻대로 되지 않아 누가 가장 분통이 터지겠느냐고? 그저 지켜볼 뿐인 너나 내가 이러쿵저러쿵 참견할 일이 아니야."

범왕의 말에 쇼류는 입을 다물었다.

"특히 리세쓰는 고란인지 하는 놈의 기척에 겁을 먹었어. 꼬마 원숭이와 달리 섬세하거든."

"단순히 겁이 많을 뿐이겠지. 고란이 다이키에게서 해방된 것은 아닐 텐데."

"짐승은 위험에 민감한 법이야. 짐승의 본성이 위험을 거부하는 것이니 하는 수 없지. 태과 기린과 달리 짐승의 성질이 그만큼 강해. 본인도 어찌할 수 없으니 나무라지 마."

범왕은 그렇게 말하고 렌린과 게이키를 바라보았다.

"두 분 다 무리하지 마시게. 오늘은 이제 쉬는 게 어떻겠어? 이리도 날마다 찾다가는 몸이 버티지 못하겠지. 더군다나 경 태보는 공무까지 틈틈이 보고 있지 않나."

"그러네요."

렌린이 한숨을 내쉬었다. 의향을 묻듯이 게이키를 바라보자 그도 고개를 끄덕인다. 어쩐지 미련이 남아 보이는 모습으로 난설당을 퇴출했다.

"확실히…… 상당히 피곤해 보이는군."

게이키를 전송하고 쇼류가 나직하게 말했다. 범왕은 동의했다.

"오강환사를 썼다고는 하나 기운을 소모하는 듯하니까……. 어디 보자, 나는 공주를 위로하고 재우고 와야지."

옷자락이 스치는 소리를 남기고 범왕이 방을 나가자 쇼류와 렌린만 남았다. 물러나려는 기색이 없는 렌린을 보고 쇼류가 의아한 표정을 지었다.

"안 자나?"

"예. 쉬기 전에 한 번만 더 가볼게요. 부디 연왕께서는 신경쓰지 마시어요."

"짜증나지만 범국 저놈의 말이 옳아. 무엇보다 염 태보의 부담이 가장 크겠지. 이대로는 몸이 못 버틴다. 쉬어야 해."

오강환사를 쓰는 한 드나들 때에는 렌린이 반드시 있어야 한다. 동행하는 기린들은 교대할 수 있지만 정작 렌린은 쉴 틈이 없다.

"저는 그렇게 피곤하지 않아요."

"거짓말은 하지 마."

렌린은 어렴풋이 미소 지었다.

"사실은 다른 세계로 흘러가버린 다이키를 생각하면 잠이 오질 않아요. 대체 무슨 일이 일어났는지, 지금쯤 어떻게 하고 계시는지만 신경쓰여서……. 머리로는 이미 다 컸을 거라고 생각하지만, 그토록 작고 어리셨는데 하는 생각이 자꾸만 들어요."

"염 태보는 다이키를 뵌 적이 있나."

"예. 딱 두 번. 한 번은 다이키가 봉산에 돌아왔을 때의 일로 산시에게 오강환사를 제공했을 뿐이지만요. 다른 한 번은 대국에 이변이 있기 직전이에요. 일부러 봉산에서의 일을 답례하러 연국까지 오셨어요."

그때 모습을 잊을 수 없다. 그 직후에 불행한 일이 벌어진 것을 생각하면 진지하게 이별을 아쉬워하던 다이키의 모습까지 안타까웠다. 연국에서는 너무나 먼 나라의 일, 두 번 다시 만날 일은 없을지도 모른다고 생각했지만 이런 이별을 상상한 것은 아니었다.

"주상도 무척 걱정하십니다. 특히 다이키가 태왕과 헤어진 것은 불행한 일이라 하시면서."

"불행한 일?"

"다이키는 태왕을 무척 따르셨던 모양이니까요. 도움이 되어 태왕을 기쁘게 하는 것이야말로 다이키가 진심으로 바란 일이었어요. 주상은 제가 없으면 왕궁에 자신의 자리가 없는 듯 느끼는 것처럼 다이키도 태왕이 기뻐하지 않으면 자신의 자리를 찾을 수 없을 거라고 말씀하셨어요. 저도 그렇다고 생각해요…… 아뇨, 그렇지 않더라도 기린이 주인과 떨어지는 일은 불행한 일이지요."

"정말 그럴까……."

"저희는 왕이 곁에 없으면 살아갈 수 없는걸요."

왕과의 이별은 몸을 찢는 일이다. 기린은 나라를 위해 있고 백성을 위해 존재한다고 하지만 실상은 그렇지 않다고 생각했다.

"나라와 백성을 위해 있는 것은 왕이에요. 저희는 그런 왕을 위해 존재합니다."

렌린은 손으로 얼굴을 덮었다.

"왕의 것인걸요……."

따뜻한 손이 고개를 떨군 렌린의 어깨를 두드린다.

"도울 일이 있나?"

렌린은 고개를 들었다.

"도면을…… 지도를 봐주시겠어요?"

"알았다."

렌린은 미소 짓고 고금재로 돌아가 이날 몇 번이나 드나든 은색 뱀 꼬리가 만든 빛 속으로 들어갔다. 나온 곳은 풀도 산도 없는 돌뿐인 황량한 도시였다. 바다는 있지만 해안가는 바다를 막고 덮어서 마치 존재를 꺼리는 것처럼 보였다.

도시 자체가 거대하고 텅 빈 굴 같다.

'이런 곳에…….'

안타까움이 드는 까닭은 렌린이 이쪽 주민이 아니기 때문일까. 애처로운 심정으로 조금 전에 중단했던 수색을 이어서 한다. 단서는 고란의 기척과 그것을 기피하려 하는 자신 안의 나약함뿐이었다.

사람이 없는 밤길을 둘러보고 더 나아가고 싶지 않은 쪽을 고른다. 고란은 눈을 뜬 것 같다. 기척을 잃어버려 수색을 포기했던 조금 전보다 기척이 강해졌다. 알기 쉽지만 그만큼 몸이 겁을 먹는다. 무의식중에 그쪽으로 가기를 피하려 한다. 본능을 억지로 억누르고 일부러 공포와 혐오를 부르는 쪽으로 향하다 견디지 못하고 무릎을 꿇었다.

"태보……. 렌린 님."

머뭇머뭇 주코가 뛰어나왔다. 괜찮다고 미소 짓고 일어나려 땅에 손을 짚었다. 그곳에서 렌린은 마침내 그것을 발견했다. 거미줄처럼 가는 금빛 인광. 약한데다 가늘어 당장에라도 사라져버릴 듯했다. 그러나 그 연약한 빛으로 알 수 있다. 다이키다. 마치 병들기라도 한 것처럼 어두운 빛이다. 다른 기린들이 남긴 궤적의 잔재일 가능성은 절대로 없다.

렌린이 고개를 들었지만 높은 건물 사이에 깔린 길에는 이렇다 할 다른 어떤 빛도 보이지 않았다. 마치 발자취처럼, 또는 혈흔처럼 툭 하고 남겨진 빛줄기였다.

"무슨 일이 있었나요?"

연국에서 만난 다이키의 모습과 지금 여기에 남은 옅은 빛줄기. 두 가지가 너무나 멀리 떨어져 있다.

"틀림없이 이곳에 계시는군요."

그 빛은 몹시 옅어서 언제 남겨진 것인지도 분명치 않았다. 빛줄기가 끊어지고 말아, 행선지를 더듬을 수도 없는 이상 이 도시 어딘가에 있다는 이미 아는 사실을 확인했을 뿐이었다. 그러나 드디어 발견한 그것은 렌린의 고행에 충분한 보답이었다.

"반드시 찾겠습니다…… . 기다려주셔요."

손끝으로 살며시 건드리자, 빛줄기는 렌린의 기척에 진 것처럼 녹아서 사라졌다.

*

어둠은 녹슬어간다. 적갈색의 마른 핏빛으로 물든 어둠은 산시의 몸에도 녹슨 빛깔의 더러움을 둘렀다.

동시에 산시의 초조감은 강해졌다.

—나의 다이키가.

마치 독처럼 무언가를 먹이고 있다. 축적된 그것은 어느 시점부터 다이키의 명맥마저 좀먹었다. 명맥이 나날이 가늘어진다. 이대로는 죽고 만다. 잃어버리고 만다.

죽여버릴까. 이를 가는 소리가 녹슨 빛의 어둠 어딘가에서 들렸다.

"안 돼. 다이키에게는 보살펴줄 사람이 필요하니까."

"포로다."

"포로인 동안에는 죽이지 않을 거야."

"하지만 독을 먹이고 있다."

"알아."

산시는 손톱으로 가슴을 찢었다. 색소 없는 피부에 할퀸 몇 줄기 상처, 붉은 것이 뚝뚝 흘러 떨어진다.

—죽고 만다. 살해당하고 만다.

초조감은 그렇지 않아도 병든 산시의 사고를 더욱 좁혔다. 이제 산시에게는 이쪽 세계에 사는 인간 모두가 적으로 보였다. 간수가 사는 감옥, 감옥을 둘러싸고 다이키를 감시하며 사사건건 위해를 가하려는 그들.

보복할 때마다 어둠은 녹슬고 오염이 깊어진다. 그것은 다이키의 명맥을 해치고 산시까지 오염시킨다. 이제 산시에게는 허해 이쪽과 저쪽의 사정마저 분명치 않았다.

알고 있는 사실은 적이 있다는 것뿐이었다. 교소를 시해하고 옥좌를 빼앗으려 하는 누군가. 그 누군가는 지금 다이키의 목숨마저도 빼앗으려 한다.

—그것만큼은 절대로 용납할 수 없어.

돌이켜보면 모든 것은 이쪽과 저쪽의 차이에 당황한 산시의 사소한 오해에서 비롯되었다. 산시는 다이키를 둘러싼 세계가 뿌리부터 바뀌었다는 사실을 끝내 이해하지 못했다. 다이키를 비호하기 위한 보복은 새로운 박해를 낳고, 마침내 그것이 새로운 적의와 증오를 불러들였다. 박해는 더욱 격렬해졌다. 지독하게 가혹한 보복이 더한 박해를 부르고, 점점 가속도가 붙어 확대되었다.

이제 다이키는 세상에 적대하는 자이며 증오받는 대상이었지만 산시는 그것도 이해하지 못했다. 보복으로 흐른 피의 부정,

밀려드는 저주는 다이키의 그림자를 더욱 시커멓게 물들였다. 그것은 산시, 그리고 누구보다 고란이 가진 요마의 본성을 해방시켰다. 힘이 커지고 그와 반비례하듯 그들의 이성은 침식되어 갔다.

파탄은 눈앞에 있었다.

6
장

001

"찾았어요."

난설당으로 달려온 렌린이 소리쳤다. 게이키와 로쿠타가 자리에서 일어났다. 졸린지 주인의 무릎에 기댔던 한린도 고개를 들었다.

"다이키의 기운이에요. 최근에 남긴 거예요."

"어디였지?"

성큼성큼 다가온 로쿠타를 데리고 렌린은 고금재로 되돌아갔다. 그 뒤를 게이키가 따랐다. 한린은 벌떡 일어나 청향전으로 달려갔다.

짧고 구불거리는 회랑 너머 고금재 입구에서 희미하게 빛이 새어 나왔다. 렌린의 팔에 감은 은색 뱀의 한쪽 꼬리는 아직 그곳에 둥그런 빛을 밝히고 있었다. 렌린의 손을 잡은 게이키가 빠져나간 빛 너머에는 어둡고 무기적인 텅 빈 구멍이 펼쳐졌다.

완벽하게 네모반듯한 상자 같은 건물, 텅 빈 구멍이라 부를 수밖에 없는 살벌한 실내에는 역시 아무런 감정이 느껴지지 않는 살벌한 책상 몇십 개가 나란히 놓여 있다. 폐허와 비슷한 황폐함이 감도는 감옥 같은 방, 게이키에게는 낯익은 광경이었다.

"이곳은…… 학사學舍인가요?"

이전에 게이키가 봉래에서 주인을 맞이할 때 같은 방을 본 적이 있다.

"교실이로군."

로쿠타가 대답했다. 게이키는 언제나처럼 불편함을 느꼈다. 금빛 광휘는 기린의 것이 틀림없었지만 그곳에 서 있는 아이는 어디를 보아도 엔키와 닮지 않았다.

"다이키가 다니는 학교인가."

중얼거리면서 주위를 둘러보는 로쿠타에 이어 렌린이 모습을 드러내고 교실 구석을 밝힌 빛이 사라졌다.

"연 태보, 경 태보, 저기예요."

렌린은 잰걸음으로 책상 사이를 지나 바닥 한 곳을 가리켰다.

"이겁니다. 사령이 찾아주었어요."

렌린이 돌아본 상대는 아지랑이처럼 부옇게 보였다. 어슴푸레하게 흔들리며 때때로 인간의 윤곽을 잃고 짐승의 모습을 드러낸다.

그 그림자 너머를 렌린이 가리켰다. 짙은 쪽빛으로 보이는 바닥 위, 가느다란 빛의 선이 당장에라도 사그라질 것처럼 띄엄띄엄 약하게 이어졌다.

"기린의 기운이죠?"

"그렇겠지요. 하오나……."

게이키의 목소리는 음침하여 알아듣기 어려웠다.

"저쪽으로 이어져요."

렌린은 작게 몸을 떨며 이 방, 교실 벽을 통과했다. 어둡고 공허한 복도에는 그림자 몇 개가 유령처럼 헤매었다. 사령들이 꿈틀대는 바닥 위에는 나비가 날개 가루를 떨어뜨리듯이 미세하게 빛의 궤적이 남아 있다.

"저 끝에서 끊어졌지만 다이키라고 생각해요. 며칠 이내에 남긴 것이 아닌가 합니다."

게이키는 눈살을 찌푸리고 고개를 깊이 끄덕였다.

"틀림없겠죠……. 그러나……."

게이키가 얼버무린 뒷말을 로쿠타가 담담히 이었다.

"기린치고는 불길해."

"부정이군요."

어느새 렌린 발치에 나타난 작고 하얀 짐승이 말했다. 짐승은 콧등을 바닥에 대고 희미한 빛의 궤적을 맡았다.

"피 냄새가 납니다. 이거 귀찮게 됐어요."

"역시…… 그렇게 생각해, 주코?"

"피와 저주, 예훼穢祥군요. 틀림없습니다. 대체 무슨 일이 있었는지. 다이키는 병들어 계십니다. 상태가 상당히 나빠요."

그렇게 말한 주코는 바닥을 향한 코를 역겹다는 듯이 킁킁거렸다.

"여괴의 기운인가. 심한 시체 냄새가 나."

그 냄새는 렌린과 게이키, 로쿠타도 분명히 알 수 있었다. 꺼림칙한 부정의 냄새가 본디 맑아야 할 기린의 기운을 불길하게 채색했다. 대체 다이키에게 무슨 일이 있었나. 자세한 사정은 몰라도 하나만은 확실히 알았다. 처음부터 이곳에서는 전쟁터와 비슷한 악취가 감돌았다.

"고란이 요마의 성질을 되찾은 것도 그렇고, 산시의 기운이 사나워진 것도 그렇고, 다이키 주변에서 좋지 않은 일이 일어나고 있어."

로쿠타의 목소리에 게이키는 망연히 고개를 끄덕였다. 피와 살육의 기운. 그 속에 기린의 본성을 상실하고 만 다이키가 있다. 이래서는 버티지 못한다.

"서두르지 않으면 위험하겠어. 다이키는 상당히 병들었어. 다이키가 병든 이상 사령도 병들었다고 봐야겠지. 고란과 산시는 힘을 잃지 않은 것 같지만 아무 이상도 없다면 다이키를 이런 부정 속에 둘 리가 없어."

게이키는 빛의 궤적을 만져보았다.

"잃은 것은 도리를 판단하는 이성인지도 모릅니다. 만약 사령이 병든 끝에 제정신을 잃었다면 그들이야말로 이 부정함의 원흉이 아니겠습니까."

"가능한 얘기야. 어떤 사정으로 유혈 사태를 일으키고 고삐가 풀려 멈추지 못하게 되었는지도 몰라."

본성을 잃고 심각하게 병든 다이키에게는 사령을 억제할 힘이 없다.

"이것의 행선지는 아셨습니까?"

렌린은 애원하듯이 주위 어둠을 향해 물었다. 여기저기서 꿈틀대는 무수한 그림자에서는 박정한 침묵만이 돌아왔다. 렌린은 손으로 얼굴을 덮었다.

"근처까지 온 것은 분명한데⋯⋯."

"찾아보자. 끊긴 흔적이 어느 쪽을 향하고 있는지 알 수 있을지도 몰라."

로쿠타는 그렇게 말하고 빛이 보이지 않는 어둡고 텅 빈 공간 안으로 발을 디뎠다. 게이키와 렌린도 뒤따른다. 복도 한쪽에 늘어선 텅 빈 교실, 우물 같은 계단, 인기척이 끊어진 고요하게 뒤얽힌 어둠 속에서 희미한 빛을 찾아 헤맨다. 건물 주위에는 마찬가지로 이형의 모습을 드러낸 사령들이 희미한 흔적을 찾아 기어다녔다.

"아무데도 없어."

건물 안을 샅샅이 돌아다닌 끝에 렌린이 쓸쓸히 말했다. 렌린은 가느다란 궤적을 발견한 교실로 돌아가 그것을 애타게 내려다보았다. 흔적은 여전히 고약한 냄새와 희미한 빛을 발하고 있다. 어제오늘 남긴 것이 아닌 듯했다. 이보다 새로운 흔적이 보이지 않는다면 다이키는 이미 이곳에는 없는 것인가.

"연 태보, 경 태보, 어찌하면……."

"행선지를 몰라서야……."

깊은 한숨을 내쉰 로쿠타에게 게이키는 엄하게 단언했다.

"낙담할 여유는 없습니다. 그럴 필요도 없죠. 한때 이곳에 있었던 것은 확실해졌으니 포기할 것까지는 없습니다. 이전에 이곳에 있었다는 소리는 또 올 수 있다는 뜻인지도 모릅니다. 이곳을 기점으로 수색을 넓혀가지요."

렌린은 고개를 끄덕이고 주위를 향해 불렀다.

"한시＋嗣."

바닥에 시커멓게 드리운 그림자가 차진 소리를 내며 솟아오른다.

"잘 발견해주었어요. 한동안 감시를 위해 남겨두겠습니다. 부탁해요."

낫 모양으로 목을 쳐든 일렁이는 그림자는 알겠다는 듯이 몸을 흔들었다. 이내 주르르 녹아서 원래의 그림자로 돌아갔다.

002

고금재에 옅은 빛이 가득했다 사라졌다. 그곳에서 맨 먼저 나온 로쿠타는 주위에 모여서 기다리던 사람들을 둘러보고 크게 고개를 끄덕였다.

"틀림없어. 다이키야. 하지만 다이키는 병들었어. 상당히 심각해."

"어찌된 것입니까."

리사이가 어쩔 줄 몰라 하며 물었다.

"잘 모르겠어. 아마도 예췌일 거야. 피의 부정으로 병들었어. 게다가 상당히 심각한 상태야. 다이키의 기운이 그렇게까지 가느다란 이유는 그 탓도 있을까."

"기린의 본성을 상실한 것이 아니라?"

"아니."

로쿠타는 시선을 피했다.

"다이키는 이제 기린이라 부를 수 없어. 힘을 대부분 잃었다고 봐야 해. 게다가 예췌가 내리누르고 있어. 아무래도 사령이 폭주한 것 같은데, 그런 사령을 막는 것조차 못 하는 거야."

"그럴 수가……. 그럼 다이키는……."

"기운은 그곳에서 끊어졌어. 하지만 반드시 그 근처에 있을 거야. 한시라도 빨리 발견해 데리고 돌아와야 해."

리사이는 빛 속에서 돌아온 렌린, 게이키의 얼굴을 보았다. 로쿠타까지 포함해 어느 얼굴이고 고뇌하는 기색이 짙었다. 그들의 표정이 서둘러 데리고 돌아오지 않으면 최악의 사태가 일어나리라 얘기하고 있다.

"어떻게…… 어떻게든 안 되는 것이옵니까."

리사이의 절규에 렌린이 사죄하듯이 고개를 떨구었다.

"지금 상태로는 도저히 인원이 부족합니다. 게다가……."

렌린이 고개를 들었다.

"만약 발견한다 해도 어떻게 데리고 돌아오면 좋을까요?"

"어떻게……?"

렌린은 리사이를 향해 고개를 끄덕이고 도움을 구하듯이 일동을 보았다.

"다이키가 기로서 본성을 잃고 말았다면 지금은 평범한 사람, 봉래 사람이라는 이야기가 아닌가요? 그 사람을 이쪽으로 데리고 돌아올 방도가 있나요?"

방 한쪽에서 이야기를 듣던 요시는 흠칫했다. 원해서 이쪽으로 오기는 불가능하다고 들은 적이 있다.

"정말로 평범한 사람이 되었다면 오강환사를 지날 수 없어요. 아뇨, 그렇지 않더라도 그처럼 비대해진 사령을 거느린 채로는 불가능해요. 식을 일으켜 강제로 지나는 방법이 있을지도 모르지만⋯⋯."

로쿠타가 고민하듯이 고개를 갸우뚱했다.

"해보지 않으면 모르겠군⋯⋯. 다이키는 현재 이쪽에서는 이물질일지도 몰라. 그렇다면 이쪽은 다이키를 거부하겠지. 무리해서 통과시킨다 해도 이쪽이나 저쪽에 막대한 피해가 발생하지 않을까."

"나는⋯⋯."

요시가 입을 열었다.

"게이키와 계약을 마쳤지만 하늘에 인정받은 왕은 아니었어. 게이키가 그런 나를 어떻게든 건너오게 했으니, 기린의 본성을 잃었다 해도 다이키 역시 건널 수 있지 않을까? 그래, 애초에 나나 다이키나 태과이고."

"요시는 거의 왕이었어. 다이키는 거의 기린이 아니야. 무슨 일이 일어날지 알 수 없어. 하늘이 어떻게 여길지."

"하는 수밖에 없지."

범왕은 개의치 않고 말했다.

"데리고 돌아오지 않으면 대국은 침몰해. 막대한 피해가 나더라도 데리고 돌아오거나, 아니면 눈 딱 감고 다이키를 죽여 새로운 대국 기린이 열리기를 기다리거나."

"터무니없는 소리 하지 마."

"다이키를 해치기 싫다면 피해는 각오해야겠지."

"알아."

로쿠타의 거친 목소리에 겹쳐서 한린이 겁먹은 듯한 목소리로 말했다.

"다이키가 평범한 사람이라면 선인으로 올릴 수는 없을까?"

"선인으로……."

"선인으로 올리면 허해를 건널 수 있지 않아? 식이 있는 이상 피해는 피할 수 없지만 그렇게 하면 최소한으로 그치지 않을까."

"그런가."

로쿠타가 혼잣말처럼 대꾸했다.

"어떻게 선인으로 올리지."

"주상이 건너가시면 돼. 왕이 건너면 그만큼 식은 커져. 하지만 평범한 사람을 무리해서 건너게 하는 것보다 나을지도 모르잖아."

"방법은 거칠지만 일리가 있어."

"그렇지?"

로쿠타는 고개를 끄덕이고 자신의 주인을 쳐다보았다.

"너…… 갈래?"

제의를 받은 쇼류는 벽에 기대 팔짱을 끼었다.

"난 상관없어."

이내 나직하게 대답하고 창문으로 바깥을 바라보았다.

"오백 년 만의 고국 방문이로군."

창문으로 비쳐드는 달빛이 쇼류의 얼굴에 복잡한 그림자를 드리웠다. 쇼류는 실눈을 짓더니 그 자리를 둘러보았다.

"요시, 아니 게이키 너다. 나는 주국에 다녀올 거야. 친분을 맺을 기회다. 따라와."

"주국에…… 말입니까?"

당황하며 되묻는 게이키를 향해 고개를 끄덕였다.

"다이키가 봉래에서 발견되었다고 알릴 필요가 있겠지. 그러는 김에 되도록 많은 사령이 필요하다고 울며 매달려보자. 로쿠타, 너는 봉산이다. 다시 한번 요시를 데리고 가서 지금까지 일을 보고하고 와."

요시는 여느 때처럼 현군께 여쭈려는 것이라 이해했으나, 리사이는 의아한 듯이 쇼류를 바라보았다.

"봉산에 무슨……?"

"현군을 만난다. 다이키와 사령의 상태가 심상치 않아. 억지로 건너면 무슨 일이 일어날지 알 수 없어. 애초에 건널 수 있는지 건너서 데리고 돌아와도 되는지, 전부 분명치 않아. 현군께 여쭐 필요가 있다."

쇼류의 말에 리사이는 더욱 어리둥절해했다.

"그게 무슨……. 식과 벽하현군이 무슨 관계가 있나요?"

"식과 현군 사이에 관계는 없다만 하늘에는 하늘의 섭리가 있지. 하늘만이 행위의 시비를 가릴 수 있는데, 신은 우리와 접촉하지 않아. 유일한 창구가 현군이니까. 연 태보께는 고생스럽겠지만 계속해서……."

"기다려주세요!"

리사이가 소리쳤다.

"그렇다면 현군을 통해 하늘의 의향을 묻는다는 말씀이십니까?"

"그런 소리다만."

"그럼, 그러면 하늘이 있는 것입니까?"

쇼류는 고개를 끄덕였다. 리사이는 등뒤에서 누군가에게 습격이라도 당한 듯한 기분이었다.

"하늘이 있다? 그러면…… 그렇다면 어째서 하늘은 대국을 버리신 겁니까?"

"리사이."

"하늘이 있고 천의가 있고 하늘의 신들이 계신다면, 어찌하여 조금 더 빨리 대국이 이렇게 되기 전에 돕지 않으신 겁니까? 대국의 백성은 피를 토하는 심정으로 하늘에 기원을……."

아센의 눈을 피해 야음을 틈타 숙연히 사당에 늘어선 사람들. 그 이름을 발설하는 것조차 하지 못하는 까닭에 형백의 열매만 제단에 공양한다. 나라는 점점 황폐해지고 해가 갈수록 겨울을 넘기기 힘들어진다. 나무 열매 하나가 생사를 가르는 도탄 속에서 공양물을 변통해 향 하나를 피우는 것이 얼마만 한 바람을 짊어지고 있는가.

"제 손으로 할 수 있는 일이 하나도 없기에 백성은 오로지 사당으로 걸음을 옮긴 거예요. 그래도 여전히 하늘이 구해주시지 않기에 저는 죄인 줄 알면서 경왕을 찾아왔습니다. 하늘이…… 하늘의 신이 작은 구제라도 베풀어주셨다면 저는 오른팔을 잃으면서까지 바다를 건너지는 않았어요……!"

"말해도 소용없는 얘기야."

"하지만……."

리사이는 말을 멈추고 당돌하게 쇼류를 바라보았다.

"그럼 저도 데려가주세요."

"갈 길이 급해. 그대는 몸을 아껴."

"다 나았습니다."

단호하게 말하는 리사이를 쇼류가 응시했다.

"그 팔로 기수를 탈 수 있나?"

"괜찮습니다. 히엔이라면 태워줄 겁니다."

"기수인가? 종류는?"

"천마입니다."

"발은 빠르겠군. 봉산까지라면 달릴 수 있으려나. 강행군이 될 거야."

"상관없습니다."

"그럼……."

쇼류는 리사이에게 말했다.

"다녀와. 다름 아닌 대국의 일이다. 그 손으로 천의를 붙잡아 와."

　리사이 일행은 쉴 새도 없이 그날 새벽 금파궁을 출발했다. 쉬
지도 않고 운해 위를 넘어간다. 경국 능운산을 이리저리 더듬어
가며 밥 먹을 시간도 아끼면서 봉산으로 향했다. 요천을 출발한
지 사흘째에 황해를 둘러싼 금강산 봉우리에서 잠시 잠을 청했
다. 리사이가 요시와 엔키의 발목을 잡고 있는 것이 분명하여 미
안할 뿐이었다. 익숙한 히엔일지라도 외팔로 기수를 타고 달리
는 것은 생각보다 훨씬 어려웠고 원래 추우만큼 빠르지 않다. 그
러나 히엔이 없으면 지금의 리사이는 기수를 탈 수 없다. 잃은
것을 신경쓰지 않겠다고 마음먹었지만, 이럴 때는 마음이 무거
워진다.

　말없이 북돋아주는 요시와 엔키에게 격려받으며 나흘째에 드
디어 봉산에 도착했다. 드디어 도착했다는 감개가 들면서 이토
록 간단한 일이던가 생각하지 않을 수 없었다. 리사이는 이전에
운해 밑, 황해를 돌파해 봉산을 왕복했다. 그때의 고생을 생각하
면 엄청난 차이다. 운해 위를 날면 이토록 손쉽다. 하늘이 승산
자들에게 그만한 대가를 요구하는 것이라 생각하자 입이 썼다.

　하얀 사당 앞에 서 있는 여자를 보고 그 생각은 더욱 깊어졌
다. 요시에게 물으니 아무것도 알리지 않아도 교쿠요는 찾아오

는 손님이 있다는 것을 알고 있다고 한다.

　교쿠요는 엔키에게 사정을 듣더니 리사이 일행에게 쉬고 있으
라고 말하고 사라졌다. 주칠한 문을 통해 봉산으로 내려가자 궁
하나를 배정해주어 요시와 함께 묵게 되었다. 리사이는 그 자리
에 엎드렸다.

　"리사이……? 왜 그래, 상태라도 안 좋아진 거야?"

　리사이는 고개를 내저었다. 이유도 없이 울음이 나서 참을 수
없었다.

　"현군은 저를 아셨습니다."

　"그랬지."

　요시의 당황한 목소리가 위에서 들린다. 교쿠요는 엔키에게
대국 사람이라는 이야기를 듣자마자 이전에 승산했던 이라고 알
아보았다.

　"어째서죠? 저는 현군을 뵌 적이 없어요!"

　"리사이……."

　"현군은 아무것도 알리지 않아도 우리가 올 줄 아셨어요. 만난
적도 없는 저를 알고 계셨어요. 어째서입니까?"

　리사이가 올려다보자 요시는 난처한 듯이 리사이의 등을 쓰다
듬었다.

　"모든 것을 꿰뚫고 계신 겁니까? 그렇다면 대국에서 무슨 일

이 일어났는지도 아셨을 텐데요!"

"하지만…… 리사이, 대국은 머니까."

안타까운 듯이 요시가 말했다. 리사이는 격렬하게 고개를 내저었다.

"저는 예전에 황해를 건너 승산했습니다. 경왕은 황해 여행이 어떤 것인지 아십니까?"

"아니, 나는……."

"요마가 날뛰는 불모지입니다. 많은 승산자가 무리지어 봉산을 향했지만, 동행자 중 몇 사람이나 목숨을 잃었습니다. 길도 없고 쉴 곳도 없고 그야말로 황야라 부를 수밖에 없는 곳을 요마에 떨면서 목숨을 걸고 건넙니다. 두 달 가까이 걸리는 그 여정을 저는 꼬박 하루 만에 날아왔어요. 운해 위를 넘으면 고작 그것밖에 되지 않는 거리였어요."

요시는 리사이의 눈을 보면서 잠자코 귀를 기울였다.

"승산자들은 천의를 묻기 위해 봉산으로 향합니다. 어째서입니까? 그곳에 기린이 있기 때문입니까? 기린을 만나기 위해서라면 운해 위로 건너오면 돼요. 그러면 다들 안전하게 기린을 면회할 수 있죠."

"아아……. 그렇군."

"황해를 건너야 한다고 생각하니까 백성은 다들 주저합니다.

일단 들어오면 간단히 나갈 수도 없어요. 길고 긴 여정입니다. 그런데 고작 나흘이에요. 이 정도 만에 오갈 수 있다면 백성은 더 쉽게 승산할 수 있습니다. 왕이 등극하는 것도 훨씬 쉬워질 겁니다. 아닙니까?"

"맞아."

요시가 수긍했다.

"하늘은 백성의 인품을 비교해 가장 왕에 적합한 사람에게 천명을 내린다고 합니다. 저는 그 사실을 의심한 적이 없어요. 하지만 하늘이 실제로 있다고 합니다. 그 말을 듣고서야 비로소 의문을 품었습니다. 그게 어떻게 된 일입니까? 하늘이 신비한 힘으로 현군이 우리의 방문이나, 만난 적도 없는 승산자의 얼굴을 아는 것처럼 누가 왕인지 꿰뚫어 본다는 것인가요? 그럼 승산할 것도 없이 왕은 결정된 것이 아닙니까. 그렇다면 무엇을 위해 저희는 목숨을 걸고 황해를 건너야 하죠?"

요시는 눈살을 찌푸렸다. 정말로 이상하다.

"기린을 만나 천의를 묻지 않는 한 누가 왕인지 모른다면 무척 비싸기는 해도 나라와 백성을 위해 필요한 대가입니다. 하오나 그렇지 않다면, 그것은 대체 무엇입니까? 황해에서 죽은 자들은 무엇을 위해 죽은 것입니까?"

이게 어떤 의미일까. 요시는 고민에 빠졌다.

402
—
황혼의 기슭 새벽의 하늘

리사이의 말이 맞다. 하늘이 만백성의 자질을 간파하고 그중에서 가장 훌륭한 자를 왕으로 선택할 수 있다면 승산 같은 절차는 필요하지 않다. 그럴 수 없다면, 기린의 눈을 통하지 않으면 왕으로서 적합한지 아닌지를 간파하지 못하는 것이라면, 어떻게 요시처럼 이쪽 세상을 전혀 모르고 태과로 태어나 평범한 학창 생활을 보내던 인간에게 천명이 내리는 일이 있을까. 게이키는 왕기가 있었다고 한다. 하지만 왕기란 왕이 될 자가 미리 정해져 있어야 비로소 생기는 것이 아닌가.

"이토록 비싼 대가를…… 심지어 이유 없이 요구하면서, 하늘은 그렇게 고른 왕에게 아무 도움도 주시지 않아요. 교소 님이 왕으로서 무슨 잘못이 있었다는 겁니까. 물론 결점 없는 왕은 없겠지요. 하늘이 보기에 포기할 만한 이유가 있었는지도 모릅니다. 그렇다면 어찌하여 아센을 묵인하십니까? 이렇게나 백성이 죽고 괴로워하는데 어찌하여 정당한 왕을 돕고, 위왕을 벌하시지는 않는 것입니까!"

"리사이……."

"하늘에게 왕은, 우리는 대체 뭡니까?"

요시는 당돌하게 생각했다. 신의 정원.

그런 것인지도 모른다. 이 세계는 천제가 다스리는 국토인지도 모른다. 하늘의 옥좌에 천제가 있고, 요시가 육관을 골라 관리를 선적에 넣듯이 신들을 골라 여선을 등용한다.

생각한 순간 현기증을 느꼈다. 그렇다면 리사이의 절규는 백성의 절규다.

요시는 일찍이 이와 비슷한 절규를 경국 도시에서 들었다.

"리사이……. 나는 그 질문에 대답할 수 없어. 하지만 딱 하나, 지금 깨달은 바가 있어."

"깨달은 바요?"

"하늘이 있다면 완벽하지 않다. 존재하지 않는 하늘은 과오를 저지르지 않지만, 만약 존재한다면 반드시 잘못을 저지르겠지."

리사이는 의아한 듯이 고개를 갸웃했다.

"하늘이 실재하지 않는다면 하늘이 사람을 구할 리가 없어. 하늘이 사람을 구할 수 있다면 반드시 잘못을 저지른다."

"그게…… 무슨……."

"사람은 스스로를 구하는 수밖에 없다는 소리야, 리사이."

004

"다이키는 아무래도 뿔을 잃은 것 같네."

신과 인간 사이에 사는 틈새의 여자가 그리 말했다. 봉산에 도

404

황혼의 기슭 새벽의 하늘

착한 이튿날의 일이다.

"그게 무슨 말이야? 어떤 뜻이지?"

로쿠타의 물음에 교쿠요는 눈살을 찌푸렸다.

"그대들 기린이 기린인 연유는 뿔에 있다고 생각하면 되네. 그대들은 두 형태의 생물이지. 기린이 인간으로 변하는 것도 아니고 인간이 기린이 되는 것도 아니야. 사람과 짐승 두 가지 형태를 모두 지니고 있지. 그러나 다이키에게는 뿔이 없네. 다이키는 짐승으로서 형태를 잃었어. 봉인되어버렸다고 생각하는 것이 옳겠지."

"그럼 인간인 다이키는?"

"연 태보의 말씀대로 평범한 사람이라고 생각해야겠지. 다이키는 전변하지 못하고 식을 일으키거나 천명을 들을 수도 없네. 이미 있는 사령은 다이키의 일부라 잃지는 않지만, 새로이 사령을 절복(기린이 요마를 자신의 사령으로 굴복시키는 것)할 수는 없을 게야."

"데리고 돌아올 수는 있어?"

"통상의 식으로 보통 사람을 건너게 할 수는 없지. 식에 휘말려 흘러오는 일은 있으나 이는 예측 불허의 사항, 뜻대로 할 수는 없음이야. 부근에 있으면 우연히 휘말릴 확률이 늘지만 확실히 허해를 넘을 수 있다고 단정지을 수는 없는 모양이네."

"무슨 방법이 없어?"

"없네."

교쿠요는 목소리를 낮추었다.

"식은 하늘의 섭리 안에 없는 것. 하늘의 의사로 일어나는 일이 아닌 까닭에 하늘이 뜻대로 움직일 수가 없네. 그럴 수 있다면 눈앞에서 태과나 그대들을 봉래로 흘려버리는 짓은 하지 않았지."

"그야 그렇지……."

로쿠타가 한숨을 내쉬었다.

"이건 어때? 왕이 한 명 건너가서 다이키를 선적에 올리는 거야."

"설령 선인으로 올린다고 해도 백위 이상의 작위를 지닌 선인이 아니면 허해를 건널 수는 없네. 전에도 말했듯이 백위를 넘는 작위를 새로이 만드는 것은 허락되지 않아."

"그럼 어쩌라는 거야? 거기에 다이키가 있다고! 다이키의 어깨에는 태왕, 나아가서는 대국 백성의 목숨이 걸려 있어. 그런데 못 본 척하라는 거야?"

교쿠요는 깊이 한숨지었다.

"다이키에게는 뿔이 없네. 그릇이 닫혔어. 천지의 기맥에서 분리된 기린에게 주어진 시간은 앞으로 얼마 되지 않으리라는 것이 윗분들의 견해네. 스스로 바로잡기를 기다리라 하시네."

말없이 있던 리사이가 저도 모르게 일어났다.

"죽기를 기다리라는 말씀이십니까?"

교쿠요는 고개를 돌렸다.

"애초에 그 윗분들은 대체 누구인가요."

"글쎄……."

"천제와 제신을 말씀하십니까? 그런 분들이 다이키가 죽고 나면 다시 태과가 열릴 테니 대국에 새로운 기린과 왕이 서기를 기다리라고 말씀하신 것입니까. 인도로 나라를 다스리라 하신 그 입으로!"

교쿠요는 침묵했다.

"그러면 다이키는 어찌됩니까? 다이키에게 무슨 죄가 있었다 하십니까. 태왕은 어떠하고요. 천제가 스스로 다이키를 통해 옥좌에 올린 왕이 아닙니까. 그 왕에게 죄과도 없이 죽으라 하십니까. 남겨진 백성은 어떻게 됩니까. 대국 백성은 육 년이라는 세월 동안 아센의 압정을 견뎌왔습니다. 여기서 다이키가 숨을 거두기를 기다리라는 말씀입니까. 새로운 태과가 열리고 부화하여 또 새로 왕을 고르실 때까지 기다리라고요? 그것이 몇 년 뒤의 일입니까!"

"그것은……."

"오 년입니까, 십 년입니까? 현군, 대국은 그렇게 버티지 못합니다. 아니면 하늘은 새로운 왕이 등극할 때까지 대국에서 요마를 쫓아내고 겨울의 혹독함을 완화해주실 겁니까."

"리사이……."

엔키가 리사이의 팔을 잡아당겼다. 리사이는 그 손을 뿌리쳤다.

"천제는 왕에게 인도로 나라를 다스리라 하지 않으셨습니까. 그것이 『천강』의 첫 번째였죠. 그런데 왕 위에 계신 분들이 인도를 짓밟겠다 하십니까. 이리도 쉽게 백성을 버리고 인도를 유린한 분들이 여태껏 도를 잃은 왕을 벌해왔는가!"

교쿠요는 깊고 무거운 한숨을 내쉬었다.

"하늘에는 하늘의 도리가 있네. 옥경은 그 도리를 관철하는 것이 전부야."

"그럼 그 옥경인지 하는 곳으로 데려가주십시오. 제 입으로 천제 제신께 간절히 빌겠습니다."

"그것은 불가능하네. 리사이, 나 역시 다이키를 딱하게는 여긴다오……."

"그럼 다이키를 도와주세요!"

교쿠요는 근심을 담은 눈으로 리사이를 보았다.

"다이키를 데려와서 어찌할 셈인가? 다이키의 사령은 아무래도 도리를 잃은 모양이고, 그대로 다이키 곁에 두면 요마처럼 재앙을 일으키겠지. 설령 데리고 돌아오더라도 사령은 다이키에게서 떼어내야 해. 사령마저 잃으면 다이키는 몸을 지킬 길조차 없지 않은가? 왕기도 보이지 않아. 다이키가 있다 해서 태왕을 찾을 수 있는 것도 아니야."

"그래도 대국에는 태보가 필요합니다."

"다른 나라는 대국을 도울 수가 없네. 병사를 동원해 아센이란 자를 치는 것은 허락되지 않아. 데리고 돌아온다 해도 다이키는 고립무원이야. 대국을 구하고 싶고, 구해야 한다는 생각과 아무것도 하지 못하는 자신 사이에서 괴로워해야만 하네. 그 결과 어찌될까? 전변도 못하고 사령도 없는 기린이 무엇을 할 수 있을까? 눈뜨고 흉적에게 당하는 것 말고?"

"제가 있습니다."

리사이가 외쳤다.

"사령 대신에 제가 목숨을 바꿔서라도 태보는 지키겠습니다……. 아뇨, 저로는 도저히 사령을 대신할 수 없겠죠. 하오나 대국에는 태보를 기다리는 백성이 있습니다. 태보가 계시면 백성은 태보의 곁으로 달려갈 겁니다. 저 혼자 힘으로는 부족하더라도 많은 백성이 태보를 지킬 겁니다."

"그것으로 아센을 칠 수 있는가? 아무것도 하지 못하는 다이키 한 사람 더해진 것만으로 칠 수 있다면 벌써 그대들이 토벌했겠지?"

"현군이라는 분이 그처럼 어리석은 말씀을 하십니까!"

"리사이."

"애초에 태보께서 무엇을 할 수 있는지가 중요하다고 생각하십니까. 태보는 기린입니다. 그런 태보가 아센을 칠 수 있을 리가 없지 않습니까. 전장에서 무슨 도움을 주시겠습니까. 그래도 태보는 필요합니다. 모르십니까? 태보가 그곳에 있고 없고가 백성에게…… 저희에게 얼마나 큰지."

"그러나……."

"태보는 저희의 희망입니다, 현군. 태보도 주상도 계시지 않는 대국에는 일말의 빛도 없어요. 지금, 태보가 무엇을 해주실지는 문제가 아닙니다. 대국 백성에게는 희망이 있다는 것을 받아들이기 위해 태보의 존재가 필요합니다……."

교쿠요는 시선을 돌렸다. 한동안 망설이듯이 기암 사이로 비쳐드는 빛의 띠를 응시했다.

"엔키……."

"네."

"안국의 삼공 중 한 사람을 잠시 파면할 수 있겠소."

"잠시라면."

"다이키의 호적을 안국에 준비하게. 다이키에게는 원래 호적이 없지만 대국의 난민이라는 형식만 갖추면 되네. 그러고 나서 연왕을 보내시오. 선적에 넣고 삼공으로 임명한다."

"기린을 안국의 백성으로 삼을 수 있어?"

"해서는 안 된다는 글귀는 없지. 자국의 기린은 호적에 포함되지 않는다는 말은 있지만 타국의 기린은 언급하지 않아. 삼공도 마찬가질세. 그 나라 백성이어야 한다고 적혀 있지만 타국의 기린이어서는 안 된다는 기술은 없어."

"현군."

리사이가 기쁨의 탄성을 질렀다. 하지만 교쿠요는 돌아보지 않았다.

"인사는 하지 마시게. 다이키를 데리고 돌아온들 해결되는 것은 아무것도 없어."

"다이키는?"

요시가 이야기에 끼어들었다.

"다이키에게는 뿔이 없다는데, 그건 어떻게 안 됩니까?"

"경우에 따라 다르지. 이것만큼은 다이키를 만나보지 않으면 알 수 없네. 데리고 돌아오면 이쪽으로 데리고 오시게. 치유가 가능하다면 힘을 빌려주지. 어찌되었든 사령은 떼어놓아야 하네. 반드시 데리고 오시오."

"알았어. 꼭 데려올게."

교쿠요는 고개를 끄덕이고 리사이를 바라보았다.

"하늘에는 섭리가 있고, 이 섭리는 아무도 움직일 수 없소. 시비를 따져도 소용없네. 모든 것은 섭리가 있기에 성립하는 것이니. 하늘 또한 섭리의 그물 속에서 백성에게 도리에 어긋난 것을 베풀 수 없네. 그것만큼은 하늘도 땅도 다르지 않아. 그 사실을 결코 의심하지 마시게."

리사이는 말없이 그저 고개를 숙였다.

005

리사이가 학수고대하던 말을 들은 것은 봉산에서 돌아온 바로 그날이었다.

난설당으로 달려온 렌린은 고태삼을 벗고 소리쳤다.

"리사이, 있었어요!"

리사이는 얼어붙었다. 애타게 기다리던 소식을 들었으나 기쁨기에 앞서 두려워서 몸이 움직이지 않았다.

"사령들이 다이키의 모습을 발견했어요. 틀림없이 고란과 산시예요."

"아아."

리사이는 신음했다. 남은 왼손으로 가슴을 억누르고 고개를 들었다.

"그래서 다이키는?"

"무사하십니다. 제가 도착했을 때는 이미 그곳을 떠나신 뒤였지만, 기척을 더듬을 수 있었어요. 그 건물 안에 계세요. 사령을 남겼으니 두 번 다시 잃어버릴 리 없어요."

리사이는 하늘을 우러러보았다. 신기하게도 하늘을 향해 감사가 새어 나왔다. 그래, 하늘이 존재한다면 과오도 있고 부족한 것도 있겠지. 하지만 그것을 바로잡을 수도 있다. 잘못을 저지르지 않는 하늘은 그것을 바로잡지 않는다.

"그래서?"

한린이 물었다.

"쇼류가 맞으러 가는 거지? 어떻게 할 거야?"

요물이 아닌데다 두 형태를 가지지 않은 왕은 오강환사를 지날 수 없다. 신이라 해도 형태는 인간에 지나지 않는다.

"돌아올 때는 다이키가 함께다. 오강의 문을 연다."

"큰 식이 되겠구나."

"어쩔 수 없지."

쇼류가 나직하게 대답했다.

"되도록 많은 사령을 써서 재난이 최소한으로 그치도록 한다. 그렇게 해서 얼마나 막을 수 있을지는 모르겠다만. 종왕에게 부탁해 그쪽 세 나라에서도 사령을 빌린다. 그리고 홍용경인가. 가능한 한 나누는 수밖에 없겠지."

한린이 고개를 끄덕였다.

"그래서, 언제?"

범왕의 목소리에 쇼류는 짧게 대답했다.

"내일."

어디에서 문을 열지 신중하게 검토했다. 허해 끝이 바람직하고, 육지에서 되도록 멀어지면 더할 나위 없지만 멀리 떨어진다고 식의 피해를 피할 수 있는 것도 아니라 그 점이 까다로웠다.

"이거야말로 하늘에 운을 맡기는 거지."

로쿠타가 말하며 사령을 부른다. 기수는 허해를 건널 수 없다. 사령이 쇼류를 태우고 간다.

"리카쿠悧角, 부탁해."

리카쿠와 게이키에게 빌린 한교班梟, 가장 발이 빠른 두 기를 데리고 한나절에 걸쳐 되도록 대륙에서 멀리 떨어진다. 기맥에 몸을 숨긴 수많은 사령들이 뒤따른다.

청향전 노대에서 그들을 전송한 로쿠타는 그제야 숨을 돌렸다. 봉산에서 요시와 헤어져 곧장 안국으로 돌아갔다. 교쿠요가 말한 대로 지시하고 서면을 꾸리고 어새를 들고 돌아온 것이 오늘 아침, 드디어 이제 모든 준비를 갖추었다.

"수고했어."

난간에 턱을 얹고 있는데 등뒤에서 목소리가 들렸다. 돌아보자 요시가 서 있었다.

"전에 없이 열심히 일했어……. 요시는 공무를 보러 가지 않아도 괜찮아?"

"아무래도 오늘은 손에 잡히지 않아. 통 열중을 못 한다면서 고칸이 쫓아냈어."

"어이쿠."

"하기야 나도 같은 짓을 오늘 아침에 했지만, 게이키한테."

로쿠타가 깔깔대며 웃었다.

"뭐, 그렇겠지. 꼬맹이는 게이키를 따랐으니까. 게이키도 동생 같은 느낌 아니었을까. 그 녀석치고는 놀랍게도 잘 보살핀 모양이니까."

"게이키가?"

요시가 눈을 동그랗게 떴다.

"신기하지?"

"입이 안 다물어질 정도로 신기해."

서로 가볍게 웃었을 때였다. 한린이 황급히 달려왔다. 별생각 없이 돌아본 로쿠타는 한린의 모습을 보고 좋지 않은 소식이라는 것을 알아차렸다.

"무슨 일이야."

"상태를 확인하러 간 렌린이 돌아왔어. 다이키가 이쪽을 기억하지 못한대."

로쿠타가 "말도 안 돼" 하고 중얼거리고 난설당으로 달려갔다. 안에서는 하얗게 질린 낯빛을 한 렌린과 게이키, 리사이가 경직된 채 우두커니 서 있었다.

"렌린."

"연 태보, 다이키가……."

"만난 거야? 기억하지 못한다니 무슨 말이야."

렌린은 창백한 얼굴로 고개를 가로저었다.

"다이키는? 예췌가 그렇게 심한가?"

"심한 것은 분명합니다. 하지만 무사해요……. 예, 아직 목숨은 붙어 있습니다. 다이키는 이쪽을 기억하지 못하세요. 자신이 누구인지, 사령이 무엇이고 무슨 일이 일어나고 있는지. 전혀 모르세요."

"쳇" 하고 엔키가 내뱉었다.

"뿔 때문인가. 그렇게 된 거였나?"

"맞아……. 뿔이 없는 탓인지도. 연 태보……. 어찌하면…….”

"어쩌고 자시고."

기억이 있든 없든 불러들여야 한다. 그대로 두면 다이키의 수명은 뻔하다. 게다가 도를 잃은 사령까지 있다. 저쪽에 두더라도 재앙을 일으킬 뿐이다. 완전히 해방된 도철이 무슨 짓을 저지를지는 상상도 가지 않는다.

"쇼류에게 알렸어?"

한린이 대답했다.

"내가 남은 사령에게 쫓아가게 했어. 둔갑할 수 있으니까 금방 따라잡을 거야.”

"좋아."

엔키가 중얼거렸다.

"어쨌거나 다이키는 이쪽으로 데리고 돌아와야 해. 본인이 싫어한다면 납치해서라도. 뒷일은…… 알게 뭐야. 뿔만 나오면 기억이 날 수도 있어.”

엔키가 리사이를 보았다.

"그래도 괜찮지? 각오했지?"

"예."

리사이는 애처로울 만큼 창백한 얼굴로 고개를 끄덕였다.

그날 밤 봉래라 불리는 나라의 아득히 먼 해상, 해수면에 드리운 달그림자에 이변이 일어났다.

사방에 육지의 불빛은 보이지 않는다. 완벽하게 잔잔하여 상처 하나 없는 해수면이 일부러 깔아놓은 것처럼 펼쳐졌다. 배의 모습은커녕 생물의 모습조차 보이지 않았다. 다만, 그 중앙에 하얀 돌처럼 달그림자가 덩그러니 드리웠다.

잔주름이 잡힌 수면에 비춰져 일그러지고 부서진 달그림자가 별안간 부풀어 동그란 원을 그렸다.

완벽하게 둥근 빛 속, 돌연 수면 아래에서 검은 그림자가 튀어나왔다. 무수한 그림자는 허공으로 날아오르더니 움직임을 멈추었다. 그 아래쪽에서 달그림자는 가늘어져 원래의 형태를 되찾더니 다시 파도에 형태가 부서졌다. 기맥이 흐트러진다. 그대로 기류가 흐트러져 거친 파도가 되고 바다에 하얀 거품이 일기 시작했다.

나타난 사령들은 먼 해안가로 향했다. 홍용경으로 나뉜 요마, 황해에서 소집된 요마를 포함해 그것들의 숫자는 미증유에 달했다. 숙연히 해안가로 밀려든 그들은 그곳에서 소리를 질렀다. 신음을 지르는 바람 속에서 "이리로"라는 그들의 외침이 소용돌이치는 바람을 더욱 부른다. 데리러 온 이를 해안가로 불러들이는 목소리, 맞이하러 온 이를 불러들이는 목소리, 외침이 바람 소리에 섞여 해변에 소용돌이친다. 외침은 이윽고 해변으로 한 사람을, 사나운 해상 저편에서는 짐승을 탄 한 사람을 불러들였다.

해변으로 헤매어 나온 쪽은 비바람 속에 뒤섞인 소리 없는 목소리가 자신을 부르는 것을 인식하고 있었다. 그의 안에 오랜 세월 봉인된 짐승의 본성에 외침이 닿아 울려 퍼졌다. 뭐라 하는지 모른다. 왜 부르는지 모른다. 하지만 오라 한다.

마중이 온다.

오랫동안 그의 본성에 덮인 무거운 뚜껑이 움직이려 했다. 기이하게도 뚜껑을 움직인 것은 그를 찾는 자들이 남긴 보이지 않는 금빛 실이었다. 그를 찾아 헤매던 자들은 의도하지 않은 채 그의 주위에 거미집처럼 궤적을 둘러쳤다. 이제 금빛 실은 칠흑으로 물든 그의 그림자 속에 가느다란 금빛 명맥을 가까스로 부어 넣었다.

마침내 뚜껑을 비틀어 연 사람 역시 그를 찾던 자였다. 렌린은 해안가에 도착한 그를 알아보았다. 문득 고태삼을 벗고 전변해 볼 마음이 든 이유는 그녀도 알 수 없었다. 렌린은 그저 예전에 우리가 만난 적이 있노라 호소하고 싶었는지도 모르고, 당신은 기린이라고 호소하고 싶었는지도 모른다. 렌린은 그 행위가 그에게 어떤 의미를 지닐지 알지 못했다. 사람으로서 봉산으로 귀환해 기린이라 불리면서도 기린임을 자각하거나 그것이 어떠한 존재인지 진실로 이해하지 못했던 그가 비로소 그것을 받아들인 계기가 게이키의 전변이었음을 알 길도 없었다. 그것은 그가 '그'에서 '다이키'로 바뀐 순간을 나타내는 하나의 상징이었다.

렌린이 금빛 궤적을 남기고 그 자리를 떠났을 때 그는 떠올렸다.

다이키인 자신을, 대국을, 왕을.

바람은 비를 머금고 밤의 해변으로 돌진한다. 바람에 떠밀리듯이 저편에서 짐승을 탄 그림자가 이르렀다. 바람에 밀려 도달한 곳은 음울한 잿빛 해안가였다. 물마루가 부서져 돌멩이처럼 날아가 흩어지는 가운데 그림자 하나가 물가에 멈추어 섰다.

쇼류는 그저 리카쿠의 등에서 그 그림자를 내려다보았다. 내려다본 자도 그저 쇼류를 올려다보았다.

"다이키인가."

질문을 받은 쪽은 명백히 떨고 있었다.

만난 것은 허해 저편, 둘 다 태과이고 고국에서의 모습을 모른다. 설령 다이키가 허해 저편을 기억한다 해도 쇼류를 알 리가 없고, 또한 쇼류도 다이키를 알 리가 없다. 그저 그의 젖은 머리카락이 감겨 올라가 어두운 빛을 튕겼고 그것이 쇼류에게 이자 특유의 흔치 않은 색을 떠오르게 했다. 그리고 그 칠흑 같은 두 눈동자. 강인하지만 유연한 그 색.

"다이키라 부르면 아는가."

상대는 고개를 끄덕였다. 입은 열지 않는다. 쇼류는 리카쿠의 등에 탄 채로 다짜고짜 손을 뻗었다. 손가락을 상대의 이마에 얹었다.

"연왕의 권한으로 태사에 봉한다."

말하자마자 손가락을 튕겼다. 상대는 반사적으로 눈을 감고 한 걸음 물러났다. 쇼류는 허공에서 허우적거리는 그의 팔을 잡고 리카쿠 등으로 끌어올리더니, 자신은 뛰어내리고 짐승의 등을 두드렸다.

"리카쿠, 달려!"

리카쿠는 몸을 돌려 물마루에 무너지는 물가를 뒤로하고 소용돌이치며 밀어닥치는 바람을 가르며 질주했다. 지켜보던 쇼류의 발치에서 한쿄가 재촉한다. 한쿄의 등에 뛰어오른 쇼류는 등뒤를 돌아보았다. 질주하는 한쿄의 등에서 시선으로 해안가를 훑는다.

밀려드는 파도에 농락당하는 해안가와 해안가를 향해 펼쳐진 마을. 이미 나라는 없고 백성도 없고, 하물며 아는 이 한 명 없

다. 그렇다면 이곳은 명백히 이국이다.

쇼류는 고국을 시간 속에 묻고 모습을 드러낸 이국을 향해 눈짓으로 인사했다.

나라와 백성에 바치는 공양을 대신한 인사였다.

동쪽에서 구름이 밀려든다. 바람이 불어 새벽의 요천산 봉우리에 부딪친다. 어두운 구름에 검은 점 하나가 나타나 로쿠타는 저도 모르게 까치발을 했다. 점 하나가 두 개로 나뉘고 바람에 밀려오듯 날아서 부딪칠 만큼 빠르게 봉우리에 이르더니, 광대한 노대 안쪽에 호를 그리며 내려섰다. 달려간 곳에는 두 사람을 각각 등에 태운 사령 한 쌍이 있었다. 한 사람은 사령과 함께 달려온 이들을 돌아보고, 사령 등에 엎드려 있던 또 한 사람은 몸이 기울더니 그 자리에 떨어졌다.

로쿠타와 앞다투어 달려가던 게이키가 반사적으로 발걸음을 멈추었다. 로쿠타 또한 제자리걸음을 하고 짤막하게 신음했다.

하얀 돌 위에 드리운 인영은 알고 있던 나이보다 다소 어려 보인다. 눈을 꼭 감은 흙빛 얼굴에는 생기가 전혀 없고 쇠약한 빛이 매우 짙다. 돌 위에 흐트러진 강철빛 머리카락은 게이키가 보기에 무참하게 여겨질 정도로 짧고, 내던져진 팔도 병든 기색을 뚜렷하게 드러내듯 가늘었다. 애처로워 부축해서 일으켜주고 싶어도 그 이상 한 걸음도 곁에 다가갈 수가 없다. 압도적인 죽음의 냄새.

"꼬맹이…… 맞아……?"

로쿠타는 물으면서 몇 걸음 물러난다. 게이키 역시 무의식중에 물러났다.

두껍고 짙은 저주가 다이키를 둘러싸고 있다. 좁혀드는 벽처럼 게이키와 엔키를 내쳤다. 농후한 피 냄새와 욕지기가 치밀 듯한 송장 냄새, 엉긴 듯한 저주가 눈에 보이지 않는 것이 신기할 지경이다.

"어쩌다 이렇게……."

중얼거린 로쿠타가 기력에 부친 듯이 몇 걸음 물러섰다. 게이키는 간신히 그 자리에 머물렀지만 결단코 더는 다가갈 수 없었다.

"저자가 다이키인가?"

게이키가 돌아본다. 요시를 향해 고개를 끄덕여 긍정의 뜻을 전했다. 요시는 보이지 않는 장벽을 거뜬히 통과했다. 리사이가 요시 뒤를 구르듯이 쫓았다.

"이게 뭐야, 응?"

주인에게 매달린 채 한린이 소리지른다.

"이딴 건 예췌가 아니야. 피의 부정 따위가 아니야! 이건 다이키를 향한 저주잖아!"

다이키는 신속히 봉산으로 옮겨졌다. 여느 때처럼 문 앞에서 기다리던 교쿠요는 안긴 채 내려진 다이키의 모습을 보고 눈살을 찌푸렸다.

"어찌 이런……."

혼잣말처럼 말하고는 말문이 막힌다.

"어떨까요. 나을까요?"

리사이가 물었다. 쇼류는 다이키가 봉래에서는 자신의 다리로 걷고 리카쿠도 탔다고 말했지만 이쪽으로 돌아온 이후로 단 한 번도 눈을 뜨지 않았다. 교쿠요를 따르는 여선들에게 안겨 내려진 다이키는 지금도 흙빛 얼굴을 하고 깊은 이승잠에 빠진 듯이 보인다.

교쿠요는 무릎을 꿇고 초췌한 얼굴을 안쓰러운 듯이 내려다보았다.

"뿔이 없고…… 부정이 있다. 그런데도 어떻게든 성수가 되신 것은 과연 흑기黑麒라 해야 하는가."

중얼거리고서 고개를 든다. 교쿠요는 리사이와 요시, 쇼류 세 사람 얼굴을 차례로 보았다. 따라온 이는 이 세 사람뿐이고, 기린은 누구 하나 함께 오지 못했다.

"이는 내가 감당할 수 없소. 왕모께 매달리는 수밖에 없겠네."

세 사람이 동시에 교쿠요의 얼굴을 보았다.

"왕모? 왕모라면…… 설마 서왕모西王母 말씀이십니까?"

리사이의 물음에 교쿠요는 그러하다고 대답했다.

"왕모라면 다이키를 구할 방도가 있을지도 모르네."

"서왕모가…… 계십니까, 실제로?"

"물론 계시다마다."

따라오라는 목소리를 남기고 교쿠요는 묘당으로 향했다. 요시와 쇼류는 묘당에 들어간 적이 있다. 안에는 단상에 왕모와 천제상이 있을 뿐이다. 무수한 무늬가 새겨진 단상, 은빛 병풍을 앞에 놓은 은빛 옥좌, 그곳에 앉아 있는 하얀 석상, 사방의 기둥 사이에 걸린 발이 상을 가슴까지 가리고 있다.

교쿠요는 그 상에 인사를 드리고 더 안쪽으로 향했다. 단상 안쪽 벽 양쪽에는 하얀 문이 있다. 그중 왼쪽에 있는 문을 두드린다. 그러고 나서 잠시 기다린다. 이윽고 문 너머에서 딸랑하고 구슬이 부딪히는 듯한 소리가 들렸다. 교쿠요가 문을 연다. 묘당의 크기로 생각하면 문 너머 공간이 존재할 리가 없건만 문 안쪽에는 하얀 방이 이어졌다.

교쿠요가 들어오라고 재촉하여 요시는 문을 지났다.

그곳은 방이되 방이 아니었다. 하얀 바닥의 면적은 묘당만 하다. 중앙에 단상이 있고 은빛 옥좌가 있는 것은 다르지 않았지만 발은 걷혀 있다.

마치 같은 방이 두 개 있는 것 같았다. 하지만 이쪽에는 천장과 안쪽 벽이 없었다. 얼마나 높은지도 모를 커다란 폭포가 옥좌 뒤에서 순백의 벽을 이루었다. 대체 어디로 떨어지는지 주변은 물안개로 부옇고, 올려다보아도 아득한 저편에서 하얀빛이 비쳐 드는 것밖에 알 수 없었다. 그 환한 빛이 떨어지는 옥좌 한쪽에 한 여자가 보였다. 요시 일행은 교쿠요를 따라 무릎을 꿇고 절을 하면서 그녀를 살폈다.

이 사람이 서왕모.

쇼류조차 서왕모의 모습을 보기는 처음이었다. 진짜 신은 결코 하계와 어울리지 않는다. 다른 두 사람은 이 여신이 실제로 존재하는지조차 몰랐다.

벽하현군의 미모는 뭇사람이 인정하리라. 그와 비교해 서왕모의 용모에는 깜짝 놀랐다. 추하지는 않지만 너무나도 평범했다.

다이키를 옮겨온 여선들이 서왕모의 발치에 다이키의 몸을 내렸다. 왕모는 편히 앉은 채 시선만 줄 뿐 꼼짝도 하지 않았다.

"차마 볼 수 없구나."

목소리는 한결같이 무기적이고 억양이 없다.

교쿠요는 깊이 머리를 조아렸다.

"보시다시피 소인에게는 역부족이옵니다. 왕모께 힘을 부탁드리고 싶사옵니다."

"무척 미움받고 원망을 샀구나. 자신을 향한 저주로 이리도 병든 기린은 여태 없었을 것이다."

목소리에 아무런 감정도 살필 수 없는 까닭은 소리도 없이 떨어지는 폭포가 목소리의 미묘한 음색을 흡수하기 때문인지도 모른다. 아니면 조금 전부터 좀처럼 움직이지 않는 몸, 변하지 않는 표정 탓인지도 모른다.

"사령이 도리를 잃고 폭주한 듯하옵니다. 다이키의 허물이 아니옵니다. 뿔을 잃고 병든 다이키에게는 미쳐 날뛰는 사령을 만류할 힘이 없었습니다."

"사령은 맡겠다. 정화해보지."

"다이키는……."

침묵이 흘렀다. 서왕모는 움직임을 멈추었다. 리사이에게는 왕모가 조각상으로 변해버린 것처럼 보였다. 그녀의 등뒤에 떨어지는 물안개만이 움직이는 전부였다. 순백의 가루가 떨어지는 것처럼 보이기도 하고 날아오르는 것처럼 보이기도 한다.

"버리지 말아주십시오."

리사이의 목소리에 왕모의 눈썹만이 움찔했다.

"대국에는 이분이 필요합니다."

"병을 거두어도 무언가 할 수 있게 되는 것이 아니다. 그대, 그 몸으로 흉적을 칠 수 있느냐."

감정 없는 물음에 리사이는 남아 있는 오른팔의 흔적을 움켜쥐었다.

"……없습니다."

"다이키도 그대와 같다. 더는 어떤 일도 못 하느니."

"그래도 필요합니다."

"무엇을 위해?"

"대국이 구제받기 위해서."

"어찌하여 그대는 대국의 구제를 바라는가."

리사이는 흠칫 놀라 말문이 막혔다.

"그것은…… 그것이 당연하기 때문입니다."

"당연하다 함은?"

리사이는 입을 열었지만 말을 잃었다. 애초에 자신은 어찌하여 이토록 대국을 구하고 싶었을까?

"태왕과 다이키가 그리운가? 자신이 있던 조정이 그리운가?"

그도 그렇다고 리사이는 생각한다. 리사이는 교소를 존경하고 다이키를 사랑스럽게 여겼다. 두 사람에게 신임받는 자신이 자랑스럽고 그런 자신을 일원으로 받아들여준 그곳이 그리웠다.

'하지만…….'

리사이도 안다. 잃어버린 것은 되돌릴 수 없다. 리사이는 많은 부하를 잃었다. 조정에서 친하게 지내던 관리도 대부분 잃었다. 행방불명된 천관장 가이하쿠는 끝내 찾지 못했다 들었다. 총재 에이추도 부상 때문에 결국 사망했다 들었다. 지관장 센카쿠와 하관장 하보쿠가 후에 처형당한 듯하다는 이야기를 리사이는 소문으로 알았다. 수주에서 헤어진 가에이는 그 뒤에 어찌되었을까. 이것은 두려워서 도저히 생각해볼 용기가 나질 않았다.

잃어버린 사람들, 육 년의 세월. 리사이는 왕모의 발치를 보았다. 저기에 누워 있는 다이키는 더이상 천진하기만 한 어린아이가 아니다. 어린 다이키는 이제 어디에도 없다.

"아니면 아센을 용서하지 못하겠는가?"

당연하다. 아센은 다이키가 자신을 신임하는 줄 알면서 다이키를 공격했다. 옥좌를 빼앗고 대국을 고난의 밑바닥으로 떠밀었다. 많은 백성을 아센 때문에 잃었다. 이런 무도한 자를 용서할 수 있을 리가 없다. 아센이 이대로 옥좌에 있는 것은 도와 선의, 자애와 성의 같은 것을 존중하며 살아온 모든 이들의 생을 근본부터 부정하는 짓이다.

"자신의 오명을 씻고 싶은가? 아니면 대국이 그리운가?"

리사이는 대답할 수 없었다. 모두 틀렸다.

"……모르겠습니다."

"그저 싫다고 고집만 부리는 어린아이 같구나."

그런 것은…… 아니다. 리사이는 눈을 들었다. 하얗기만 한 공간은 싫어도 눈에 갇힌 대국의 국토를 떠오르게 했다.

무수한 눈송이가 끝없이 내려 산야와 마을을 뒤덮는다. 모든 소리가 음색을 흡수당해 세상은 소리 없는 깊은 잠과도 같은 정체 속으로 떨어진다.

리사이는 오명을 굴욕이라 느꼈다. 자신의 이름을 더럽힌 아센에게 분노하고, 그렇게 선한 것을 짓밟은 그에게 보복을 맹세했다. 하늘이 바로잡지 않으면 자신이 바로잡아보겠노라 생각했다. 그리고 그 기회를 살피고 승주를 전전하는 사이에 많은 지인과 이해자를 잃었다. 몇 겹이나 상처 입은 리사이의 마음은 아센을 쓰러뜨리는 것으로밖에 치유되지 않는다 생각한 적도 있었던 것 같다.

하지만 그런 생각들은 겨울을 한 번 지날 때마다 눈 속에 흡수당했다.

"저도 어째서인지는 모릅니다……."

리사이는 폭포에 감도는 물안개를 눈으로 좇았다. 폐허에서 피어오르는 구름 같은 연기와도 비슷하다.

"다만…… 대국은 이대로면 멸망하고 맙니다……."

"멸망해서는 안 되는가?"

"예……. 그것만은 싫습니다. 견딜 수 없어요."

"어찌하여?"

어째서일까. 그렇게 생각하고 문득 입에서 튀어나온 것은 리사이 자신에게도 뜻밖의 말이었다.

"만약 대국이 멸망한다면 제 탓이기 때문입니다."

"그대의 탓이다?"

"잘 표현할 수 없어요. 그런 기분이 듭니다."

대국이 황폐해지는 데 리사이가 무언가 일조한 것은 아니다.

"대국이 멸망한다면 저는 많은 것을 잃습니다. 그리운 대국의 국토도 그곳에 있던 사람들도, 거기에 얽힌 기억까지 전부. 하지만 그보다 더욱 중요한 것을 잃어버릴 것만 같습니다……. 아마도 저는 잃은 것을 그리워하고 상실에 울기 전에, 자신을 미워하겠죠. 저주하고 원망하고. 절대로 용서할 수 없을 겁니다."

리사이는 숨을 토했다.

"맞아요……. 떼를 쓰는 것인지도 모르죠. 저는 그때의 괴로움에서 도망치기 위해 발버둥치고 있는 겁니다. 그저 자신의 마음을 구하기 위해서요."

리사이는 다이키를 응시하고 단상으로 눈을 돌렸다.

"태보께 무언가를 바라는 것도 아닙니다. 기적 따위 바라지 않습니다. 이렇게 기적을 베풀 수 있는 신들조차 대국을 구해주시지 않건만, 어떻게 태보께 그것을 바랄 수 있을까요."

여신의 눈썹이 움찔했다.

"하지만 대국에는 빛이 필요합니다. 빛마저 없다면 대국 사람들은 정말로 모두 얼어 죽고 맙니다……."

왕모의 목소리는 들리지 않았다. 무표정한 두 눈동자가 아무것도 없는 허공을 지그시 응시하고 있다. 이내 왕모는 다이키 쪽으로 눈길을 주었다.

"병은 쫓아주마. 지금은 그 이상은 안 된다."

왕모가 말하고 기계적인 동작으로 한 손을 들었다.

"물러가라……. 그리고 돌아가도록 하라."

말이 떨어진 순간 굉음을 내며 옥좌 앞에 폭포가 떨어졌다. 모든 것은 물안개에 삼켜졌다. 소리를 낼 틈도, 발을 구를 새도 없이 눈을 감았다가 뜨자 그곳은 묘당 뒤 돌바닥 위였다. 푸르게 뒤덮인 산중턱에 휑한 돌바닥이 펼쳐지고 운해에서 밀려오는 파도 소리가 잔잔하게 들렸다.

리사이는 당황하여 주위를 보았다. 여선들에게 둘러싸인 다이키, 어안이 벙벙해진 듯한 요시와 쇼류. 오로지 교쿠요만이 돌바닥 위에 평복하고 있었다. 머리를 깊이 조아린 교쿠요가 몸을 일으켜 리사이를 돌아보았다.

"데리고 돌아가시게. 다이키는 한동안 잠들어 있을 듯하나 왕모가 저리 말씀하신 이상 예췌는 반드시 나을 걸세."

리사이가 교쿠요를 바라본다. 교쿠요의 기품 있는 얼굴에는 위주, 교소의 고향에서 만나 영원히 작별한 소녀와 같은 종류의 근심이 깊이 배어 있었다.

"그뿐이로군요?"

교쿠요는 말없이 고개를 끄덕였다.

7
장

■

　범국의 주종은 리사이 일행이 돌아오기를 기다렸다가 귀국하면서 엄구각을 다이키의 병상으로 내주었다. 봉산에서 돌아온 다이키는 여전히 잠들어 있었지만 엔키와 게이키가 곁에 다가가지 못하는 일은 더이상 없었다. 그것을 확인하고 안도한 듯이 렌린도 연국으로 돌아갔다.

　"뵙고 가지 않으시겠습니까?"

　리사이의 물음에 떠나려던 렌린은 고개를 가로저었다.

　"얼굴은 보았어요. 무사하신 것도 확인했고요. 하오니 이제는……. 해야 할 일이 없는 이상 나라를 비울 이유가 없으니까요."

리사이는 더 붙잡으려다가 고개를 숙였다. 금파궁에 머물고 다이키를 찾기 위해 쪼갠 시간은 본디 연국 백성을 위해 써야 할 시간이었다. 리사이가 연국에서 재보를 빼앗았다. 아쉽다고 하여 붙잡거나 막을 수는 없는 노릇이다.

렌린이 미소 지었다.

"게다가 마음을 놓으니 주상이 그리워졌어요. 빨리 돌아가지 않으면 주상도 곤란하시겠지요……. 잠시도 눈을 뗄 수 없는 분이세요."

리사이는 미소로 응답하고 고개를 깊이 숙여 렌린을 보냈다. 이튿날에는 쇼류 또한 엔키를 남기고 안국으로 돌아갔다. 한산해진 서원에 남몰래 가을의 기척이 다가왔다.

리사이는 줄곧 다이키의 머리맡에 붙어 있었다. 리사이가 힘에 부치면 게이케이가 도왔다.

"눈을 뜨지 않네요……."

싸리꽃을 안고 온 게이케이는 다이키의 자는 얼굴을 보고 말했다. 눈을 뜬다면 제일 먼저 눈에 들어오도록 해야 한다며 게이케이는 꽃가지를 거르지 않고 매일 하나씩 가져왔다.

"안색은 상당히 좋아지셨어."

"정말이네요. 태 태보는 기린인데 금발이 아니구나."

"흑기린이시니까."

"나는 병 때문에 머리카락이 이런 색이 되고 말았나 했어요. 요시가 아니라고 가르쳐줘서 가슴을 쓸어내렸어요."

"그랬군."

리사이가 미소 지었다.

"태 태보는 더 어린 분인 줄 알았는데."

"자라셨지. 마지막으로 뵌 것이 육 년도 전의 일이니."

리사이의 눈앞에 잠든 이는 이제 어린아이가 아니다. 위화감이 없다고 하면 거짓말이다. 어린 다이키는 돌아오지 않는다. 흘러간 육 년의 세월을 되돌릴 길이 없는 것과 같은 이치다.

"육 년이나 괴로운 곳에 계셨구나."

"……괴로워?"

"그래서 병이 걸리신 거죠?"

"아아……. 그런가. 그럴지도……."

"돌아오셔서 다행이다."

"그렇군."

리사이가 대답했다. 그때 희미하게 다이키의 속눈썹이 움직였다.

"다이키?"

게이케이가 몸을 쭉 내밀어 다이키가 눈을 뜨는 것을 확인하고 몸을 돌렸다.

"요시한테 알리고 올게요!"

달려나가는 게이케이의 기세에 머리맡 싸리가 흔들렸다. 이제 막 눈을 뜬 몽롱한 눈길이 분명히 흔들리는 싸리를 좇았다.

"다이키, 정신이 드셨습니까?"

리사이는 다이키의 얼굴을 덮듯이 위에서 들여다보았다. 종잡을 수 없는 눈빛이 리사이를 보고 꿈꾸 듯이 천천히 눈을 깜빡거렸다.

"돌아오셨습니다. 아시겠습니까."

다이키는 한동안 멍하니 리사이를 올려다보고는 고개를 끄덕였다.

"리사이?"

작은 목소리 또한 이제 어린아이의 목소리가 아니었다. 침착하고 부드럽다.

"예……."

리사이는 참지 못하고 쓰러져 울었다. 이불 아래 놓인 얇은 몸을 끌어안았다.

"리사이, 팔이……."

답례하듯 포옹한 손이 위쪽만 남은 오른팔을 만졌다.

"예, 제가 미흡하여 잃고 말았습니다."

"괜찮아요?"

"그럼요."

몸을 일으키려 한 리사이를 가는 팔이 붙든다.

"리사이…… 죄송해요."

리사이는 아니라고 대답했지만 아마도 오열 때문에 들리지는 않았을 것이다.

외전에서 한창 조의중에 하관이 찾아왔다. 하관에게 귀띔받은 고칸은 고개를 끄덕이고 실례하겠다며 단상으로 올라가 요시에 게 한마디를 알렸다.

요시는 "그런가" 하고 대답하고 고개를 끄덕였다. 고칸이 내 려가서 조의를 계속하기 위해 돌았을 때, 요시가 뒤에 서 있던 게이키를 불렀다.

"게이키……."

무슨 일인지 의아해하며 몸을 숙인 게이키에게 요시가 작은 목소리로 알렸다.

"다이키가 눈을 떴대."

게이키가 눈을 동그랗게 떴다.

"퇴출을 허한다. 다녀와."

"하오나……."

억누른 목소리로 대답하는 심복을 향해 요시가 웃었다.

"괜찮대도."

게이키는 어쩔 줄 몰라 하며 외전을 퇴출해 엄구각으로 향했다. 침실에 이르자 그곳에는 이미 엔키 로쿠타의 모습이 보였다.

"경 태보……."

침상 안에서 들리는 목소리는 낯설었다. 마주한 얼굴도 낯설어 게이키는 몇 번이고 잠든 얼굴을 보러 왔을 때와 마찬가지로 난처해할 수밖에 없었다. 게이키가 머뭇거리면서 머리맡에 서니 로쿠타가 슬쩍 미소를 남기고 말없이 퇴출했다. 침소에 단둘이 남자 게이키는 어찌할 바를 몰랐다.

"큰 폐를 끼친 듯하여 죄송합니다."

"아닙니다. 그것이……. 이제 괜찮으십니까?"

"네. 리사이와 저를 구해주셔서 진심으로 감사드립니다."

조용히 인사하자 게이키는 점점 더 당혹스러웠다. 얼굴이 달리 보이는 것은 물론이요, 넘칠 듯이 환한 미소도 천진한 말투도 없다. 그 작았던 기린은 이제 없다고 생각하자 상실감으로 가슴이 아렸다.

"제가 한 일이 아닙니다. 모두 주상께서 하신 일이에요."

게이키는 고개를 숙인 채 다이키와 만났을 때 섬기던 왕이 이제 없다는 사실을 떠올렸다. 그토록 긴 세월이 지났다.

"경왕은 태과이시라고요."

그렇게만 말한 까닭은 사정을 누군가에게 들었기 때문일까.

"예. 저…… 다이키를 만나고 싶어 하셨습니다. 지금은 조의 중이라 오지 못하셨지만, 곧……."

"그런가요"라는 말에 게이키는 이야기를 이을 말을 잃고 말았다. 눈을 어디에 두어야 할지 몰라서 침소 안 이리저리 시선을 헤매는데 조용한 목소리가 들렸다.

"길고 괴로운 꿈을 꾸었습니다……."

게이키가 놀라서 바라보자 수척해진 얼굴이 살짝 웃었다.

"기억하세요? 경 태보와 처음 뵈었을 때 저는 아무것도 하지 못하는 기린이었지요."

"아아……. 예."

"많은 친절을 베풀어주시고 많은 것을 가르쳐주시고, 그런데 도 아무것도 배우지 못해서……. 경 태보가 돌아가신 뒤에야 겨우 익혔건만 또 전부 잃어버렸어요……."

"다이키."

"괴로운 꿈속에서 저는 줄곧 봉려궁의 꿈을 꾸었어요. ……무 척 그리웠고 정말로 뵙고 싶었어요……."

다이키가 게이키를 쳐다보았다. 이전처럼 더없이 진지한 눈이 었다.

"늦지 않았을까요."

"다이키."

"많은 시간을 허비했어요. 전부 잃고 말았습니다. 그래도 늦지 않았을까요. 저에게도 아직 할 수 있는 일이 있다고 보세요?"

"당연하지요."

게이키는 힘주어 말했다.

"그 때문에 돌아오신 겁니다. 다이키가 이렇게 계신 것은 아직 희망이 다하지 않았다는 증거입니다. 걱정하지 마십시오."

"네."

그는 게이키의 말을 곱씹듯이 눈을 감았다.

002

"……다이키?"

요시가 가까이 다가가서 보자 다이키는 "네" 하고 고개를 끄덕였다. 수척하기가 이루 말할 수 없었지만, 그래도 그는 침상에서 일어나 반듯한 모습을 보여주었다.

"경왕이세요?"

"나카지마 요코中嶋陽子입니다."

요시의 말에 그는 슬쩍 웃었다.

"다카사토高里예요."

요시는 한숨을 토했다. 당황스러울 정도로 이상한 기분이 들었다.

"신기하군……. 같은 세대 사람과 이런 곳에서 만나다니."

"저도요. 많은 신세를 졌어요. 고맙습니다."

"인사를 받을 만한 일은……."

요시는 말을 흐리고 눈을 내리깔았다.

"그래, 인사를 받을 만한 일은 하지 않았어. 적어도 대국을 위해서는 아직 아무것도 하지 못한 것이나 다름없으니까."

"저는 감사해요. 데리고 돌아와주셔서."

"다행이다."

요시는 한동안 입을 다물었다. 만나면 나누고 싶은 이야기가 많았다. 고국의 이런저런 이야기. 하지만 이렇게 다이키를 눈앞에 두자 이야깃거리를 찾을 수 없었다.

다시는 돌아갈 일 없는 고국이다. 요시와는 관계없는 세계가 되고 말았다. 시시한 화제를 찾아 그리워하기에는 아직 상실감이 생생했다. 공연히 떠들면 향수에 사로잡힐 것 같아 무섭다. 저쪽에 있던 가족과 친구, 그런 이들이 모두 다 죽어 없을 무렵이 아니면 그저 그리워하며 추억하기 위해 이야기를 나눌 수는 없을 듯했다.

"저쪽은…… 아마도 변함없겠지."

그 사람들은 잘 지낼까.

"그렇습니다. 풍파는 있어도 세상이 달라질 정도는 아니었어요."

"그런가."

그것으로 됐다.

요시는 한숨을 쉬고는 웃었다.

"지금 대국을 위해 무엇을 할 수 있을지 의논하고 있어. 난민을 원조하는 것은 당연하고, 어떻게든 본국에 남은 백성을 구할 방법도 생각해야 해. 도우러 갈 수 있다면 좋겠지만 아무래도 그건 불가능한 모양이라."

"정말로 감사드립니다."

"아니……. 이건 대국만을 위해서 하는 일이 아니니까. 고맙다는 인사를 받을 만한 일은 하지 못했고. 경국은 아직 가난해서. 난민이 제법 많지만 구제조차 뜻대로 안 돼."

요시가 웃었다.

"하지만 다이키가 돌아와주어 마음이 든든해. 기대하고 있으니 되도록 몸을 잘 돌봐줘."

"저를요?"

"그래. 내가 여러 가지 의견을 내고 있는데 아무래도 이쪽 사람들에게는 엉뚱한 소리로 들리나 봐. 이를테면 대국 난민을 구제하기 위해 대사관 같은 것을 열 수 없겠느냐고 말했더니 제관은 물론이고 연왕, 엔키까지 기막혀했어."

"대사관요?"

눈을 크게 뜬 다이키를 보고 요시는 쑥스러워서 "응" 하고 고개를 끄덕였다.

"그렇게 이상한 소리는 아닌 것 같은데……. 난민도 이익을 대변해줄 조직이 있어야 한다고 봐. 경국이나 안국으로 흘러 들어온 많은 난민은 해당 국가의 사정이나 형편대로 보호받고 있어. 하지만 이렇게 해주면 좋겠다거나 이건 이렇게 할 수 없는지 의견을 개진해 나라와 담판을 지을 수 있으면 좋지 않을까. 어떻게 하면 도움이 될지는 난민 자신이 가장 잘 알 테고. 최종적으로는 나라가 어지러워져 난민이 생겼을 때를 대비해 각국에 저마다의 대사관이 있으면 안심할 수 있지 않을까 했더니, 아무래도 이쪽 사람들에게는 너무 뜻밖의 말이라 이해를 얻지 못한 것 같아……."

요시가 한숨을 쉬고 고개를 들자 다이키가 요시를 뚫어지게 보고 있었다.

"어라. 역시 이상한가?"

"아뇨……. 그런 것이 아니라 경왕은 대단하시구나 싶어서."

"대단하다는 말을 들을 만한 일이 아니야. 경왕이라는 호칭도 그만해줘. 같은 일본 사람이라고 생각하니 왠지 쑥스러워."

다이키가 살짝 미소 지었다.

"나카지마 씨는 몇 살이세요?"

그렇게 불리자 이상하게 간지러웠다.

"으음, 다이키보다 한 살 위인가……. 나이를 세도 의미가 없지만."

요시는 대답하고 나서 "아" 하고 외쳤다.

"다카사토라고 부르는 편이 나은가?"

"저는 어느 쪽이든 괜찮아요. 어릴 적에 돌아온 이후로 쭉 다이키였으니 어색하진 않아요."

"그런가……. 나는 이쪽에 온 지 삼 년이 되지 않았으니 다이키에 비하면 아직 햇병아리로군."

"실제로 지낸 것은 일 년이니까요."

다이키의 목소리에는 그리워하는 기색보다 아쉬워하는 기색이 깊었다.

"그럼 도움을 더 받아야겠는걸. 원래 나는 저쪽에서 정치나 사회의 구조에 흥미가 없었으니까 막연한 지식과 생각만으로 떠드는 구석이 있어서."

"저도 그리 다르지 않을 거예요. 이쪽은 모르는 것이나 마찬가지니까요. 제가 이쪽에 있었던 것은 단 일 년이고 절반은 봉산에 있었으니……. 대국에 머문 것은 정말로 잠깐이었던데다 어려서 사회에 대해 전혀 몰라 우왕좌왕할 수밖에 없었어요."

"이제부터가 시작이야. 여러모로 지혜를 빌려주면 고맙겠어. 특히 다이키는 당분간 대국 난민의 대변자가 되어줘."

"예."

다이키가 고개를 끄덕였을 때였다. 옆에서 소란스러운 소리가 들렸다. 리사이의 "무슨 짓입니까"라는 고함이 들렸다. 변사인가, 요시가 일어나는 순간 침실 문이 거칠게 열렸다.

003

남자 몇 명이 침실에 난입했다. 선두에 있는 인물을 보고 요시는 눈살을 찌푸렸다. 내재內宰다. 천관 중에서 궁중 내궁을 관장하는 수장이다. 그 뒤에 있는 이들 중 두 사람은 금문에서 자주 얼굴을 보는 혼인閽人이었다.

"무슨 일이냐."

물을 것도 없이 찾아온 뜻은 명백했다. 그들은 손에 검을 들고 있었다.

"이게…… 무슨 짓이지."

침입자를 노려보자 남자들은 검을 들었다.

"당신은 경국을 너무 우습게 보았소."

내재가 말했다.

"여왕予王만큼 어리석지 않은 점은 인정하지. 하지만 당신은 나라와 관리를 지나치게 경시했어. 출신도 불분명한 민초를 중용하고 관례를 짓밟고 나라의 위신과 관리의 긍지도 개의치 않았어."

"맞아."

혼인 중 한 사람이 침착하지 못하게 검을 쥐고 몸을 숙였다.

"반수 따위를 보통 사람처럼 취급하고 조정의 등용을 허락했을 뿐 아니라, 하필이면 금군 장군까지 삼다니."

요시는 얼굴에 피가 쏠렸다.

"반수 따위라고."

반사적으로 검을 잡으려 했으나 수우도水禺刀를 두고 온 것을 깨달았다.

"제관의 체면에 먹칠을 하고 반수와 토비를 궁중 깊숙이 끌고 들어와 궁성을 더럽혔다. 위엄 있는 관리를 경시하고 반수와 토비를 중시하여 곁에서 시중들게 하는 까닭은 결국 자기에게는 관리가 벅차고 거북하기 때문이지. 반수와 토비 상대라면 자신의 부족함을 열등감으로 느낄 필요가 없으니까. 각 나라의 왕과 태보를 모아 함께하면 자신도 그 동료가 된 것 같은 심경이 드는가. 자만도 분수가 있지. 언제까지 그런 행동을 하늘이 허락하리라 생각하지 마."

요시는 말문이 막혔다. 그저 눈을 부릅뜨고 신음하는 수밖에 없는 요시 대신에 내재가 그만두라고 혼인을 제지했다.

"입이 더러워서 미안하지만 그런 견해가 있다는 사실은 알아주시오. 나는 당신을 그렇게까지 업신여기지 않으나 타국의 왕과 재보를 자주 왕궁에 들이는 것은 승복할 수 없소. 대국의 장군을 숨겨주고 재보를 보호하면서 당신은 자신이 경국의 왕임을 잊지 않았는가. 이렇게 타국의 왕이 드나드는 연유는 무엇인가. 당신은 경국을 타국에 양도할 속셈인가."

"아니야."

"그럼 어째서 이리도 타국 인간이 왕궁 깊은 곳을 제집인 양 활보하나. 당신은 경국의 백성을 뭐라고 생각하시는가."

"어차피 계집 왕이야."

한 사람이 거칠게 말했다.

"사리사욕으로 나라를 어지럽히지. 지금 바로잡지 않으면 여왕처럼 될 거야."

요시는 분노한 나머지 몸을 떨었다. 그러다 돌연 그 분노가 사라져버렸다.

지독하게 허탈했다. 백성과 나라를 가벼이 여긴 적은 없다. 오히려 백성과 나라를 위해 무엇을 할 수 있을지 궁리했노라고 여기서 호소하는 것에 무슨 의미가 있을까. 본디 내실을 알지도 못하면서 비난한다고 화내기는 쉬우나 남의 사정을 헤아리기는 어렵다. 요시도 이 같은 불만을 품은 관리의 내실을 살필 수는 없었다.

이런 것인가.

누구나가 행위, 언동으로 남의 내실을 헤아릴 수밖에 없고, 단정지어 평가를 내리고 나면 그 평가만이 혼자 나아가기 시작한다. 이미 확신을 품은 자, 확신을 의심할 마음이 없는 자에게 무엇을 항변해도 닿으리라 생각지 않는다.

"그러니까…… 지금 시해하겠다는 소리인가."

요시가 묻자 내재는 조금 기가 꺾였다.

"그렇게 하겠다고 한다면 하는 수 없지. 싸울 방도가 있으면 저항하겠지만 안타깝게도 검은 내전에 두고 왔어. 저항할 길이 없는 듯하군."

"이제 와 사리를 아는 척하지 마!"

요시는 쓴웃음을 지으며 혼인의 목소리를 들었다.

"어떻게 생각하든 상관없지만 태 태보와 류 장군에게는 위해를 가하지 말기를 바란다. 그들의 존재가 경국의 무언가를 상처 입힌다면 쫓아내는 걸로 충분하겠지. 경국에 백성이 있듯이 대국에도 백성이 있다. 자국의 근심을 없애는 것은 그대들의 권리 중 하나지만 타국의 백성에게까지 그 결과를 떠밀 권리는 없다. 필요 이상으로 대국 백성을 괴롭히는 일은 하지 않기를 바란다만."

내재는 요시와 다이키를 싸늘하게 번갈아 보았다.

"대국은 나라가 어지럽다고 들었다. 그 가운데 나라를 버리고 타국의 보호를 받으며 뻔뻔하게 지내는 태보와 장군을 잃는다고 대국 백성이 개탄하리라 생각할 수 없군."

"그건 대국 백성이 결정하게 두는 게 어때? 대국 백성도 똑같이 느낀다면 그들 스스로 두 사람을 치겠지. 그러니 이들까지 손 대지 않는다고 약속할 수 없겠나?"

"약속은 하기 어렵지만 노력은 하지."

"적어도 이곳에서는 나가자. 기린 곁에서 살상은 삼가도록."

"잠깐만요."

뒤에서 팔을 잡는 손이 있었지만 뿌리쳤다.

"해당 백성이 필요 없다고 한다면 유지하려 해도 소용없지."

쫓아와 매달리는 손을 혼인 한 사람이 떼어냈다. 내재에게 이끌려 침실을 나오자 몇 명에게 제압당한 리사이가 백지장 같은 얼굴을 하고 있었다.

자신들 탓이라고 너무 깊이 마음에 두지 않으면 좋으련만.

그렇게 생각한 순간 요시는 느닷없이 옆으로 떠밀렸다.

놀랄 새도 없이 뒤에서 비명과 고함이 뒤섞인다. 몸을 일으키고 돌아보자 발치에 쾅 하고 둔탁한 소리를 내며 검을 쥔 팔이 굴러왔다.

새된 비명이 들렸다. 리사이에게 검을 들이댔던 남자가 검 끝을 요시 쪽으로 돌려 돌진했다. 검이 닿기 전에 짐승 앞다리가 남자의 가슴을 관통해 쑥 튀어나왔다. 예리한 손톱을 새빨갛게 물들인 그것이 빠져나오자마자 남자는 쓰러지고 누군가 있었을 등뒤에는 어떤 모습도 보이지 않았다. 그저 멀찌감치 얼어붙은 듯이 서 있는 다이키의 모습만이 보였다.

"저항 정도는 하십시오!"

요시가 돌아보자 창백해진 게이키가 달려오고 있었다. 방안에는 몇 명이 뒹굴고, 비명을 지른 몇 명은 피를 밟으며 도망쳤다.

"딱 맞게 나타났군……"

요시는 주저앉은 채 쓴웃음을 지었다.

"연 태보가 사령을 남기셨습니다. 어째서 저항하시지 않았습니까."

"검이 없었으니까."

"검이 없더라도 저항 정도는……. 그러니까 조유元祐를 떼어 놓지 마시라 말씀드렸건만."

"응……. 아무튼 덕분에 살았어. 고마워."

요시의 말에 게이키는 원망스럽게 쳐다보고서 고개를 홱 돌렸다.

"주상 곁에 있으면 끊임없이 사령을 더럽히게 돼서 곤란합니다."

"미안."

요시는 웃고 나서 리사이와 다이키를 보았다.

"면목없군. 뜻하지 않은 모습을 보이고 말았어."

"아뇨, 괜찮으십니까?"

리사이가 반사적으로 달려왔다.

"응. 다치지 않았어. 그보다 리사이, 다이키를 다른 곳으로 모셔. 여기에 있으면 몸에 해로워. 게이키, 너도야."

요시는 일어나서 바닥에 쓰러진 남자들을 보았다.

내재는 숨이 끊어졌다. 다른 두 사람 역시 아무래도 숨은 붙어 있지 않은 듯했다. 세 사람은 중상을 입었지만 아직 살아 있다.

죽어도 상관없다는 기분이 든 것은 요시의 진심은 아니었다.

하지만 허탈한 나머지 만사가 아무래도 상관없이 느껴진 것은 사실이었다. 저항하기도 화내기도 귀찮았다. 침입자와 대치하기 위해서는 자신이 어리석은 왕이 아니라고 우겨야 했으나, 그럴 만한 자신감도 자부심도 없었다. 예전이라면 천의가 있으니 왕이라는 기개라도 부렸겠지만 요시는 요즘 천의를 기적의 일종으로 간주할 수 없게 되었다. 그러고 싶다면 그래도 좋다. 이것으로 중책에서 해방된다면 그래도 괜찮지 않을까 싶었다.

"도망친 놈들은 붙잡았어."

건물을 나오니 로쿠타가 다가왔다. 로쿠타 뒤에는 병사가 달려오는 거친 소란이 일었다. 연행하는 중인지 저주의 말을 토해내는 혼인의 새된 비명이 들렸다.

004

"모반에 참가한 것은 천관만 열한 명, 주모자는 내재고 아무래도 이들이 전부인 듯합니다. 부상자는 세 명, 도망친 다섯 명은 붙잡았습니다."

간타이의 설명을 들으면서 요시가 내전으로 돌아가자 고쇼가 큰 몸을 움츠리고 기다리고 있었다. 요시의 얼굴을 보자마자 그 자리에 평복한다.

"정말로 미안해."

"무슨 일이야?"

눈을 깜빡거리는 요시를 보고 간타이가 쓴웃음을 지었다.

"사과하게 해주세요. 그 자리에 대복과 소신이 없었던 것은 과실이니까요."

"내가 사람을 물렸어."

고쇼는 고개를 들었다.

"그렇더라도 눈을 떼면 안 됐어."

"고쇼 탓이 아니야. 원래 고쇼의 책무가 아니잖아."

왕의 경호는 하관 중에서도 사인射人, 특히 사우司右의 직책이다. 공적으로는 사우의 하관인 호분씨虎賁氏가, 사적으로는 대복이 지휘한다. 여기서 말하는 '사적'이란 내궁을 가리킨다. 내궁이란 왕궁의 가장 안쪽에 해당하는 후궁 및 동궁, 서궁을 포함한 연침과 정침, 인중전, 금문에 이르는 노침, 그리고 내전과 외전까지를 이른다. 그 바깥쪽을 외궁이라 하며 내전과 외전을 포함한다. 본디 왕은 내궁 가장 바깥인 외전까지밖에 나가지 못하는 법이다. 그리고 신하는 원칙적으로 외궁 가장 안쪽인 내전까지밖에 드나들 수 없다.

"대복의 일은 내궁의 경호잖아. 서원은 장객전의 일부야. 거기는 외궁이지 내궁이 아니야."

"그건 그래. 하지만……."

간타이는 어깨를 축 늘어뜨린 고쇼의 등을 달래듯이 다독였다.

"사죄의 말 정도는 들어주지 않으면 고쇼도 면목이 없어요. 분명히 서원은 외궁이니 고쇼의 관할 밖이죠. 일반적으로는 호분씨가 경호를 맡습니다. 그런데 이번에 주상이 서원에서 하던 일은 공무의 범위에 들어가지 않아요."

"그야 그렇지. 법과 예전에 근거한 행위가 아니었으니까. 공식적으로 빈객은 없는 것으로 되어 있으니 본래 장객전에 손님을 들일 때에 밟아야 할 절차도 전혀 거치지 않았어. 리사이를 왕궁에 들인 것부터 관례와 예전을 완전히 무시한 제멋대로 저지른 행동이야. 내가 잘못했어……."

요시가 그렇게 사죄했으나 간타이는 과장되게 얼굴을 찡그렸다.

"왕이란 제멋대로이게 마련입니다. 그렇지 않으면 나라가 어지러워지거나 쓰러질 도리가 없죠. 그건 공무가 아니었으니 호분씨의 직책이 아니었어요. 그래도 경호는 필요했고, 호분씨와 대복 중 어느 쪽이 호위를 맡아야 했는지 따지자면 대복이었을 겁니다."

고쇼는 의기소침해서 고개를 떨어뜨렸다.

"맞는 말이야. 그곳에 계신 것은 타국의 왕과 태보뿐이라 나한

테는 문턱이 높았고 일이 일인 만큼 내가 들여다보거나 엿들으
면 안 될 것 같았어. 요시가 혼자 친한 사람을 훌쩍 찾아가는 거
야 내궁에서는 흔히 있는 일이고, 그래서 방심했어."

고쇼와 소신들은 서원 입구까지 경호하고 안으로 들어가는 것
은 사양했다. 서원까지 오가는 길을 경호하면 된다고 생각한 것
은 부정할 수 없다.

"그건 고쇼의 실수야. 내궁에서 경호할 때 예민하게 반응할 필
요가 없는 것은 애초에 위험한 인간을 일절 들이지 않기 때문이
라고. 내전과 외전에는 다른 사람 눈도 있고 궁마다 건물마다 경
호가 있어. 하지만 서원은 그렇지 않아. 이번처럼 공식적으로 공
표하지 않은 빈객이 있는 곳에는 예전에 따른 경호도 둘 수 없
어. 연조에 드나들 수 있는 자라면 누구든 서원에 다가갈 수 있
고, 실제로 그렇게 된 거지."

"응."

고쇼가 고개를 끄덕였다. 간타이는 쓴웃음을 짓고 말했다.

"고쇼에게는 대복으로서 실수가 있었으니 사과하게 해야 합니
다. 그리고 소관으로부터 주청이 있습니다."

"뭐야?"

"이번 건은 주상께도 잘못이 있습니다. 매사에 엄격하지 않고
대범하신 것은 주상의 좋은 점이라 생각하오나 규정을 쉽게 무

시하시면 이런 폐해가 생깁니다. 관리에게는 관리로서의 직분이란 것이 있고, 주상처럼 마음대로 규정을 무시할 수는 없습니다. 관례와 규정을 무시하시면 관례와 규정의 틀에 맞춰 행동하는 관리는 따라갈 방도가 없어집니다. 그러니 이 건은 대복을 벌하지 말아주십시오."

"결국 그런 이야기인가?"

"말해두지만 고쇼를 사죄하지 못하게 하는 것과 고쇼를 용서하는 것은 다릅니다. 주상은 이런 부분이 너무 엉터리예요. 고쇼를 사죄하지 못하게 함은 잘못을 없었던 것으로 하는 겁니다. 왕이 죄와 태만을 없었던 일로 하시면 안 됩니다. 그러면 주위 사람도 납득하지 않아요. 균형을 잃고 총애한다고 숙덕거릴 것이 틀림없고 고쇼도 면목이 안 서죠."

"아아······. 그런가······."

요시가 중얼거렸을 때 고칸이 들어왔다.

"뭐야, 너희 여기에 있었나."

고칸은 맨 먼저 고쇼에게 향했다.

"대복에게는 이번 일의 책임을 물어 석 달간 근신을 명한다."

"잠깐만."

요시가 끼어들려고 하자,

"그러나 태보의 간절한 청원도 있고 주상께서 규정을 어지럽혀 대복의 직분을 혼란시킨 것이 인정되었다. 대복은 역적을 잡은 공도 있으므로 죄를 싱쇄하여 불문에 부친다. 회의에서 이렇게 하자고 의견을 모았습니다만 어떠십니까."

고칸은 태연히 말하고 요시를 바라본다.

"납득하기 어려운 부분이 있다면 설명드리겠습니다."

"규정을 어지럽혔다는 부분 말인가? 그거라면 조금 전에 간타이에게 혼났어."

"그럼 이것으로 괜찮으십니까?"

"좋아."

요시가 쓴웃음을 지었다. 간타이는 소리 내서 웃고 잡은 죄인은 추관에게 넘겼다고 고칸에게 보고했다. 그러고는 고쇼의 등을 두드려 데리고 갔다.

고칸은 그 모습을 담담히 지켜보고 서면을 내밀었다.

"내재는 현상황에 불만이 컸던 모양이더군요. 그는 원래 내소신內小臣으로 내재 곁에서 왕과 재보의 신변 시중을 도맡아 관리했습니다. 주상이 발탁하여 내재로 관위가 올랐으나 노침에서 주상 곁을 지키며 시중을 드는 일에서는 제외되었죠. 내소신 시절부터 주상과 재보를 노침에서 모시는 것이 그의 긍지였는데, 긍지를 짓밟히고 참을 수 없었던 듯합니다."

"그런가."

요시는 한숨을 쉬며 대답했다.

"게다가 왕은 출신도 모를 신하를 중용하고, 규정이고 뭐고 무시하며 도저히 짐작할 수 없는 일을 측근하고만 하고 있으니……. 음, 불만스러운 것도 당연하겠지."

모반에 가담한 자는 모두 천관이었다. 천관은 나라의 운영에 직접 관련이 없다. 왕과 재보의 시중을 들고 궁중 제반사를 관장하는 것이 직무다. 어쩌면 왕과 그만큼 가깝다는 긍지를 가지지 못한다면 불가능한 일인지도 모른다.

"내재에 대한 동정이라면 버리십시오."

요시는 냉담하지만 강한 말투에 놀라서 고칸을 보았다. 고칸은 눈썹을 살짝 치켰다.

"내재가 서원으로 쳐들어간 경과는 류 장군과 태 태보께 들었습니다."

"여전히 빈틈이 없군."

"그만큼 큰일이었던 겁니다. 혹시 해서 여쭙는데, 설마 주상께서는 내재의 주장도 일리 있다고 생각하지는 않으시겠죠?"

요시는 눈을 내리떴다.

"있지 않을까……. 사정을 모른 채 내 행동만 보면 그처럼 오해할 수도 있다고 생각해. 그들은 실제로 알지 못했고. 경국에 도움이 되지 않는 왕이란 말에는 그렇게 생각하면 그런 것이겠지, 라고 대답할 수밖에 없군. 그렇지 않다, 나는 경국에 도움이 되는 왕이라고 단언할 수는 없잖아. 내가 판단할 문제가 아니니까."

"그럼 설명드리겠습니다."

고칸은 선뜻 말하고 서면을 서탁에 내던졌다.

"주상이 좋은 왕인지 아닌지는 보는 사람과 보는 시기에 따라 다르겠죠. 단, 이번 건은 주상이 어떠한 왕인지는 문제가 아닙니다. 검으로 사람을 해치려고 결심한 시점에서 도의상 유죄, 죄인에게 정의를 표방하여 남을 심판할 자격이 있을 턱이 없죠."

"그건…… 그렇지만……."

"애초에 저희가 내재를 노침에서 쫓아낸 것은 이 같은 사태가 벌어질까 우려했기 때문입니다. 믿을 수 있는 사람이 아니면 곁에 들이지 않는다는 것이 관리의 일치한 견해이며 곁에 들여 중용할 만큼 그들을 신용하지 못했다는 뜻입니다. 신용할 수 없다고 판단한 것은 그들의 사람됨을 보았기 때문이죠. 그리고 판단이 틀렸다고 보지 않습니다. 첫째로 반수 따위, 토비 따위라고요?"

고칸이 요시를 보았다.

"그 같은 생각을 하는 자는 반드시 권위를 내세웁니다. 그런 자에게 권위를 줄 수는 없지요. 휘두를 것이 뻔한 자에게 검을 들리는 사람은 없습니다. 둘째로 그런 말을 입에 담기를 부끄러워하지 않는 자가 도道가 어떤 것인지 알 턱이 없고 도를 모르는 자는 국정에 참여할 자격 따위 없습니다. 셋째로 실상을 모르는 자에게는 비판할 자격이 없습니다. 그런데도 실상을 알려 하기보다 억측으로 죄를 만들고 그 죄를 근거로 타인을 심판하는 데에 의문을 느끼지 않는 자에게 어떠한 형태의 권한도 줄 수 없다는 것이 넷째. 또한 다섯째, 그처럼 자아가 불명하고 부족함을 자각하지 못한 채 자신의 불우한 처지를 쉽게 남의 탓으로 돌리고 탄핵하는 자에게 신뢰를 두기는 어렵습니다. 하물며 법과 도리에 어긋나는 수단으로 그것을 완수하려 한 인물은 위험인물이라고 해야 합니다. 위험한 인물을 주상 곁에 두어서는 결단코 안 됩니다. 이것이 그들을 중용하지 않은 이유 여섯째입니다만, 틀린 점이 있습니까?"

요시는 어처구니없는 심정으로 고칸을 바라보았다.

"그들의 평소 언동을 보면 곁에서 주상을 모실 만큼 믿음직스러운 자로는 보이지 않았습니다. 따라서 노침에서 쫓아냈고 그것이 틀리지 않았음을 우연히도 스스로 증명했군요."

요시는 서탁에 팔꿈치를 괴고 양손의 손가락을 모았다.

"감히 묻지. 만약 그들을 중용했다면 그들이 그런 행동에 이르지 않았으리라고 생각하지 않아?"

"저야말로 여쭙지요. 보답이 있어야 도를 지킬 수 있고 그렇지 않으면 도를 지킬 수 없는 인간을 어떻게 신용하라는 말씀입니까?"

요시는 눈을 치떠 고칸을 바라보며 양손의 손가락을 마주댔다.

"두루 살폈다고 장담할 수 있어? 공적을 놓치고 우연히 목격한 죄만을 문제 삼지 않았다고?"

고칸은 냉담한 눈으로 요시를 보았다.

"저를 모욕하시는 겁니까? 주상도 아시다시피 저는 신임을 둘 자를 나라의 주된 관리로 발탁하는 한편 구태여 하관으로도 일하게 합니다. 관위로 말하면 상上, 중中, 하사下士, 병사로 말하면 오장이지요. 그렇게 구석구석까지 살피려 하고 있습니다만, 미덥지 못하십니까."

"……미안."

요시가 사과하자 고칸은 숨을 내쉬고 쓴웃음을 지었다.

"결국 인물의 사람됨 문제예요. 그것은 그자가 어떻게 행동하고 살아왔는지에 달려 있습니다. 늘 그것으로 평가받지요. 반드시 누군가 보고 있으니까요. 믿을 만한 인물이라면 흔쾌히 그 행위에 보답합니다. 리사이 님의 경우를 보면 알 수 있지요."

"리사이의?"

"주상은 왜 리사이 님을 도우셨습니까?"

"그렇게 물어도……."

"금파궁에 쳐들어오셨던 그때 무참한 모습을 보셨기 때문 아닙니까. 리사이 님이 저렇게 다치신 것은 요마의 소굴로 변한 수주를 넘어오신 탓, 리사이 님께서 굳이 그렇게 한 것은 그만큼 대국을 구하고자 필사였다는 증좌가 아닙니까?"

"그야 물론……."

"리사이 님은 주상께 대국을 구해달라고 호소하셨습니다. 그러나 군사를 이끌고 타국을 침입하는 것은 적면의 죄를 의미합니다. 어쩌면 리사이 님은 처음부터 그것을 아셨을지도 모릅니다."

"……고칸."

"알면서 주상의 정에 호소해 죄를 부추기기 위해 오셨을 수도 있지요. 어쩌면 그런 것은 몰랐을지도 모르고, 깜빡하셨을지도 모릅니다. 설령 알면서 죄를 부추기기 위해 오셨다 해도 그만큼 필사적이었던 건지도 모르고, 대국만 좋으면 경국 따위 알 바 아니었을지도 몰라요. 리사이 님의 속마음은 저도 모릅니다. 그래도 주상이 리사이 님을 위해 노력과 시간을 할애하는 것을 저는 반대하지 않았습니다."

"맞아……."

"리사이 님의 언동을 보았기 때문이에요. 주상을 대하는 태도, 저희를 대하는 태도, 그리고 고쇼를 대하는 태도. 말과 행동을 고려하니 저에게는 리사이 님이 대국만 좋으면 경국 따위 알 바 아니라고 생각하실 분으로 보이지 않았습니다. 저는 여전히 리사이 님의 속마음을 알지 못하지만 만약 죄인 줄 알면서 오셨다면 그만큼 필사적이셨을 테고, 그 죄가 얼마나 무거운지 깨달으신 것이라 생각합니다."

"응."

요시가 고개를 끄덕였다.

"결국 그런 겁니다. 자신의 행동이 자신의 처우를 결정합니다. 그럴 만한 언동을 한다면 저 같은 자도 도와드리고 싶다고 생각하고, 때에 따라서는 하늘조차도 움직입니다. 주위가 보답할지 안 할지는 본인에게 달렸습니다. 그것을 깨닫지 못하고 못마땅한 처지를 원망하여 주상을 공격했어요. 이런 것을 이쪽에서는 거꾸로 원한을 품었다고 말합니다만."

"봉래에서도 그렇게 말했던 것 같아."

"거꾸로 원한을 품은 끝에 검을 꺼낸 자의 의견에 귀를 기울일 만한 섭리가 있을 리 만무합니다. 이 또한 본인의 언동이 보답받을 만한지 아닌지를 결정하는 실제 사례로군요."

005

"몸은 어떠세요?"

리사이가 저녁을 들고 침실로 들어서자 다이키는 일어나서 창 밖을 보고 있었다. 리사이가 한때 신세를 진 태사의 저택에 있는 객청이었다.

"괜찮습니다" 하고 돌아본 다이키의 행동거지는 나무랄 데 없었지만, 어쩐지 기운이 없어 보였다. 리사이는 불안을 떨치듯이 웃었다.

"아까…… 태보께서 잠드셨을 때 경왕이 오셔서 대단히 미안해하셨어요. 또다시 부정한 피를 보게 해서 면목이 없다고 하셨어요."

"경왕 탓이 아닌데……."

"그렇지요."

리사이는 식사를 차렸다.

"경왕은 경국의 백성을 생각하셨기에 그리하신 것을……. 요즘 들어 갑자기 옥좌를 유지하기는 쉽지 않은 일이라는 생각이 듭니다."

"맞아……."

대답하고 나서 다이키는 한동안 입을 다물었다. 마침내 입을 연다.

"리사이, 대국으로 돌아가지 않을래요?"

"네?"

리사이는 다이키가 한 말의 의미를 바로 이해하지 못했다. 고 개를 갸웃하고 되물으려 한 리사이를 다이키는 진지한 눈으로 바라보았다.

"우리는 이 이상 경국에 폐를 끼칠 수 없어요."

리사이는 아연실색했다. 다이키가 무슨 말을 하려는지 그제야 깨닫고 얼굴에서 핏기가 가시는 것을 느꼈다.

"잠시만요. 태보, 하오나⋯⋯."

"경국에 파란을 불러올 수는 없습니다. 여태까지도 충분히 대 접을 받았고 큰 폐를 끼쳤습니다. 이제 우리끼리 어떻게든 해야 할 때가 왔다고 생각해요."

"하지만 태보⋯⋯. 어떻게, 그리는 안 됩니다. 태보는 아직 몸도 성치 않으세요. 아뇨, 그뿐만 아니라 실례지만 사령과 뿔 도⋯⋯."

리사이는 크게 동요했다. 반드시 말려야 한다. 리사이는 줄곧 다이키를 찾으면 그를 데리고 대국으로 돌아가겠다고 막연히 생 각했다. 다이키가 있으면 왕기를 의지해 교소를 찾을 수 있다. 그러나 다이키는 뿔을 잃고 기린의 본성을 잃었다. 사령도 없다.

그리고 대국은 현재 요마와 흉적의 소굴이며 리사이에게는 오른팔이 없다.

내재 일당이 일으킨 사건은 리사이에게 잃어버린 것이 얼마나 컸는지 재확인시켰다. 무기를 든 놈들이 하필이면 소중한 다이키와 큰 은혜를 베푼 경왕이 있는 침실까지 쳐들어가는데 리사이는 그들을 막지 못했다. 무인처럼 보이지도 않는 자들에게 간단히 제압당하는 수밖에 없었다.

병상에서 일어난 지 얼마 안 되어 몸을 마음대로 쓰지 못하는 것을 차치하더라도 이제 리사이가 무인으로서 전혀 도움이 되지 않는 것은 확실했다. 대국으로 돌아간다 해도 다이키를 지킬 수 없다. 자신이 무력한 줄은 알았지만 이렇게까지 무력해진 줄은 몰랐다. 막연히 아는 것과 직접 깨닫는 것은 이리도 다르다. 리사이는 그 일로 헤아릴 수 없는 충격을 받았다.

"안 됩니다, 태보. 심정은 알지만 태보를 대국으로 돌려보낼 수는 없습니다. 하다못해 몸을 아끼시어…… 그래요, 그동안에 이 리사이가 난민 중에서 사람을 모으지요. 다소나마 세력을 만들어……."

다이키가 고개를 가로저었다.

"분명히 저는 아무 힘도 없어요. 하지만 리사이, 우리는 대국의 백성입니다."

리사이는 그 자리에 못 박혔다.

"대국은 신들조차 버린 나라입니다……. 그렇죠? 주상은 계시지 않고 타국의 선의는 닿지 않고, 하늘도 대국을 위해 기적을 베풀어주지 않아요. 기린도 이제 없는 것과 다름없어요. 그래도 대국에는 아직 백성이 있습니다. 리사이와 저와……."

"백성이라니요. 설령 뿔을 잃으셨다 해도 태보는 우리나라의 기린입니다. 태보는 저희의 희망이에요. 간단히 잃을 수는 없습니다. 대국으로 돌아가 누군가 주상을 찾아야 하고, 백성을 구해야 한다면 이 리사이가 가겠습니다. 아뇨, 저는 원래부터 그럴 작정이었습니다. 하오나 태보는 안전한 곳에 있어주셔야 합니다. 부디 청하옵니다. 대국으로 돌아간다는…… 그런 위험한 말씀을……."

다이키와 리사이가 잃어버린 것. 그뿐만이 아니다. 리사이는 또 한 가지, 큰 의구심을 품고 있었다.

홍기에서 이변이 일어난 직후, 리사이는 난을 평정하기 위해 승주로 향하던 길에 이성씨를 보호했다. 이성씨의 증언으로 아센의 모반이 밝혀졌다. 동시에 리사이는 이 일로 대역 죄인의 오명을 쓰게 되었다. 그보다 괴로웠던 것은 리사이가 이성씨를 보호하고 있는 것이 어떻게 아센에게 알려졌는지였다. 리사이가 밀서를 보낸 것은 하보쿠와 소겐 두 사람뿐. 내용이 내용인 만큼

두 사람 다 경솔하게 남에게 알렸을 리 없다. 아마도 교소 휘하의 한정된 사람들만이 리사이가 전한 내용을 알았을 것이다. 그리고 그것은 아센에게 모두 새어 나갔다.

적어도 교소 휘하의 장수들이 간자나 도청을 신경쓰지 않았으리라 생각할 수 없다. 그들은 비밀리에 모여 충분히 주의를 기울여 밀담을 나누었을 것이다. 그런데도 아센에게 새어 나갔다는 소리는 그 안에 아센과 내통한 자가 있음을 뜻하지는 않는가.

교소는 자신의 부하 중에 배신자를 길렀다.

리사이는 눈앞에서 진지한 눈빛을 보내는 다이키를 바라보았다. 다이키에게 이 꺼림칙한 사실을 알리고 싶지는 않았다. 대국은 이중으로 위험하다. 대국으로 돌아가면 어떻게든 부하와 연락을 취해 병사를 일으켜야 하지만 그중에 배신자가 숨어 있을지도 모른다. 그자는 벗의 얼굴을 하고 다이키 곁에 나타날지도 모르는데 리사이에게는 그자로부터 다이키를 지킬 방도가 없다.

안 됩니다. 잠꼬대처럼 되풀이할 수밖에 없는 리사이를 보며 다이키는 난처한 듯이 미소 지었다.

"리사이는 조금도 달라지지 않았네요."

리사이는 고개를 갸웃했다.

"늘 저를 걱정하고 무서운 일이나 괴로운 일로부터 떨어뜨리려고 해주었죠. 교소 님이 안 계실 때도 그랬어요."

"태보……."

"저는 교소 님이 무척 걱정됐어요. 그런데 아무도 진실을 가르쳐주지 않았어요. 아뇨……. 리사이가 한 말이 사실이었는지도 모르죠. 하지만 저는 주위 어른들이 늘 제 앞에서 무서운 일이나 괴로운 일을 숨기려 한다는 것을 알고 있었습니다. 그래서 무서운 일, 괴로운 일을 들려주는 아센을 믿었어요……."

리사이는 놀라서 숨을 죽였다.

"아센은 교소 님이 위험하다고 했어요. 그날은…… 결국 복병의 습격을 받아 교소 님이 궁지에 몰렸다더군요. 저는 무사히 문주에 도착했다고 알려준 리사이의 말을 믿을 수 없었어요. 도착하기 전에 급습을 받고 고전하고 있다는 아센의 말을 믿었습니다. 곤경에 처한 교소 님을 돕고 싶어서 사령에게 교소 님 곁으로 가도록 명령했어요. 아센을 의심하다니 생각도 해보지 않았습니다. 제가 아센을 신용했기 때문만이 아니라, 저에게 무서운 이야기를 들려주는 사람이야말로 거짓말을 하지 않는 인물이라 믿었기 때문이에요."

다이키는 살짝 쓴웃음을 지었다.

"저는 정말로 어린아이였고 무엇 하나 제대로 할 줄 몰랐어요. 무언가를 하려 하면 오히려 그대들에게 폐를 끼쳤어요. 그때도 그랬습니다."

"태보, 아닙니다."

"리사이, 저는 이제 어린아이가 아니에요. 아니, 능력으로 말하면 그 시절이 훨씬 할 수 있는 게 많았으니 지금은 오히려 무력해졌다고 해야 할 거예요. 하지만 저는 이제 저 자신이 무력하다고 한탄하며 그에 안주할 만큼 어리지 않아요."

"태보……."

"누군가 대국을 구해야 합니다. 대국의 백성이 하지 않으면 누가 그것을 하나요?"

"그럼…… 그럼 다시 한번 봉산을 찾아가 현군께 상담해보죠. 저나 다이키가 대국을 위해 무엇을 할 수 있는지."

"현군이 무엇을 베풀어줄 수 있는지 물어보나요?"

리사이는 말을 잃었다.

"하늘에 기대서 어찌할 겁니까? 도움을 기대해도 되는 이는 그에 소속되고 비호받는 자뿐이죠. 대국의 백성은 언제부터 하늘의 것이 되었나요?"

"다이키, 하오나……."

"리사이가 경국에 도움을 요청한 경위는 들었습니다. 리사이가 도움을 구하러 경국을 찾지 않았다면 분명 저는 돌아올 수 없었을 거예요. 저도 사람이 하기에 벅찬 일이 있다고 생각합니다. 그리고 지금의 대국 상황은 뿔이 없는 기린이나 외팔의 장군에게는 역부족일지도 몰라요. 하지만 리사이."

다이키는 리사이의 남은 손을 잡았다.

"자신의 손으로 떠받칠 수 있는 것을 우리라 부르는 것이 아닐까요. 여기서 대국을 떠받치지 못한다면, 대국을 위해 구체적으로 아무것도 하지 못하고, 하지 않는다면 우리는 영원히 대국을 우리 나라라 부를 자격을 잃어요."

리사이가 다이키를 쳐다보았다. 그랬던가⋯⋯.

리사이는 자신이 어째서 대국을 구하고 싶은지 몰랐다. 동시에 그토록 간절한 바람을 다이키를 앞에 두고 급속히 잃어버린 자신을 깨달았다. 리사이에게는 다이키가 무사하면, 자신의 손으로 다이키를 지킬 수만 있다면, 그것이 대국을 지키는 일이었다. 설령 경국 안에서의 안전이라도 리사이가 그 안전에 아무런 관여도 하지 못하더라도 다이키만 무사히 있어주면 리사이 안의 대국은 지킬 수 있다. 대국을 지키는 것은 곧 대국이 리사이의 것이며 조국이란 뜻이었다. 끝내 지키지 못하고 멸망한다면 대국에 소속된 리사이 자신 탓이다. 현실의 대국을 잃는다 해도 다이키만 지킬 수 있다면 마음속의 대국을 지킬 수 있다.

"우리는 대국의 백성이에요. 자진하여 대국의 백성이고자 한다면 대국에 대한 책임과 의무를 져야 해요. 책임과 의무를 포기한다면 우리는 대국을 잃고 말아요⋯⋯."

소속된 장소를 잃는 것은 자신을 잃는 것이다.

리사이는 조정을 잃고 동료와 벗을 잃었다. 가에이와도 헤어졌다. 자신이 소속한 장소는 이제 대국이라는 나라 외에 없었다. 그래서 구하고 싶었다. 자신을 상실하지 않기 위해서다.

지금 리사이에게는 다이키가 있다. 다이키를 잃지 않는다면 리사이가 대국을 잃는 일은 없다. 경국 안에 머물 곳도 얻었다. 리사이는 이제 이곳을 떠나는 것이 두렵다. 하지만 그것이 대국에 대한, 대국의 백성과 교소에 대한, 지금도 대국에 갇혀 있는 수많은 사람과 그곳에서 잃은 생명에 대한 배신임은 확실했다.

그렇다, 리사이와 다이키는 이곳을 떠나 대국으로 돌아가야 한다.

리사이는 눈물로 일그러진 시선을 자신의 손으로 옮겼다. 자신의 손을 쥔 손은 리사이의 손과 다르지 않았다.

"이리도…… 성장하셨군요……."

006

초가을 어느 날, 미명, 리사이는 다이키를 데리고 살며시 태사의 관저를 빠져나왔다.

다이키와 충분히 이야기를 나눈 끝에 경왕에게는 아무 말도 하지 않기로 했다. 떠난다고 하면 내재 일당이 일으킨 사건과 자신들 탓이라고 생각할 것이다. 그렇지 않다고 설득할 수는 있지만 경왕에게 괴로운 선택을 강요해야 한다. 그런데도 계속 붙잡는 것은 경국 안에 대국을 떠맡는 것이며, 보낸다는 것은 대국을 버리는 것이나 다름없는 일이다. 적어도 그 젊은 왕은 그렇게 생각할 것이다.

리사이는 마음속으로 한숨을 쉬었다.

게다가 경왕이 진지하게 붙잡으면 결심이 흔들리지 않을 자신이 없었다. 다이키가 여정을 견딜 체력을 되찾기를 기다리는 동안 리사이는 줄곧 이것이 만행이라는 생각에서 빠져나오지 못했다. 대국으로 돌아가야 한다는 다이키의 주장은 이해하고, 옳다고도 생각한다. 리사이는 다이키를 데리고 대국으로 돌아가야 한다. 한편으로 다이키는 대국에서 절대로 잃어서는 안 되는 희망이라는 것도 분명했다. 다이키를 간호하면서 리사이도 나름대로 훈련을 했지만 제대로 지켜낼 자신은 전혀 없었다. 상상도 가지 않는 재난이 기다리는 줄 잘 알고 있다. 할 수 있다면 다이키를 단념시키고 싶다고 여전히 간절히 생각했다. 인간으로서는 돌아가야 한다. 신하로서는 돌아가서는 안 된다고 생각한다. 두 갈래로 찢겨 맞버티는 마음은 다이키의 굳건한 의지로 간신히 돌아가는 쪽으로 기울었다.

"리사이…… 남겠습니까?"

망설임을 꿰뚫어 본 듯이 다이키가 물어서 리사이는 허둥지둥 고개를 가로저었다.

"설마요. 농담하지 마십시오."

"아니면 역시 경왕께 인사를 드리겠어요? 리사이는 경국 분들께 무척 신세를 졌으니 이대로 떠나기는 괴롭겠지요."

위로하는 듯한 말에 리사이는 "아뇨" 하고 웃어 보였다.

"아주 조금 아쉬운 기분이 들었을 따름이에요. 경왕도……. 경국 분들이 그렇게 잘해주신 것은 대국을 구하기 위해서였으니 여기서 주눅이 들면 그거야말로 면목이 없는 일입니다."

그렇다, 모든 것은 대국을 위해 한 일이다. 리사이는 대국의 백성으로서 요천에 왔다. 여기서 안일하게 도망쳐 대국을 버린다면 그 은혜까지 내던지는 꼴이다. 리사이가 그렇게 바닥을 보이는 짓을 하면 대국 백성 모두가 멸시당할 것이다. 자신이 무언가의 일부라는 것. 대국의 백성이라는 것은 그런 것이라고 생각한다.

리사이는 숨을 토해내고 태사 저택 뒤쪽에 있는 마구간 문을 열었다. 막혀 있는 칸은 단 하나, 리사이와 다이키를 발견하고 히엔은 반가운 듯이 일어났다.

"히엔."

다이키가 달려간다. 경계하는 낌새를 비치던 히엔은 금세 이 사람이 누구인지 떠올렸는지 활기차게 몸을 내밀고 응석 부리는 듯한 소리를 냈다.

"잊지 않았구나."

다이키가 쓰다듬자 히엔은 눈을 가늘게 떴다. 그 모습을 흐뭇하게 지켜보면서 리사이는 안장을 얹을 준비를 했다. 가만히 고삐를 잡고 히엔을 마구간에서 꺼낸다. 리사이는 새벽하늘을 우러러보았다.

"운해 위로 갈 수 있다면 가까운 주성까지 단숨에 달려갈 수 있어요. 그곳도 아센의 수중에 들어갔는지 단정지을 수 없지만 운해 밑에는 요마가 돌아다니니 어차피 싸우면서 나아가야 하는 거면 어느 쪽이든 큰 차이는 없겠죠."

다이키는 설명하는 리사이에게 "네" 하고 얌전히 대답하고 히엔을 쓰다듬었다.

"쉴 곳이 없어서 히엔이 힘들겠지만."

"괜찮습니다. 히엔은 분명히 힘을 내줄 겁니다. 저를 요천까지 실어다주었는걸요."

"응" 하고 다이키가 고개를 끄덕였다. 히엔은 부드럽게 가르랑거리며 다이키의 어깨에 머리를 기댔다.

그때였다.

"이런 시간에 뭐하는 걸까?"

갑작스러운 목소리에 리사이가 돌아보자 정원 어둠 속에 로쿠타가 서 있었다. 등뒤에 보이는 커다란 검은 그림자는 고쇼일 것이다.

"연 태보, 어떻게……."

로쿠타는 그 자리에 못박힌 리사이와 다이키를 담담히 번갈아 보았다.

"그야 내가 엿들었으니까."

로쿠타가 씩 웃었다.

"미안, 두 사람을 경호하기 위해 사령을 붙였어. 그래서 다 들렸어."

"연 태보, 저는……."

입을 연 다이키에게 로쿠타가 손사래를 친다.

"걱정하지 마. 요시에게는 아무 말도 하지 않았어. 하지만 그렇게 멋대로 움직이면 곤란해. 너는 지금 우리 태사야, 알아?"

"그건……."

"안국의 태사가 멋대로 대국을 방문하면 곤란하잖아. 하물며 거기서 싸움이라도 일으켰다가는 더욱 곤란해."

입을 다문 다이키와 리사이를 번갈아 보고 로쿠타는 한숨을 푹 쉬며 쓴웃음을 지었다.

"그런 이유로 선적에서는 지운다. 전 태사도 갑작스럽게 해고 당해서 한가함을 주체하지 못하고 노망이 들기 시작한 것 같으니까. 그리고 이건 위로금."

로쿠타는 하얀 것을 던졌다. 리사이는 무의식중에 오른팔을 내밀려다 받지 못하고 쓴웃음을 지으며 발치에 떨어진 물건을 주웠다. 어둠 속이라 분명치 않지만 정권임 직한 나무패였다.

"언젠가 필요하지 않을까 싶어서 만들어뒀어. 정권이 필요할 일은 없을 수도 있지만 거기에 찍힌 낙관으로 계신(은행)에서 돈을 찾을 수 있어. 대국에서 얼마나 도움이 될지는 모르겠지만. 이건 노잣돈이야."

날아오는 지갑을 이번에는 잘 받았다.

"연 태보……."

"이건 간략히 꾸린 짐. 도라에게 달아놨으니 데려가."

리사이가 눈을 동그랗게 떴다.

"그 천마만으로는 힘들잖아. 도라는 볼일이 끝나고 돌려주면 고맙겠어. 다마가 쓸쓸해하니까."

리사이는 손안의 것을 고맙게 받아들었다.

"예, 반드시 그리하겠습니다."

"응."

로쿠타가 고개를 끄덕이고 양손을 허리에 대고 다이키와 리사이를 차례로 보았다.

"사실은 보내고 싶지 않아. 그건 알아둬."

"이토록 큰 호의, 절대로 잊지 않겠습니다."

"좋은 소식을 기다릴게."

로쿠타는 등을 돌렸다. 정원수 그늘 사이로 걸어가다, 그곳에 있던 검은 그림자 옆을 스쳐지나가며 토닥였다. 나무 그늘 밑 야음에서 나온 고쇼는 복잡한 표정으로 리사이를 보며 금문 쪽을 가리켰다.

"기수는 저쪽에 있어."

"고쇼에게는…… 정말로 신세 졌어."

"그렇지도 않아."

어쩐지 어깨가 처진 듯한 고쇼가 힘없이 말하고 앞장서서 정원을 빠져나간다. 태사의 저택이 있는 내전에서 금문으로 가는 동안 줄곧 침묵한 채 고개를 숙이고 발치를 보고 있었다.

마침내 고쇼가 돌아보고 입을 연 것은 문전門殿 근처로 나온 뒤였다.

"할 수 있다면 따라가고 싶어. 내가 얼마나 도움이 될지는 모르겠지만. 그런데 나도 이제 궁에서 일하는 신분이라."

복잡한 표정으로 말한 고쇼를 보고 리사이는 미소 지었다.

"경왕의 곁에는 고쇼가 필요해."

"응. 뭐……. 그렇지."

"아무쪼록 경왕께는 고마웠다고 전해줘. 모쪼록 화내지 마시라고."

고쇼는 고개를 끄덕이고 문전으로 걸어갔다. 문 안쪽에서 대기하던 소신이 금문으로 가는 문을 연다. 넓은 노대 너머에는 어렴풋한 달에 비친 운해가 펼쳐졌다.

내전에서 금문으로 지나는 문전의 대문이 열리고 두 사람과 기수 한 마리의 그림자가 살며시 나오는 모습을 도신은 보았다. 곁에 서 있던 가이시가 조용히 추우의 고삐를 끌고 그쪽으로 다가갔다. 도신은 그 뒤를 따라갔다.

매우 가벼운 여장을 한 두 사람이었다. 가이시는 여장군에게 고삐를 내밀었다.

"이것을 전하라 명받았습니다."

"고맙소."

"조심하십시오."

고개를 숙인 가이시에게 그녀는 정중하게 인사했다. 가이시의 뒤를 따라간 도신은 손에 쥔 것을 그녀에게 내밀었다. 그녀는 놀라서 도신을 보았다.

"오래전에 맡아둔 검입니다……. 주제넘은 짓인가 싶었지만, 갈아두었습니다."

작게 고맙다고 대답하며 그녀는 한 손으로 검을 받아들었다. 당시 중상을 입은 것처럼 보인 오른팔은 그녀의 몸에 더는 존재하지 않았다.

"진심으로 고맙소."

"아닙니다."

"얼굴은 기억하지 못하지만 그 목소리는 일전에 내가 쳐들어 왔을 때 말을 걸어주신 분이로군."

"예……. 아, 맞습니다."

도신이 고개를 끄덕이자 그녀는 미소 지으며 깊이 고개를 숙였다.

"덕분에 경왕을 만날 수 있었소. 과분한 도움을 받았소. 전부 당신의 덕분이오. 정말로 감사드리오."

도신은 고개를 가로저었다. 그녀가 앞으로 무엇을 위해 어디로 가려는지는 가이시에게 들어서 알고 있다.

"부디 조심하십시오. 진심으로 무사를 기원합니다."

희미한 달빛을 받아 하얗게 떠오른 노대에서 날아오르는 두 마리 기수가 보였다.

"작별 인사를 하지 않아도 괜찮아?"

요시는 노대 근처 높은 누각에서 내려다보다 옆쪽을 향해 물었다.

"드릴 말씀도 없습니다."

"그렇군……. 붙잡는 건 리사이에게나 다이키에게나 미안한 일이지."

"예."

"무사히 도착해야 할 텐데……."

"주성까지는 어떻게든 되겠지요. 운해 위에는 요마가 나오지 않는 법이니."

"문제는 그 뒤인가. 사령만이라도 붙여주면 좋았을 텐데."

게이키는 말없이 고개를 끄덕였다.

왕 또는 기린의 신변을 떠나 사령만 타국에 머무는 것은 병사를 보내는 것과 마찬가지로 간주된다. 로쿠타가 그렇게 가르쳐주어 요시와 게이키도 포기할 수밖에 없었다.

운해 위로 기수가 멀어진다. 넓은 수면 위, 애처로울 만큼 불안한 두 개의 점일 뿐이었다. 지켜보고 있는데 계단을 올라오는 기세 좋은 발소리가 들렸다.

"갔어?"

로쿠타가 얼굴을 내밀었다.

"응."

요시가 고개를 끄덕이고 다시 운해를 보니 검은 점은 이미 파도 그림자에 녹아들었다.

"정권 건네줬어. 준비해두었다고 하니 의심하지도 않고 챙기던데. 내가 어느 틈에 그것까지 준비했다고 생각한 걸까."

"다들 연 태보라면 납득할걸."

"그게 뭐야……. 날이 밝으면 이서를 보고 놀라겠지."

요시는 그저 웃기만 했다.

조금만 더, 아주 조금만이라도 더 도왔으면 좋았으련만. 더 돕고 싶다는 구실로 붙잡기는 간단하지만, 그리하여 구원받는 것은 두 사람을 연민하는 자신의 마음뿐이다. 대국을 구할 수 있는 것도 아니요, 구하지 못한 대국에 아파할 그들의 심정을 구할 수 있는 것도 아님은 확실했다.

하다못해 경국이 조금 더 풍족하고 조정이 조금 더 견고했더라면. 내분이 일어나는 궁궐 안에서 안심하며 몸을 믿고 맡길 수는 없으리라. 붙잡은들 후회하지 않게 할 만한 일은 아무것도 해줄 수 없음을 안다. 뻔히 죽게 하는 길이나 다름없음을 알면서 두 사람을 떠나보내는 것은 몸을 에는 듯이 괴롭지만 이 아픔은 받아들일 수밖에 없다.

"먼저 나부터구나."

"응?"

운해를 바라보던 로쿠타가 돌아보았다.

"내가 똑바로 서지 않으면 남을 도울 수조차 없구나 싶어서."

요시의 말에 "그렇지도 않아" 하고 로쿠타가 창틀에 기댔다.

"남을 도우면서 자신이 일어서는 일도 있으니까."

"그런 건가?"

"의외로 그렇지."

"그런가."

바라본 운해에는 어느 누구의 흔적도 보이지 않았다.

홍시弘始 2년 3월,

문주에 난이 일다.

왕은 문주 철위에 쟁란이 미치는 것을 우려해

왕사를 이끌고 이를 진압하고자 한다.

동월同月, 왕이 문주 임우에서 자취를 감춘다.

같은 때에 궁성에 명식이 일어난다.

이에 재보 또한 자취를 감추고 때문에 백관은 실수를 저지른다.

그때 아센, 관을 속이고 위왕으로 올라 권력을 쥐락펴락한다.

조 아센丈阿選은 금군 우익에 올랐으며 본성은

보쿠朴, 이름은 고高, 병사를 잘 다루고 환술에 통달했다.

비도非道로 구주를 유린하고 제위를 찬탈한다.

—『대사사서戴史乍書』

황혼의 기슭 새벽의 하늘 — 십이국기 8

1판 1쇄 2016년 12월 30일
1판 6쇄 2023년 3월 10일
-
지은이 오노 후유미 ◎ **일러스트** 야마다 아키히로 ◎ **옮긴이** 추지나
책임편집 지혜림 ◎ **편집** 임지호 김세화 오동규 ◎ **아트디렉팅** 이혜경 ◎ **조판** 이현정
저작권 박지영 형소진 이영은 ◎ **마케팅** 정민호 이숙재 김도윤 한민아 이민경 안남영 김수현
왕지경 황승현 김혜원 ◎ **브랜딩** 함유지 함근아 박민재 김희숙 고보미 정승민
제작 강신은 김동욱 임현식 ◎ **제작처** 영신사
펴낸곳 (주)문학동네 ◎ **펴낸이** 김소영 ◎ **출판등록** 1993년 10월 22일 제2003-000045호
-
주소 10881 경기도 파주시 회동길 210
문의 031-955-1901(편집) 031-955-2696(마케팅) 031-955-8855(팩스)
전자우편 editor@elmys.co.kr 홈페이지 www.elmys.co.kr

ISBN 978-89-546-4361-0(04830) **SET** 978-89-546-2614-9(04830)
-
엘릭시르는 출판그룹 문학동네의 장르문학 브랜드입니다.
-
잘못된 책은 구입하신 서점에서 교환해드립니다.
기타 교환 문의 031) 955-2661, 3580